U0522801

长安文化与中国文学研究

日本汉诗溯源比较研究

马歌东 著

商务印书馆
2011年·北京

图书在版编目(CIP)数据

日本汉诗溯源比较研究/马歌东著．—北京：商务印书馆，2011
（长安文化与中国文学研究）
ISBN 978-7-100-08337-9

Ⅰ.①日… Ⅱ.①马… Ⅲ.①汉歌－诗歌史－研究
日本 Ⅳ.①I313.072

中国版本图书馆CIP数据核字(2011)第081691号

国家"211工程"三期重点学科建设项目
《长安文化与中国文学研究》

所有权利保留。

未经许可，不得以任何方式使用。

长安文化与中国文学研究
日本汉诗溯源比较研究

马歌东 著

商 务 印 书 馆 出 版
（北京王府井大街36号　邮政编码　100710）
商 务 印 书 馆 发 行
三河市尚艺印装有限公司印刷
ISBN 978-7-100-08337-9

2011年6月第1版　　开本 880×1230　1/32
2011年6月北京第1次印刷　印张 15 3/8

定价：39.00元

《长安文化与中国文学研究》
编委会

顾　问：霍松林
主　编：张新科　李西建
编　委：（按姓氏笔画排列）

马歌东	尤西林	冯文楼	邢向东
李继凯	刘生良	刘锋焘	李　强
吴言生	张学忠	杨恩成	赵望秦
赵学勇	胡安顺	党怀兴	高一农
高益荣	曾志华	程世和	傅功振
傅绍良	霍有明	魏耕原	

《长安文化与中国文学研究》
工作委员会

顾　问：霍松林
主　任：李西建　张新科
委　员：邢向东　赵望秦　霍有明　刘锋焘
　　　　赵学勇　李继凯　尤西林

总　序

长安是中国历史上建都朝代最多、历时最久的都市，先后有13个王朝建都于此，绵延1100余年，形成了辉煌灿烂的长安文化。长安文化具有多种特性。第一，它是一种颇具特色的地域文化，以长安和周边地区为核心，以黄土为自然生存环境，以雄阔刚健、厚重质朴为其主要风貌，这种文化精神一直延续到今天，仍然富有强大的生命力。20世纪中国文学的"陕军"、中国艺术的"长安画派"等，显示出独特的魅力，可以称之为"后长安时代"的文化。第二，它是一种相容并包的都城文化，既善于自我创造，具有时代的代表性，又广泛吸纳其他地区、其他民族的文化，也善于吸纳民间文化，形成多元化的特点。第三，它是中国历史鼎盛时期的盛世文化，尤其是周秦汉唐时期，是中国历史上的盛世，其所产生的文化以及对外的文化交流，代表了华夏民族的盛世记忆，不仅泽被神州，而且惠及海外。第四，它是历史时期全国的主流文化。由于长安是历史上许多王朝的都城，是当时政治文化的中心所在，以长安为核心形成的思想、文化，辐射到全国各地。第五，它是中国文化的源头，产生于中国历史的早期，是中国文化之根，对中国文化以及中华民族共有家园的形成具有不可估量的影响。

对长安文化进行研究，一直受到人们的重视，近年来更有了新的起色，尤其是"长安学"、"西安学"的提出，为长安文化的研究注入了新的时代因素，并受到海外学者的关注。陕西师范大学地处古都长安，研究长安文化是学术团队义不容辞的责任。为了深入挖掘长安文化的内在价值，探讨长安文化在中国文化、世界文化史上的地位，陕西师范大学文学院借国家"211工程"三期建设重点学科之机，以国家重点学科中国古代文学为龙头，全面整合文学院学术力量，申报了"长安文化与中国文学"研究项目，获得国家教育部的支持。本项目的研究，一方面是要发挥地域文化的优势，进一步推动长安文化的研究，并且为当代新文化建设贡献力量；另一方面也为研究中国文学找到一个新的切入点和突破口，使文学研究有坚实的文化根基。这是一种新的视野和新的尝试，我们的研究主要有以下三个方向：

第一，长安文化与中国文学的演变

立足文学本位，充分发挥地理优势，以长安文化为背景，对中国文学进行系统研究。1. 长安文化与中国文学精神。主要研究长安文化的内涵、产生、发展、特征以及对中国文学精神所产生的影响。2. 汉唐文学研究。主要研究长安文化形成时期以《史记》和汉赋为代表的盛世文化的典型特征以及对后来长安文化的奠基作用，研究唐代作家作品、唐代文化与文学、唐代政治与文学等，探讨汉唐时期长安文化与中国文学之间的内在联系及其在中国文学史上的价值与意义。3. 汉唐文学的域外传播。主要对汉唐文学在域外的传播、汉唐文学对域外文化的影响、长安文化对域外文化的接受等问题进行全面研究。4. 古今文学演变。以长安文化为切入点，探讨长安文化辐射下"后长安时代"中国文学的发展规律以及陕西文学的内在演变。

确立本研究方向的依据在于,长安文化从本质上说是以周秦汉唐为代表的中国传统文化,具有深刻的内涵。本项目首先需要从不同的层面对长安文化进行理论总结和阐释,探讨长安文化对中国文学精神的渗透,在此基础上进一步探讨长安文化对中国文学演变所产生的重要影响。汉唐时代是中国文化的转折期,也是长安文化产生、发展乃至鼎盛的重要时期。所谓"汉唐雄风"、"盛唐气象"就是对这个时期文学的高度概括。不仅如此,汉唐文学流播海外,对日、韩等汉语文化圈国家文化产生了深远影响,研究域外传播,可以从新的角度认识汉唐文学及长安文化的价值意义。今天的古城长安(西安)以新的面貌出现在世界舞台,形成新的文化特征。通过古今文学演变研究,探讨、总结中国文学和陕西文学的发展规律,进而为长安学(或西安学)的研究奠定良好基础。

第二,长安与西北文化

立足于长安文化,突出地域文化特色。主要有:1. 西北重点方言研究。关中方言从汉代开始即对西北地区产生辐射作用,这种作用在唐代以后持续不断,明清两代更有加强。因此,西北方言与关中方言的关系极其密切。从古代直到现代,西北的汉语方言与藏语、阿尔泰语系诸语言发生接触,产生了一些重要的变异。对这些问题的研究是我们的任务之一。2. 秦腔与西北戏曲研究。在长安文化的大视野下研究长安文化对秦腔及西北戏曲形成发展的影响;同时以秦腔及西北戏曲为载体,研究戏曲对传播长安文化所起的作用,从而显现长安文化在西北民族文化精神铸造中的巨大作用。

3. 西北民俗艺术与文化遗产保护与利用研究。主要研究西北民俗文化特征、形态以及对精英文化的影响，研究如何保护和利用文化遗产并为当代文化建设服务。

确立本研究方向的依据在于，加强西北地区代表性方言的研究，对西北方言史、官话发展流变史、语言接触理论研究等，都具有重大的理论和现实意义。秦腔是我国现存最古老的戏曲剧种之一，号称中国梆子戏家族的鼻祖，是长安文化的活化石。秦腔诞生于陕西，孕育于秦汉，发展于唐宋，成熟于明末清初，受到西北五省（区）人民的喜爱，已经入选我国首批非物质文化遗产推荐项目。西北民俗的中心在陕西，陕西民俗文化是西北民俗文化的发源和辐射中心地。陕西民俗文化作为民族传统文化形式，对社会个体和整个社会都有重要意义。同时，陕西曾是中国文化的中心之一，作为最早的游牧文化与农耕文化的交汇点，留下了许多宝贵的文化遗产，这包括物质文化遗产和非物质文化遗产两方面。对于这些遗产的整理、保护以及利用，不仅可以加速社会文化、经济等各方面的发展，也可以构建和完善中国文化的完整性。

第三，长安文化经典文献整理与研究

对长安文化经典文献进行整理与研究，主要内容有：1."十三经"的整理与研究。主要完成《十三经辞典》的编纂任务。之后，再进一步进行"十三经"的解读与综合研究，探讨经典文化在中国文学发展中的重要意义。2. 与长安文化有关的文学文献整理与研究。本项目拟对陕西尤其是关中地区的古代文学文献进行系统的整理（如重要作家的诗文集等），在此基础上进行综合研究。

确立本研究方向的依据在于，"十三经"与长安文化关系密切，保存了先秦时期的重要文献，尤其是《诗》、《书》、《礼》、《易》几部经典中的绝大部分内容，属于以丰镐为都城的西周王朝的官方文献。"十三经"既是早期长安文化的标志性成果，也是秦汉以来长安文化和中国文化的理论基础和思想渊源，内容涉及古代文化的许多方面，诸如天人合一的思维模式、天下为公的大同理想、以民为本的治国原则、和谐人际的伦理主张、自强不息的奋斗精神、重视德操的修身境界等等。这些思想、精神渗透在民族的性格与心理之中，具有强大的凝聚力。另外，长安文化形成时期，产生了许多经典文献，经、史、子、集均有保存。许多文人出生于长安，或游宦到长安，创作了大量的文学作品，对长安文化的形成起了重要作用，这是研究长安文化的基础，需要进行细致的整理。

围绕以上三个方向的研究，我们期望能对长安文化进行较全面的认识，尤其是对长安文化影响中国文学的诸多问题有开拓性的认识。在商务印书馆、中华书局、中和化德传媒有限公司、三秦出版社、陕西人民出版社等单位的大力支持下，我们拟把研究成果以不同的丛书形式出版，目前已启动的有《长安文化与中国文学研究》、《长安文献资料丛书》、《陕西方言重点调查研究》等。《十三经辞典》已经出版十卷，我们将抓紧时间完成其余工作，使其成为完璧。总之，通过"长安文化与中国文学"项目的实施，我们要在学术上创出新特色，在队伍上培养出新人才，使我们的学科建设再上一个新台阶，同时也为国家与地方文化建设及文化遗产保护做出一定的贡献。

"长安文化与中国文学研究"工作委员会
2009 年 11 月 22 日

目　录

再版说明 ……………………………………………………（1）
比较文学研究的突破性尝试
　　——评马歌东先生的日本汉诗研究（代序）……栾栋（2）

日本汉诗总论

日本汉诗概说………………………………………………（13）
日本汉诗的运命……………………………………………（24）
日本五山禅僧汉诗研究……………………………………（48）

语言受容机制研究

训读法
　　——日本受容汉诗文之津桥………………………（81）

受容个案研究

试论日本汉诗对李白诗歌之受容 ……………………（101）
试论日本汉诗对杜诗之受容 …………………………（117）
试论日本汉诗对王维五言绝句幽玄风格之受容 ……（136）
白居易研究在日本 ……………………………………（154）

日本诗话研究

日本诗话的文本结集与分类 …………………………（169）
评虎关师炼《济北诗话》陶渊明"傲吏说" …………（184）

中日文化渊源及比较研究

中日秀句文化渊源考论 ………………………………（205）
唐宋涉脍诗词考论
　　——兼及日本汉诗脍意象 ………………………（228）
物理·事理·情理·禅理
　　——试论中国古诗与日本汉诗中的造理表现 …（247）

《东瀛诗选》研究

俞樾《东瀛诗选》的编选宗旨及其日本汉诗观 ……（269）

日本汉诗人研究

梅墩五七言古诗管窥 …………………………………… （289）

疑义相与析

《桃花源记》"男女衣著,悉如外人"之"外人"解读辨误……… （319）
日本诗话《彩岩诗则》著者之谜试解 ………………… （336）
《全唐诗逸》辨误 ……………………………………… （343）

附　录

附录一　主要参考文献 ………………………………… （357）
附录二　日本汉诗精选五百首 ………………………… （374）
附录三　作品入选日本汉诗人一览表 ………………… （466）

旧版后记 ………………………………………………… （473）

再版说明

本书 2004 年 1 月由中国社会科学出版社出版，此后又发表相关论文二篇：《评虎关师炼〈济北诗话〉陶渊明"傲吏说"》、《〈桃花源记〉"男女衣著，悉如外人"之"外人"解读辨误》，此次再版一并收入。同时，收入栾栋先生《比较文学研究的突破性尝试——评马歌东先生的日本汉诗研究》一文作为再版之代序。

特此说明。

2010 年 3 月 1 日

比较文学研究的突破性尝试
——评马歌东先生的日本汉诗研究（代序）

栾 栋

栾栋（1953— ），男，陕西子长人，法国索邦第一大学人文科学国家博士，华南师范大学文学院/广东外语外贸大学外国文学研究中心教授、博士生导师。

近代以降，比较研究成了我国文学演进和社会变革的基本思想方法之一。但是其套路始终徘徊于法国模式（影响研究）和美国模式（平行研究）之间，许多问题仍有待学术界通力解决。近读马歌东先生的《日本汉诗溯源比较研究》（中国社会科学出版社2004年版，以下简称《比较研究》），其可喜的态势启发三顾九思，一种比较研究的新景观让人流连忘返。作者称自己的研究是"尝试性"的探索，实际上作出了突破性的成绩。概而言之，有以下三方面的工作值得人们重视。

一、层层涟漪汇清波

早在20世纪初叶，我国学术界就意识到了国际上两大比较流派的成败利钝。法国派主要以事实联系为基础影响研究,其突出的特点是严格限定所比较对象的内在联系。可是该派在态度严谨细密的同时,也暴露出思想范围过于矜持的弱点。美国式的平行比较则放开了人们的手脚,将可比的范围拉得很宽。研究者获得了前所未有的自由度,但是倘无"历史演变及系统异同之观念",就会"古今中外,人天鬼龙,无一不可取以相与比较",甚至"穿凿附会,怪诞百出,莫可追诘"。①

就上述两种方法而言,前者的拘谨固然欠佳,但是较之后者的任意比附,毕竟是弊有其轻的选择。后者失之宽泛随意,可是对于经过严格学术训练的学林高手,仍然是"普遍联系"且可"冥会暗合"的开放途径。因而严肃的学人往往以法国化的影响研究作为方法论鹄的,开放的智者常常以美国式的平行比较拓展认知型的思路。淹通的博学大家则在两种方法间兼容并取,同时也在古今中外其他方法中爬梳剔抉,力求找到更为得心应手的学术谋略和研究技巧。如陈寅恪对我国中古"格义"与"合本"的清理,钱钟书对"诗眼"和"文心"的"打通",实际上都是在古今中外的比较研究方法中取长补短,摸索某种更为切实可行的新途径。

《比较研究》走的也是一条艰难的探索之路。其层层涟漪,道道遗痕,可以用八个字来形容:"循环往复,澄澈净化。"作者给我们展示出的是太极图式的工作方式,披露出中日文化在汉诗星河中此起彼伏的一系列循环。汉诗在中日当时的赓续响应、隔代的钻仰唱和以及途径韩国等中介的传导授受,显现出国别式的第一种循

---

① 陈寅恪:《陈寅恪集·书信集》,三联书店2001年版。

环；汉诗在日本文学史上的反复阐释和应时筛选，构成了内系统小机制的封闭式运动，这是我们看到的第二种循环；作者以当今人文精神对日本汉诗的新解，推动了该领域乃至中日文化有关方面的送往迎来，这是我们从中看到的与时俱进的第三种循环。

这些循环是澄澈净化的运动。它们把中国"诗以言志"、"持人性情"、"为天地立心"、"为生民立命"的伟大精神送给了一衣带水的邻邦，把中国古诗特别是唐宋诗词的优秀成果融入了日本"岛国文化"的方方面面，把中国古代诗歌对文明戾气的消解和对恶风厉俗的净化带进了大和民族历史演变之流程，也把中日两国运命起落时世推移的复杂变数投射到汉诗这样一种独特的历史屏幕上。我们看到，正是由于日本汉诗人及汉诗爱好者如痴如狂的苦心经营，中华民族文化精华之一种才得以在日本发扬光大；也正是因为中日两国学人围绕汉诗的种种努力，中日关系方才有了这么一种扬清去浊的"半亩方塘"。它映照出了古今诗学之美，折射出了中日时势之变，净化着人类本性之杂。

显然，这种太极图式的循环往复，是比较研究领域的新举措。作者虽然没有作这样的理论概括，但通读《比较研究》完全可以体会到整个比较工程的如是规模。作者给我们奉献的是净化以至澄澈的汉诗研究成果。从方法论上来看，他不仅吸收了"格义"和"合本"的积极用意，而且采撷了"文眼"和"诗心"的"打通"精神，在某种意义上我们甚至可以说，他在"影响研究"和"平行研究"的两大派系之间，摸索出了一种新的途径——循环往复，净化澄澈。

二、史论结合识精微

20世纪下半叶，日本汉诗再次成为日中两国学术界关注的对象。研究成果逐年增多。从中大致可以看出两种倾向：其一是史的梳理，各种各样的汉诗史书蔚为大观；其二是理论评述，对具体作家作品的评介与日俱增。如何将此类研究引向深入？这个问题成了日本汉诗学探究再上台阶的关键。《比较研究》以史论结合的体例和宏观微察的视角，给我们提供了颇有特色的学术成果。

编史不易，但是搜罗丰富毕竟能够以资料见长，至少可从篇幅胜出。在这方面，作者有非常优越的条件，甚至可以说其编纂日本汉诗史的资源相当丰厚。然而他没有走这条足以快速出书的编排捷径。《比较研究》让人过目难忘的印象是史与论的紧密结合。其中以相当的篇幅讲述了日本汉诗概况、日本汉诗唐诗受容史、日本汉诗出版史、中日汉籍版本交流史等重要的学术问题，可是即便在诸如此类的史话部分，也处处让人体会到作者深刻的思想触角和中肯的理论概括。字里行间凸显出的始终是"日本汉诗的运命"和汉诗演变规律等重大的学术主题。作者把史之钩沉称作"基础研究"或"纵向研究"，把论的熔铸称作"学理思索"或"横向考辨"。通观全篇，日本汉诗的发展脉络清晰可辨，作者对这种特殊文化种类的精辟理解随处可见。史的线索是清晰的、明快的，论的内容是充实的、圆赅的。史与论水乳交融，浑然一体。这是《比较研究》的学术风格，也是作者的治学特点。以史立论，论从史出。以论统史，史因论深。史论结合的好处人人皆知，但是落实在研究活动之中很不容易。《比较研究》在这一点上处理得十分得体。

《比较研究》囊括的相关诸史（中日汉诗史、汉诗学史、日本汉唐诗受容史、汉史出版史、中日汉籍版本交流史）本来都可以写成卷帙浩繁的大部头著作，而在作者的笔下都成了浓缩到不能再浓缩的精彩篇章。换言之，他没有长篇大论地讲"史"实，而是在吃紧的穴位"洞察"，在"食不厌精"的地方"下箸"。此举并未让人有吞糖精、食醋精之感，反而牵一发而动身，窥一管而知全豹。于是宏观之史，顿时化作微观之妙，留下了许多耐人寻味的东西。

这固然取决于作者对上述史论问题高精度的处理，同时也得益于他驾驭宏观和把握微观的熟练技巧。他的日本汉诗总论、日本诗话概说、中日汉籍交流都非大论空论，而是实实在在的探骊取珠。在受容史研究中，作者紧抓杜甫、李白、王维三位诗人的传承史实；在日本唐诗研究方面，现身说法的是"白居易研究在日本"；"训读法"搭起了受容汉诗文的"津桥"；"秀句"论沟通了中日诗人在隐秀韵味上的同好；《彩岩诗则》著者考钩出一串串奇闻逸事；《梅墩诗作管窥》抛出了一片片澄江余霞；"脍文化"引出了源源不绝的风情掌故；《东瀛诗选》（俞樾编选）使汉诗涡流中的中日循环变得十分直观；日本汉诗的"造理"论又将物事情禅剖析得津津有味……一言以蔽之，史论结合是《比较研究》的过人之处。在当今各类史书越编越厚的学术"肿胀"流行病背景下，"精一点"正是非常值得提倡的学术风气。

三、登高方知天地阔

自从人类分工分出"专家"之后,人们对专家的头衔非常在乎。专而成家是人类文明得以快速发展的因素之一,尤其是科技发展的重要诀窍。但是对于人文事业来说,谈"家"必"专"实在是一种误区。人文学术与其说需要专家,不如说需要"转家"。古人早就提示"君子不器",早就主张"转益多师",早就宣讲"广大教化",今人也常说"文史哲不分家"。但是实际上人们仍然乐于一专独秀,因为一秀独强,一强独惠,甚至一强独霸。更何况融会贯通乃费时费力且又入不了当今学科规范的事情。吃力不讨好。

人文学者不可如此实惠,至少得有点精神。如果说"为天地立心"、"为生民立命"之类的大道理我们够不上,那么努力做一点文史哲融会贯通的工作还是可以的。一个人不可能万事俱通。但是对于人文学科而言,文史哲的连体互根,潜在地预设了我你他兼容并包的格局。人们往往担心一步"超越"了自己的学科而无法"回归",事实上孙悟空压根就没有"超越"如来佛的手心。忧虑自己的学科之"失",实际上是你我他一方独尊后的"恐失症"。

万物皆流,万物皆变,但是对于人类道德来说,你我他和合不变。对于人文群科而言,文史哲一家永恒。"蜂蝶纷纷过墙去,却疑春色在邻家。"而对于治学,墙是隔阂,但又不是隔阂,一旦突破隔阂,就疏通了你我他之间的"小家"。当此之际,看似无家,实则有家,无了小家,显出大家。换个角度讲,文史哲的融会贯通是上面所提到的"专家"变"转家"的过程。融会贯通是"转中"专","专"中"转",是"点"为"面"开,"面"向"点"合。最是无家可归日,始臻出神入化时。

登高方知天地阔。《比较研究》的作者就是这样一个不安于现状的人,或者说他是一个自我放逐的人。他是中国古代文学领域造诣深厚的专家,却投入日本汉诗的涡流中沉潜含玩20多年。他的日语纯属自学,但是5年之后,已经很有水平,并应邀赴日本讲学。他从中国古代文学,转入了日本汉诗研究,而日本汉诗研究又促动了中日文学的比较研究。这种跨语种、跨学科的储长用短,迫使自己不断脱胎换骨,知难而进;而研究领域的拓宽和不同学科之间的化感通变,又为努力创新和艰苦锻炼以及学术格局的璧合,提供了不畏艰险勇敢登攀的学术平台。

25年来,作者正是这样自我"虐待",自我"放逐"。他常常是在某一方面臻于成熟,可以大量推出研究成果之时,主动放弃了著书立说的便利,再度"筚路蓝缕,以启山林"。这是一种与时下浮躁学风截然不同的治学品格,也是人类文化必须守住的防滑支点。他耐住了寂寞,越过了坎坷,其击燧石而敷艾草之处,已经超越了比较之焦点,实际上进入了化己度人的学术境界。

《比较研究》也有美中不足之处,对研究对象同情的理解过多,尖锐的批评付之阙如;在诗歌品鉴方面温柔敦厚有余,恢诡奇谲不足;在比较研究践履中渗透着深沉的学术造诣,但是在理论提炼方面往往浅尝辄止,语焉不详。从总体上看,这本《比较研究》仍不失圆通之风神,可嘉许之处不胜枚举。概而言之,其凸显的脉络主要是循环往复,净化澄澈;其行文的理路集中在史论结合,纵横交错;其治学的精神体现出博观约取,精益求精。作为一种比较研究，这种执着的追求实际上已经是在摸索一种突破性的尝试，即摆脱短平快的直通式类比，拓展一种圆通疏放的大时空文化交流。在这种意义上，《比较研究》给我们的启示远过于目前充斥学界的各类《比较文学概论》。

原载《华南师范大学学报》（社会科学版）2006年第1期

日本汉诗总论

日本汉诗概说

日本汉诗是日本人用汉字写成的中国古代诗歌式的诗。日本汉诗不仅是日本传统文化的重要组成部分,而且是以唐诗为代表的中国古代诗歌影响并繁衍到海外的最大一脉分支。它是中日两国人民友好情谊的重要纽带,是两国文化交孕而生的文学瑰宝,也是世界民族文化交流史上璀璨的奇迹。日本汉诗在其1300余年发展史上,产生过数以千计的诗人和数十万首诗篇,成绩斐然,蔚为可观。

日本汉诗的发展,大致可以划分为四个时期。

一、王朝时期(646—1192)

此时期包括了日本历史上的大和时代后期、奈良时代、平安时代,是日本汉诗的源起时期。

据《日本书纪》和《古事记》记载,公元285年,当百济国(朝鲜古国之一)博士王仁被日本国特聘为皇太子之师而赴日时,带去了《论语》和《千字文》。(这是史书上的正式记载,而实际上汉字传入日本的时间当更早。)此后,在皇室贵族、朝廷大臣的带动下，日本逐渐兴起了历久不衰的学习汉文化的热潮。遣唐使和留学生的连连派出，中日两国友好外交的不断升温，成为日本汉诗产生的契机。正如日本汉诗研究专家猪口笃志所说的那样："因为唐代是诗的全盛时代，所以日本人学作汉诗不仅仅是个人的趣味爱好，而且是与中国人交际时进而在外交来往时的一种不可欠缺的教养。"（《日本汉诗鉴赏辞典·序》）

日本汉诗源起于天智天皇（626—671）时代。他做皇子时就领导了著名的大化改新（646），即位后积极推进与唐朝的友好关系。665年唐使刘得高访日，他随即派出遣唐使回访；669年他又遣使访唐，唐朝随即派答使郭务悰率随员2000余人回访，盛况空前。日本汉诗正是在中日双方如此频繁的交往应酬中逐渐产生的。

其皇子大友被认为是日本最早的汉诗人。大友皇子（648—672）曾任太政大臣，天智天皇死后，他在与大海人皇子（天智天皇之弟，即位为天武天皇）角逐皇位的"壬申之乱"中兵败自杀，时年25岁。明治三年（1870），追谥为弘文天皇。在日本第一部汉诗集《怀风藻》中，收存了他的《侍宴》、《述怀》两首诗。《述怀》云：

　　道德承天训，盐梅寄真宰。
　　羞无监抚术，安能临四海。

江户时代著名汉诗评论家江村北海在其《日本诗史》中评此诗云："典重浑朴，为词坛鼻祖而无愧者也。"明治时代著名汉诗人国分青崖在《日本诗话丛书题词》中亦云：

弘文聪睿焕奎章，东海诗流此滥觞。

仰诵皇明光日月，于今艺苑祖君王。

日本第一部汉诗集《怀风藻》编定于751年，比第一部和歌总集《万叶集》的编成还早10年左右。《怀风藻》受齐梁及唐初诗风影响，多应诏侍宴之作。形式以五言八句为主，好用偶而多不合律。

此后，嵯峨天皇授命编纂的《凌云集》(814)、《文华秀丽集》(818)及淳和天皇授命编纂的《经国集》(827)，这所谓"敕撰三集"的产生，把日本汉诗的发展大大推进了一步。这三集的诗风明显受了唐诗的影响，七言诗增加了，平仄也渐趋于谐和。

从10世纪初菅原道真的《菅家文草》(900)、《菅家后集》(903)中，我们可以看到当时在日本久久盛行的所谓"白乐天风"的影响。

唐末，遣唐使废止。与中国交往的中断使涓涓细流的日本汉诗陷入沉滞状态，在各种名目的赛诗会上，汉诗走向了游戏化、竞技化的形式主义道路。

王朝时期的主要汉诗人，在大和时代，除大友皇子外，还有大津皇子、中岛大臣、文武天皇等。在奈良时代，有长屋王、刀宣利令、藤原宇合、藤原万里、麻田阳春、大伴池主、阿倍仲麻吕（唐名朝衡）等。在平安时代，有嵯峨天皇、小野岑守、巨势识人、空海、智子公主、小野篁、都良香、岛田忠臣、菅原道真、纪长谷雄、大江朝纲、菅原文时、橘直干、大江匡房、藤原忠通等。

王朝时期的汉诗文总集，除"敕撰三集"外，还有《扶桑集》

(998)、《本朝丽藻》(1010)、《和汉朗咏集》(1013)、《本朝文粹》(1045)、《朝野群载》(1116)、《新撰和汉朗咏集》(1138) 及《本朝无题诗》(1162—1164) 等；别集除菅原道真的外，还有空海的《性灵集》(835)、都良香的《都氏文集》(879)、岛田忠臣的《田氏家集》(892) 等。

值得一提的是，空海806年自唐归日后潜心著述的介绍六朝及唐诗文作法和诗论的《文镜秘府论》(820) 及摘其要而成书的《文笔眼心抄》(同年)，正是适应了当时日本汉诗发展的迫切需要。

二、五山时期（1192—1602）

此时期包括日本历史上的镰仓时代和室町时代。这是日本汉诗重得源头活水后得以缓慢发展的时期。

12世纪末，皇室衰微，武士崛起，政权归于将军幕府，文化中心也随之由朝廷转向了受幕府控制和庇护的"五山十刹"——京都五山的天龙寺、相国寺、建仁寺、东福寺、万寿寺；镰仓五山的建长寺、圆觉寺、寿福寺、净智寺、净妙寺，以及五山之首南禅寺。当时，中日交通仍被阻绝着，而西渡求法的日本禅僧和东渡传法的中国禅僧却可以比较自由地往来其间。他们在交流佛教的同时也进行着汉诗文的交流，日本汉诗遂因此而不断地得到了"源头活水"。这一时期的汉诗文作者主要是五山禅僧，所以一般称此时期之文学为"五山文学"。五山时期的汉诗无论在量的方面还是在质的方面都远远超过了王朝时期,其诗风也由几乎单宗白居易转为对李白、杜甫、苏轼、黄庭坚等诸多唐宋诗人的景慕和模仿。由于禅僧往往诗与偈并作,诗境与禅境相融,所以一般说来五山汉诗受喜好说理的宋诗的影响尤深。

五山时期最负盛名的诗人是绝海中津(1336—1405,有《蕉坚稿》)和义堂周信(1325—1388,有《空华集》),其次是虎关师炼(1278—1346,有《济北集》)、中岩圆月(1300—1375,有《东海一沤集》)和雪村友梅(1290—1346,有《岷峨集》)。

五山诗集以别集为多,总集仅有《北斗集》、《花上集》等。

三、江户时期(1603—1868)

从江户(今东京)幕府的创设到明治维新前夕,日本历史上称为江户时代。这是日本汉诗的全盛时期。这一时期又可以划分为以下四个阶段:

第一阶段(1603—1708),儒者文学的兴起。

其先行者是日本宋学奠基人、一代名儒藤原惺窝。惺窝专力于程朱理学,而以余力为诗文,影响很大,门生众多。其中林罗山、松永尺五、堀杏庵、那波道圆在经学方面最为著名,有"四天王"之称。而以诗论,则成就最高的当数石川丈山,其次为那波道圆。

松永尺五的门人木下顺庵不满五山诗风而首倡恢复唐诗,荻生徂徕曾肯定其功绩说:"锦里先生(顺庵又号锦里)出而扶桑之诗皆唐。"服部南郭亦云:"锦里先生实为文运之嚆矢。其诗虽不甚工,但首唱唐风。"顺庵门下英才辈出,其中最负盛名的是新井白石、室鸠巢、雨森芳洲和祇园南海。

第二阶段(1709—1750),萱园古文辞复古派的盛行。

萱园是荻生徂徕的宅舍名,后因以为号。为廓清朱子学影响和荡涤五山余风,荻生徂徕接过明代前后七子"文必秦汉、诗必盛唐"的大旗,开创日本古文辞派,以复古为己任,排斥宋诗,鼓吹唐诗,奉李攀龙之论为圭臬,以假其名而编集之《唐诗选》为作诗者必读之书。徂徕门生极多,其中太宰春台、山县周南、服部南郭、高野兰亭、平野金华、释大潮、释万庵等皆以诗名。萱园之学风靡日本六七十年,直至他死后还久盛不衰。这对于唐诗在日本的进一步传播有不可低估的积极意义,但萱园派同明前后七子一样,也存在着刻意模拟古人的弊病。

第三阶段(1751—1803),清新宋诗风的勃兴。

这一时期,日本汉诗坛掀起了批判萱园流弊的浪潮。一方面,在理论上,有山本北山《作文志彀》、《作诗志彀》、《孝经楼诗话》,市河宽斋《谈唐诗选》,津阪东阳《夜航诗话》,太宰春台《文论》、《诗论》,大洼诗佛《诗圣堂诗话》,久保甫学《木石园诗话》等,鼓吹宋诗,指斥《唐诗选》,倡袁中郎(宏道)之清新,排击李(攀龙)王(世贞)之模拟剽窃,其势迅猛不可当。而此际之鼓吹宋诗,与五山禅僧之喜宋诗好谈性理已经不同。此际诗人,往往以放翁、诚斋为宗,得其自然清新之趣。此阶段涌现出一大批优秀诗人,使汉诗坛呈现出空前繁荣,其最杰出者,有龙草庐、柴野栗山、尾藤二洲、古贺精里、赖春水、赖杏坪、菅茶山、释六如(慈周)、释大典、大田南亩、市河宽斋、大洼诗佛等。

经学上无休止的论争终于导致了宽政二年（1790）的"异学之禁"。此后唯朱子学是官学，朱子学以外的其他学说均被列为"异学"而遭禁止。异学之禁虽因受到普遍反对后来不得不草草收场，但它使经术之学从此失去活气，举世重辞章，诗人开始独立于学者之外，这对于日本汉诗的走向大众化和达到空前繁荣，是一个重要转机。

第四阶段（1804—1868），日本汉诗百花绚烂的极盛时期。

此阶段的主要诗人，除前阶段的柴野栗山、尾藤二洲、古贺精里、赖春水、赖杏坪、菅茶山、大田南亩、市河宽斋、大洼诗佛等继续活跃外，新起的诗人有草场佩川、梁川星岩、广濑淡窗、广濑旭庄、大槻磐溪、斋藤拙堂、赖山阳、森春涛、大沼枕山、藤井竹外、安积艮斋、佐藤一斋、菊池五山及女诗人江马细香、梁川红兰等。诗人布及僻远，诗艺臻于完熟，日本汉诗日益呈现出自己独特的风采。

至江户末期，内外多事，幕府衰替，维新胎动，诗文亦为之一变，忧国志士慷慨悲壮之歌如雷如电如雨如风，给日本汉诗注入了新的生命。

江户时代的汉诗文总集极其繁富，有按师承门派编选者，如《木门十四家诗集》收木下顺庵门下14家诗476首，《萱园录稿》，收徂徕门下49家诗340首，《宜园百家诗》初、二、三编，收广濑淡窗、旭庄兄弟门下及有关者519家诗20卷等；有按时代及体裁编选者，如文政十二年（1829）刊《文政十七家绝句》500首，天保九年（1838）刊《天保三十六家绝句》925首，嘉永元年（1848）刊《嘉永二十五家绝句》966首，安政四年（1857）刊

《安政三十二家绝句》749 首,文久二年(1862)刊《文久二十六家绝句》618 首,庆应二年(1866)刊《庆应十家绝句》300 首等;有按地域编选者,如《三备诗选》收备前、备中(今皆属冈山县)、备后(今属广岛县)三地 79 家诗 237 首,《三野风雅》收三野(美浓旧称,今属岐阜县)200 家诗 1000 首等;此外,如《日本咏物诗》收 134 家咏物诗 545 首,《采风集》收清新性灵派 179 家诗三卷等,亦各有特色。于此应特别指出的是江村北海所编《日本诗选》正编 10 卷、续编 8 卷,辑录了江户时期 502 家诗;市河宽斋所编《日本诗纪》50 卷及卷外集、别集、系谱各一卷,选辑了王朝时期 420 家诗 3204 首,句 527 条;友野霞舟所编《熙朝诗荟》100 卷,选辑了江户时期 1467 家诗 14318 首。这是江户时代编选的最大三部汉诗总集,被称为日本汉诗之大观。即此,可以窥见江户时代日本汉诗的全盛气象。

四、明治(1868)以后

这是日本汉诗从全盛逐渐走向衰落的时期。这一时期大致可以划分为两个阶段:

第一阶段(1868—1911),明治时代。

明治前期(1868—1889)活跃于汉诗坛的有三个派系——广濑淡窗咸宜园的一门、冈本花亭的一门、梁川星岩的一门,而以星岩门下之大沼枕山、小野湖山、森春涛影响最大。明治初的诗社有铃木松塘的七曲吟社、向山黄村的晚翠吟社、冈本黄石的曲坊吟社等,而以大沼枕山的下谷吟社影响最大。明治七年森春涛结茉莉吟社，其声势又超过下谷吟社。森春涛倡清诗，使明治诗风为之一变。

明治后期（1890—1911），森槐南（春涛之子）主盟的星社成为汉诗坛的中心，参加者有国分青崖、本田种竹、野口宁斋等。当时的吟社，还有小野湖山的优游吟社、福井学圃的涵泳吟社、田边莲舟的昔社、关泽霞庵的云门会，大江敬香的花月会等。

明治时期汉诗文杂志的创刊（如《鸥梦新志》、《明诗综》、《百花栏》、《随鸥集》等）和报纸上汉诗专栏的设立（如《每日新闻》的"沧海拾珠"专栏、《日本新闻》的"文苑"专栏等）为汉诗的发表开拓了一个新的渠道，成为明治汉诗坛的一个特色。

明治汉诗坛虽还有过一时的繁荣，但江户时代的全盛景象已不复可再。维新以后，一方面，日本的兴趣与目光已转向西方科学文化；另一方面，中国晚清的诗坛也已少有活气，日本汉诗与曾经为其源头并不断向其注入过活水的中国古代诗歌几乎同时走向衰微，也是情理中事。

第二阶段（1912年以后），大正、昭和时代。

随着西学的隆兴，汉学一步步走向衰落。汉诗坛上虽有国分青崖极力撑持，一人主盟了雅文会、咏社、兴社、兰社、朴社等许多诗社，并扶助着随鸥吟社和艺文社，但再难唤回汉诗的青春，反而更显出诗坛的索漠荒寂。待到后来连报纸上也很少再设汉诗专栏时，汉诗也就随之淡出社会生活。

以上，是对日本汉诗发展史的一个极疏略的概括。

在此，还应当说明的是，自9世纪末遣唐使被废止以后，日本汉诗人几乎都不谙华音，就是说，对于汉语，既听不懂，更不能说。但日本人是使用汉字的，能识其形而明其义，于是便发明了"训读法"来译读汉诗文。训读法与音读法相对应，建立在对汉语字词进行训解的基础之上。训读的汉诗，虽然在汉字间夹缀了一些日语假名（字母），并按日本语语法挪动了某些字词的位置，且失去了华音，读出来只有日本人才听得懂，但汉字几乎完全被保留下来。正是通过汉字，日本人得以充分地理解和把握汉诗的真谛，品尝到汉诗的真味。不难想象，他们写作汉诗，要远比我们中国人困难得多。可以说，正是对于汉文化、汉文学由衷而持久的向慕，他们才有那样的勇气和毅力，一代一代不懈地追求着、摸索着、开拓着、积累着学习与写作汉诗的经验，1300余年如一日，这是一个怎样艰苦的历程！

训读法的缺憾是失去了汉诗的音韵美，这实在是非常可惜的事。不过日本汉诗人在写作汉诗时，却是严守音韵格律的。这种认真态度一直延续至今，现在日本出版的任何中日汉诗选本，必逐一注明每首诗所押何韵、韵脚何在，即是一例。

明治以后，日本文学史的编写，遵循西方只论述本民族语言所写文学的惯例，只注意和文学，冷落了汉文学。这种有违日本文学发展历史的倾向，严重阻滞了日本汉文学的整理和研究。

可喜的是，近年来，在日本国内，日本汉文学开始愈来愈多地引起了专家学者的注意。以汲古书院刊11卷本《词华集日本汉诗》、20卷本《诗集日本汉诗》、4卷本《纪行日本汉诗》等为代表的一大批著名的日本汉诗总集别集相继出版了，以山岸德平著、汲古书院刊《近世汉文学史》，猪口笃志著、角川书店刊《日本汉文学史》以及日野龙夫等编纂、岩波书店刊10卷本《江户诗人选集》等为代表的一大批日本汉诗研究专著相继问世了。清代著名学者俞樾（曲园）编选的《东瀛诗选》也由汲古书院出版，还有近藤春雄著、明治书院刊《日本汉文学大事典》等工具书的出版，以及雨后春笋般大量发表的日本汉文学研究论文，这一切，说明以日本汉诗为主体的日本汉文学研究的高潮正在到来。

近年，我国学者也已经开始留意以唐诗为代表的中国古诗曾经产生过怎样的国际影响，所谓"汉字文化圈"和域外汉文学的研究虽不过涓涓细流，却也已初起波澜。我想，中日两国关于汉诗研究的这两股潮流若能相互沟通以至合流，必将出现更蔚然可观之景象。

今荟萃日本汉诗之精华——诗三百首、句四百联——以成此书。区区之心，将欲顺其势，推其波，而助其澜也。料谬误之处难免，恳望中日学者及广大读者朋友们不吝赐教。

（本文原为拙著《日本汉诗三百首》[世界图书出版西安公司1994年9月出版] 一书之自序）

日本汉诗的运命

一种文学艺术，其价值的充分实现，不仅是当其被创作出来的时候，更重要的是当其广泛地被欣赏、被批评的时候。由于社会的、历史的、民族的、语言的、地域的种种因素，日本汉诗作为中日两国文化交孕而生的文学瑰宝，迄今还没有得到它本来应该得到的与其巨大成就相应的更广泛的欣赏和批评，因而还未能充分实现其价值。从这一意义上讲，作为一种文学艺术，日本汉诗的运命是近于寂寞的，它的绚丽的光华和人文价值还在很大程度上被埋没着。

努力改变这一运命，我想，是日本与中国汉诗研究者责无旁贷的共同使命。当今，中日文化交流的空前繁荣，已为这一历史使命的实现准备了必要的条件，创造了良好的氛围。我们可以充满信心地预料，当在日本已有1300余年发展史，拥有数以千计的诗人和数十万首诗篇的日本汉诗，一旦被多形式多渠道地充分地介绍到汉诗的发祥地中国去的时候，必将引起广泛的兴趣，受到热情的欣赏和批评。中国的汉诗研究者在喜获这一新的研究领域的同时，会感到若不对日本汉诗作一点基本的必要的研究——可以视为是对于中国古诗的"域外追踪研究"，则自己的研究将是不完整的研究；而中国的情况，反过来又必将给日本的汉诗研究者以鼓舞。果能如此，则对中国古诗与日本汉诗的研究，都将是一个很大的促进。

一、日本汉诗与中国古诗

日本汉诗与中国古代诗歌，二者之间存在着历史久远的复杂的亲缘关系，这种关系至今仍然是影响日本汉诗运命的重要因素。为了说明把日本汉诗介绍到中国去的合理性与可行性，有必要对日本汉诗与中国古诗间的亲缘关系作最基本的考察。

（一）日本汉诗的源头在中国

日本汉诗在自己漫长而曲折的发展史上，虽也经历了源起、发展、全盛、衰落的全过程，但是，与同为日本诗歌的和歌相比，源头很不同。和歌是源于日本民间的本土文学，日本汉诗的源头却在中国。

江村北海《日本诗史》（《日本诗话丛书》卷一）开篇云：

> 按史，应神天皇十五年，百济国博士阿直几来朝，献《周易》、《论语》、《孝经》等书。上悦，使阿直几授经诸皇子。我邦经学，盖肇于此云。后阿直几荐王仁，上乃诏百济王征王仁。王仁至，与阿直几同侍讲诸皇子。上崩，仁德天皇即位，迁都浪速，王仁献《梅花颂》，所谓三十一言和歌者也。或曰：

"异域之人，何以作和歌？所献或是诗章，当时史臣译通其义耳"；或曰："王仁归化既久，熟我邦语言，学作和歌。"未知孰是也。要之距今千有四百年，载籍罕传，其详不可得而知也。自仁德升遐，历世三十，经年四百五十，天智天皇登极，而后鸾凤扬音，圭璧发彩，艺文始足商榷云。

史称，诗赋之兴，自大津王始。纪淑望亦曰："皇子大津始作诗赋。"而其实大友皇子为始，河岛王、大津王次之。大友诗，五言四句："道德承天训，盐梅寄真宰。羞无监抚术，安能临四海。"典重浑朴，为词坛鼻祖而无愧者也。大友，天智太子。

（按：313 至 399 年仁德天皇在位，661 至 671 年天智天皇在位，则"自仁德升遐"至"天智天皇登极"仅 263 年，此云"经年四百五十"，疑误。）在这段有关汉籍传入与汉诗起源的重要论述中，还涉及了和歌。虽云"未知孰是"，但无论是"当时史臣译通其义"，还是王仁"学作和歌"，只要这一史料属实，均可说明在汉籍传入之前，日本早已有 31 字和歌存在。

那么，日本汉诗为什么源起于天智天皇时期呢？对此，猪口笃志在《日本汉诗概说》（其所著《日本汉诗》一书之序）中曾有扼要说明，摘录如下：

与隋唐的交通和亲，进一步推动了汉文学的兴盛，并使社会生活也发生了很大的变化。特别因为唐朝是汉诗的全盛时代，所以日本人作汉诗不仅仅是一种好尚，而且是与中国人交往时必要的不可欠缺的教养。七年，齐明天皇崩御，大兄皇子即位为天智天皇，天皇学奉周公孔子之道，整顿学制，振兴文教，于万机之暇招学士大夫赐宴赋诗。四年（665）九月，唐使刘得高来朝，我方遣唐使回访；六年（667），迁都近江，八年（669），遣使赴唐，唐又派答使郭务悰率随员2000余人回访，盛况空前。在如此频繁的交往中，彼我使臣之间想必会有不少相互酬答的诗作。所以，日本汉诗起源于天智天皇时代决非偶然。

这段论述，不但把日本汉诗的源起置于日本与隋唐交亲的广阔历史背景中来考察，而且对日本人最初写作汉诗的动机也有所推断，即当时写作汉诗不仅仅是一种好尚，而且被视为与汉诗全盛期的中国人交际时的一种必要的文化教养。如此说来，当日本汉诗最初产生之时，就把汉诗故乡的中国人视为重要的读者对象了。从日本汉诗源于中国古诗这层源流关系来看，早期日本汉诗人的这种想法非常自然。当时空前频繁的中日人员往来，确实为中日间诗人的直接接触与交流提供了可能。

（二）日本汉诗对中国诗歌的不断受容

日本汉诗之以中国诗歌为源，不仅仅是当其源起的时候，在其后来的发展中，仍需要中国诗歌的源源注入，仍需要为了更新而不断吸纳借鉴。中国诗歌在其自身发展历史长河中的一个又一个重要浪潮，大都在经过相当时期以后波及日本汉诗。诚如江村北海《日本诗史》卷四所云：

> 夫诗，汉土声音也。我邦人，不学诗则已。苟学之也，不能不承顺汉土也。诗体每随气运递迁，所谓三百篇、汉魏六朝、唐宋元明，自今观之，秩然相别。……我邦与汉土，相距万里，划以大海，是以气运每衰于彼而后盛于此者，亦势所不免。其后于彼，大抵二百年。胡知其然？《怀风》（日本第一部汉诗集，公元751年编成。——引者）、《凌云》（日本第一部敕撰汉诗集，公元814年编成。——引者）二集所收五言四韵，世以为律诗，非也。其诗对偶虽备，声律未协，是古诗渐变为近体，齐梁陈隋，渐多其作，我邦承其气运者。稽其年代，文武天皇大宝元年为唐中宗嗣圣十四年，（按，应为"十八年"。——引者）上距梁武帝天监元年，凡二百年。弘仁、天长，仿佛初唐，天历、应和，崇尚元白，并黾勉乎百年之后。五山诗学之盛，当明中世，在彼则李、何、王、李，唱复古于前后，在此则南宋北元，专传播于一时。其距宋元之际，亦二百年矣。我元禄，距明嘉靖，亦复二百年，则七子诗当行于我邦，气运已符，故有先于徂徕已称扬七子者。

诗风之变迁，往往是积渐而成势，难以确指以年月，且即使同一时代，诗风也有主有次，未可划一。此处所云"其后于彼，大抵二百年"者，乃是概言其趋势而已。在此应该指出的是，日本汉诗对于中国诗歌的这种依存性，固然表现了两者之间亲缘关系的继续与深化，但同时应看到外因只是变化的条件，内因才是变化的根据。在这个问题上,不能忽视日本汉诗内部诸因素的矛盾斗争在其发展变化中的作用。尤其是当日本汉诗已逐渐成熟,显示出独立性之后,它对中国汉诗的借鉴、呼应,其目的除了汲取营养之外,有时还是为了内部矛盾斗争的需要。尤其是江户时代以来,诗人的个性化已十分突出,尊唐崇宋、仿明学清,主张莫衷一是,作品亦五彩缤纷,所谓"大抵二百年"的话已经不能适用。及至明治之后,一方面日本的兴趣已转向西方科学文化,另一方面中国的晚清诗坛也已少有生气,于是,日本汉诗就和曾经作为它的源头并曾不断向它注入过活水的中国古诗几乎同时走向了衰微。

(三)对日本汉诗的评价向以中国诗歌为标准

日本汉诗有所谓"和臭"(亦写作"和习"、"倭臭"、"倭习",发音同)问题。近藤春雄《日本汉文学大事典》"和习"条云:

> 日本人作汉诗文时表现出的有异于华人的独特的习惯或用法。即在诗文中夹杂日本式字句,使人总觉得有日本人作文习气。江户时代山本北山在其《作诗志彀》中曾对和习进行了批评。赖山阳《日本外史》有云:"唉,长袖者恶,不知兵"(《源氏记》),称公卿为"长袖者";还有云:"九郎为弐舞",将国语中的"二舞",径写入汉文作"弐舞"等,都是和习。

按:山本北山在《作诗志彀》中所指摘的,多为字词之误用,如针对诗题中的"秋田城,往昔秋田城介所据也",指出:"'所据'之用甚谬,当为'所镇'。'据''镇'二字,倭人所用多谬"等。

再如卢玄淳《诗语考附录》所举"此方人,'请看',作'请见','请听'作'请闻'"之类,于义有害,易生误解,确实是应当尽量避免的。

至于将日本独有的事物写入诗中,作一创造,则似未可一概而论。例如菊池五山在其《五山堂诗话》中评价宇庞卿诗云:"'月新题ノ字',五字亦佳。"迳将日本片假名文字"ノ"写进汉诗里来了,可谓"和臭"很浓,但"ノ"宛如初月之形,用入诗中颇见新巧,虽不宜提倡,偶为之则无妨。再如除中秋赏月外,日本风俗九月十三夜亦要赏月,诗家多有吟咏,此亦可谓纯乎"和臭"者,但佳篇不少,正可与中秋诗相映成趣。这样的"和臭",就是十分可珍视的了。

所谓"和臭"问题,实际上是日本汉诗的创作和批评以什么为标准,以什么为准则的问题。试想,中国诗不存在要避免"汉臭"的问题,日本和歌也同样不存在要避免"和臭"的问题,而且相反,要说"汉臭",要说"和臭",恰恰是汉诗与和歌的特色,是它们各自得以自立于世界文学之林的独特价值所在,恰是应当珍视、应当保留、应当发展的东西。日本汉诗之所以须避免"和臭",正说明它的价值观是以"汉"为标准的。

原尚贤《刻〈斥非〉序》云:

夫是非无定体,人之是而我以为非,我之是而人以为非。是非之争,虽历千载,孰能辨之?予闻诸春台先生曰:"今之学者，苟学孔子之道，则当以孔子之言为断；为文辞者，苟效华人，则当以华人为法。"此辨是非之公案也。

太宰春台著《斥非》之主旨，即在斥一切不合华人之法者为非，故文中多有"非式也，华人弗为也"、"非礼也，华人弗为也"、"非法也，华人弗为也"之类的断语。虽然太宰春台的态度或许有点儿偏激，但"以华人为法"确是那时日本汉诗人的共识。上文所引江村北海之所谓"不能不承顺汉土"，以及赖惟柔在为泷川南谷的《沧溟近体声律考》所写的序文中所指出的日本汉诗人应当"离和境而到汉岸"的目标等等，也都是同样的意思。

前野直彬、石川忠久在《汉诗解释鉴赏事典》中评论菅原道真的诗云：

汉诗至道真，由模仿而趋于独立性，同时，和臭（日本味儿）也就开始产生了。

评论五山诗僧的杰出代表绝海中津、义堂周信的诗云：

他们的诗水准很高而和臭又少。

评论赖山阳的诗云：

山本北山时期高唱宋风，后来此风风靡一世，其中首屈一指者是赖山阳。他以十分成熟的汉诗文功力为基础，自由奔放地进行创作，表现出了日本独自的特色。这与菅原道真的"和臭"不同，可以说这是"日本的汉诗"的完成。

以上三段话，从"和臭"这一特定词语的视角，说明了日本汉诗在不同发展阶段的特点：道真诗，从对中国诗歌的完全模拟到开始追求独自性，虽因幼稚而出现了"和臭"，以发展目光看，却是一个进步；绝海和义堂水准渐高，技巧渐熟，于义有害的"和臭"自然少见了，这又是一个进步；到了赖山阳所在时代，日本汉诗已相当成熟，能够创造性地显示出日本汉诗的民族特色，达到了"日本的汉诗"这一至境。如果广义地把这也视为一种"和臭"的话，这已与道真时代的"和臭"有了质的变化。从产生了"和臭"到"和臭"减少，再发展到无"和臭"却显示出民族特色，这是日本汉诗走过的合乎逻辑的进程。

因此，今天以发展的眼光重新审视"和臭"问题，是很有必要的。

（四）汉诗训读法是连接中日汉诗的津桥

近藤春雄在《日本汉文学大事典》中解释"训读"定义的时候，还扼要说明了训读的历史。他说：

> 与音读相对，训读是直接用日本语读汉字、汉语、汉诗文。在读汉诗文时，加上训点（返点、送假名。——引者）。关于汉文在我国最初的读法虽然有诸说，但是，自近江朝以来

至平安朝初期——九世纪前半,至少是部分严守音读的,在律令的学制中也明记着直至九世纪中期仍然设置有音博士。虽然训读法的使用可以追溯到奈良朝以前,但是记录为文的形式,则大约始于平安朝初期。至于训点,则是到了室町时代才完成的。

在日本,无论是汉诗文创作还是汉诗文欣赏,无论是诗人还是读者,无论对中国古诗文还是对日本汉诗文,都采用训读的方法。既然只有采用直接音读法,才能完全体味到汉诗的风采和神韵,为什么不采用音读法呢?我想至少有两个原因:

第一,从近江朝日本汉诗初兴以后,直到公元894年遣唐使废止以前,这期间,中日两国朝野接触频繁,学习唐音既有条件,使用唐音亦有意义,故曾使用音读法。此后两国长期处于隔绝状态,日本汉诗因断了源头活水而明显衰落,使用汉音直读汉诗就既没有可能,也没有多少必要了。

第二,如果一直用音读法,那么日本汉诗便会局限在一个诗人和读者都极少并愈来愈少的狭小圈子里,便始终难以得到日本富于生命力的和文学的营养,便会永远像日本人作的"外国诗",不能发展成为日本文学中的一个重要品类。所以,不能低估训读法对于日本汉文学的意义。

训读法的使用,经过了长期的探索和实践过程。如今经常使用的形式:一是完全保留汉诗的原状,只在字旁附加返点或再加送假名、振假名;一是按日语读法调动汉字的位置并加助词、送假名,或再加振假名。显然,对于现在一般的日本读者来说,第二种方法比第一种更易于理解和接受。

江户时代的汉诗集多采用第一种形式，而大正时代编辑的《日本诗话丛书》，对于原文为汉文的，均把每页划分为上下两部分，上部分于原文上附加第一种训点，下部分则采用第二种训读法作为译文。由此可以看出汉诗文译读的日语化趋势。

日本近数十年间出版的汉诗集，则概由原文（加训点）、训读文和口语译文三部分构成，依次排列，以便读者参照阅读；还有的将训读放在上面，原文反放在下面；或者索性正文部分只有口语译文，而将汉诗的原文附于书后。这些还都是对中国汉诗或古代的日本汉诗进行训读，至于现代的汉诗人，竟还有给自己诗集里的每一首汉诗都附加训读文的，这无异于同时用两种语言进行创作。可以看到，汉诗文译读的日语化倾向是愈来愈明显了。从民族文化发展的角度看，这倒也是合乎逻辑的演化。

用训读法对待汉诗文，是日本人一种两全而实用的创造。训读的汉诗介于用汉字写的原诗和完全的日本语口语译文二者之间，既可保留汉诗大部分格调风味，又便于日本人理解和欣赏，虽然音韵失去了，但汉字基本被保存下来，仍可较好地体味通过汉字传达出的内容和韵味。

广濑淡窗《淡窗诗话》云："邦人不通唐音，故不能知音节之异同，惟有于汉人用法中，选其多且正者以从之。"可以想知，对于不懂中国语发音，不能直接听说中国话的日本人来说，这样学习和掌握汉诗，难度该有多大。他们只有认真反复地研读玩味大量汉诗之后，才有可能熟悉和掌握诗语，才有可能开始试行创作。

津阪东阳在《夜航诗话》中曾详细举例说明汉诗常用的某些汉

字应如何训解,弥足珍贵,使我们得以体昧到当时日本汉诗人作诗之难。摘其一如下:

> 泥,去声,训滞。诗家所用犹言恼也,亦作诋,或作妮。杨升庵《词品》云:"俗谓柔言索物曰泥,谚所谓软缠也。"软缠,谓遣不去。译"追企麻土布",又译"阿麻遍屡"。李白:"晚来移彩仗,行乐泥光辉",唐彦谦:"独来成怅望,不去泥阑干",杜甫:"年年至日长为客,忽忽穷愁泥杀人",白居易:"失却少年无处觅,泥他湖水欲何为",并"阿麻遍屡"也;又,元稹《悼亡》:"顾我无衣搜画箧,泥他沽酒拔金钗",白居易:"今宵始觉房栊冷,坐索寒衣泥孟光"、"犹赖洛中饶醉客,时时泥我唤笙歌"、"月终斋满谁开素,须诋奇章置一筵",姚合:"欲泥山僧分屋住,羞从野老借牛耕",此译"伊自屡",又译"捏怛屡",即"阿麻遍屡"之甚也。

我想,如今在日本,能够一看就明白"追企麻土布"是"つきまとふ","阿麻遍屡"是"あまへる","伊自屡"是"いじる","捏怛屡"是"こねる"的人已屈指可数,但在昔日,掌握这样的训解诗语的方法却是日本汉诗人必须修养的基本功夫。可以说,训解诗语和训读汉诗是日本人学习汉诗和创作汉诗的重要津桥。

以上,从四个方面探讨了日本汉诗与中国古诗的关系。综而言之:其一,日本汉诗源于中国古诗,与中国古诗有着不解之缘;其二,日本汉诗在发展中追随中国古诗,不断受容中国历代诗风的影响;其三,所谓避免"和臭"的问题的提出,表现了日本汉诗以中国诗歌为准的态度；其四，对汉诗的训读法是日本汉诗人的重要创造，是学习、欣赏和创造汉诗的必要手段，是连接中日汉诗的津桥。从以上四方面来看，既然日本汉诗与中国古诗有着如此历史悠久的亲缘关系，历史上两国间就应当广泛进行汉诗交流，互相学习、欣赏和批评。可是这种交流历来是不平衡的，中国历代诗歌大量地、不断地、几乎无剩余地流入了日本，而自古迄今，流入中国的日本汉诗却微乎其微。这实在是一个值得认真考察的问题。

二、日本汉诗人和中国诗人之间的交流热望

日本汉诗人和中国诗人在漫长的历史中都始终怀着冲破障碍、进行交流的渴望。

（一）日本汉诗人寻觅知音的迫切感

自古以来，日本汉诗人大都有一种渴望寻求理解、寻觅知音、摆脱孤寂的迫切感。我想，原因大致有二：

其一，日本汉诗虽然是日本汉诗人创作的，但汉诗特有的格律和纯粹使用汉字的形式，却使一般的日本人感到陌生，难以问津。正像石川忠久、前野直彬在《汉诗的解积与鉴赏事典》中所说的那样：

> 想尽量品味汉诗的旨趣，就像敲开坚果的硬壳取出其美味

的果仁那样，必须排除阅读时的障碍。首先，面对完全由汉字排列而成的东西，想阅读不知如何准确发音，有时实在难于启口，而且即使能读出来了，也会因为不明其结构而难于深味。

当然，这是现在的情况，古时候要好些，但若与和歌相比，汉诗的读者面毕竟要狭窄得多。读汉诗如此，作汉诗更非有很高的汉文学修养不可，能作的人也就更少了。友野霞舟《锦天山房诗话》上册引原公道对贝原笃信的评论云：

> 益轩（贝原笃信的号。——引者）虽时作诗，素好倭歌而不好诗，每谓诗为无用闲言语。曰和歌者我国俗之所宜，而词意易通晓，故古人歌咏极精绝矣，古昔虽妇女亦能之者多矣。唐诗者非本邦风土之所宜，其词韵异于国俗之言语，难模效之中华，故虽古昔之名家，其拙劣不及于和歌也远矣。我邦只可以和歌言其志、抒其情，不要作拙诗，以招"诗痴符"之诮。

友野霞舟亦自评云：

> （益轩）为人谦恭纯笃，好著书，而救世之心实苦。所著百有余种，多书以国字，语极恳切。田夫红女、童儿隶卒，皆便之。

有志如此，说了如上否定日本汉诗的偏颇的话，也不足为怪了。而且，这些话，虽于汉诗有欠公允，但在当时亦必有一定程度的代表性。关键是由此也可看到日本汉诗处境之艰难。正如大洼诗佛在《诗圣堂诗话》中所慨叹的:"作诗之人固少也,观诗之人亦不多。"

其二,日本汉诗自产生以来,一直存在着与日本本土文学和歌的矛盾。在汉诗传入之前,日本只有口耳相传的和歌;在汉诗传入之后,因为朝廷特重汉文化,日本汉诗有后来居上之势,但和歌作为本土文学却有着深厚的民众基础。现存日本最早的汉诗集《怀风藻》编定于公元751年,收诗仅120首;而在公元759年稍后成书的现存日本最早的和歌集《万叶集》中,收存和歌却达4500首之多。而且,《怀风藻》诗人的三分之一原是《万叶集》歌人。在此之后,被称作"敕撰三集"的《凌云集》、《文华秀丽集》、《经国集》的编纂和《扶桑集》、《本朝丽藻》等诗集的问世,显示了日本汉诗的生命力,而和歌则有《新撰万叶集》、《句题和歌集》、《古今和歌集》等新集编出。日本汉诗与和歌并行发展,逐渐形成日本诗歌的两大派系。耐人寻味的是公元1013年《和汉朗咏集》的编成。猪口笃志认为:"和歌与诗并举,也是时代好尚的反映。"(《日本汉诗概说》)

但是,汉诗与和歌并非始终"并行不悖"。二者同为日本诗歌,即不可避免会产生争作者、争读者的问题。因为汉诗的创作和鉴赏都需要有较高的汉文化教养,而这种教养即使在汉文化最为普及的江户时期也只有社会地位较高、生活较为富裕安定的人才有可能获得,所以,日本汉诗与和歌的矛盾常常不是表现为歌人对日本汉诗的轻视和排斥,而是相反,"强客压主",表现为日本汉诗人对和歌的轻视和排斥。试举数例于下:

江村北海《日本诗史》序文云:

盖吾邦……无一而不资诸汉唐以为损益者……故公卿大夫翕然皆用心于诗赋论颂，而若和歌，则其余绪也耳。延喜中敕编《古今和歌集》，而掌其选者，未必阀阅之胄也，则可知以和歌名其家者，盖当时缙绅名族之所未必屑也已。嗟夫，自皇纲解纽，学政不振，文事颓败，殆几泯没，于是和歌者流始擅艺柄，夸张相尚。

又，津阪东阳《夜航诗话》云：

　　如学国字卅一字之什，直是养成儿女子态耳。余亦尝染指，以其易于诗。殆将为专家，而嫌其无丈夫气，遂焚此笔砚矣。加藤清正虑士风流于文弱，戒藩中禁之，良有以也。

又，柴野栗山为诗僧六如《葛原诗话》所作跋文云：

　　……则谬妄杜撰，与俳歌谣谚何择焉？岂可得列艺林与古作者齿乎！

太宰春台《斥非》亦云：

　　世儒乃有与和歌者流酬唱，取和歌尾字以为诗韵者。夫和歌者，倭语也，诗者，中国之语也，如之何相通？可谓违理也，好古君子所宜戒也。……倭儒所为联句者，别有一法，大非古制，且其为辞，鄙俚猥琐，去诗远甚。又有一种倭汉联

句，以和歌句间杂诗句，殊方异言，连缀成篇，动五十韵至一
百韵，乖戾不伦，令人厌恶。联句至此，可谓风雅扫地。

如此轻侮和歌，自矜高雅，殊不知"阳春白雪，和者盖寡"，反使
日本汉诗自己的道路狭窄起来。

当然，亦有持平之论。如东梦亭《锄雨亭随笔》卷下云：

诗人轻和歌，歌人亦仇视之。彼此俱非。至其妙悟，诗、
歌一致。藤原为家尝诲人曰："凡作和歌，如度危桥，不可左
右回顾。"又曰："譬之作五重塔，始自基址，当留心下句。"
作诗之法，亦不出此范围矣。

实际上，以"学该和汉"为目标的日本古代知识阶层往往是兼
作汉诗、和歌的，只是各人有所侧重罢了。就连上文所引反对日本
人作汉诗的贝原笃信，亦不免于"临终，赋诗二首、和歌一首以见
志"（友野霞舟《锦天山房诗话》上册）。

（二）诗社在日本汉诗摆脱孤寂方面的作用

前引大洼诗佛《诗圣堂诗话》在"作诗之人固少也，观诗之
人亦不多"之后，接云："余每得一诗，则必示之增田堇斋，堇斋
必解颐首肯焉。如堇斋，谓能观诗之友而可也。"可见日本汉诗人
渴望读者、渴望知音的心情是非常迫切的。当然，最好是志同道合
者结成诗社，在一起或传习诗道，或切磋诗艺，或品评鉴赏，或显

技呈才,或抨击异端,大家都可摆脱孤寂了。

下面,再摘引几节诗话以作说明:

《诗圣堂诗话》云:"余初作诗,独立无倚,复因高蒙士,得入宽斋先生江湖社。"又云:

> 麓谷……性好诗,年七十余,闻有诗会,则必造之。分韵赋诗,下笔立成,不必待八叉。作诗之速,余未见如斯者也。麓堂常自云:"我有速作之病,是以诗多粗硬。"

前者写自己未入诗社时的孤弱感,后者写麓谷老人在诗社中逞才使气时的情状。

《日本诗史》介绍村上冬岭时说:

> 当时诸儒会读二十一史,会月数次,又结诗社,并轮会主,必有酒食。临期,会主或有他故,冬岭必代为主,以故社会绵绵二十有余年。后进所作,时有佳句,则击节叹称,吟诵数回,一时艺苑赖之吐气。其自运亦矫矫乎一时矣。今读冬岭诗,精深工整,超出前辈,元和以后,七言律,到此始得其体。

《诗圣堂诗话》又云:

> 余尝与舒亭开诗社于东江精舍,号曰"二瘦诗社",来与盟者百余人。

于此数节，可见昔日诗社之盛况。《诗圣堂诗话》接云：

>　　（二瘦诗社）痛斥世之为李王者，于是格调之徒猪怒虎视，议论汹汹不止焉。由此得人亦不少。

是则诗社中同气相求、党同伐异之证也。

其实，对于日本汉诗，诗社可以说是与生俱来的。猪口笃志《日本汉诗概说》云：

>　　据《日本书纪》载：显宗天皇元年（485）三月上巳，幸后苑开曲水宴。这显然是对东晋穆帝永和九年（353）上巳节三月三日王羲之于会稽山阴之兰亭开曲水宴的模仿。如果《日本书纪》所载此事属实的话，那么，既然曲水宴是一种诗会活动，当时必是少不了要作汉诗的。

还有前引关于天智天皇"于万机之暇招学士大夫赐宴赋诗"之事，这样的宫廷诗宴，实际上也是一种诗社活动。

诗社在日本汉诗发展史上曾经起过重要作用，拙文所强调的能使日本汉诗人摆脱孤寂处境的意义只是其中一个方面。

（三）日本汉诗人与中国诗人之间的交流热望

由于日本汉诗与中国诗歌有着历史久远、千丝万缕的亲缘关系，由于日本汉诗一直以中国诗歌为学习对象和评价标准，由于日本汉诗人虽然能作汉诗,且多有佳篇,但不能直接用中国语吟诵等等,所以自古以来日本汉诗人莫不渴望能有与中国诗人交谊的机会;中国方面也一样,日本汉诗人,作为外国人,却能作汉诗,单这一点就使中国人产生很强的亲切感和好奇心,对于中国诗人来说,能到日本游历交谊,或者能与日本来华的汉诗人交友,或者仅仅能够读到日本的汉诗,都是十分愉快的事。

令人叹惋痛惜的是,由于历史上诸多条件的限制,虽然中日诗人都渴望交流,而能够实现这一愿望的却微乎其微。杜甫在其晚年作于夔州的《壮游》诗中回忆云:

> 东下姑苏台,已具浮海航。
> 到今有遗恨,不得穷扶桑。

被俞樾推赞为"东国诗人之冠"的日本江户时期汉诗人广濑旭庄,虽云:"自幼好文字,常思晤西人……言语虽不接,肝肺乃相亲"(《赠松春谷三首》其一),但在那"昭代严禁海外游,神州禹土路悠悠"的时代,直至去世,他"会见皇华向异域"(《观内海有竹所藏宋人海上送别图》)的理想也未能实现。

然而,日中诗人渴望交友的心毕竟是不能阻绝的,自古以来,通过遣唐使、留学生、商舶等各种各样的渠道,日中诗人不断地来往着,并留下许多感人的故事。

在拙文中,我仅想介绍几位福井县汉诗人与中国诗人交友的未必广为人知的例子。

清代诗人王黍园、方继儒曾先后过福井,与福井汉诗人多有唱和。山本木斋《七月二十三日鸥波书屋小集偶清国王黍园游加贺道经福井是日来临此会真奇遇也席上赋赠》(见《木斋遗稿》乾卷)诗云：

> 久恨闻名地隔离，一逢顿慰积年思。
> 同人设席爱相迓，大雨横道不误期。
> 生面却疑如旧识，真情且喜得新知。
> 竹阴深处好留客，况此晚凉荷净时。

又，《七月二十八日邀饮王黍园于羽上之醉月楼席上作》诗首颔二联云：

> 迎送连日把杯觞，堪笑闲中亦着忙。
> 生异东西交已熟，饮由文字兴偏长。

次年，又有《裁锦楼观桃席上赠清客王黍园》诗云：

> 远客重寻诗酒缘，青山迎笑画栏前。
> 去年一别荷花节，今年又逢桃李天，
> 到处求书人若市，行间作记笔如椽。
> 愧吾衰老无才思，头白犹叨列绮筵。

又有《方继儒见过赋赠兼送别》诗云：

万里乘槎游日东，嗟君胆气故豪雄。
诗成异境获神助，身历诸州谙土风。
言语略通文字外，性情方识顾瞻中。
今宵奇遇虽堪喜，还恐明朝怨别鸿。

滋贺有作《莱桥遗稿》中亦有与王黍园唱和诗。一题曰《清朝王黍园先生留在东京数年明治壬午年巡游北越到我福井之明日招饮于从弟富田鸥波宅余亦与焉先生席间见示东京诸名士饯行什皆叠用其留别诗韵者因亦步玉韵赋呈》，诗云：

多年相望叹相离，忽接丰神足慰思。
万卷撑肠供意料，寸毫代舌话襟期。
联吟拙句赓佳句，对酌新知似旧知。
彼此如今国无警，与君同乐遇明时。

按：此诗与前引山本木斋第一首诗同为明治壬午年（1882）七月二十三日富田鸥波宅席上唱和之作。此外，其集中还有《王黍园先生留于福井十数日将又北其辕一日招饮诸同士于其寓楼予亦陪末班席上分韵得书字赋呈》诗二首。山本木斋还有一首诗题为《余少时所作落花诗一首载在清俞曲园樾学士所选〈东瀛诗选〉中亦可谓海外知音矣偶有所感赋一律》，首颔二联云：

无复飞红到枕边，闲怀往事独萧然。
谁图少日宴间作，忽值知音海外传。

福井县另一诗人关义臣,在其《秋声窗诗钞》中,有诗题曰:《予曩乞题额于清国李柳堂先生录天涯知己尽诗人之句见赠予喜不自禁乃以七字为韵赋此呈谢》,其一云:

　　一面未曾名已传,缔交海外也奇缘。
　　恐君诗网收鱼目,贻笑明珠浦上天。

(原注:予曩寄诗乞正,复书云采入《海东诗活》,转结故及。)又有《卫铸生来告别用前日赠答韵即赋示》诗,首联云:

　　手语笔言心已倾,别愁缕缕不堪情。

皆情真意切之作,发之肺腑,感人至深。福井县古称越前、若狭,所处偏僻,向非日本文教昌盛、汉诗著称之地,但从上引数诗中,日中诗人渴盼交谊的心情已可见一斑。

友野霞舟《锦天山房诗话》(上册)引室师礼对新井白石的评论云:

　　君之诗,光华国家,溢美四方。其余波罩及海外者,北至朝鲜,南至琉球,又至堂堂清朝文化之国,莫不同然一辞,所至称善,譬如荆璧随珠,天下之宝者也。温润之色,渊然之光,有目者见而知之,是故秦吴同视,胡越合爱,初不以绝国殊俗而异论焉,欲掩而藏之得乎!

时至今日,更非昔比,中日两国文化交流的大门已空前敞开,日本汉诗这颗文学明珠,再掩而藏之得乎!再掩而藏之可乎!

(本文原发表于日本《福井大学教育学部纪要》[人文科学部]第39号[1991],后被收入《日本中国学会报》第44集[1992]论文目录)

日本五山禅僧汉诗研究

日本汉文学的发展分为四期：源起初盛的王朝时期（646—1192）、缓慢发展的五山时期（1192—1602）、臻于鼎盛的江户时期（1603—1868）及走向衰微的明治以后。所谓"五山"，是日本模仿南宋官寺制度而建立的禅宗寺院体制。"五山"包括镰仓五山、京都五山，以及五山之上的京都南禅寺，共11座禅寺，合称"五山十刹"。五山时期的汉诗人几乎全是禅僧，他们中的许多人或渡宋、或渡元、或渡明，在虔诚向佛、求教传法的同时，自然承担起两国间汉文化传播的历史使命，并进而创造出一代汉文学，为日本禅学和文学的发展均作出了重要贡献。

因为五山文学的背景是禅宗，故本文首先对五山禅宗作以最基本的考察。

一

日本佛教滥觞于王朝时期。日本汉文学史上的王朝时期与历史上的大和时代中后期、奈良时代、平安时代相对应。

早在大和时代（5世纪末—6世纪初），佛教经典与佛像就伴随着儒家经典，从中国经朝鲜半岛源源不断流入日本，法隆寺、中宫寺、广隆寺等著名佛寺即创建于这一时期。

奈良时代（710—784），佛教得到进一步发展。天平胜宝四年（752）东大寺建成，规模宏大，庄严肃穆，寺内金铜大佛高达16米。唐鉴真和尚（688—763）历经万难抵日后，首设戒坛于东大寺，为日本最初的授戒师；后又创建唐招提寺，推动了佛教在日本的传播。鉴真为日本律宗之祖。

平安时代（794—1192）前期，僧最澄、空海等渡唐求法。最澄（767—822）创建大乘戒坛，为日本天台宗开祖。空海（774—835）入唐后谒长安青龙寺惠果上人，受密教秘法，授法号遍照金刚，归国后于高野山创建金刚峰寺，为日本真言宗开祖。平安后期武士势力兴起，战伐不已，社会大动荡为净土教的传播准备了条件。法然（1133—1212），名源空，安元元年（1175）开创日本净土宗。净土宗主张只需专心修念"南无阿弥陀佛"，即可于死后往生极乐净土，这使无缘接受汉文化教育因而不能阅读佛经的广大庶民及妇女有了信仰佛教的可能，遂迅速传播开来。

至五山时期，新兴佛教相继而起，蓬勃发展，日本佛教臻于鼎盛。五山时期长达400余年，与日本历史上的镰仓时代、室町时代、安土桃山时代相对应。

镰仓时代，自建久三年（1192）赖源朝于镰仓开设幕府，至元弘三年（1333）镰仓幕府灭亡，其间约150年。镰仓幕府是日本历史上最初的武士政权。平安后期兴起的净土宗，到镰仓时代迅速发展起来，与亲鸾（1172—1262）的净土真宗、一遍（1239—1289）

的时宗、荣西（1141—1215）的临济宗、道元（1200—1253）的曹洞宗、日莲（1182—1222）的日莲宗等新兴禅宗一起，史称"镰仓佛教"。

室町时代始于1334年，倒幕成功的后醍醐天皇，恢复了以天皇为中心的政权，但不久倒幕中最强的武将足利尊氏即反叛。天皇逃至吉野，足利尊氏于京都推立新天皇。因幕府设在京都室町，故史称足利氏幕府时代为室町时代。室町时代前期，吉野的天皇朝廷（南朝）与京都的天皇朝廷（北朝）并峙约70年之久，故亦称室町前期为南北朝时期。天正元年（1573）第十五代将军足利义昭被织田信长逐出京都，室町幕府灭亡。

自室町幕府灭亡，至庆长八年（1603）德川家康于江户（今东京）建立幕府，其间织田信长、丰臣秀吉先后掌握政权，信长筑城于安土（属今滋贺县）、秀吉的伏见城所在地曰桃山（今京都市伏见区），故史称"安土桃山时代"。安土桃山时代基督教开始传入日本，当权者采取了压抑佛教保护基督教的立场，禅宗的发展遭遇到极大阻滞。

五山时期日本政治的总特点是：天皇形同虚设，政权归于幕府。镰仓幕府的北条氏执权与室町幕府的足利氏将军控制政权皆历15代之久。

五山禅宗有以下主要特征：

其一，宗派特征——清一色为临济禅宗的宗派单一性。

五山十刹的基本情况：

南禅寺：位于京都市，临济宗南禅寺派大本山。龟山法皇创建，无关普门开山。室町幕府第三代将军足利义满于至德三年

(1386）确定五山顺位，尊南禅寺为五山之首。

镰仓五山：建长寺，临济宗建长寺派大本山，镰仓幕府第五代执权北条时赖创建，兰溪道隆开山；圆觉寺，临济宗圆觉寺派大本山，镰仓幕府第八代执权北条时宗创建，无学祖元开山；寿福寺，临济宗建长寺派寺院，镰仓幕府初代将军源赖朝之妻、初代执权北条时政之女北条政子创建，荣西开山；净智寺，临济宗圆觉寺派寺院，为遂北条宗政的极乐往生之愿而建，兀庵普宁开山；净妙寺，临济宗建长寺派寺院，镰仓前期武士足利义兼创建，原名极乐寺，室町幕府初代将军足利尊氏改名净妙寺。

京都五山：天龙寺，临济宗天龙寺派大本山，室町幕府初代将军足利尊氏与幕府武将足利直义兄弟创建，梦窗疏石开山；相国寺，临济宗相国寺派大本山，室町幕府第三代将军足利义满创建；建仁寺，临济宗建仁寺派大本山，镰仓幕府征夷大将军源赖家创建，荣西开山；东福寺，临济宗东福寺派大本山，镰仓初期廷臣、镰仓幕府第四代将军赖经之父藤原道家创建，圆尔辨圆开山；万寿寺，临济宗寺院，依白河上皇之愿创建，原名六条御堂，后定为禅宗寺院。

其二，体制特征——完全依附于幕府政权的官寺体制。

从上文对五山十刹的介绍可知，五山禅寺于镰仓时代依附幕府执权北条氏，于室町时代依附幕府将军足利氏，具有典型的官寺性质。江户时代著名汉诗人兼汉文学评论家江村北海（1707—1782）《日本诗史》卷二对此有精彩描述：

　　五山禅林之诗，固不易论也。盖古昔文学，盛于弘仁天历，陵夷于延久宽治，泯没于保元平治，于是世所谓五山禅林之文学代兴，亦气运盛衰之大限也。北条氏霸于关东也，其族崇尚禅学，创大刹于镰仓，今建长寺之属是也。流风所煽，延覃上国，京师五山相寻营构。足利氏盛时，竭海内膏血，穷极土木之工，宏廊轮奂之美所不必论，其僧徒大率玉牒之籍，朱门之胄，锦衣玉食，入则重茵，出则高舆，声名崇重，仪卫森严，名是沙门，而富贵过公侯。禁宴公会，优游花月，把弄翰墨，一篇一什，纸价为贵。于是海内谈诗者，唯五山是仰。是其所以显赫乎一时，震荡乎四方也。

其三，文学特征——禅学受容与汉文学受容的同一性和互动性。

日本自唐末中断遣唐使及留学生、学问僧的派遣，迄王朝时期末，汉文化输入已停滞300余年之久。成为断源之水的日本禅学与日本汉文学，依凭积贮艰难流淌，在朝廷公宴与大臣私邸举行的各种名目的"诗合"（赛诗会）上，汉诗走向了竞技化、游戏化的歧路。

进入五山时期后，随着政权归于将军幕府，文化中心也逐渐由朝廷转到受幕府扶植与庇护的"五山十刹"。当时，大兴佛寺，对禅僧开放海禁，西渡求法的日本禅僧和东渡传法的中国禅僧可以比较自由地往来于两国间，他们既是禅学使者，亦是汉文学使者，在传播中国禅宗的同时，传播着汉文学，使日本汉文学重新得到源头活水，为中日间文化交流作出了卓越的历史贡献。

五山时期，渡海赴日传法的中国禅僧很多，其中最为著名者，如兰溪道隆，南宋涪江人，淳祐六年（1246）乘商船赴日，为建长寺、禅觉寺开山；无学祖元，明州庆元府人，元至元十六年（1279）应北条时宗之聘赴日，为圆觉寺开山；一山一宁，台州人，元大德三年（1299）以使臣身份赴日，董建长寺，先后住持圆觉寺、净智寺、南禅寺；清拙正澄，福州连江邑人，元泰定三年（1326）应请赴日，先后住持建长寺、净智寺、圆觉寺、建仁寺，董南禅寺。此外，还有兀庵普宁、大休正念、子昙、镜堂觉圆、道隐、竺仙梵仙、无逸克动等多人。

与此相对应，五山时期渡海入宋、入元、入明，到中国求法的日本禅僧也很多，除本文将要论及的八名主要诗僧中的六名而外，比较著名者，还有入宋的圆尔辨圆、心地觉心、普门、惠云、绍明、义介、真照；入元的天岸惠广、大智；入明的汝霖良佐等。随着禅学东传的恢复，汉文学的活水开始重新流惠东瀛。五山禅僧不仅仅是汉籍、汉文学的传播者，而且是五山时期400年间汉文学的接受主体和创作主体——读者与作者。

正是在禅学受容与汉文学受容的同一性和互动性的基础上，产生了日本新一代汉文学——五山文学。

二

江村北海《日本诗史》卷二在前引文字之后，关于五山诗坛有如下评论：

元和以来，文运日隆，近时学者，昂昂乎蔑视前古。卯角之童，尚能诋排五山之诗，即其徒亦或倒戈内攻。要非笃论也！余谓五山之诗，佳篇不少。中世称丛林杰出者，往往航海西游，自宋季世至明中叶，相寻不绝。参学之暇，从事艺苑，师承各异，体裁亦歧。其诗今存者数千百首，夷考其中，不能不玉石相混也，若夫辞艰意滞，涉议论、杂诙谐者，与藉诗以说禅演法者，皆余所不采也。其他平整流畅，清雅缜工者亦多，则不可概而摈之。

元和（1615—1623）为江户初期年号。日本汉诗进入江户时期后以儒者为主体相继涌现大批优秀诗人，汉诗创作呈现空前繁盛的局面。江户诗坛普遍蔑视五山诗人，北海对此予以纠正，持论中肯。

五山文学的代表诗人为虎关师炼、中岩圆月、雪村友梅、别源圆旨、寂室元光、古剑妙快、义堂周信、绝海中津等。下文拟通过对五山代表诗人及其作品的研究，探讨五山汉诗的主要特点，并进而说明其在日本汉诗发展史上的地位。

虎关师炼（1278—1346），临济宗禅僧。京都人，名师炼，号虎关。被誉为"五山文学之祖"。自幼俊敏好读书，人称"文殊童子"。10岁受戒于睿山。30岁入渡日元僧一山一宁之门。35岁寓京都嵯峨野，后伏见天皇敕居河东劝喜院，常向其叩询法要。37岁入居白河济北庵，专事著述。45岁完成《元亨释书》30卷，献后醍醐天皇。该书仿中国《高僧传》体例，为自佛教传入日本至镰仓时代末700年间僧尼作传，是最早的日本佛教史著作。后历主名刹。

康永元年（1342）后村上天皇嘉其道誉，赐号国师。

虎关对内典外典有广泛的修养，著有《聚文韵略》5卷、《元亨释书》30卷、《佛语心论》8卷及诗文集《济北集》20卷等。虎关以诗文闻名于世，其文章仰慕韩愈，仿《原道》、《原性》，作《原嗔》、《原宽》、《原幔》，又有《盆石赋》、《百蕊菊赋》、《文竹管赋》等赋；其诗清新自然，格调雅正，多有佳作。《春望》诗云：

> 暖风迟日百昌苏，独对韶光耻故吾。
> 水不界天俱碧绿，花难辨木只红朱。
> 游车征马争驰逐，舞燕迁莺恣戏娱。
> 堪爱远村遥霭里，锁烟行柳几千株。

在美好春光的描绘中，洋溢着诗人对大自然和人间生活的挚爱。《游山》诗云：

> 今日最和晴，游筇唤我行。
> 上山心自广，渡水足先清。
> 坞媚群花发，溪幽一鸟鸣。
> 归途随牧竖，牛背夕阳明。

宛如一幅田园风俗画卷，寄托着诗人恬淡平和的心境。虎关还在诗中具体描写自己的禅居生活。《补袜》诗云：

> 无为无事金锁断，只余三只课朝朝。

> 东西南北线来往，出没纵横针动摇。
> 剑阁山崩修栈道，岷江岸缺度绳桥。
> 使吾湖海卷游脚，斗室犹应打一跳。

用一联壮语加一联雄奇的比喻，把一个似乎不能入诗的日常琐细事写得有声有色，表现了诗人以补袜为乐事、趣事、雅事的安贫乐道的情志。

虎关还是日本第一部诗话《济北诗话》（1346）的著者。这部从创作旨趣到文笔体例都明显留下受容欧阳修《六一诗话》痕迹的诗话，对于中日诗话传播受容史研究有重要价值。

中岩圆月（1300—1375），临济宗禅僧。镰仓人，名圆月，号中岩。8岁入寿福寺，12岁从道慧读《孝经》、《论语》，翌年剃发，入醍醐三宝院，学密教。正中二年（1325，元太定二年）26岁入元，遍游名刹，参谒尊宿，师事古林清茂、东明慧日。明宗至顺三年（1332，日元弘二年）归国，历主万寿、等持、建仁、建长诸寺。著有《文明轩杂谈》、《中岩和尚语录》、《中正子》及诗集《东海一沤集》等。

圆月有文才，在元期间，多与中国士人交往，诗文应酬。其诗诸体皆有佳作。如七绝《和别源韵》云：

> 穷途不见怜盐马，俗眼只应爱画龙。
> 拊石今难臻百兽，且随儿辈赋雕虫。

五律《拟古》云：

浩浩劫末风，尘土飞蓬蓬。
天上日色薄，人间是非隆。
蝼蚁逐臭秽，凤凰栖梧桐。
独有方外士，俯仰白云中。

五古《招友》云：

胡为百沸汤，辊辊烹吾肠。
谁将此一日，延成万劫长。
长日且难遣，肠热何可当。
山深人不见，积雪压春阳。
粗识天之命，否塞宜括囊。
动辄心猿躁，去就误行藏。
止之毋复道，中心孰与商。
悠悠望君来，君来我何伤。

读圆月诗，可觉其胸中似有浇不平的垒块。圆月七律尤见功力，《和答别源二首》其一云：

心以形劳何太迷，锦毛照水眩山鸡。
新题诗见篇篇妙，久废棋应着着低。
天也丘轲无遇鲁，时哉管晏有功齐。
想君寒榻永宵座，忆我同舟过浙西。

按：圆月1325年至1332年在元，圆旨1319年至1330年在元，二人同时在元有6年之久。其二云：

> 窗间吐月夜沉沉，壁角光生藤一寻。
> 穷达与时俱有命，行藏于世总无心。
> 梦中谁谓彼非此，觉后方知古不今。
> 自笑未能除僻病，逸然乘兴发高吟。

《和酬东白二首》其一云：

> 坡上青青松树间，浩然之气傲齐桓。
> 好诗应是穷中得，玄义方宜静处看。
> 脱粟乏储心自足，寒床早起梦常残。
> 志高不肯尝姜杏，蒙养功成最可欢。

其二云：

> 蓬庐天地寄浮生，早晚乘云归帝城。
> 风起战尘吹血臭，日因祲气带阴倾。
> 斯文自古叹将丧，吾道何日必正名。
> 幻幻修成心已死，惟君厚荷不忘情。

愤世嫉俗之情，更溢于言表。

雪村友梅（1290—1346），临济宗禅僧。越后（今属新泻县）人，名友梅，字雪村，自号幻空。早岁师从渡日元僧一山一宁禅师，"友梅"之名即为一山师所取。德治二年（1307，元大德十一年）18岁渡元，参谒名宿，师事叔平隆和尚，与赵孟頫交友。当元日关系恶化之际，下湖州（今浙江吴兴）狱，叔平隆和尚亦受牵连死于狱中，此后流放西蜀达10年之久。元泰定三年（1326）赦还，寓居长安。文宗即位（1328），赐宝觉真空禅师称号，诏董京兆翠微寺。元天历二年（1329，日元德元年）归国。归国后为金华山法云寺开山，又受室町幕府初代将军足利尊氏之请董京都万寿寺、建仁寺。

雪村深于儒学，精通老庄。其诗秀拔，与别源圆旨及江户时期著名歌人良宽（1758—1831）并称"北越三诗僧"。所著今存《岷峨集》二卷、《语录》二卷。

雪村在华23年，遍访名山大刹，交接僧俗，阅历甚富，加之曾因祸而得以深入蜀秦，其经历更非一般五山诗人可比。雪村在华的悲喜遭遇与感受，一发之于诗，留下许多珍贵作品。《宿鹿苑寺王维旧宅》诗云：

  索莫唐朝寺，昔人今已非。
  短绡千叠嶂，浮世几残晖。
  塔影摇岚际，钟声吹翠微。
  客窗休自恨，华表会仙归。

王维是日本熟知的唐代诗人，雪村到此，凭吊古迹，感慨系之。

别源圆旨（1294—1364），临济宗禅僧。越前（今属福井县）人，名圆旨，字别源，号纵性。7 岁入镰仓圆觉寺东明和尚之门。元应元年（1319，元延祐六年）入元，参谒诸名僧。明宗至顺元年（1330，日元德二年）归国，为弘祥、善应、吉祥诸寺开山。正平十二年（1357），董真如寺，翌年因病归越前。十九年，应室町幕府第二代将军足利义诠之请，徙建仁寺。圆旨诗集，在元所作名曰《南游集》，归国后所作名曰《东归集》，其诗超诣清旷。《题可休亭》诗云：

> 孤松三尺竹三竿，招我时时来倚栏。
> 细雨随风斜入座，轻烟笼日薄遮山。
> 沙田千亩牛马瘦，野水一溪鸥鹭闲。
> 自笑可休休未得，浮云出岫几时还。

"可休亭"，在越前善应寺内。圆旨于文和三年（1354）61 岁时赴南禅寺分座说法途经此地，题诗亭上。僧本闲人，却东奔西走忙于说法，身入"可休亭"亦不得休，故自笑也。《夜座》诗云：

> 人生天定在身前，穷达升沉岂偶然。
> 指上数过多日月，心中游遍旧山川。
> 秋风白发三千丈，夜雨青灯五十年。
> 靠壁寻思今古事，一声新雁度凉天。

此诗写夜座中对宇宙人生的感悟，颈联化用李白"白发三千丈，缘愁似个长"(《秋浦歌》)、黄庭坚"桃李春风一杯酒,江湖夜雨十年灯"(《寄黄几复》),豪放而凝重;结句"一声新雁度凉天",出语冷峻,意境清绝。《丙寅冬过石霜会此山侍者》诗云:

  岁暮天寒客路长,同人迎我碧云房。
  温然一笑春风面,融尽十年冰雪肠。
  逆顺任缘真有道,去留随处本无方。
  君看妙喜衡梅后,振起宗风已坠纲。

丙寅(1326,元泰定三年,日嘉历元年)冬,圆旨在元。石霜山,在今湖南浏阳。妙喜,宋大慧宗杲(1089—1163)的法号。大慧禅师49岁住持临安府径山道场,后因有主战言论先后被流放衡州(属今湖南)、梅州(属今广东)达14年之久。遇赦后重返径山,显扬禅旨,大振宗风,皈依者众多。诗写出了禅者超越得失、随缘任运、应物无心的襟怀风致,以及对虽历尽艰辛,却能振宗风于既倒的大慧禅师的无限崇仰之情。

  寂室元光(1290—1367),临济宗禅僧。美作(今属冈山县)人,名元光,字寂室。幼年入京都东福寺,元应二年(1320,元延祐七年)入元,参谒天目山明本禅师(幻住老人),元泰定三年(1326,日嘉历元年,一说1327年)归国,先后住广岛永德寺、摄津(今大阪)福严寺,并曾长期游方修行。晚年创建瑞石山永源寺,有僧徒2000余人。著有《寂室录》二卷。

  《题壁》诗云:

> 借此闲房恰一年，岭云溪月伴枯禅。
> 明朝欲下岩前路，又向何处石上眠。

可谓云水生涯，云水心境，诗亦清澹高致，自在从容。其《书金藏山壁》诗有句云："老来殊觉山中好，死在岩根骨也清。"有山水痼疾如此，宜其被称为"漂泊隐遁的禅者"（入矢义高《五山文学集》第234页）。

古剑妙快（生卒年未详），临济宗禅僧。早岁入元，在华求法约40年，于元至正二十五年（1365，日贞治四年）归国，历主京都建仁寺、镰仓建长寺。著有《了幻集》。

《病中书怀》五首其二云：

> 百念如冰万病平，月移梅影纸窗明。
> 夜深惊起炉边睡，豆在寒灰爆一声。

"冷灰爆豆"喻顿悟。其三云：

> 无禅无道百无忧，身上粗衣口里馂。
> 待我明朝笑归去，山前也作一头牛。

宋普济《五灯会元》卷三［南泉普愿禅师］条云："师将顺世，第一座问：'和尚百年后向什么处去？'师曰：'山下作一头水牯牛去。'"卷九［沩山灵佑禅师］条云："（沩山亦曰：）'老僧百年后，向山下作一头水牯牛。'"此诗流露了禅者甘于淡泊的心境和对于死亡的诗意感悟,并表露了"普天成佛与作祖,独作沩山水牯牛"的普度众生的大乘悲怀。其四云:

煨芋无香火一炉,家风愧与懒残殊。
有些相似底模样,寒涕垂垂霜茁须。

唐懒残和尚曾在南岳山中过着两袖清风席地幕天的生活,宋《高僧传》卷十九载其于牛粪中煨芋、流着寒涕会见天子使者等逸事。诗的后两句,表现出唐代诗僧王梵志式的朴俚诙谐之趣。

义堂周信(1325—1388),临济宗禅僧。土佐高冈郡(今高知县土佐市)人。名周信,字义堂,别号空华道人。幼随净义法师出家,15岁就道元禅师修密宗,17岁为梦窗疏石国师门下弟子,自正平十四年(1359)始,先后主镰仓圆觉寺、善福寺、建仁寺。应安四年(1371)为镰仓报恩寺开山,天授五年(1379)为京都建仁寺董,至德三年(1386)为南禅寺住持,因其进言,南禅寺被升格为五山之首。

义堂学识渊博,佛典之外,兼通经史百家。著有《空华集》20卷,前10卷为诗集,后10卷为文集。收诗1739首,文476篇,诗以七绝为多。

义堂诗格调雅正,《对花怀旧》诗云:

纷纷世事乱如麻,旧恨新愁只自嗟。

　　　　春梦醒来人不见，暮檐雨洒紫荆花。

　伤时感事，旧恨新愁，俗常之人固如此，空门中人竟亦然。小诗情深韵长，凄艳动人，堪称合作。《题隐岐山陵》诗云：

　　　　历数于天道不穷，万年枝上万年红。
　　　　干戈起自开边后，社稷终归战国中。
　　　　宴罢瑶池秋月落，春阑辇路晚花空。
　　　　游人不管兴亡事，闲读碑文认篆虫。

　隐岐山陵，后鸟羽天皇陵。这是一首日本怀古诗，前三联雄浑凝重，尾联于野趣诙谐中，臻乎清旷超逸之境。

　绝海中津（1336—1405），临济宗禅僧。土佐高冈郡（今高知县土佐市）人。名中津，字绝海，号蕉坚道人。13岁入京侍天龙寺梦窗国师，受其高弟春屋妙葩熏陶。正平二十三年（1368，明太祖洪武元年）渡明，参谒杭州中天竺寺全室禅师，受器重。后广游江南名刹，历参天界、育王、天童诸山，与杨铁崖、宋景濂等文人居士多有交谊。洪武九年（1376），太祖召见绝海于英武楼，指日本地图以诗垂询熊野山徐福祠之事，绝海有奉和之作，太祖赐以僧伽梨、锋多罗茶褐褹、榔栗丈及宝钞。此事流传东国，成为佳话。同年归国，康历元年（1379）居天龙寺春屋妙葩会下，翌年，为甲州惠林寺开山，后归天龙寺。永德三年（1383）足利义满将军创建相国寺，招为当事，翌年因直言逆义满旨，退隐摄津之钱原（今茨木市），至德二年（1385），创建宝冠寺，董等持寺。应永八年（1401）转相国寺住持，兼营鹿苑院。

绝海人品温雅，学识渊富，高弟盈门。著有《绝海录》一卷及诗文集《蕉坚藁》二卷。绝海广泛汲取中国诗歌营养，加之阅历丰富，诗歌取得了多方面的成就。

绝海在明求法9年，历参名刹，广结佛缘，尊师敬业，多受器重。绍兴府清远怀渭禅师是绝海入明之初拜谒的禅师之一，师号竹庵。绝海将离杭州赴南京（明初国都）时，有《呈真寂竹庵和尚》一首留别，诗云：

不堪长仰止，渚上寄高踪。
流水寒山路，深云古寺钟。
香花严法会，冰雪老禅容。
重获霑真药，多生庆此逢。

表达了对清远怀渭禅师的高山仰止之情。师有和诗云：

绝海藏主，力究本参。禅燕之余，间事吟咏，吐语辄奇。予归老真寂，特枉存慰，将游江东，留诗为别。有曰："流水寒山路，深云古寺钟"，气格音韵，居然玄盛，当不愧作者。予老矣，无能为也，不觉有愧后生之叹，遂次韵用答，诚所谓珠玉在侧，不自知其形秽也。

三韩辞海国，五竺访灵踪。

> 洗钵龙河水，烧香鹫岭钟。
> 安居全道力，段食长斋容。
> 特枉留诗别，何时定再逢？

怀渭禅师和诗及序文，语重意深，有不忍诀别之情。灵隐寺见心来复禅师感而和之曰：

> 东游吴越寺，云水寄行踪。
> 晴晒花间衲，寒吟月下钟。
> 鸿飞夸健翮，瘦鹤识清容。
> 别去沧州隔，搏桑几日逢？

易道夷简禅师亦有和诗云：

> 绝海藏主，尝依今龙河全室宗主于中天竺室中，参究禅学。暇则工于为诗，又得楷法于西丘竹庵禅师，故出语下笔，俱有准度。将游上国，观人物衣冠之盛与夫吾宗硕德禅林之众，有诗留别竹庵，庵喜而和之。兹承见示，复征于予，遂次韵一首，奉答雅意云：

> 问道金陵去，因求胜地踪。
> 光飞舍利塔，声动景阳钟。
> 燕垒怀王谢，鹰巢谒镜容。
> 龙河禅席盛，圣代喜遭逢。

这组唱和诗记录了中日禅宗及诗歌交流史上一段佳话。

绝海渡海求法，历参名刹，归国开山，诸多跋涉，在其诗中，留下不少咏山吟水之作。《早发》诗"破衣江上步，圆笠月中孤"等句，将冬日早行的环境氛围、心理感受描绘得栩栩如生。此外如："枫落秋江水，钟清夜泊船"（《文焕章归姑苏》）、"千峰收宿雨，万象弄春晖"（《送俊侍者归吴兴》）、"秋夜关山月，高悬细柳营。中军严下令，万马肃无声"（《东营秋月》二首其一）、"寒雨黄沙暮，西风白草秋"（《出塞图》）等，或纪实，或题画，皆中国山水之传神写照。

绝海诗中最具特色的是对于禅僧日常斋戒功课及起居生活的具体描述。绝海有《山居十五首次禅月韵》组诗云：

> 人世由来行路难，闲居偶得占青山。
> 平生混迹樵渔里，万事忘机麋鹿间。
> 远壑移松怜晚翠，小池通水爱幽潺。
> 东林香火沃洲鹤，逸轨高风谁敢攀？

> 放歌长啸傲王侯，矮屋谁能暂俯头。
> 碧海丹山多入梦，湘云楚水少同游。
> 蒙蒙空翠沾经案，漠漠寒云满石楼。
> 幸是芋香人不爱，从教菜叶逐溪流。

> 壶中风景四时兼，山色溪光共一帘。
> 清白传家随分过，语言无味任人嫌。

灵踪未到情何已,好句忽来吟不厌。
幽鸟有期春已晚,半岩细雨草纤纤。

静者襟怀久旷夷,白头懒剃雪垂垂。
闭门雨后扫秋叶,绕树风前收堕枝。
云暗猕猴来近岭,人闲翡翠下清池。
余生尽向山中老,除却山林何所之?

无数峰峦围梵宫,自然不与世相通。
菖蒲石畔泠泠水,茉莉花前细细风。
溪獭祭鱼青箬里,杉鸡引子白云中。
有山何处能如此?忆得蓬莱碧海东。

晨炊不羡五侯鲭,葵藿盘中风露馨。
霜后年年收芋栗,春前日日劚参苓。
听经龙去云归洞,看瀑僧回雪满瓶。
穷谷深林皆帝力,也知畎亩乐清宁。

浮岚浓翠湿窗纱,玉气丹光接太霞。
洞口云来藏怪石,溪头水涨没危槎。
滴残松桂溥溥露,落尽兰苕淡淡花。
昨日山前叟来访,蒲团扪虱说桑麻。
幽栖地僻少人知,古木苍藤映竹扉。
香草食余青鹿卧,小梨摘尽白猿归。

浣衣溪水摇云影，曝药阳檐爱日晖。
童子未知常住性，朝朝怪我鬓毛稀。

袅袅樵歌下杳冥，幽庭乌散暮烟青。
卷中欣对古人面，架上新添异译经。
此地由来无俗驾，移文何必托山灵？
幽居日日心多乐，城市醺醺人未醒。

身安心乐在无求，自是粗人不肯休。
老去一身同野鹤，闲边多梦到沙鸥。
和烟藤蔓侵门牡，经雨苔花上架头。
涧有香芹坡有蕨，何妨满鼎煮春柔。

黄精紫术绕春畦，爱此葛洪丹井西。
传法未能同粲可，垂名何肯羡夷齐。
寒山寂寂茶人少，修竹冥冥谢豹啼。
有客纵令若陶令，相携一笑懒过溪。

山列屏风九叠开，泉鸣岩窦八音谐。
茅茨敢拟汉金屋，轩砌聊夸尧土阶。
瑶草似云铺满地，琪花如雪照幽崖。
空王住处堪依止，回首人间事事乖。
懒拙无堪世事劳，沉冥高卧兴滔滔。
连窗丛竹深听雨，映屋新松才学涛。

一榻寥寥蜗室阔，九衢衮衮马尘高。
久知簪组为人累，制得荷衣胜锦袍。

一庵无事只萧然，柏子烧残古佛前。
电露身心真暂寓，鹪鹩栖息尽余年。
绿萝窗外三竿日，黄鸟声中一觉眠。
问我山居有何好，此中即是四禅天。

寒山拾得邈高风，物外清游谁与同？
林罅穿云凌虎穴，潭头洗钵瞰龙宫。
百年多兴朝朝过，一梦无凭念念空。
题遍苍崖千万仞，长歌短咏意何穷！

禅月，唐末著名诗僧贯休之号。其《禅月集》中有《山居诗》二十四首（《全唐诗》卷八三七）。绝海这组追代唱和诗着意描写山僧各方面的日常生活。"东林香火"，谓晋高僧慧远建白莲社于庐山东林寺精进修行事；"沃洲鹤"，谓晋高僧支遁隐居绍兴沃洲山爱鹤放饲事。由其五之末二句，可以看到绝海对故国山水的思念，也说明这组诗作于明代的中国。这组诗表现了诗人随缘饮啄，孤云自度的高洁情操，诗韵清穆和雅，诗笔生鲜活泼。

日本汉诗中的怀古咏史诗以咏怀中国史迹者为多，但是，因绝大多数日本汉诗人无缘到中国来，故所咏往往本自史书，虽不无佳篇，终觉隔着一层。绝海在明，亲历古迹名胜甚多，所咏自是多了一分亲切。《岳王坟》诗云：

深入朱仙临北虏,不知碧血瘗南州。
垒云空映伍员庙,湖水无期范蠡舟。
四将元勋俄寂寂,两宫归梦谩悠悠。
他年天堑人飞渡,添得英雄万古愁。

颈联将重大历史因果关系以委婉轻捷之笔点出,道前人之未曾道。《多景楼》诗云:

北固高楼拥梵宫,楼前风物古今同。
千年城堑孙刘后,万里盐麻吴蜀通。
京口云开春树绿,海门潮落夕阳空。
英雄一去江山在,白发残僧立晚风。

由眼前凭临之景,达时空超越之境。"英雄"一联,将诗人自我写入,知前三联皆此东国白发禅僧于晚风中之所见所思也。

绝海中津与义堂周信在日本汉诗史上并称"五山文学双璧"。义堂与绝海同乡同门,义堂长绝海11岁,二人相互推重,友情甚笃。江村北海《日本诗史》卷二比较二僧云:

绝海、义堂,世多并称,以为敌手。余读《蕉坚藁》,又读《空华集》,审二禅壁垒。论学殖,则义堂似胜绝海;如诗才,则义堂非绝海敌也。绝海诗,非但古昔中世无敌手也,虽近世诸名家,恐弃甲宵遁。何则?古昔朝绅咏言,非无佳句警联,然疵病杂陈,全篇佳者甚稀。偶有佳作,亦唯我邦之诗耳,较之于华人之诗,殊隔径蹊;虽近时诸名家,以余观之,亦唯我邦之诗,往往难免陋习。如绝海则不然也。今录集中佳句若干。五言:(诗略)七言:(诗略)等,有工绝者,有秀朗者,优柔静远,瑰奇赡丽,靡所不有。义堂视绝海,骨力有加,而才藻不及,且多禅语,又涉议论,温雅流丽者,集中无几。如绝句,则有佳者。

猪口笃志《日本汉文学史》亦比较二僧云:

义堂,器识深远,守法规而肃清;绝海,神秀不羁,狷介而飘逸。义堂具学者气质,绝海有诗人气质。

所见与北海略同。明富春山天竺寺如兰上人曾对绝海之诗有评云:"绝海游于中州也,睹山川之壮丽、人物之繁盛,登高俯深,感今怀古,一寓于诗。虽吾中土之士,老于文学者,不过是也。且无日东语言气习,诚为海东之魁,想无出其右者。"(猪口笃志《日本汉诗》上册,第96页)就五山汉诗而言,确乎应推绝海为第一人。

三

在日本汉诗成为无源之水艰难流淌的约300年间,其源头中国的文学却是一直按照自身规律不停地向前发展着,所以,当日本于五山初期与中国南宋中期文学重新遭遇之际，其所面对的中日文化跌差之大是不难想象的；此后接踵而至的元代文学、明代文学，都令五山禅僧目不暇接。面对如此璀璨进步的文化，已经初步建立了汉诗文受容机制的日本文化在受容中国新的禅文化的同时，更多地受容中国多方面的优秀文化，特别是受容令其最为倾心向慕的中国诗歌，与其说可能，毋宁说是必然。

毋庸讳言，五山汉诗成就远不能与紧接其后的江户时期日本汉诗的鼎盛相比，但是，400余年的五山文学毕竟完成了从偈到诗的演进，在一定程度上显示出主流文学的特质，是日本汉文学发展史上一个重要的不可或缺的环节。

（一）完成了从偈到诗的演进

五山汉诗与其文化背景五山禅宗的特色密切相关。五山禅寺皆为临济宗，与日本当时并存的净土、曹洞、日莲等以念佛打坐为主要修持方式的"默照禅"不同，临济禅是通过机敏的"公案"对答以求开悟的"看话禅"。所谓"公案"，多用偈语，形式上与诗句仿佛者，便是"诗偈"。因佛门原有"不立文字"的信条，故五山之初所谓"诗偈"之作，实际上还是禅是偈而非文学。后来，五山禅僧奉南宋严羽《沧浪诗话》"诗禅一味"说为圭臬，才逐渐冲破了对于诗歌创作的束缚，使得禅僧们的诗作大大发展起来。湛然静者惠鉴《为绝海画并赋》诗云："五字照秋水，三衣护夜禅。""三衣"指袈裟，"五字"，即指五言诗。绝海《呈湛然静者并谢画》三首其二云："真理融玄境，微言滋道根。"二人诗句，都是在诗、禅、偈三者一体之关系中,特别强调了诗的作用。绝海《寄戒坛无溢宗师》诗云:"谁知惊代律中虎,本是能诗天上仙。"隋代法愿禅师精通戒律之学,自持亦高洁,人称"律虎"。既为律虎,亦是诗仙。本是赞人之句,却也表明了绝海自己的诗艺追求。

随着五山汉诗的发展,在"诗禅一味"这一认识的基础上,逐渐产生了比亦禅亦诗、亦诗亦禅的"诗偈"更具文学审美价值的咏志抒怀写景咏物的"俗世"的诗作,从而提高了五山汉诗的文学价值,奠定了五山汉诗在日本汉文学史上的地位。

(二)在一定程度上显示出主流文学的特质

中国历代禅僧文学一般总是属于非主流文学范畴,它们被排斥于——或者毋宁说是自觉疏离于——以士大夫为创作主体的社会主流文学之外,而以幕府政权为靠山的日本五山禅僧们的文学则在一定程度上表现出文化学术气息浓厚的清丽典雅的品格情趣,一种"士大夫精神",一种"书卷气",显示出一定的主流文学的特点。

第一,通过直接描写社会现实的作品,表现了诗人对于社会政治的关心。如中岩圆月七古《送泽云梦》云:

> 乾坤干戈未息时,氛埃昧目风横吹。
> 饿者转死盈道路,荒城白日狐狸嬉。
> 我问乐土在何许,一身可以安栖迟!

义堂周信《乱后遣兴》云:

海边高阁倚天风,明灭楼台蜃气红。
草木凄凉兵火后,山河仿佛战图中。
兴亡有数从来事,风月无情自满空。
聊借诗篇寄凄恻,沙场战骨化为虫。

以及绝海中津《送光侍者》诗所云"孤馆啼猿树,四郊戎马尘"等,都表现了诗人对挑起连年战乱的武士集团的憎恨和对人民的同情。在中岩圆月"天也丘轲无遇鲁,时哉管晏有功齐"(《和答别源二首》其一)、"风起战尘吹血臭,日因祲气带阴倾。斯文自古叹将丧,吾道何日必正名"(《和酬东白二首》其二)等诗句中,还抒发了无奈的牢骚与强烈的愤慨。考虑到日本文学自古迄今游离于政治之外的传统,五山汉诗多少表现出一些对社会的责任感就显得尤为难得,这不仅与五山禅僧更接近上层社会的政治地位有关,也应当说是通过中日禅僧频繁渡海交往,五山汉诗有机会直接受容中国现实主义诗风的结果。

第二,像中国历代士大夫文人那样,五山诗人也常常通过怀古咏史诗,表现其历史关照的胸襟。王朝时期汉诗少有咏史之作,仅有的也多为《昭君怨》、《婕妤怨》、《长门怨》等对于中国传统乐府旧题的沿袭模仿,缺乏创新与个性。五山汉诗中的怀古咏史之作无论在数量上还是在质量上都超越前代,佳作不少。其中咏怀日本史的,如前引义堂周信所作《题隐岐山陵》等;咏怀中国史的,如前引绝海中津所作《岳王坟》、《多景楼》、《钱塘怀古》二首等。

较多清丽典雅的品格情趣,较少所谓"蔬笋气",特别是对于五山名家而言。如绝海《辇寺看花》云：

> 寺近皇居多贵游，看花还爱一庭幽。
> 禅心未必负春色，院院珠簾卷上钩。

勇敢渲说对于美的追求；《绿阴》云：

> 绿树林中净似秋，更怜翠锁水边楼。
> 乘凉踏破苍苔色，撩乱袈裟上小舟。

即使写的是僧，也洋溢着浓郁的"俗世生活"气息，感人以动态的活泼。诗境也不避浓艳，如《赋海棠寄西山故人》云："风前添色鹃啼血，雨后寻香蝶梦迷。"有的诗还敢于以隐遁空门的寂寞为话题，坦率写出自己的矛盾心情。如《冬日怀中峰旧隐》诗云：

> 长怀天竺寺，谁复住山椒？
> 连夜梦频到，看云思不遥。
> 闲门依涧曲，细路转岩腰。
> 松树风飘子，药栏雪损苗。
> 幽栖诚所爱，生理却无聊。
> 一笑问真宰，百年何寂寥！

前八句写自己对曾隐居过的杭州中天竺寺的怀念，末四句写出幽栖生活毕竟无聊寂寥的怅惘，发俗僧所未敢发。

（三）承前启后的日本汉诗发展史地位

五山汉诗上承王朝汉诗，下启江户汉诗。与王朝汉诗相比，五山汉诗有了长足的进步。

其一，从"白乐天风"独盛，到崇尚李杜苏黄等，诗歌风格趋于多样性。王朝时代，在大江维时（888—963）编纂的《千载佳句》里，共收中国诗人（含个别高丽、新罗人）149家诗1083联，其中白居易一人诗507联，几占半数；在藤原公任（966—1041）编纂的《和汉朗咏集》中，共收中日汉诗588联，其中白居易135联，居全集之冠；紫式部《源氏物语》共引用中国文学典籍185处，其中白居易的诗句就达106处之多……王朝时期"白乐天风"之独盛，于此可见一斑。进入五山时期之后，"白乐天风"衰飒，开始崇尚李杜苏黄等。虎关师炼《济北诗话》云"李杜者上才也"、"元白下才也"，对元白持鄙夷态度，很有代表性。从五山汉诗中也可以看出这一变化。如绝海"白鸥江上旧盟冷，老鹤何妨万里心"（《将往近县留别观中外史》），语出杜甫"老鹤万里心"（《遣兴》）；"杜陵不唾青城地"（《古河杂言》五首其二），语出杜甫"自为青城客，不唾青城地"（《丈人山》）；别源圆旨"庐山面目有人问，不知如何祗对他"（《东林夏中偶作》二首其二），语出苏轼《题西林寺壁》；"翠烟收尽水天宽，江上渔翁独钓寒"（《和江上晚望》二首其二），语出柳宗元《江雪》；"秋风白发三千丈，夜雨青灯五十年"（《夜座》），前句语出李白《秋浦歌》，后句语出黄庭坚"桃李春风一杯酒，江湖夜雨十年灯"（《寄黄几复》）等。风格的多样化是日本汉诗走向成熟的重要标志。

其二，王朝时期汉诗人以天皇贵族朝廷大臣为主体，五山时期汉诗人则以禅僧为主体，诗人群体的变更，使日本汉诗离开高高在上的狭隘窒息的宫廷贵族生活圈子，走向山林，走向人间，更远的则越过大海，走向中国，从而表现了较为广阔的社会生活和自然风光，极大丰富了汉诗的内容。

其三，王朝时期的律体，侧重对偶而声律多不合，人称"五言八句"、"七言八句"，五山汉诗名家的律体则渐渐趋于成熟。王朝时期多总集而少别集，总集最早为《怀风藻》(751)，继而为《凌云集》(814)、《文华秀丽集》(818)、《经国集》(827) 等"敕撰三集"，此后，有《扶桑集》(998)、《本朝丽藻》(1008)、《和汉朗咏集》(1013)、《本朝文粹》(1045)、《朝野群载》(1116)、《新撰和汉朗咏集》(1138)、《本朝无题诗》(1162—1164) 等，别集则仅有菅原道真的《菅家文草》(900)、《菅家后集》(903)，及空海的《性灵集》(835)、都良香的《都氏文集》(879)、岛田忠臣的《田氏家集》(892) 等；五山时期诗僧则多有个人的诗文集，从前文诗人介绍中已可概知一二，而总集则惟有《北斗集》、《花上集》等寥寥数种。王朝时期总集多、别集少，是因为当时日本汉诗尚处于萌发期至幼苗期，诗人个体较弱，须结为群体以造势，而且当时作者大都活动在一个狭小的圈子里，相互经常观摩切磋，易于择优编纂成集；五山汉诗别集多而总集少，则因禅僧分散于山林寺院，流动于中日之间，较为难于聚合，但更重要的则是因为五山汉诗人之诗歌创作已较为成熟，独立结集可谓瓜熟蒂落。

(本文原发表于《唐都学刊》2003 年第 1 期)

语言受容机制研究

训读法
——日本受容汉诗文之津桥

日本汉诗是中国古代诗歌繁衍域外的最大一脉分支，在其千余年发展史上不断从中国古诗汲取营养，经历了从模仿到创新、从依赖到独立的漫长历程，产生过数以千计的诗人和数十万首诗篇，可谓中日两国文化交流史的珍贵文字化石。

近十余年来，日本汉文学的介绍和研究在我国逐渐起步，其中，数种日本汉诗选本的相继问世（依次如：黄新铭《日本历代名家七绝百首注》，书目文献出版社1984年9月；刘砚、马沁《日本汉诗新编》，安徽文艺出版社1985年4月；程千帆、孙望《日本汉诗选评》，江苏古籍出版社1988年6月；马歌东《日本汉诗三百首》，世界图书出版公司1994年9月；王福祥、汪玉林、吴汉樱《日本汉诗撷英》，外语教学与研究出版社1995年12月等），可以视为我国古诗繁衍东瀛之反馈。

面对这些置之我国古诗中几可乱真的日本汉诗，人们不免会产生这样的疑问：日本汉诗人是用中国语吟咏汉诗吗？答案是明确的：否。那么，中国语是孤立语，日本语是黏着语，分属于不同的语言形态体系，日本人是如何阅读汉诗文，又如何创作汉诗文呢？也就是说，他们在中国语与日本语之间究竟使用了一种什么样的语言转换机制？显然，这是一个新的跨学科问题——汉诗文训读法研究关涉到汉文学的域外传播与接受，是国际汉学研究、中国古代文学域外影响研究、日本汉文学溯源比较研究、日本语研究等学术领域在进行富于前瞻性的深化研究中必将触及的课题，本文旨在就此问题试作初步探索。

一、何谓"汉诗文训读法"

日本人接受汉籍并进而创作汉诗文，所使用的语言转换机制名曰"汉诗文训读法"。何谓"汉诗文训读法"？让我们首先通过实例予以考察。

现今在日本，无论对于中国古代诗文还是日本汉诗文，一般选注本均采取如下的三段式结构：（1）汉诗文原文；（2）汉诗文训读文；（3）现代日本语口语译文。

兹以日本日荣社出版之《[要说]汉诗》中孟浩然《春晓》诗为例（原文为竖排）：

原　　文

春　晓　（孟浩然）
①春眠不ˇ覺ˇ曉
②處處聞⁻啼鳥⁻
③夜來風雨声
④花落知多少

训 读 文

　　　しゅんぎょう　もうこうねん
　　　春　曉　　（孟浩然）

　　しゅんみん あかつき　おぼ
①春　眠　曉　を覺えず

　　しょしょていちょう　き
②處處啼鳥を聞く

　　やらい ふうう　こえ
③夜来　風　雨の声

　　はな おつること したしょう
④花 落　　　知りぬ多少 ぞ

现代口语译文

　　　春の明けがた
①春の眠りのここちよさに、夜が明けたのも気づかずに 寝過ごしていづかる。
②（ふと目をさますと）あちらこちらで、小鳥がさえずる声が聞こえている。
③そういえば、昨夜は風や雨の音がしていたけれど、
④花はきっとたくさん散ったことだろうな。

通过此例中之"训读文",可以归纳汉诗文训读法的基本形态及工作原理如下：

其一，形式上几乎全部保留了原文中的汉字。

我们知道，中国语中的汉字与日本语中的汉字虽然其"音"有异（音读的汉字读音多有变异，训读的汉字读音完全不同），但其"义"绝大部分是相同的，故日本人可以通过训读文中所保留的几乎全部汉字，直接体味汉诗文，这与将汉诗文译成诸如英、法、俄语之类无汉字的语种有着质的差异。

其二，训读文由汉字加假名构成。

其中，加注在汉字右侧（横写时加注在汉字的上方）以标示汉字之日语读音的假名叫"振假名"，如"風雨"上面的注音"ふう"，"声"上面的注音"こえ"等；加在汉字下面（横写时加在汉字的后面）以表示助词、助动词或语尾的假名叫"送假名"，如"を"、"の"以及"聞く"的"く"、"知りぬ"的"りぬ"等。振假名乃注音，可以省略；送假名作为句子结构的有机成分，则必不可少。

其三，原文汉字的语序基本不变。

所变者惟有两种情况：(1) 按日本语语法，将宾语前置时。如"闻啼鸟"成了"啼鸟を聞く"；(2) 去掉否定词"无"、"不"等汉字，改由句尾加否定助动词表示时，如"不觉"改为"覺えず"等。

其四，训读文系日本语文体之一，其读音为日本语。

实际上，训读即是译读，是一种尽量保留原文汉字的"汉译日"。训读文既然是译文，就必须建立在对汉诗文透彻理解的基础上，否则无法读。这与中国人不同——中国人只要能读出那些汉字的音，不懂诗文之义也可以一直读下去，而日本人则必得理解才能读。如只有明白了这首诗中"知多少"的"知"乃"不知"之意，才能正确训读为"知りぬ多少ぞ",否则就会读错。因此,可以说训读法是在训解基础上即译即读、即读即译。

训读法是一种双向处理汉语和语,使二者相互训译转换的语言机制。即是说,阅读时将原文之汉语训译转换为和语予以理解;创作时,又将和语的构思转换为汉语写出。绝大多数日本古代汉诗人、汉学者,都不会讲汉语,但是一看汉诗文即明其意,一有感兴即可挥笔成章,甚或能够即席赋诗,或与中国人自由地"笔谈",外人看来,似乎是在直接使用汉语,并未使用训读法,实际上熟能生巧而已。试令读之,则必非中国语,而为训读文,为日本语读音。

二、汉诗文训读法以汉字的接受方式为基础

因为汉诗文的载体是汉字,所以汉诗文训读法以日本语对汉字的接受方式——或训读或音读——为基础。

汉字传入之前,日本已经有了自己民族的语言,但还没有文字。据《日本书纪》、《古事记》载,应神天皇十六年(285),当百济国博士王仁被日本国特聘为皇太子师而赴日时,带去了《论语》、《千字文》。这是史书上有关汉籍传入日本的正式记载,实际当更早。

日本对陆续传入的汉字,采取了积极实用的态度。他们在尽可能保留本民族原有语言的基础上,大量吸纳汉字及汉语词汇,以建构属于自己民族的新的语言体系。

日本吸纳中国汉字的具体方法主要有两种：

一曰"训读"。是将日本语原有词语之"音"，与同"义"的汉字相结合，从而产生日本语读音的"日本汉字"——日本语中的汉字。例如，日本语中原有"春"这个概念，其发音为"はる"，但无文字，待汉字"春"传入后，即借用汉字"春"表示这个概念，而发音仍为"はる"。"春"不再读为"chun"，而被读为"はる"，实际上是"春"这个中国汉字，被借去标示日本语了，此种训译汉字的方法称为汉字的"训读"。此类词语一般属于最原始最基本的语汇。

二曰"音读"，是在接受中国汉字之"形"的同时，既接受其"义"，亦模仿其"音"。如"春眠"，其"形"不变，其"义"亦同，而模仿华音，读作"しゅんみん"。这实际上是将外来汉字直接吸纳入日本语体系中以扩充其词汇量。其与"训读"之异，在于读音亦被接受，故被称之为汉字的"音读"。此类汉字词语出现一般较晚，多为合成词，是汉字传入之前日本原有语汇中所无的。

日本语吸纳汉字的实际情况很复杂。例如由两个汉字组成的词语中，其读法还有"上音下训"者，日本以"重（じゅう）箱（ばこ）"（盛食品用的多层方木盒，套盒）一词为代表，名之曰"重箱"式；又有"上训下音"者，以"湯（ゆ）桶（とう）"（盛热水的木桶）一词为代表，名之曰"湯桶"式。此外，又有"同训异字"者，又有"同字异训"者，前者若中国语中之"同义词"，后者若中国语中之"多义词"。汉字之读音，亦因来自中国的语源地及传入时代之早晚，有"吴音"、"汉音"、"唐音"之别等，已属常识，兹不赘言。

日本人对待外来汉字的积极吸纳态度，坚持化"汉"为"和"，"汉"为"和"用，以本国固有语言为本的原则，以及灵活的"训读"、"音读"方法，是汉诗文训读法产生的理念基础和技术基础。如前例《春晓》诗训读文中之汉字，"晓（あかつき）"、"闻（きく）"等即为"训读"汉字，"孟浩然（もうこうねん）"、"啼鸟（てぃちょう）"等即为"音读"汉字。

三、"万叶文体"透漏出早期汉诗文训读信息

汉籍传入日本后，在皇室贵族朝廷大臣的带动下，逐渐兴起了历久不衰的学习汉文化的热潮。遣唐使和留学生的连连派出，中日两国友好外交关系的不断升温，成为日本汉诗产生的契机。日本汉诗源起于天智天皇（626—671）时代，他做皇子时就领导了著名的大化改新（646），即位后积极推进与唐朝的友好关系，其皇子大友（648—672）被认为是日本最早的汉诗人。从日本汉诗之滥觞到第一部汉诗集《怀风藻》（751）的编定，大约经过了80年。这80年间或更早，日本汉诗人是如何阅读汉籍又是如何创作日本汉诗文呢？比《怀风藻》的编定晚了10年左右的《万叶集》透漏出日本早期汉诗文训读信息。

日本第一部和歌总集《万叶集》编定于公元760年前后，共收存自远古迄当时口耳相传的和歌4500余首。《万叶集》编定时日本尚无假名，全部用汉字记录整理和歌，其中许多汉字仅仅用作表记日本语"音"的符号，与该汉字之本"义"毫无关涉。（按：如前

所述，汉字的训读是取"义"不取"音"，音读是"义""音"兼取，二者均接受了中国汉字的"义"。）这些仅具表音功能的汉字后世称为"万叶假名"，亦称"真假名"，即以"真名"（汉字）作"假名"用。

兹仅以日本东京角川书店所刊《万叶集》第一卷第一首歌之开头一节为例，说明何为"万叶假名"。歌云（括号中的假名系笔者据同页训读文所加，原书训读文见后）：

（こもよ　みこもち　ふくしもよ　みぶくしもち
　籠毛與　美籠母乳　布久思毛與　美夫君志持

このたけに　なつますこ）
　此　岳　爾　菜採　須兒……

简注如下："籠"，小竹笼。"毛與"，与二字之本义无关，仅取其中国语音，表示感叹语气。"美"，接头词，表示敬意的美称。"母乳"，与二字之本义无关，仅取其音，表示"持"。"布久思"，与三字之本义无关，仅取其音，表示"掘串"——掘取地下根茎的竹木制的工具。"夫君志"，音义皆同前"布久思"，仅按日本语发音习惯，将"ふ"浊化为"ぶ"。"此"，这，这个。"岳"，山冈。"爾"，与此字本义无关，仅取其音，表示趋向助词"に"。"菜"，野菜。"採須"，日本语动词"採む"的敬语表示。"兒"，与此字本义无关，仅取其音，表示亲切召唤他人的意思。

综上，此段和歌的汉字中，"笼"、"持"、"此"、"岳"、"菜"、

"採"等,取义不取音,为训读汉字;"美",兼取音、义,为音读汉字;"毛與"、"爾"、"母乳"、"布久思"、"夫君志"等,与汉字之本义无关,仅借作标音符号,即为"万叶假名"。

如今日本能识得万叶假名者,唯少数专家而已,故出版时一般皆将《万叶集》原文径行改写为训读文体以便读者。角川书店所刊《万叶集》,将各卷首篇依万叶体原文印出以供参考,其余亦皆改写为训读文体。在此段歌的原文前,有其训读文如下:

<pre>
    こ   こも   ふくし   ぶくし
    籠もよ   み籠持ち,掘串 もよ,み掘串 持ち。
    こ   たけ   なつ こ
    此の岡 に, 菜採ます兒……
</pre>

这段和歌写的是农村采摘劳动,大意为:"笼笼哟,挎起漂亮的小笼笼,铲铲呀,拿上美丽的小铲铲,到这边山上采菜来哟——"朴野清醇,大有古民歌风。

若将所引万叶古歌与其训读文相比较,会发现二者书写符号虽大异——后者用假名替换了前者的纯表音汉字——万叶假名,还规范了日本语汉字的使用,但是它们所读的音与所表示的义基本相同。

万叶假名不是用来表示汉诗文应如何训读,相反,是倒用训读法,以汉字记录和歌,但是它毕竟透漏了日本早期汉诗文训读信息。可以推知,早在《万叶集》结集之前,日本已经发明了最初的汉诗文训读法。前述日本在《万叶集》编定约10年之前就已经编定了第一部汉诗集《怀风藻》，以及在《怀风藻》的编定约80年前就已经诞生了日本最初的汉诗等史实，都可以作为这一推断的佐证。

四、汉诗文训读形式之嬗变与完善

汉籍传入日本后，日本朝廷设置有"音博士"。最初的接受方式是"音读法"——完全读以中国语。但是，对于日本人来说，所读为何意呢？这时便自然会产生翻译的需要。

如果日本当时已有成熟的语言文字体系，对于中国汉诗文这样的"外国文学"，只需翻译为本国文字即可，不需使用训读法。但日本那时语汇简单原始，语法仅具雏形，特别是还没有自己的文字，所以日本人对待汉籍不仅仅是一般意义上的接受，而且要将中国语言文字"拿来"充实、改造、完善其民族语言，特别是还有创建自己文字符号体系的任务。如前所论，日本对中国汉字，在接受时采取了不同的处理方法；其翻译，也不是一般意义上的翻译，而是尽量保留汉籍原作品中汉字与语汇的译读——训读。

汉诗文训读法从产生到定型，经历了漫长而复杂的嬗变与完善过程，其间不无周折，限于篇幅，本文在此仅作扼要的勾勒。

在日本语言发展史上，曾有过"音训两读法"。所谓"音训两读"，就是读汉诗文时先按华音读——音读，然后再读为日本语——训读。此读法始于奈良朝（710—784），最初主要是僧侣读佛典用，后亦沿用于外典。太学讲授《诗经》、《文选》、《千字文》等中国典籍时亦用此法。这是训读法初始的形式之一。

鉴于万叶假名用整个汉字表音之不方便，9世纪时，取万叶假名字形的一部分形成了新的音节文字，称作"片假名"。

平安时代（794—1192）初期，一种被称为"乎己止点"（"ヲコト点"）的阅读汉籍的方法被发明并流行开来。所谓"乎己止点"，是用朱色在汉籍中汉字之四角、四边或中央点出红点或红杠，或用墨、胡粉点出黑白点、黑白杠，以标示此汉字在句中如何读，以及其词尾如何变化，加缀什么助词、助动词等的一种方法。（如下图）[新村出《广辞苑》（第三版）第322页]：

"乎己止点"示意图

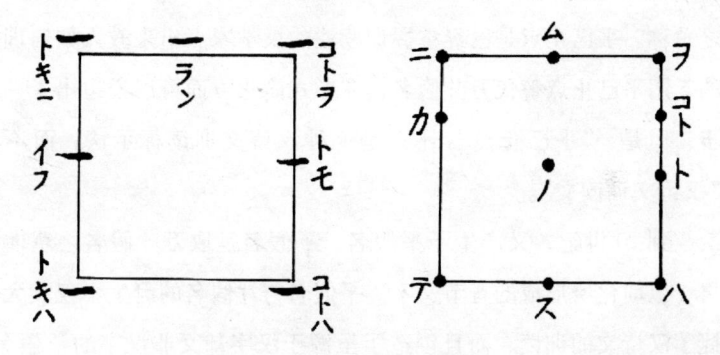

其使用方法，例如，若在"花"字的中心加点，即读为"花ノ"（义为"花的……"），其右上角加点，即读为"花ヲ"（"花"即为宾语），其右下角加点，即读为"花ハ"（"花"，被提示为要叙述说明的主题）；又如，若"出る"左下角加杠，即读为"出るトキハ"（义为"出的时候"，并被提示为要叙述说明的主题），其左上角加杠，即读为"出るトキニ"（义为"出的时候"，做时间

状语），其右下角加杠，即读为"出るコトハ"（义为"出去这件事"，并被提示为要叙述说明的主题）等。

"乎己止点"，简称为"点"或"点图"。本是私家为阅读汉籍而做的符号，各家不尽相同，今存26种之多，有喜多院点（兴福寺点）、睿山点、东大寺点等佛家点（亦称释氏点），菅家点、清家点、江家点等儒家点（亦称博士点）。因出于众家，故"乎己止"亦写作"乎古止"、"远己止"、"远古登"、"远古斗"、"於古都"、"於古途"等，而其音则依万叶假名读法，皆读为"ヲコト"，故后世常方便地写作"ヲコト点"。其所以称作"ヲコト点"，是因为菅家点（如"乎己止点"图）的右上角为"ヲ点"，右边框为"コト点"，故取"ヲコト"三音为代表，作为此种符号之总称。乎己止点是已经掌握训读法的汉学家点出来教人如何训读的。用乎己止点替代万叶假名，在形式简化方面可以说迈出了一大步，但是，"乎己止点"还只是一种汉诗文训读标示法，而不是"汉诗文训读文"。

到10世纪，又产生了平假名。平假名是取万叶假名之草体或再予以简化所形成的音节文字。平假名与片假名的诞生不仅大大便捷了汉诗文的训读，而且创造了虽源于汉字却又非汉字的"假名"这种日本语言特有的音节文字形式，这对于日本在积极吸纳外来语言的同时，努力保存、发展、完善自己本民族的独立语言体系有着极为重要的意义。

到平安时代中期，在长期熟练使用"乎己止点"的基础上，产生了更为简单易行的新的训读标示法——返点。返点至室町时代完成，沿用至今。返点是标示在汉诗文原文的字间或字旁，说明训读时按照日本语词序应如何颠倒原文词序的符号。其常用方法，对于一个字的返读（位置颠倒），用"∨"符号，因其形如雁，称作"雁点"；对于两字以上的返读，用"一"、"二"表示先后。前引孟浩然《春晓》诗三段式的原文部分就分别使用了"∨"和"一"、"二"两种返点，可参看。

以上乎己止点与返点都属于指导如何进行汉诗文训读的标示符号。

后世按照上述汉诗文训读法写出的，尽量保留原文汉字并加以"送假名"的文体，即为汉诗文训读文。如前示例中《春晓》诗三段式中间的部分。训读文与乎己止点和返点相比，不仅有较强的直观性，更重要的是完成了从汉文到和文的过渡——汉诗文训读文是介于汉文与和文口语文之间，而属于和文的文体。

五、训读法与日本汉诗文发展的关系

自因唐末动乱中断遣唐使的派出后，日本汉诗人就基本上失去了接触华人直接学习语音的机会。此后在漫长的五山时期（1192—1602），唯有少数中日禅僧得以往来两国间充当文化使者。至江户时期（1603—1868）日本又"锁国"200余年之久（1639—1853），虽然中国诗书可以随商船源源运至，但能够随之东渡的墨客骚人却是凤毛麟角。这样与华人的长期隔绝，使日本汉诗人几乎皆不谙华音。

在这种情况下，汉诗文训读法这种双向处理汉语和语，使二者相互训译转换的语言机制对日本汉诗文的发展延续不致中断起了重要作用。日本汉诗人即使不会中国语，也可以通过训读法阅读汉诗文，还可以反过来，把自己的诗情文意创作为汉诗文。

江户时期著名汉诗人赖杏坪（1756—1834）有《镇台远山君有旨使余纵观唐山红毛两馆（清朝与荷兰的商馆）唐船主刘培原欢迎置酒同船陆品三善书挥染数纸皆袖而归翌日赋赠言谢》诗云：

> 千林长楼四面藩，来游半日别乾坤。
> 异宜俱执东西礼，待译始通宾主言。
> 每柱警联悬草隶，满盘簌钉列鸡豚。
> 风流不管奸阑事，捆载琼瑶出馆门。

"待译始通宾主言"，自言其不会中国语。被俞樾盛赞为"东国诗人之冠"的另一位江户时期汉诗人广濑旭庄（1807—1863），因长崎坊正松春谷的介绍得以拜访唐馆，有《赠松春谷三首》，其一云：

> 自幼好文字，常思晤西人。
> 因君观唐馆，素愿一朝伸。
> 西客自为主，东人却为宾。
> 言语虽不接，肝肺乃相亲。

"言语不接"，亦自言其不会中国语。实际上，江户时期除长期居住在当时日本唯一开放的通商口岸长崎的极个别汉诗人而外，其余汉诗人基本上都不会中国语，而江户时期却是日本汉诗的鼎盛期。江户汉诗人所凭借的,就是汉诗文训读法这一双向训译转换汉语日语的语言机制。可以说,没有训读法,日本汉诗文就会成为无源之水而枯竭中断。

训读法无法克服的缺憾是使汉诗失去了音韵美,因为训读是读之以日本语音,而日本语无四声,遑论声韵。不过,尽管如此,日本汉诗人写作时却是严守音韵,力求合律的。这实在是勉为其难了。

六、训读法反对者的尝试与失败

在日本的汉文化接受史上,也出现过训读法反对者,其中最著名的是荻生徂徕。

荻生徂徕(1667—1728),江户(今东京)人。名双松,字茂卿,号徂徕、萱园。为廓清朱子学影响和荡涤五山时期文学余习,徂徕接过明七子复古大旗,开创日本古文辞复古派,排斥宋诗,鼓吹盛唐。徂徕门生极多,其萱园之学,风靡日本六七十年,至其死后还久盛不衰。

徂徕曾力倡"直学华言",主张音读,反对训读。其《赠善暹罗语人》(《徂徕集》卷十六)云:

> 今都人士不识华音,则所读书,率皆隔靴搔痒;而崎人鲜有读书,则其所善华音,乃又徒为译胥鄙俚射利具,其弊均矣,是岂不两可惜乎!

按：当时正值日本锁国期间，长崎为日本唯一对外通商口岸，通商之国家又唯中国、朝鲜、荷兰，故长崎谙华语人甚多。正如赖山阳（1780—1832）《长崎杂诗》所云："儿童谙汉语，舟楫杂吴舲。"徂徕于此喟叹：读写汉诗文的人不谙华音，以训读法读为和音，不异隔靴搔痒；而长崎人虽多善华音者，却一味当译者谋利，实在是两可惜矣！

《答崎阳田边生》（《徂徕集》卷二十五）指出训读之弊云："夫以和训读书，所读虽中华书，必颠倒其上下以从和语，究是和语。夫和与华，同在意而异在语，故以和训读书，唯得其意，不得其语。"《又答屈景山》（《徂徕集》卷二十七）直陈其音读主张云："夫善学华言者，不假倭训，直学华言。华言明而倭训之谬自见矣。"

其《译文筌蹄题言十则》（《徂徕集》卷十九）论说尤详：

> 此方学者，以方言读书，号曰和训，取诸训诂之义，其实译也，而人不知其为译矣。古人曰：读书千遍，其义自见。余幼时，切怪古人方其义未见时，如何能读。殊不知中华读书，从头直下，一如此方人念佛经陀罗尼。故虽未解其义，亦能读之耳。若此方读法，顺逆回环，必移中华文字以就方言者，一读便解，不解不可读。信乎和训之名为当，而学者宜或易于为力也。但此方自有此方言语，中华自有中华言语，体质本殊，由何吻合？是以和训回环之读，虽若可通，实为牵强，而世人不省……

徂徕既为当时汉学泰斗，又兼门生众多，于是其塾馆即成为反训读主张实施之地：

> 予尝为蒙生定学问之法：先为崎阳之学，教以俗语，诵以华音，译以此方俚语，绝不作和训回环之读。始以零细者二字三字为句，后使读成书者。崎阳之学既成，乃始得为中华人，而后稍稍读经、子、史、集四部书，势如破竹，是最上乘也。

然而，这不过是徂徕的理想而已，因不合世情，难以实行，后只得退而求其次。亦如其所自言：

> 然崎阳之学，世未甚流布，故又为寒乡无缘者，定为第二等法：先随例授以四书、小学、孝经、五经、文选类，教以此方读法……

徂徕自言仍不免要"教以此方读法（训读法）"，"授以《史》《汉》有和训者"，并在达到"无和训者……何书不可读"的最终目标之前，要先令其门生达到"于有和训者，皆莫有不可读"的程度等，可知徂徕之施教过程，终须借助于和训——训读法。在当时"锁国"的情况下，要求塾生普遍掌握华音，断无可能。徂徕"不假倭训，直学华言"的主张连他自己也难以躬行，宜其自生自灭也。

"汉文化圈"诸国各有其独特的受容汉语言文字的方法，日本用的就是如上所述的训读法。训读法不仅是日本人接受汉籍并进而创作汉诗文的语言工具，更重要的是，向使日本人一味用音读法处理汉诗文，则汉诗文就始终只能是极少数文化贵族的文学，汉诗文在日本就永远只能是"外国文学"，就不可能有持久的生命力，不可能出现江户时期的鼎盛，更谈不上融入日本文学，成为构成日本文学的和汉两大体系之一。

　　迄今，日本初、高中的国语教科书中，汉文（绝大部分为中国古代诗文）、古文、现代文鼎足而三，其汉文部分的讲授仍沿用训读法；日本各地民间充满生气的"诗吟团"常常到我国来表演，许多人以为他们是用中国语吟唱中国古诗，其实是按训读法吟唱以日本语。汉诗文训读法正是因其巧妙地创造性地将外来文化融入本土文化这一特点，在日本迄今保持着持久的生命力。

　　　　　　　　　　（本文原发表于《陕西师范大学学报》
　　　　　　　　　　　　［哲社版］2002年第5期）

受容个案研究

试论日本汉诗对李白诗歌之受容

日本江户时期著名汉诗人兼汉诗评论家江村北海（1707—1782）《青莲榭》（《北海诗钞》二编卷四）诗云：

采石沉明月，浮云遗恨长。
谁知东海外，复此仰清光。

此诗接过了李白《哭晁卿衡》的深情诗句"明月不归沉碧海，白云愁色满苍梧"，亦将传说于采石矶醉后捉月影而沉水之李白比之为明月，表达了日本人民对李白无限缅怀敬仰之情。

日本人民之所以对李白如此热爱，固然与他和朝衡（即晁衡，本名阿倍仲麻吕）间堪传千古的友谊有关，但更为重要的则是日本汉诗曾深得李白诗歌的沾溉与滋养。李白诗歌与日本汉诗之间影响与受容关系之研究，对于传统的李白研究来说，是一个全新的视角，具有开拓意义。鉴于国内外迄今尚无专论，本文拟就此课题作一点初步的基础的考察探索。

一、关于受容史之考察

日本贞观十七年（875），京都御所之冷泉院失火，院藏汉文典籍尽焚。为完善管理，敕命编纂了《日本国见在书目录》。卷首题云："正五位下行陆奥守兼上野权介藤原佐世奉敕撰。"按，藤原佐世任陆奥守，是在宽平三年（891）至九年（897），故目录之编定当在此数年间。此目录共著录典籍1579部，计16790卷，其中有《李白歌行集》3卷。这是李白诗集为日本所收藏之最早记载。李白诗集之传入日本自当比此著录时间更早。

稍后，在日本学者大江维时（888—963）编撰之《千载佳句》（金子彦二郎《平安时代文学和白氏文集——句题和歌·千载佳句研究篇》第671、674页）中收入了李白如下诗句：

[天象部·雪]
　　玉阶一夜留明月，金殿三春满落花。
　　　　　　　　　　　　　　　——《瑞雪》

[地理部·山水]
　　三山半落青天外，二水中分白鹭洲。
　　　　　　　　　　　　　　——《题凤台亭子》
　　（按：《全唐诗》题作《登金陵凤凰台》）

那时，正值日本汉诗发展第一阶段王朝时期（646—1192）之中期，汉诗坛"白乐天风"炽盛，与杜甫诗一样，李白诗虽已传入,但尚未得到重视。即以《千载佳句》为例,在入选诗联之数量上李杜不仅远不能与白居易的507联,元稹的65联相比,而且落在许浑的34联,章孝标的30联,杜荀鹤的20联,刘禹锡的19联,杨巨源的18联,方干、温庭筠的各16联,赵嘏的13联,何玄、贺兰遂的各12联,王维的11联等许多诗人之后。此外,从所选李白的二联来看,前联平平无可称说,后联虽俊爽明快,堪称佳句,但编选者远未探得太白诗豪放飘逸之骊珠。假乐天之尺度太白之诗固已不可,况其时于乐天之诗亦未得三昧乎!

到日本汉诗发展之第二阶段五山时期(1192—1602),在著名禅僧虎关师炼(1278—1346)所著日本第一部以"诗话"命名的论诗著作《济北诗话》中,关于李白有以下四则引人注目的论述(《日本诗话丛书》卷六):

> 《玉屑集》"句豪畔理"者,以石敏若"冰柱悬檐一千丈"与李白"白发三千丈"之句并按,予谓不然。李诗曰:"白发三千丈,缘愁似箇长。"盖白发生愁里,人有愁也,天地不能容之者有矣,若许缘愁,三千丈犹为短焉。翰林措意极其妙也,岂比敏若之无当玉卮乎!

> 李白《送贺宾客》诗云:"山阴道士如相见,应写黄庭换白鹅。"又,《王右军》云:"扫素写道经,笔精妙入神。书罢笼鹅去,何曾别主人。"按,《右军传》写《道德经》换鹅,不写《黄庭经》也。白虽能记事,先时偶忘耶?

> 李白进《清平调》三诗,眷遇尤渥,而高力士以靴怨谮妃子,依之见黜。嗟乎,玄宗之不养才者多矣!昏于知人乎?

> 杨诚斋曰:"李杜之集无牵率之句,而元白有和韵之作。诗至和韵而诗始大坏矣。"……李杜无和韵,元白有和韵而诗坏者非也。夫人有上才焉,有下才焉。李杜者上才也,李杜若有和韵,其诗又必善矣。李杜世无和韵,故赓和之美恶不见矣。元白下才也,始作和韵,不必和韵而诗坏矣,只其下才之所为也,故其集中虽兴感之作皆不及李杜,何特至赓和责之乎!

这是迄今所知日本关于李白及其诗歌的最早评论文字。这四则诗话,或在诗艺上代为李白争曲直,或在际遇上为李白鸣不平,或指出其诗句中偶尔失考之处,或议论其与元白本有上才下才之辨。其执论之是否尽当姑不论,重要的是通过这些诗话,我们得以知道李白在五山时期的日本汉诗坛上已有了相当影响,尤其是第四则,推尊李杜而轻觑元白,与王朝时期已大异其趣矣。

不过,因五山诗人之主体乃是受幕府政权控制和庇护的镰仓五山及京都五山等远离社会高高在上的禅僧们,其诗以崇尚宋元为主,且诗偈并作,故李杜在华之盛名虽势所必然地影响及日本,但在五山诗人创作中仍未表现出明显的受容,今检其时诗集,多见对于李白个别诗句的化用踏袭而已,如别源圆旨"秋风白发三千丈,夜雨青灯五十年"(《夜坐》)之上句等。

这里特别想强调的是,在日本,对于李杜,一开始就是并称的,且并称之"李杜"一开始就是作为元白——其诗风在王朝时期曾盛行300余年之久——的对立面而提出的。李杜并称，如果说在五山时期不过是初有影响的话，那么，在进入日本汉诗发展第三阶段江户时期（1603—1868）之后的诗风大转换中就充分显示出其聚为合力，冲决元白及宋元壁障，重振唐诗雄风，使日本汉诗从此走向大盛的重要意义。

对李白诗自觉的本格的受容，是从江户时期开始的。江户初，首先顺应潮流站出来鼓吹盛唐、高揭李杜大纛的是当时被朝鲜使臣汉诗人权菊轩推称为"日东李杜"的石川丈山（1583—1672）。松永尺五在批评五山诗人"不贵杜甫之神圣，何仰谪仙之高格"之后，曾盛赞丈山"昼坐诗仙堂，摘李杜之精英而入毫端；暮登啸月楼，漱陶谢之芳润而充绣肠"（《凹凸窠先生诗集序》）。石克子复则更进一步明确肯定了石川丈山开一代风气之先的功绩："本朝之学者久效元白之轻俗，而未闻有闯李杜樊篱者，以至于今泯泯也。先生首倡唐诗，开元大历之体制遂明于一时。"（《新编覆酱集后序》）

诚然，若细检丈山之诗，可知其一生之精思，主要在声韵格律及文字巧拙间，谓其受益于少陵，尚有迹象可求；谓其得力于太白，则终难指陈矣。但这并不重要，性有所近，情有偏钟，原很自然，重要的是倡导之功。自此而后，尽管日本汉诗坛风起云涌有过这样那样的流派之争，但终整个江户时期，乃至日本汉诗发展之最后阶段——明治以后，李白杜甫在日本汉诗坛至尊至圣的地位一直未曾动摇过。

以上，以日本汉诗发展之四个时期为线索，初步考察了其对于李白诗歌的受容史，而日本汉诗受容李白诗歌的实迹，则有待于下文的继续考察探讨。

二、关于受容形式之考察

江村北海《日本诗史》卷四云:"夫诗,汉土声音也。我邦人不学诗则已,苟学之也,不能不承顺汉土也。"这段话,可以说是日本汉诗人的共识。日本汉诗最初是学习模仿六朝及初唐诗,而后是学白乐天,学苏黄。进入江户时期之后,如前所述,李杜之风始大倡。"万古奇才李青莲"(冈本黄石《半谪仙人歌赠古梅》),"豪情应似青莲李"(伊藤东涯《南山词伯抱病退隐于洛市顷和拙韵见寄再和谢之》),从这样的诗句里,我们看到了日本汉诗人着意学习李白的意识与激情。

至若受容的形式,则非常灵活多变,归纳起来,大致可以分为以下四类。

(一) 诗语的受容

诗语的受容,通常是最为初级的受容形式。应该说,一般的习见的诗语的受容,如盐之溶于水,是很难再区分它们的所属了。我们这里所说的"诗语",是指人们普遍首肯其"专利"的烙上了作者印记的特殊的诗语——或一个比喻,或一个夸张,或一个联想;或一句景语,或一句情语,或一句理语;少只一字一词,多至一句两句,并无什么定式。但一个好的诗语,往往折射出诗人的独特风格,正因为如此,对一位诗人个性化诗语的受容,有时也反映出对这位诗人个性化风格的向往。

在日本汉诗对李白诗语的受容中,最引人注目的要数"白发三千丈"了。村上醒石（1819—1868）《题醉李白图》（《宜园百家咏》卷七）诗云：

> 仙乐飘扬骊宫开，不知渔阳起尘埃。
> 哲妇倾国岂忍见，终日颓然举酒杯。
> 文章无人得比偶，未审少陵相敌否？
> 巍巍高冠谪仙人，唯有明月堪其友。
> 何羡紫绶与金章，大醉如泥是君乡。
> 请看此中未肯忘社稷——白发缘愁如箇长！

诗的结尾能突然从"颓然"、"大醉如泥"中挽回，何等笔力！而依凭的正是李白自己"白发三千丈，缘愁似箇长"的名句。

释六如（1737—1801）《李太白观瀑图》（《六如庵诗钞》卷五）诗云：

> 才卧匡庐又夜郎，尘颜洗尽奈愁肠。
> 银河空挂三千尺，十倍输他白发长！

银河三千尺，白发三千丈，不恰是输他十倍么？将李白两首诗中的名句比并起来，不仅数字奇，而且寓意深刻——尘颜易洗，愁肠难涤。这实在是一个出人意料又在理中的奇妙联想。

此外，如茂吕源藏之"日暮半沉林园暗，海神捧出白玉盘"（《正月十四夜看月寄友人》），化用李白的"少小不识月，呼作白玉盘"（《古朗月行》）；广濑旭庄（1807—1863）之"如此厚情何以谢？汪伦许送别时舟"(《访甲原玄寿》)，踏袭李白《赠汪伦》诗等，不胜枚举。

（二）诗题的受容

诗题的受容对我国乐府诗而言是常见的现象。汉代乐府诗本是入乐的，后世发展为徒诗之后仍常沿用乐府古题。与诗语的受容相比，诗题受容带有整体受容意识，可以说是更深了一层。诗题的受容除沿用了旧题外，一般只是追求旨趣的相关（相同、相近或相反），在音数律（造句法）、音位律（押韵法）、音性律（平仄法）等外在律方面并无特别的要求。如《乐府诗集》卷四十七，收《春江花月夜》共7首，其中五绝体3首，五言六句2首，而张若虚的一首为七言歌行，36句，最长，温庭筠的一首为七古，20句。

在日本汉诗中以《将进酒》为题者，有大田南亩（1749—1823）的一首，森槐南（1863—1911）的一首。大田南亩诗如下：

君不见扶桑白日出海天，惊风倏忽没虞渊。
人生虽寿必有待，莫将大年笑小年。
不知何物解纷纷，唯有清樽动微醺。
樽中竹叶绿堪拾，何可一日无此君？
为君沽取十千酒，一饮应须倾数斗。
已当玉杯入手来，胸中复有垒块否？
世人汲汲名利间，欢乐未极骨先朽。
千金子，万户侯，于我如蜉蝣。

与君乐今夕，一醉陶然泻百忧。
满酌劝君君满饮，有酒如海肉如丘！

《乐府诗集》共收入四首《将进酒》，分别为梁昭明太子、李白、元稹、李贺所作。昭明太子的一首为五绝，与南亩此诗无关，元稹的一首以"某人妾"之口叙说其以计阻止主母毒酒杀夫之事，李贺的一首体制短小，风调秾艳，均与南亩此首无关。无论旨趣情怀还是词语风格，显然唯李白的《将进酒》才是南亩沿袭的对象。

在日本汉诗中，以《静夜思》为题者有平南台的一首：

独卧空床上，其如长夜何。
群鸿鸣不断，向晓度银河。

又有永原纪的一首：

昨夜秋风至，窗前木叶飞。
故园千里外，无日不思归。

李白的《静夜思》收在《乐府诗集》卷九十（新乐府辞一）中，且唯此一首，后人无沿用此题者，故上引日本汉诗中的二首必是沿用李白诗题无疑。而且，可以看到，在受容诗题的同时，二诗在秋夜与思乡的主题上也显然与李白原诗保持着一致。

此外，菊池溪琴有《仿青莲体》五首（《溪琴山房诗》卷二），

今录二首如下:

其一
灯火微,人影稀。
月露看犹滴,流萤落又飞。
碧梧枝上银河转,秋风吹入越罗衣。

其二
白露生,蟋蟀鸣。
却恨楼头月,照妾千里情。
孤鸾影寒窗外竹,萧瑟一夜作雨声。

由这两首诗,我们可以知道题中所谓"青莲体",是指李白的《三五七言》诗。李白原诗如下:

秋风清,秋月明。
落叶聚还散,寒鸦栖复惊。
相思相见知何日,此时此夜难为情。

正因为这里所谓"青莲体"等于是说《三五七言》体,所以我将此诗亦归入了诗题受容一类。再者,李白的《三五七言》诗与其七言古诗豪放飘逸的风格不同,是属于其"清水出芙蓉"的一种,而溪琴的受容也注意到了这一点。仁科白谷曾评溪琴此五首曰:"远韵远神,篇篇如玉。"

（三）韵调的受容

菅茶山（1748—1827）《江月泛舟图》（《黄叶夕阳村舍诗》后编卷五）诗云：

> 半空峰影半轮秋，谁棹金波数曲流。
> 想昔青莲李供奉，思人思月下渝州。

这是一首题画诗，对于李白的《峨眉山月歌》来说，它不但受容了诗语，而且受容了韵调，韵脚也完全相同，属于唱和诗中的"次韵"。

斋藤竹堂（1815—1852）《代月答李白用其见问之韵》（《竹堂诗钞》卷上）诗云：

> 为天为地已几时？天地且不自知之。
> 月亦其间一世界，中有山河自相随。
> 似盈非盈阙非阙，此论始被蕃人发。
> 白兔捣药说荒唐，今日杵声都没没。
> 宁容更有女怀春，休信嫦娥四无邻。
> 名之曰月月不识，月中别有无数人。
> 嗟呼人生世间犹如鱼在水，
> 君与月中之人皆如此。
> 唯看君怀豪不羁，诗卷长留天地里。

李白《把酒问月》诗韵脚依次为"时"、"之"、"随"、"发"、

"没"、"邻"、"人"、"此"、"里",竹堂诗与之完全相同,且明言是代月而答,故可以说是真正的次韵唱和诗了。

此外,如森槐南《四月七日惺堂皎亭招邀墨水泛舟观樱即用太白江上吟韵以鼓诗兴》诗,虽韵脚与李白《江上吟》诗完全相同,但内容了无关涉,故只可称其为"次韵",不可谓之为"唱和"。像这样的纯韵调之受容,常作为习作或诗友竞技时的一种方式,故槐南此诗题中云"以鼓诗兴"也。

(四) 风格的受容

风格受容是受容的最高境界。

后人之于前人,受容者之于被受容者,大则因了岁月之流迁、社会之变易,小则因了学殖阅历之不同、秉性修养之各异,欲求风格之相近相似,何其难也。何况日本汉诗人多不谙汉语,其欲求风格之相近相似,难必倍矣!试举数例考察之。

藤森弘庵(1799—1862)《金龟换酒处歌》(《春雨楼诗钞》卷二)云:

> 衣冠缚身若拘囚,一朝失足踏危患。
> 不知称意谁最多,取彼易此意如何?
> 以心问口口不答,有酒当醉醉当歌。
> 不可留者昨日之日如流水,犹可追者今日之日尚在此。

斋藤拙堂批云:"逼谪仙之真"。诚然,此诗颇似李白口吻,但沿袭李白诗语太露，如上引部分之末二句即直接由李白《宣州谢朓楼饯别校书叔云》诗的首二句"弃我去者昨日之日不可留，乱我心者今日之日多烦忧"化出。

梁田蜕岩（1672—1757）《野中清水歌》（《蜕岩集》卷一）云：

> 赤城春色入酒家，千瓮如冈贮流霞。
> 新酿汲引印南水，樽中十月涨桃花。
> 白云楼壁神仙画，清风道庐尚书车。
> 阿堵万贯不暇数，笑杀夜市挑灯夸。
> 吾尝闻天之美禄扶衰老，帝觞余沥雨润草。
> 矧又播阳第一泉，麴蘖不减郫都稻。
> 蓬莱盏，海山螺，坐来未饮已欲倒。
> 安得酣畅风流李青莲，醉后挥毫挞词藻！

又，冈本黄石（1811—1898）《草书歌送牧野天岭东归》（《黄石斋集》一集卷下）诗云：

> 大唐颠张醉素死后一千年，后代谁能继其醉与颠？
> 继之者我菱翁乎？翁之狂笔自通天。
> 一饮百杯神转王，风雨忽从毫端旋。
> 有时一字两字大如斗，长蛇郁律横林薮。
> 有时纵横挥尽数千张，群松偃蹇连冈阜。
> 排拶崩腾势益雄，状与神龙战野同。
> 更有一种之情趣，飞花散雪乱春空。

> 菱翁绝艺难再视，人间又见天岭子。
> 廿岁随翁授妙诀，笔锋劲利干莫似。
> 八月天凉白雁横，远水遥山带秋清。
> 野堂会客客云集，送子东归万里情。
> 蜀素与吴笺，歙州一大砚。
> 醉来提笔睨乾坤，为我一扫作龙变。
> 风云阵发愁魑魅，唯为霹雳声中飞闪电。
> 耆然掷笔连声号，逸气尚压秋旻高。
> 满堂词客皆叹赏，持比菱翁有余豪。
> 嗟哉天岭墨狂有如此，
> 他日卷起东海万丈黑云涛！

前诗如江河起浪，一路穿青崖秀嶂蜿蜒而东，于结束处点出"酣畅风流李青莲"仙号，已透露受容消息；后诗体制更加莽阔，若溟渤澎湃摇荡，时闻海啸，结束处呼唤"天岭墨狂"于"他日卷起东海万丈黑云涛"，而其诗之风调先已近之。二诗胸襟怀抱、涵蕴吞吐，较之太白，固不胜蓝，而其出自于蓝的诗脉则显如也。

拙论结束处，不禁又思及李白与朝衡的友情。朝衡也是日本汉诗人，其《衔命使本国》诗末二联云："西望怀恩日，东归感义辰。平生一宝剑，留赠结交人。"不知此剑赠与了何人，惜哉史无记载。后世汉诗人于此似有抱憾，薮孤山（1735—1802）《拟晁卿赠李白日本裘歌》（《孤山先生遗稿》卷二）云：

> 天蚕降扶桑，结茧何煌煌。

玉女三盆手，丝丝吐宝光。
机声札札银河傍，织出云锦五色章。
裁作仙人裘，云气纷未收。
轻如三花飘阆苑，烂似九霞映丹丘。
世人懵懵苦尘网，安得被服游天壤。
六铢仙衣或不如，何况狐白与鹤氅。
我求神仙无所见，远至中州之赤县。
东京西京屹相望，五岳如指河如线。
君不见岁星失躔落上清，化为汉代东方生。
又不见酒星思酒逃帝席，谪为本朝李太白。
太白何住太白峰，手提玉杖扣九重。
九重天子开笑容，满廷谁不仰清丰。
片言不肯容易吐，才逢酒杯口蓬蓬。
百篇千篇飞咳唾，大珠小珠走盘中。
长安城中酒肆春，胡姬垆上醉眠新。
长揖笑谢天子使，口称酒仙不称臣。
忽思天姥驾天风，梦魂飞度镜湖东。
百像留君君不驻，纷纷饯祖倾城中。
我今送别无尺璧，唯以仙裘赠仙客。
仙裘仙客一何宜，醉舞跄跄拂绮席。
昂藏七尺出风尘，已如脱笼之野鹤。
从是云车任所至，弱水蓬莱同尺地。
西过瑶池逢王母，云是日本晁卿之所寄。

于李晁交谊千年之后,这位日本江户时期著名汉诗人作了这首颇有李白《梦游天姥吟留别》风采的情浓义重的奇篇,李白与日本汉诗之关系可谓遥而深矣。

(本文原发表于《淮阴师范学院学报》
[社科版] 1998 年第 1 期)

试论日本汉诗对杜诗之受容

《新唐书》卷二〇一云:"唐兴,诗人……皆自名所长。至甫,浑涵汪茫,千汇万状,兼古今而有之。他人不足,甫乃厌余,残膏剩馥,沾丐后人多矣。"其实杜甫之沾溉后人,又何止我中华。

千余年来,杜诗影响了日本汉诗,日本汉诗受容了杜诗,这是中日文化交流史上的事实,有大量文献资料可征。本文通过对杜甫与日本汉诗关系之探讨,以期拓宽杜甫研究之视野,并从而引起人们对于我国古典诗歌域外影响研究之兴趣。

一、杜诗受容之进程

日本学问僧圆仁(794—864),于公元838年(日本仁明天皇承和五年,当唐文宗大和九年)随第十七批遣唐大使藤原常嗣等入唐,于847年(承和十四年,当唐宣宗大中元年)归国。在其《入唐新求圣教目录》中著录有《杜员外集》二卷。

按:杜甫于代宗广德二年(764)经严武表奏为检校工部员外郎,后遂有"工部"、"员外"之称。或因"员外"之称过于宽泛吧，后来人称其为"杜工部"者多，而"杜员外"之称颇为罕见。

《全唐诗》卷二六一，有韦迢《潭州留别杜员外院长》诗云：

> 江畔长沙驿，相逢缆客船。
> 大名诗独步，小郡海西偏。
> 地湿愁飞鹏，天炎畏跕鸢。
> 去留俱失意，把臂共潸然。

又有《早发湘潭寄杜员外院长》诗云：

> 北风昨夜雨，江上早来凉。
> 楚岫千峰翠，湘潭一叶黄。
> 故人湖外客，白首尚为郎。
> 相忆无南雁，何时有报章？

《全唐诗》附其《小传》云："韦迢，京兆人。为都官郎，历岭南节度行军司马，卒赠同州刺史。与杜甫友善。其出牧韶州，甫有诗送之。"

又，《全唐诗》同卷，还有郭受《寄杜员外》诗云：

> 新诗海内流传久，旧德朝中属望劳。
> 郡邑地卑饶雾雨，江湖天阔足风涛。
> 松花酒熟傍看醉，莲叶舟轻自学操。
> 春兴不知凡几首，衡阳纸价顿能高。

《全唐诗》附其《小传》云："郭受，大历间人。杜甫有酬郭十五判官诗，盖受曾为衡阳判官。"

杜甫与韦迢、郭受相赠答之诗，作于其晚岁漂泊潭州、衡州的大历四、五年间。后人称杜甫为"杜员外"者，还有明王世贞之《杜员外述贬》等。

虽然杜诗早在王朝时期中期就已传入日本，且比《文德实录》中所记载的承和五年（838）藤原岳守在检阅唐商货物时偶尔发现以献的《元白诗笔》传入日本的正式记载只晚了9年，但是直到王朝时期结束，在漫漫3个半世纪中，盛行于日本汉诗坛的一直是"白乐天风"，杜诗并未引起什么值得称说的影响。例如，在大江维时（888—963）编定的《千载佳句》（929）中，收白居易佳句507联，居首位，而收杜甫仅6联，与罗虬、金立之并列第20位。

王朝前期，日本汉诗主要是学习和模仿六朝及初唐诗，白诗传入后，上自天皇，下至臣僚，如获至宝，趋之若鹜。推察其原因，大致有三：白诗语言浅切明白，易于理解和模仿，此其一；日本文学对政治始终态度淡漠，白诗虽有《新乐府》、《秦中吟》等讽喻之作，但在其近3000首诗中不过百余篇，而感伤及闲适之作极多，特别是晚岁居洛的18年间，尤多富贵闲雅之诗，宜其受王朝诗人所偏爱，此其二；日本虽为岛国，但山清水秀、四季鲜明，日本人陶醉于自然之美，乐天诗多以近体写山水，尤多秀句，宜为其爱；而杜甫之诗"穷年忧黎元，叹息肠内热"，则很难唤起皇室贵族朝廷大臣们的共鸣，此其三。

到了五山时期，已有杜甫诗集刊行，杜甫的影响逐渐扩大了。但是当时的诗僧们主要是接受宋、元诗歌的影响，对于杜诗的受容,还主要停留在诗语沿袭的阶段。今以被称为"五山文学双璧"的义堂周信(1325—1388)和绝海中津(1336—1405)为例。义堂周信《遣闷》诗云:"睡起西窗吟抚几,人间得丧付鸡虫。""鸡虫"一语,出自杜甫《缚鸡行》:"鸡虫得失无了时,注目寒江倚山阁。"绝海中津《和沾童韵》诗云:"老怀懒了案头卷,爱尔摊书解满床。"其下句出自杜甫《又示宗武》诗:"觅句新知律,摊书解满床。"这样的例子较多。

五山诗卷中也有稍近沉郁顿挫者,如义堂周信《乱后遣兴》(入矢义高《五山文学集》,第230页)云:

> 海边高阁倚天风,明灭楼台蜃气红。
> 草木凄凉兵火后,山河仿佛战图中。
> 兴亡有数从来事,风月无情自满空。
> 聊藉诗篇寄凄侧,沙场战骨化为虫。

只是这样的诗极少。

日本汉诗对于杜诗的全面的本格的受容,可以说是进入江户时期之后才开始的。正如江户初期诗人伊藤东涯(1670—1736)《杜律诗话序》(《绍述先生文集》卷三)所云:

> 本朝延天以还,荐绅言诗者多模白傅,户诵人习,尸而祝之。降及建元之后,丛林之徒,兄玉堂而弟豫章,治之殆如治经,解注之繁,几充栋宇。今也承平百年,文运丕闸,杜诗始盛于世矣。呜呼,白之稳实,苏之富赡,黄之奇巧,要亦非可

废者也,然较之杜则偏霸手段,不可谓之集大成矣。

"延天以还",指醍醐天皇延喜(901—923)、朱雀天皇天历(947—957)以来,即王朝时期中期之后,"建元之后",指土御门天皇建仁(1201—1204)、元久(1204—1206)以来,即五山时期。这段话很有代表性。东涯还有《读杜工部诗》(《绍述先生文集》卷二十三)云:

> 一篇诗史笔,今古浣花翁。
> 剩馥沾来者,妙词夺化工。
> 慷慨忧国泪,烂醉古狂风。
> 千古草堂在,蜀山万点中。

高度评价,一往情深,可以与上段议论文字相表里。

此外,再如被清代著名学者俞樾盛赞为"东国诗人之冠"的广濑旭庄,其《论诗》(《梅墩诗钞初编》卷二)诗有云:

> 盛唐又一变,子美与青莲。
> 包蓄无不有,纵横杂泓浑。
> 春风吹花雨,香气重乾坤。
> 明月照万水,无处不团圆。
> 高腾鹏翼上,幽窜龙宫边。
> 炳焉麟凤出,勃如蛟龙蟠。
> 健儿笑斫阵,老将俨倚鞍。

> 正者庙中尸，奇者壶底仙。
> 万古论诗者，从此归开天。

在江户时期的 260 余年间，日本汉诗坛上虽然出现过鼓吹明前后七子的萱园古文辞复古派的盛行，又出现过清新宋诗风的勃兴，流派之争，此伏彼起，但无论哪一个派别，都对李白杜甫极其敬重。

囿于篇幅，本文不可能具体分析李白的情况，但从数百部诗集、数十部诗话中，可以感知李白杜甫虽然经常被并提，而且日本汉诗人也未曾有过比较李杜优劣的意思，但无论从诗话中还是从诗的创作来看，杜甫所给予日本汉诗的影响都远较李白为大。

杜甫在日本江户时期受到尊奉，由如下事例可以看出。

其一，所谓"诗圣堂"。与市河宽斋、柏木如亭、菊池五山并称为"江户（今东京）四诗家"的大洼行，字天民，号诗佛。文化三年（1806），他于神田建"诗圣堂"，供杜甫像以祀之。而其诗集名为《诗圣堂诗集》，其诗话名为《诗圣堂诗话》。市河宽斋为其作《诗圣堂诗集序》云：

> 《诗圣堂集》刻成。诗圣者何？杜少陵也。……诗圣堂者，吾天民所筑于玉池之草堂也。天民少小嗜吟咏……其归而卜居今地也，堂安少陵像以诗圣为称，见所尊尚也。又号诗佛，盖取法张南湖"老杜诗中佛"之语也。

清俞樾《东瀛诗选》亦云："天民以诗佛自号，而以诗圣名堂，盖欲以一瓣香奉少陵也。"

其二，所谓"浣花邀头辰祭杜"。江户时期著名诗僧大典禅师，年年于四月十九日"浣花邀头辰"祭杜赋诗。按：陆游《老学庵笔记》云："四月十九日，成都谓之浣花，邀头宴于杜子美草堂沧浪亭，倾城皆出，锦绣夹道，自开岁宴游至是而止。"检大典《北禅诗草》，有11年间之此日所作祭诗达13首之多，拳拳之心，可谓诚矣！其《四月十九日浣花邀头辰也顷余讲杜诗适当斯日社中诸子具厨膳见馈因赋》诗云："空使形容忧国尽（自注：杜诗：'江上形容吾独老'），至今词赋感人长。"《邀头日祭少陵》诗云："万里传文遗业在，千秋忧世片心孤。"《丙辰四月十九日携诸子泛舟隅田河淹留石滨之亭作邀头宴分韵东》诗云："草堂千古恋遗风，何隔佳期日本东。"明白地表示了对杜甫精神的理解和对杜甫遗风之景仰。

江户以后，杜甫始终在日本汉诗坛保持着最受尊崇的地位。

森大来评《黄石斋集》有云（《黄石斋集》卷六附［诸家评］）：

> 昔韩昌黎以险奇学杜，白香山以平易学杜，李玉溪以宏丽，黄山谷以苦涩，而于少陵各得其一端，若是乎杜诗之大如江河，万古滔滔不废也。

又国分青崖（1857—1944）《咏史三十六首・杜甫》(《青崖诗存》卷十九)诗云：

> 诗到浣花谁与衡？波澜变化笔纵横。
> 读书字字多来历，忧国言言发性情。
> 上接深雄秦汉魏，下开浩瀚宋元明。

> 灵光精采留天地，万古骚人集大成。

以上，按日本汉诗发展的四个时期为序，探索了其受容杜诗的进程。江户时期是日本汉诗全盛期，而日本汉诗对于杜诗的本格受容正是从江户早期开始。正如对白居易诗的受容促成了平安时代日本汉诗的初期灿烂一样，江户时期日本汉诗之全盛，与其对于杜诗的整体的多层面的受容，也有着重要的因果关系。

二、杜诗受容之层面

日本汉诗对于杜诗的受容，是在既相区别又相联系的三个层面上进行的，这三个层面依次为诗语、诗形、诗魂。

（一）诗语的受容

诗语的受容，如石川丈山（1583—1672）《雨晴》诗云："云山荡望眼，风月入吟髭"，是蹈袭了杜甫《望岳》诗之颈联："荡胸生层云，决眦入归鸟"；高野兰亭（1704—1757）《雪中怀越君瑞风月馆》诗云："弦中高调好谁识"，是模仿了杜甫《宿府》诗中"中天月色好谁看"的特殊句式；伊藤东涯《失鹤》诗（《绍述先生文集》卷二十二）云：

> 应厌樊笼困，高风纵羽仪。

清冥空有路，华表竟无期。
狼藉啄余粒，扶疏栖老枝。
凭谁输别恨，松月落琴徽。

"狼藉啄余粒，扶疏栖老枝"二句，显系由杜甫《秋兴八首》中的"香稻啄余鹦鹉粒，碧梧栖老凤凰枝"一联化出，而有裁削，有添意，用以表达诗人失去爱鹤后的感伤情怀，却也恰到好处。又，加藤善庵《柳桥诗话》云："福田和，号恕庵，才气晬然，发眉宇间，诗亦超逸。《墨水》一联云：'归鸟背斜日，落花带晚钟。'此'带'字，自少陵'春星带草堂'得来。"如此例子甚多。

诗语的沿袭，在我国诗坛上也有许多人所共知的例子，可以说这是接受和借鉴前代文学的一个不可避免的现象。这里尤其应当说明的是，对于日本汉诗人来说，诗语的沿袭更有其独特的意义：因为汉诗在日本毕竟是属于舶来文化，虽然日本文化受容了大量汉字，但读音变化很大，日本人受容汉诗的时候，创造了一种称为"训读"的方法，保留了大量汉字，而按日本语法调整了词序，使其成为介于中国古诗原文与日本口语文之间的一种形态。例如杜甫《绝句》一诗，日本训读文为：

　　　　りょこ　こうり　すいりゅう　　な
　　　　两　個の黄　鹂　翠　柳　　に鸣く

　　　　いっこう　はくろせいてん　のぼ
　　　　一　行の白　鹭青　天　に上る

```
まど      ふく  せいれいせんしゅう    ゆき
窓  には含む 西 嶺 千 秋  の 雪

もん     はく  とうごばんり    ふね
門 には泊 す 东 吴 万  里 の 船
```

若用中国语读这首原诗，连日本汉诗人也听不懂；若日本汉诗人按这样的训读文来读唐诗，则中国人也听不懂。但是由于训读文尽量地保留了汉字，所以日本人可以通过这些汉字玩味诗意。这样的训读文即使在汉语早已衰微的今天的日本，稍有汉文素养的人亦可看得明白。由此可知汉字这一载体的重要性，可知由汉字构成的诗语这些板块结构的重要性。日本汉诗人须得默记许多诗在心里，默记许多诗语及其用法在心里，融会贯通，熟而生巧，才能运用自如，跨越训读方式而直接用汉字写出来。所以，诗语的沿袭对于日本汉诗人来说因有着学习认识诗语的特殊意义而更难以完全避免了。

（二）诗形的受容

森春涛（1819—1889）有《八月十四日大风用老杜茅屋为秋风所破歌韵》（《春涛诗钞》卷二）诗云：

东妇狂走西儿号，仰面屋上无完茅。
谁也把人置荒郊！
雨挟飞箭鸣林梢，巨木僵在堂之坳。

大风之来虽尔拒无力，宜如塞户防外贼。
邻人缚白系之栋，屋遂不坏谋亦得，
屋坏屋完两叹息，
田无立禾惨暮色，相见冻馁面黧黑。
造化铸人牢如铁，一饭不供肠亦裂。
譬之孤城受敌围，外援不来粮道绝。
不因赈恤无以存，此心富儿看不彻。
陋矣寒村荒落间，残尊有酒聊且开吾颜，
此骨久分埋青山！
呜呼！浣花居士当日既无屋，
幕天一醉得似刘伶足！

追和原韵，唯求形似，而无老杜襟抱。

此外，如薮孤山（1735—1802）《追和杜子美陪郑广文游何将军山林仍次其韵八首》、大沼枕山（1818—1891）《梅雨追次老杜韵》等，皆追求形式的相似，虽不无秀句佳联，但终觉找不回杜诗原作的真味。

（三）诗魂的受容

杜甫诗歌的灵魂是忧国忧民，受容杜诗，最重要的是受容杜诗的这种精神。

中村敬宇（1832—1891）《读杜诗》（《敬宇诗集》卷一）云：

> 雨脚如麻未断绝,挑灯独读少陵集。
> 傍人见我怪何事,一吟一诵一垂泣。
> 此老胸中万卷庋,自许稷契岂夸欺?
> 胡尘滚滚白日暗,蜀道漂泊苦寒饥。
> 一饭未曾忘君恩,穷年戚戚忧元黎。
> 满腔忠愤无所泄,往往淋漓见乎辞。
> 岂唯诗史征后代,风教直补三百遗。
> 唐家宰相唯奉身,痛痒谁能及下民。
> 独怪退之山斗望,亦赋二鸟羡荣光。
> 何以此老几饿死,宗社民生念不已。
> 吁嗟乎才大难为用,空留诗名到千载!

此诗极动乎情,而这份深情来自对杜甫精神的理解和共鸣。又有《题杜文贞公像》(《敬宇诗集》卷一)诗云:

> 文章随世运,衰旺互推迁,
> 六代竟轻薄,各家宗丽妍。
> 风云模徒巧,敦厚义谁宣?
> 唐室定纷乱,苍生免倒悬。
> 仁风被黎庶,骚士属陶甄。
> 燕许扫浮靡,崔陈居后先。
> 声音从此正,气象未无偏。
> 维实杜公出,始观诗道全。
> 淋漓写忠恳,阔大包坤乾。

> 云际神龙跃，霄间威风骞。
> 李韩希后驾，沈宋敢比肩？
> 北斗拱群宿，东瀛朝百川。
> 缅寻艰历迹，正遇荡离年。
> 困顿兖青地，呻吟秦蜀天。
> 戈矛森宇宙，愤切溢词篇。
> 稷契比非夸，饥寒志益坚。
> 常忧兆民苦，那顾一身邅。
> 万古俱宗奉，九经堪并传。
> 清标肃遗像，感涕迸流泉。
> 千载魂如作，小儒甘执鞭。

从杜诗在中国诗史上的重要地位入手，写到杜甫一生的困顿和以诗达志的精神，给予了极高评价。末两句云：若杜甫英灵到此地巡行，他情愿执鞭驾马，为之前驱。一片敬爱之心，发自肺腑。日本汉诗人对杜诗精神的理解和对杜甫的仰慕之情，在这首诗里得到了集中的体现。

藤森弘庵（1799—1862）《岁晚杂感》（《春雨楼诗钞》卷一）诗云：

> 奔乌不可系，飘忽岁云阑。
> 三日风用壮，万物自悲酸。
> 天地吁老矣，阳和为功难。
> 王母瑶池宴，那知天下寒。

暖响随歌扇，瑞烟焚椒兰。
云锦蒙玉质，修蛾争新欢。
玳瑁丽宝障，凤胎荐银盘。
醉乡长日月，金穴雨露溥。
豪华传贵胄，流风延市阛。
垣墉与阶砌，缘饰裂绮纨。
劳劳机上女，短褐常不完。
贪酷夸吏能，追剥及悍鳏。
以充其所欲，长官为破颜。
皋夔盈廊庙，岂不怀民瘝？
谋谟不敢施，束手立鹭班。
况闻夷虏丑，出没沧波间。
威胁又利诱，时来逞凶奸。
海路苟梗塞，百万粒食难。
清氏有覆辙，岂得付等闲？
天门如天远，无由叩九关。
书生例迂拙，感慨万虑攒。
生忧无益世，死愧同草菅。
寒灯吊孤影，中宵泪不干。
忍饥呵龟冻，草策手屡删。
敢忘填沟壑，唯欲沥心肝。
妻孥苦相谏，君何不自宽！
构厦足良材，草莽岂可干？
一朝触宪网，何唯取谤讪？

狥外而忘己，兼爱实异端。
平生排墨翟，今翻扬其澜！
听言发深省，搔首自长叹。
东方既渐白，排窗望云峦。

其友人小野湖山（1814—1910）有眉评曰："忧国忧民，一齐皆到。其人其诗，俱老杜风格。"斋藤拙堂（1797—1865）亦云："慷慨之论，凿凿入骨。"二人所评极是。

1853年，美舰抵日，威迫日本开放通商口岸，提出无理要求，而日本政府态度怯懦。当其时，藤森弘庵激于义愤，著《海防论》二卷及《刍言》六卷进呈水户侯，为幕府大老井伊直弼所憎，被逐出江户（今东京）。此诗作于草拟《海防论》之时，不唯言语颇似杜甫《自京赴奉先县咏怀五百字》及《北征》诸篇，且忧国之情忧民之心亦近之。

日本文学一般很少干预政治，其汉诗虽因受中国古典诗歌"诗言志"、"兴观群怨"等文学传统影响，题材内容较和歌之以咏唱自然与爱情为主，有所扩展充实，但仍多为歌风吟月、送友迎朋、思亲怀乡、咏物寄情、山水田园之作，至若讽刺讽喻、抨击时政、忧国忧民之诗，不过凤毛麟角而已。但是，到江户末、明治初，由于日本频频受到早期资本主义国家的叩击侵扰，又看到了清政府软弱无能的惨痛教训，加之国内阶级矛盾加剧，百姓日益陷于贫困，这时，汉诗传统的爱国精神被激发出来，杜诗忧国忧民之诗魂才更多地被日本汉诗所受容。

菅茶山（1748—1827）《流民图三首》（《黄叶夕阳村舍诗后编》

卷一)、小野湖山（1814—1910）《观穷民图卷有感每图系以一诗》组诗（《湖山楼十种·郑绘馀意》），皆有杜甫"三吏三别"影子。后者各诗依次为：《第一图：霖后田畴渺如大海》、《第二图：麦实化为蝶》、《第三图：苦旱祷雨》、《第四图：大风伤禾稼》、《第五图：驱蝗》、《第六图：洪水暴涨》、《第七图：流民乞食》、《第八图：掘草根剥树皮》、《第九图：盗贼成群》、《第十图：饿者相夺为食》，仅诗题就浸满血泪，怵目惊心。组诗后有清国驻日本公使何如璋评语："直逼老杜。"

山根立庵（1861—1911）于戊戌变法失败，谭嗣同等六君子遇难之时有《挽六士诗》六首（《立庵诗钞》），宋存礼评云："此种题目，正宜少陵、遗山之笔为之。"章炳麟评云："奇肆崛崔，无大白不能读，无铁板不能歌。"

明治时代著名自由民权运动志士杉田鹑山（1851—1929），其诗发露情性、凄怛壮烈，孙中山先生曾为其《鹑山诗钞》亲笔题词曰："慷慨悲歌"；黄兴为其题词曰："三十年来一放歌，放翁身世任蹉跎。毁家纾难英雄事，独向人间血泪多。"诗后附识云："鹑山先生尽力国事，至老不倦，尤关心支那改革之事，民国光复以来，独挥伟论，无隔岸观火之念。来游，出此诗，书此以鸣谢悃。"比之为放翁，而放翁精神与杜甫是一脉相承的。

杜诗，除忧国忧民的主旋律而外，还有着极丰富的内容，还有着多方面的成就，日本汉诗对杜诗的受容也是全方位的。如铃木松塘（1823—1898）《雨中过观音埼》诗云："春风细雨相州路，人在少陵诗句中。"短短两句诗，对杜甫山水诗深爱之情已流露无遗。

"他山之石，可以攻玉。"日本汉诗人对于杜诗的见解，也不乏独到之处，可供我们参考。即以杜甫与海棠的关系为例，晚唐郑谷《蜀中赏海棠》诗云："浣花溪上堪惆怅，子美无心为发扬。"诗后有注云："杜工部居西蜀，诗集中无海棠之诗。"此后，宋元明清咏海棠诗常借此以为话题，而尤以宋代为甚。如吴中复《江左谓海棠为川红》诗云："子美诗才犹搁笔，至今寂寞锦城中。"郭稹《海棠》云："应为无诗怨工部，至今含露作啼妆。"杨万里《海棠》云："岂是少陵无句子？少陵未见欲如何！"刘子翚《海棠》云："诗老无心为题拂，至今惆怅似含情。"范成大《赏海棠》云："但得常如妃子醉，何妨独欠少陵诗？"斗奇争新，层出不穷，至有云杜甫母亲名海棠故避讳而不吟海棠诗者。岂料杜甫一生未作海棠诗，反倒与海棠结下如此不解之缘。以上，无论如何翻新，都是以杜甫未作海棠诗为立足点的，而日本汉诗人斋藤拙堂《海棠》诗云：

> 蜀土偏尊重，称花不斥名。
> 少陵岂无句？花重锦官城！

这个案翻得很妙，出人意料却又情合理顺。森槐南（1863—1911）《摸鱼儿》词云："雨蒙蒙海棠花重，锦官城里羁旅。"亦有此意。

日本汉诗人，自幼习读汉诗，沁心入脾，而尤爱敬杜甫，一旦有机会来华入川，岂有不瞻仰草堂之理？竹添井井（1842—1917）《栈云峡雨日记并诗草》卷上记云：

> 导者曰："浣花草堂，去此不远，盍往观焉。"乃出庙门，

> 西北行五里，得浣花桥，萧然一小矼耳。过桥数十步，入草堂寺。殿阁巍奂，像设庄严。自殿西迤逦而左，慈竹夹路，翠彻眉宇，愈进愈邃；清流屈曲，修廊相属，而杜工部祠在焉。

叙事述景之间，深情自见。同时所作《草堂寺》（《栈云峡雨日记并诗草》卷下）诗云：

> 大耳经营壁垒荒，三郎遗迹亦茫茫。
> 水光竹影城西路，来访诗人旧草堂。

眉批有清李鸿裔云："得唐贤三昧"，毛祥麟云："有弦外音"，日本汉诗人大沼枕山（1818—1891）云："大为诗人吐气"，皆可谓井井知音。

杜甫曾经有过去日本漫游的念头。开元十九年（731），杜甫年方20，开始了吴越漫游。那时的唐帝国正处于全盛期，气象恢弘，国门大开，国际友好交往十分频繁，其中中日关系由于日本方面的主动求学而尤为密切。吴越漫游期间，对国家前景和个人前途都充满浪漫憧憬与希望的年轻诗人杜甫产生了赴日漫游的念头并作了渡海准备，只是不知后来缘何故未能成行。到大历元年（766），饱经忧患的诗人在夔州曾于《壮游》诗中不无叹惋地回忆此事云：

> 东下姑苏台，已具浮海航。
> 到今有遗恨，不得穷扶桑。

诗人虽有遗恨，但堪可告慰的是，正如我们现在所知道的那样，后来杜诗不但传遍了扶桑，家喻户晓，而且亦被尊为"诗圣"，千百年来沾溉东国诗人亦多矣！

(本文原发表于《陕西师范大学学报》
〔哲社版〕1995年第2期）

试论日本汉诗对王维五言绝句幽玄风格之受容

千余年来,王维诗歌曾给予日本汉诗多方面影响,本文拟着重探讨的,是日本汉诗五言绝句对王维五言绝句幽玄风格之受容。

一

在日本平安时代前期学者藤原佐世(？—898)所撰之《日本国见在书目录》中,著录有王维诗20卷,这是王维诗集东渡日本的最早记载。

此后,在平安中期学者大江维时所编之《千载佳句》中,收入了王维如下诗句(金子彦二郎《平安时代文学和白氏文集——句题和歌·千载佳句研究篇》):

[四时部·春兴]
　　雨中草色绿堪染,
　　水上桃花红欲然。

　　　　　　　　——《辋川别业》

［四时部·暮春］
　　落花寂寂啼山鸟，
　　杨柳青青渡水人。

　　　　　　　　　　——《寒食汜上作》

［四时部·早秋］
　　草间虫响临秋急，
　　山里蝉声薄暮悲。

　　　　　　　　　　——《早秋山中作》

［地理部·春水］
　　春来遍是桃花水，
　　不辨仙源何处寻。

　　　　　　　　　　——《桃源行》

［宫省部·禁中］
　　禁里疏钟官舍晚，
　　省中啼鸟吏人稀。

　　　　　　　　　　——《酬郭给事》

［草木部·牡丹］
　　自恨开迟还落早，
　　纵横只是怨春风。

　　　　　　　　　　——《牡丹花》

［宴喜部·公宴］
　　陌上尧樽倾北斗，
　　楼前舜乐动南薰。

　　　　　　　　　　——《赐燕乐》

［别离部·饯别］

　　劝君更尽一杯酒，

　　西出阳关无故人。

　　　　　　　　　　　　　　——《送元二使安西》

［隐逸部·山居］

　　寂寞柴门人不到，

　　空林独与白云期。

　　　　　　　　　　　　　　　　　——《山中作》

　　《千载佳句》编定于"敕撰三集"之后，其时于七言兴味正浓，故专选七言而不及五言。尽管如此，还是有两点值得强调：一是在这第一部由日本人编选的唐人（含个别新罗、高丽人）诗集《千载佳句》里，共入选149家七言佳句1083联，从入选佳句数量看，王维居第13位，可以说明当时日本汉诗人对王维诗的喜爱和积极受容态度；二是从所选王维诗句的内容与风格可以感到当时日本汉诗人对大自然的爱好，对四时物候变化的敏感，而尤引人注目的是伤暮悲秋境入静寂之作占了所选诗句的大部。伤暮悲秋，可谓幽玄之渊薮，境入静寂，则已近于幽玄矣。

　　关于王维诗之幽玄风格，前人多有评述。方回《瀛奎律髓》云：

　　　　右丞终南别业诗；有一唱三叹不可穷之妙。如辋川孟城坳、华子冈、茱萸沜、辛夷坞等诗，右丞唱，裴迪和，虽各不过五言四句，穷幽入玄，学者当自细参。

明胡应麟《诗薮》内编卷六云：

> 摩诘五言绝穷幽极玄，少伯七言绝超凡入圣，俱神品也。……太白之逸，摩诘之玄，神化幽微，品格无上。

明许学夷《诗源辨体》卷十六云：

> 摩诘五言绝，意趣幽玄，妙在文字之外。摩诘《与裴迪书》略云："夜登华子冈，辋水沦涟，与月上下。寒山远火，明灭林外。深巷寒犬，吠声如豹。村墟夜舂，复与疏钟相间。此时独坐，童仆静默，每思曩昔，携手赋诗，倘能从我游乎？"摩诘胸中，滓秽净尽，而境与趣合，故其诗妙至此耳。

清沈德潜《唐诗别裁》卷十九于《辛夷坞》诗后评曰："幽极。"清施补华《岘佣说诗》云：

> 辋川诸五绝，清幽绝俗。其间"空山不见人"、"独坐幽篁里"、"木末芙蓉花"、"人闲桂花落"四首尤妙，学者可以细参。

以上诸家之评，其旨可归纳如下：1. 视辋川诸五绝为王维五言绝代表作。2. 视辋川诸五绝之代表风格为幽玄。3. 王维五言绝之代表风格为幽玄。而许学夷《诗源辨体》所节引之王维《山中与裴秀才迪书》，可视为对"幽玄"一语所作之注脚。

以上诸家评中所举王维五言绝风格幽玄之诗例，共有以下七首：

其一《孟城坳》：

新家孟城口，古木余衰柳。
来者复为谁？空悲昔人有。

其二《华子冈》：

飞鸟去不穷，连山复秋色。
上下华子冈，惆怅情何极。

其三《茱萸沜》：

结实红且绿，复如花更开。
山中傥留客，置此茱萸杯。

其四《辛夷坞》：

木末芙蓉花，山中发红萼。
涧户寂无人，纷纷开且落。

其五《鹿柴》：

空山不见人，但闻人语响。
返景入深林，复照青苔上。

其六《竹里馆》：

> 独坐幽篁里，弹琴复长啸。
> 深林人不知，明月来相照。

其七《鸟鸣涧》：

> 人闲桂花落，夜静春山空。
> 月出惊山鸟，时鸣春涧中。

前六首，皆属《辋川集》，第七首，为《皇甫岳云溪杂题五首》之一。味此七首，其同在于静而空。静则生幽，空易入玄，故前人评之曰"幽玄"也。

在王维的非绝句五言诗中，境入幽玄之句亦颇多。如：

> 林疏远村出，野旷寒山静。
> ——《奉和圣制登降圣观与宰臣等同望应制》
> 夜静群动息，时闻隔林犬。
> ——《夜竹亭赠钱少府归蓝田》
> 鹊巢结空林，雏雏响幽谷。
> ——《晦日游大理韦卿城南别业
> 　　四声依次用各六韵》
> 朝梵林未曙，夜禅山更寂。
> ——《蓝田山石门精舍》

渡头余落日，墟里上孤烟。

——《辋川闲居赠裴秀才迪》

古木无人径，深山何处钟。
泉声咽危石，日色冷青松。

——《过香积寺》

谷静唯松响，山深无鸟声。

——《游化感寺》

等等，然终不似五言绝句之凝练集中、圆润浑成，故前人言其幽玄，多以五言绝句为说。

二

在日本汉诗中，五七言绝句及七言律诗成就最高，而其中又以五言绝句为最有特色，这特色便是幽玄。如：

花香成暖雾，苔气吹凉露。
日午寂无人，一蝉吟绿树。

——广濑旭庄《小园》

洲外寒波渺，闲禽浴月前。
渔人吹火坐，枯苇淡秋烟。

——广濑旭庄《题画》

鸣鹊出庭林，夜寒难结梦。

空余木末巢，孤影月中冻。
　　　　　　　——村上佛山《冬日村居杂诗》

山月淡微阴，归云数点雨。
风生破墓间，策策枯杨语。
　　　　　　　——野本狷庵《道中》

石台无一尘，孤坐占清境。
隐隐煮茶声，绿阴生昼静。
　　　　　　　——森春涛《绿阴昼静》

半夜上方静，长松鹤未归。
磬声云里冷，人语月中稀。
　　　　　　　——乙骨完《绝句》

中流洗马脚，似谢一日劳。
此意无人见，月轮头上高。
　　　　　　　——岩下贞融《题画》

老衲焚香坐，深房半隐梅。
烟丝徐出幕，触蝶忽低徊。
　　　　　　　——佐野东庵《正顺寺》

人立衡门外，牛归古巷间。
夕阳低欲尽，树影大于山。
　　　　　　　——广濑淡窗《即景》

东山天欲暮，大字火初明。
倾城人仰望，倏灭寂无声。
　　　　　　　——释大含《即目》

摘句如:

> 溪声清客梦,灯色冷诗肠。
>
> ——石川丈山《宿一原》
>
> 寒波流缺月,残叶守枯枝。
>
> ——伊藤东涯《漫兴五首》(其二)
>
> 参僧双履雨,看菊一笻霜。
>
> ——江马细香《京都秋游呈诸旧交二首》(其二)
>
> 江枫埋冷月,风柳露疏星。
>
> ——广濑旭庄《夜坐》
>
> 草长虫声小,树深禽梦迷。
>
> ——广濑旭庄《秋晓》
>
> 树匝孤店隐,风歇残灯圆。
>
> ——广濑旭庄《天未明舟子逼出船雨降艰苦备至》
>
> 鱼鳃吞墨黑,萤火照书青。
>
> ——饭冢西湖《秋兴二十七首》(其七)

以上诗与句,幽微玄远、空灵静寂,颇得王维辋川诸绝之趣。幽玄,是日本汉诗五言绝句的基本特色,而其幽玄特色之由来,则与其借鉴受容中国古典诗歌,尤其是借鉴受容王维五言绝句有关。

江户时期汉诗人菊池溪琴《读王孟韦柳诗》四首(《溪琴山房诗》卷一)诗云:

> 手把辋川集,顿忘风尘情。

此时夕雨歇，一禽隔花鸣。
幽事无人妨，坐见溪月生。

造语无痕迹，虚妙发天真。
洋洋三千顷，江清月近人。
潇洒孟夫子，如见洛水神。

偶哦苏州句，窗虚灯火闲。
诗思如云影，摇曳肺腑间。
夜深声尘绝，竹雨响寒山。

柳州如名剑，字字发光芒。
把之吟深夜，逸响何琅琅。
灵气不在多，镆耶一尺霜。

以五言六句小诗四首，分咏唐代山水诗四名家，将王维之幽玄、孟浩然之清远、韦应物之清丽、柳宗元之幽峭，以象征手法写出。第一首咏王维诗上有野吕松庐眉评曰："目之所触，耳之所接，皆是右丞精神，仿佛与我心会。"又有梁川星岩评曰："'此时'两句，的是右丞。""此时"两句，即"此时夕雨歇，一禽隔花鸣"，确实可入《辋川集》以乱真矣。

荻生徂徕有《山居秋暝》诗（《徂徕集》卷二）云：

独坐空山曲，西风桂树秋。

千峰开返照，一叶舞寒流。
鸟雀喧樵径，猱猿孥钓舟。
惯玩秋月好，出户且迟留。

同题同韵，显系追和之作，而不及原作远矣。

林凤冈（1644—1732）有《竹里馆》诗，与王维《辋川集·竹里馆》诗同题，然王维为五言，林凤冈则为七言。试将二诗并列对照如下：

竹里馆　　　　　　竹里馆
王　维　　　　　　林凤冈
独坐幽篁里，　　　独坐深林不负期，
弹琴复长啸。　　　嵇琴阮箫共追随。
深林人不知，　　　人间岂解至音妙，
明月来相照。　　　惟有天上明月知。

显然，凤冈诗不过是原作的衍展而已，只可惜在这衍展中，原诗幽玄之意趣已十不存二三了。

日本汉诗中，对一处所之若干景点分别题咏时多用五言，其寄兴构思，常摹王维组诗《辋川集》20首。如熊阪台洲《十境记》云：

先人（霸陵山人）尝赋二十境诗，所谓二十境者，尽在高子村中外焉。盖东都之北，四百余里，为吾陆奥之州。入州而北，二百余里，四山环抱，如一区中者，为吾信达之郡。郡之东南,连山四周,唯东不合,高于平郊数丈,田畴中辟,民居依山,张华所谓高中之平者,为吾高子村。村北爽垲之地,茅宇之背青嶂而临绿畴者,为吾白云馆。馆后之山,为高子山,即国风所咏阿福摩山。自渑北而望,翠岩千尺,秀色滴渑水,其孤标如削成者,为丹露盘。盘之东,孤岩立碧嶂者,为玉兔岩。自丹露盘而西,翠岭迤逦者为长啸岭。岭之西,巉岩之属于悬崖,蜿蜒如飞龙之脊者,为龙脊岩。岩之西,丹崖崎岖者,为采芝崖。崖之东,则归云窟在焉。自窟而西,樵径之在林表者,是为将归阪。阪之西,孤山如覆甑者,为狸首冈。自冈而东,又南逾岭而下,则隐泉在焉。自泉而北,穿松间而西,则路出高子陂上。其地稍平,松石皆奇,是为不羁坳。自坳而南,经陂上而东,则路出悬崖,左仰丹崖,右俯绿波,山水映发,应接不暇者,是为拾翠崖。自崖而东,取径田间而南,则平原数十步,是为返照原。自原而南,路陵迟而上,岭名走马。走马之西,奇峰插天者,为白鹭峰。峰之东,山之重而隆然者,为雩山。雩山之东,断而复续者,为禹父山。东下,则入幽谷,是为愚公谷。白云洞,则在愚公谷之西。敞庐之东,洞之北,丹崖霞蔚者,则古樵也。则所谓连山四周,唯东不合者,可以见已。是二十境之大较也。若乃二十境之始,则为丹露盘云尔。

此二十境统名之曰"海左园",除熊阪父子吟咏而外,远近诗友唱和者达六七十人之多,先后汇为《永慕编》、《永慕后编》两册(《词华集日本汉诗》卷九),可谓盛矣。熊阪台洲《二十境诗成赋此代序》有云:"彭泽佳篇题胜境,辋川绝句比长城。"点明"辋川",以示其旨趣。册中有山根泰德《寄题台州熊阪君家楼》诗云："岂意风流摩诘后，岩庄奇绝在东隅。""东隅"者，指日本。又有称唐乔公者有《寄题海左园二十境分题》诗云："辋川千载后，海左起名园"等，皆其意也。册中诗亦颇有可读者。如：

  山中袅袅云，云中蔼蔼树。
  遥见牛羊下，回头白日暮。

——熊阪秀《禹父山》

  散策过长岭，空山送晚钟。
  临风时一啸，清响入深松。

——鸳侯《长啸岭》

  春鸠鸣晚霁，返照在红桃。
  穷巷人归后，原头静桔槔。

——鸳侯《返照原》

  独曳鸠头杖，时登狸首冈。
  地幽人不见，空翠带斜阳。

——大原公《狸首冈》

此外，如新井白石（1657—1725）《妙佑纵眸园十二咏》、《韦州纪刺史园中十六咏》，祇园南海（1677—1751）《寄题水户府安积先生七览》，筱崎小竹（1781—1851）《琪林十咏》、《浪华十二胜》等，亦属此类。需要指出的是，此类组诗，若非有感而发，极易堕为饾饤敷衍、毫无意趣的"十景诗"之流。

菊池溪琴《杂诗》20首，非一时一地之作，也不着意从形式上

模仿《辋川集》,却深得王维五言绝句意趣幽玄之三昧。如其五:

> 滴沥芭蕉响,庭柯风动时。
> 数声和梦听,谁斗僧窗棋?

其六:

> 偶至巨岩下,拂云见石肤,
> 诗句何人字?半入青苔无。

其十二:

> 月落秋潮满,山远水烟青。
> 笛声何处是?渔篝三四星。

其十八:

> 竹翠流琴褥,松花落笔床。
> 泉声冷耳界,灵气入诗肠。

其十九:

> 霜落秋花老,雨晴山色开。
> 松林多人语,知是采蕈来。

读其诗,如入辋川境。大洼诗佛眉评曰:"小诗二十首,景情并写,卓有风趣。"梁川星岩眉评曰:"二十首并学右丞,不见模拟痕迹,所以为妙。"二人所评极是。其十六云:

> 绿树浓阴合,轻雨湿苍苔。
> 忆起王摩诘,欲上人衣来。

已透漏受容消息矣!末句"欲上人衣来",见王维《书事》诗:

> 轻阴阁小雨,深院昼慵开。
> 坐看苍苔色,欲上人衣来。

溪琴还有《即事》诗云:

> 读易秋林静,澄然万象涵。
> 幽人呼鹤立,素月落空潭。

还有《岚山同白谷先生赋时癸巳上巳之前一日也》诗,其二云:

> 数声涧鸟啼,春月出翠微。
> 偶来拂石坐,白云已满衣。

有《竹诗八首》,其四云:

> 数竿窗下竹,引梦到潇湘。
> 帝子不可见,烟波月苍茫。

有《赠玉海鹤山二子》诗,其二云:

> 静如竹下水,闲似寒岩云。
> 相对澹无语,妙香自然闻。

诗上有梁川星岩眉评曰:"溪琴能作枯禅之语,岂复学右丞乎!"又有《族兄白沙青树山亭》,其二云:

> 心远自无机,坐看麋鹿群。
> 山人中夜起,推窗放白云。

诗上有仁科白谷眉评曰:"右丞真境。"其第三集之卷末,有冷云释果诗跋云:

> 五字最高澹,孤月沈秋漪。
> 神韵逼王孟,何徒摹容仪。

看来,菊池溪琴以神似受容王维诗的态度与效果,受到了日本汉诗界的首肯与赞许。

三

对中国古典诗歌由模仿而进入独立创作，是日本汉诗受容中国古典诗歌的一个基本模式，一个普遍规律。江户时代著名诗话家江村北海云："夫诗，汉土声音也。我邦人，不学诗则已，苟学之也，不能不承顺汉土也。"（《日本诗史》卷四）这"承顺"，包括了从汉字，到诗语，到格律，到题材，到流派等一系列层面，而最高层面便是风格，是诗人在创作中形成的个性特色。承顺的结果是受容。对汉字、诗语、格律、题材的受容是最基本的受容，大凡能配称为日本汉诗人的人差不多都不同程度地做到了这一点，而对风格的受容则复杂得多。1300余年来，无数中国诗歌传入了日本，无数中国诗人为日本汉诗人所熟悉，但并不是所有的风格都能在日本汉诗中轮廓清晰地寻觅到它的投影。其原因，除了风格这种个性极强的东西严格地讲本来就不可能复现之外，还有许多文化的与非文化的因素在起作用，而其中尤为重要的是受容者本身的个性——性格、经历、教养、审美观等等。此外，日本汉诗对中国古典诗歌的受容，与其历来对许多外来事物所采取的世所周知、卓有成效的态度一样，绝不是被动的、单向的、机械的，而是主动的、兼容的、富于创造性的，这也是影响风格受容的一个重要因素。但是，毕竟中国古典诗歌的许多优秀风格在日本汉诗中被不同程度、不同广度地受容了，而对于王维五言绝句幽玄风格之受容便是其中较为明显的一例。

除上述因文化渊源关系，日本汉诗对中国古典诗歌之风格具有受容的可能性而外，我认为王维五言绝句之幽玄风格能够被日本汉诗所受容，还有以下四方面的原因：

其一，山水之幽美。日本是一个多山多水的美丽岛国，南北狭长，四季显明。虽无连绵千里的崇山峻岭，但到处有林木秀美的山地丘陵；虽无一泻千里的大河长江，但到处有清幽可喜的小河山溪。一方面诗人气质受到了青山秀水的陶冶，另一方面又有着写不尽的山情水趣。读辋川诗而生活于与辋川相似的山水中，容易产生共鸣是很自然的事。

其二，民风之素朴。素朴是日本民族传统文化的重要特征，无论居室文化、服饰文化、饮食文化，皆以素朴为美，这种精神与王维五言绝句之幽玄意趣息息相通。

其三，佛教之普及。大和时代（5世纪末—6世纪初），佛教经典与佛像传入日本，此后，随着朝廷的提倡和法兴寺（588）、法隆寺（607）等一批早期寺庙的建成，佛教迅速得以普及。千余年来，佛教在日本与神社并存，盛行不衰，至今日本仍然是随处可以见到佛寺的国家。佛寺一般建在山静水幽处，而禅趣与奉佛多年的王维所作的吟山咏水的五言绝句之幽玄意趣亦灵犀相通。

其四，居士之众多。日本虽然注重文教，但并不实行"以诗赋取士"的科举制度，尤其在日本汉诗全盛之江户时期，儒者人数激增却仕进无门，虽不乏下帏讲学或做儒医者，而更多的人则惟有啸傲于园林山水之中，以闲吟度岁，王维意趣幽玄的辋川绝句很容易激起他们的共鸣。

（本文原发表于《人文杂志》1995年第3期）

白居易研究在日本

一

作为一位外国的古代诗人，白居易对日本文化影响之深远，不仅在中日文化交流史上，而且在世界文化交流史上，都可以说是罕见的一例。

还在白居易活着的时候，他的诗歌就已经传入了日本这一隔海相望的邻国，并且受到了从君王到臣民的深爱。

林梅洞《史馆茗话》(《日本诗话丛书》卷一) 云：

> 嵯峨天皇巧词藻，常与（小）野篁成文字戏。一日幸河阳馆，题一联曰："闭阁唯闻朝暮鼓，登楼遥望往来船。"示篁，篁曰："圣作恰好，但改'遥'为'空'乎？"天皇骇然曰："此句汝知之乎？"对曰："不知。"天皇曰："是白居易之吟也。本作'空'，今以'遥'字换之耳。抑足下与白居易异域同情乎？可叹可叹！"篁莞尔而退。时《白氏文集》一部初传于本朝，藏在御府，世人未见之。

（按：这段文中有"和习"表现，如："常与野篁成文字戏"，"成"，以其义应为"做"；"但改'遥'为'空'乎"，"乎"字亦不妥。)

日本诗话《作诗质的》中也文字略有出入地记述了这一轶事，而最早记载此事的则是日本 12 世纪的《江谈抄》。嵯峨天皇（809—823 年在位）所题诗句是白居易《春江》诗颔联。嵯峨天皇有很深的汉文学素养，是平安时代初期卓越的汉诗作者，现今保存于日本《凌云集》、《文华秀丽集》和《经国集》里的汉诗就有百余首之多。作为君王，他对于刚刚传入日本不久的白居易诗歌的笃爱给予臣民的影响之巨大，是不待言的。

又，日本江户时期汉诗评论家江村北海《日本诗史》卷一云：

> 世传朝纲梦与唐白乐天论诗，尔后才思益进。盖当时言诗者莫不尸祝元白，犹近时轻俊之徒，开口辄称王元美、李于鳞也。朝纲名重艺苑，所以附会此说也。

林梅洞《史馆茗话》(《日本诗话丛书》卷一) 亦云：

> 朝纲爱白乐天文章，慕其为人，一夕梦与乐天遇接语，从此文章日进。

大江朝纲 (886—957) 是文章博士，亦一代名诗人。上说虽不无附会之嫌，但确实反映了日本平安时代"白乐天热"的情况。

当时，白居易的文学在日本不仅仅是人们欣赏的对象，而且曾经作为一种典范、一种模式，被广泛地学习、模仿、沿袭过，成为重要的受容对象。

据近藤春雄《日本汉文学大事典》统计,《千载佳句》里共收中国诗人（含个别高丽、新罗人）149家诗1083联，其中白居易诗507首，几乎占了全书的半数。在藤原公任（966—1041）编纂的《和汉朗咏集》中，共收中日汉诗80家，588联，其中白居易135联，亦居全集之冠。此外，据丸山清子《源氏物语与白氏文集》统计，日本平安时代宫廷女官紫式部的名著《源氏物语》中共引用中国文学典籍185处，其中白居易的诗句就占了106处之多。

诚如明万历四十六年（1618）那波道圆在和刻活字版《白氏文集》（后序）中所言：

> 诗文之称于后世，不知其数千万家也。至称于当时，则几希矣，况称于外国乎？……夫自宝之如此，人奉之如此，宜哉称于后世、称于外国也矣！在鸡林，则宰相以百金换一篇，所谓传于日本新罗诸国。呜呼，菅右相（菅原道真，845—903。——引者）者，国朝文章之冠冕也。渤海客睹其诗，谓似乐天，自书为荣。岂复右相独然而已矣哉？昔者国纲之盛也，故世不乏人，学非不粹，大凡秉笔之士，皆以此为口实，至若倭歌、俗谣、小史、杂记，暨妇人小子之书，无往而不沾溉斯集中之残膏剩馥，专其美于国朝，何其盛哉！

日本平安时代以来，白居易诗文对于日本文学的巨大影响，使他在日本文学发展史上居有重要的地位。今天，对于这样一位诗人进行研究，应该是中日两国研究者的共同使命。

二

对白居易诗文的介绍、欣赏和学习,在日本,如前所述,是从白居易生前就开始了的。

宋代,中国产生了狭义"诗话",这种文学批评的形式迅速繁盛起来。后来,日本受容了这种形式,用以品评中国古诗和日本汉诗。

日本诗话也是曾经很繁盛过的,仅大正九年至十一年(1920—1922)日本文会堂书店出版发行的《日本诗话丛书》(全10卷)中,就收入了日本诗话59种,其中用汉文写的30种,用日文写的29种。(关于《日本诗话丛书》所收载诗话部数的统计,因标准不同而有异,请参看拙论《日本诗话的文本结集与分类》)正像中国自宋迄清的诗话一样,日本的许多诗话也时常论及白居易,并对其诗歌进行各种各样的评价。通过这些品评文字,不难发现,平安时期以后,白居易在日本文学中已从高踞于其他诗人之上的位置降下来了。神圣的光环消失了,正像在中国历来的诗话中那样,可以爱者褒、厌者贬,见仁见智,对白居易的品评趋于多样化。这实在是认识上的一个进步。

但是,不妨说,在日本诸诗话中对白居易的品评是少有创见的。一般说来,往往是对中国诗话有关论点的引述,或者,充其量也只不过是对中国诗话中的某些评论的再评论而已。我这样说,并没有否定或轻视日本诗话的意思,相反,我认为日本诗话是一份极珍贵的文化遗产,是中国古代诗歌和诗话在异国的投影,其中不乏创新与卓见,特别是如《日本诗史》、《夜航诗话》等诗话著作,对日本汉诗的品评鉴赏，对中日汉诗交流与影响史况的论述与评价等，都具有极高的文学价值和史料价值。即使像上面所说的"引述"与"再评论"，也是文化交流史和文学批评史上值得重视和研究的现象。

三

在日本，关于白居易的系统的科学的研究，与整个社会人文研究同步，是从明治以后才开始的。

日本战后编辑的《中国文学研究文献要览》（20世纪文献要览大系之九，石川梅次郎监修，吉田诚夫、高野由纪夫、樱田芳树编集，1979年日外アソシエーツ株式会社发行，纪伊国屋书店发卖）序文云：

> 在我国，关于中国，所进行的正规的本格化的研究，是从进入近世之后才开始的。其研究对象，主要是四书。以四书为研究对象，是继承了宋代朱子以来的传统。显然，这是与日本近世的政治体制有关的。其研究之目的，一方面是为了解释自己所属时代的"世界"，另一方面是为了对这一"世界秩序"赋以更确切的新义。中国的"圣典"，一直是作为装满了各种思想的容器而存在的。这容器既然是作为一个绝对的东西占据了人们的头脑，那么，这容器的容量自然也是有限的了。即使像荻生徂徕那样，在解释古典时注重事物本身所含有的意味，

也难以摆脱"圣人之道"的束缚。

从那样的"圣典"中解放出来,是自明治以来西欧近代科学被导入之后开始的。明治、大正以来研究中国学的学者们所追求的目标,其方法论与过去不同且不论,首先他们那些贯穿了现代人的思索的文献,是以科学的认识方法为基础的研究。这就是从学习所谓圣人之道的"汉学",向作为近代学问的"中国学"的演变,表现了对于现实具体事物的关注和重视。而其必然的结果,是显著地扩大了研究的领域,并产生了优秀的成果。正是站在前人所开拓的基础之上,战后的研究飞速发展起来了。

在日本,白居易研究的变化与发展,与上述从旧的"汉学"到新的"中国学"的变化与发展是相一致的。战后,日本的白居易研究揭开了全新的一页。

四

在上述《中国文学研究文献要览》里,1945 年 8 月—1977 年 12 月,有关唐代著名诗人的文献(专著及论文)数目依次如下:

杜甫	241	白居易	209
李白	106	李贺	70
王维	46	柳宗元	41
韩愈	41	李商隐	19

元 稹	16	刘禹锡	14
寒 山	14	杜 牧	12
王昌龄	8	岑 参	8
陈子昂	7	孟 郊	5
温庭筠	4	骆宾王	3
皮日休	3	王 勃	2
高 适	2	韦应物	2
顾 况	2	张 籍	2
王 建	2	贾 岛	2

　　白居易研究文献的数目仅略少于杜甫,而几乎二倍于李白,其他诗人更不待言。由此可见战后白居易研究在日本唐诗研究中仍占有相当重要的地位。此外,日本其间发表过白居易研究专著及论文的研究者近200人之多,阵容也相当可观。

　　日本的白居易研究者,各以其不同的特点,在研究中作出了自己的贡献。例如,堤留吉作为日本战后白居易研究的早期开拓者之一,注重研究白居易的讽喻诗和文学理论;太田次男对于白诗版本进行了大量的研究工作,同时注重白诗受容的考察;神鹰德治对版本的研究则侧重于《新乐府》和《策林》;近藤春雄对于《长恨歌》、《琵琶行》的研究卓有成就;平野显照和筱原寿雄都注重研究白居易及其作品与佛教的关系;金子彦二郎注重比较研究;武部利男侧重翻译介绍白居易的讽喻诗;埋田重夫重在研究白居易作品的语言特色;宇都宫睦男重在研究白居易文集的训点;布目潮渢和大野仁则对白居易《百道判》有独到的研究等等。

表一 白氏文集综合作品

番号	篇目	那波本	宋本	马本	汪本	钞本	总集	类苑分类	分体	句数	脚韵	制作
0001	贺雨	01, 1a	1, 4a	01, 1a	01, 1a		E.F.L.	004, 24a	61	64	I 1, 21	元和 4
							M.N					
0002	读张籍古乐府	01, 2a	01, 4b	01, 2a	01, 1b			069, 5a	1111	40	I 11, 12, 13	元 10
0003	孔戡	01, 3a	01, 5a	01, 2b	01, 2a				1881	32	I	元 5
0004	凶宅	01, 3b	01, 5b	01, 3a	01, 2b		N	162, 12a	2221	44	I	元 1—6
0005	梦仙	01, 4b	01, 6a	01, 3b	01, 3a		E	152, 21a	2081	48	II	元 1—10
0006	观刈麦	01, 5a	01, 6a	01, 4a	01, 3b		L	182, 6b	2501	26	II	元 2
0007	题海图屏风	01, 5b	01, 6b	01, 4b	01, 4a			183, 29a	2561	26	II	元 4
0008	羸骏	01, 6a	01, 7a	01, 5a	01, 4b			199, 27a	3461	16	V	元 5
0009	废琴	01, 6b	01, 7a	01, 5a	01, 5a		E.F	065, 23b	981	12	II	元 1—10

表二　白氏文集作品索引

四隅番号	篇题	作品番号	四隅番号	篇题	作品番号
00108 [立]					
	立秋夕凉风忽至炎	3508		病中宴坐	3525
	立秋夕有怀梦得	2965		病中对病鹤	1337
	立秋日登乐游园	1242		病中逢秋招客夜饮	0366
	立秋日曲江忆元九	0419		病中友人相访	0482
	立春后五日	0360		病中书事	2339
	立春日酬钱员外曲	0739		病中数会张道士见	3467
				病中早春	0829
00127 [病]				病中哭金銮子	0776
	病瘧	3618		病中赠南邻觅酒	3279
	病免后喜除宾客	2718		病中晖张常侍题集	2389
	病后寒食	3439		病中晖崔宣城长句	3447
	病假中庞少尹携鱼	2643		病中答招饮者	0858
	病假中南亭闲望	0184		病眼花	2871
			00217 [嬴]	嬴骏	3525
					0008
			00217 [庐]	庐山草堂夜雨独宿	
			00222 [序]	序洛诗	2942
			00223 [齐]	齐云楼晚望偶题十	2493
				齐物二首	0322
			00223 [斋]	斋戒	3431
				斋戒满夜戏招梦得	3283
				斋月静居	2622

在白居易研究中，花房英树和平冈武夫两位先生以其多年孜孜不倦的努力和卓异的成就，成为日本白居易研究最有影响的学者。平冈武夫对白居易的研究取得了多方面的成就，其中关于《白氏文集》的成立及版本的研究以及关于白居易家世及生平的研究等尤为突出；花房英树不仅发表了许多论文，而且出版了《白氏文集的批判的研究》和《白居易研究》，这两部专著堪称为日本白居易研究的集大成之作。

最后，值得特别指出的是前书中的《白氏文集综合作品》和后书中的《白氏文集作品索引》（示例见表一、表二），在诗文检索和执笔行文上都给研究者带来了极大方便，早已成为日本白居易研究者案头必备的工具书。

五

《日本白居易研究论文选》共选译了八篇论文。

平冈武夫的论文《白居易和他的妻子》原发表于 1964 年 10 月京都大学《东方学报》第 36 期上。这篇论文既从社会生活的广阔视角，又从家庭生活的细微视角，交织地对白居易和其妻子的爱情婚姻生活，作了系统的考察说明。家庭生活是人生中一个重要方面，一个比较内在的方面，舍此，则难以完整认识被研究者。这篇论文，语言老健而平易亲切，如叙谈故友家世，且思路开阔敏捷，时有新见，如对《长恨歌》创作动机的推测等。作者较此论文发表早七个月的另一篇论文《关于白居易的家庭环境问题》，可以视作本文的姊妹篇。

花房英树的论文《白俗论考》，原发表于1969年11月《京都府立大学学术报告·人文》第21期，后来，作者将其收入了由世界思想社1971年3月31日初版发行的专著《白居易研究》第五章："白居易评论——以'白俗论'为中心"，在收入时，增补了现代评论部分。囿于篇幅，本书所收仍为原论文。这篇论文资料翔实，行文缜密，持论公正，将苏轼之后近千年来（若从李肇、杜牧始则已逾千年）这桩文坛公案作了一个近情切理的小结。

布目潮渢的论文《白乐天的官吏生活——江州司马时代》，原发表于1960年立命馆大学人文学会编辑出版的《桥本博士古稀纪念东洋学论集》。布目先生在这篇论文中主张："应当利用大量的文学作品作为研究唐人传记的史料"，这篇论文本身，就是这一主张的成功实施。布目先生历史知识渊富，行文谨严，擅长考论，使这篇论文别开生面，独具一格。

筱原寿雄的论文《白居易的文学和佛教》，原发表于1964年汉魏文化研究会编辑出版的《内野博士还历记念东洋学论集》。筱原先生佛学造诣很深，有许多有关佛学的论著。关于白居易与佛教关系的论文，除此文外，还有《唐代禅思想和白居易》、《唐代文人信仰的一种类型——白居易的情况》等，可以参看。我国多年来，在白居易研究中，对于佛教问题常常回避不谈，或仅概言之"有消极影响"，而白居易生平及作品，实在与佛教思想关系很大。今选译介绍此论文，意亦在引起研究界对这一问题的关注和兴趣。

松浦友久的论文《试论中国诗歌的讽喻性——以〈白氏文集〉和〈菅家文草〉为例》，原发表于川口久雄编《古典的变容和新生》一书，后来收入了他自己的《中国诗歌原论》。《菅家文草》和《菅家后集》的作者菅原道真（845—903），是日本平安前期著名廷臣、学者和诗人，人称"菅公"、"菅丞相"，至今在日本被作为学问之神供奉祭祀着。菅原道真对于他2岁那年去世的中国大诗人白居易，是深爱而敬仰的，正如那波道圆所言："菅右相者，国朝文章之冠冕也。渤海客睹其诗，谓似乐天，自书为荣。"可是，在菅原道真受白居易讽喻诗影响而写的《寒早十首》等诗中，却完全没有政治批评的言辞。"在那对于'白氏'和'白诗'完全倾倒的时代，人物和作品会出现差异，我想，这是一个引人注目的耐人寻思的问题。"松浦先生为探讨这一问题而写了这篇论文。这的确是一个重要的问题，它牵涉自古迄今中日文学与政治关系的特质差异现象，应当引起中日研究者更多的关注。

前川幸雄的论文《智慧的技巧的文学——关于元白唱和诗的诸种形式》，笔者曾翻译发表于《陕西师范大学学报》1986年第4期，后全文转载于中国人民大学书报资料中心《中国古代近代文学研究》1987年第1期。这篇论文熔评论、赏析、注释、考据为一炉，这也是日本汉学研究一部分论文的特点之一。这大约是考虑到了读者群的问题，因为对于日本读者，这些研究对象毕竟是"外国文学"，而且是外国的古典文学。前川先生这篇文章将元白唱和诗的形式归为五类，又按四种押韵方式，进行了细针密线的研究，这将有助于我们了解元白全部的120余组唱和诗并进而了解唱和诗这一特殊的诗歌形式。

川合康三的论文《关于〈长恨歌〉》，原收载在金谷治编辑1983年创文社刊行的《对于中国人间性的探究》一书中。关于

《长恨歌》，自古迄今，中日两方评论可谓多矣，而川合先生却能另辟蹊径，从诗歌层次结构的诸多对比中，探寻出诗歌内在的逻辑关系，使人有耳目一新之感。

泽崎久和的论文《关于白居易诗中的"自问"》，从一个看似偶然的不被人注意的词语入手，深入追寻，一直探索到白诗的表现特点、白居易的性格特征等带有普遍规律性的问题。大量而精微的数量统计有很强的说服力，表现了严谨求实的态度。注重数量分析，也是日本当代论文的显著特点之一。

数十年来，特别是近一二十年来，日本的白居易研究取得了很大进展。《日本白居易研究论文选》选译的八篇论文，当然不能反映出这一进展的全貌，但毕竟是又打开了一个小小的窗口。希望，通过这一窗口，能够增进国内对于日本唐诗研究，特别是白居易研究的了解。

(本文原为拙译著《日本白居易研究论文选》
〔三秦出版社 1995 年版〕自序)

日本诗话研究

文湖町木目

日本诗话的文本结集与分类

一

日本大正九年至十一年（1920—1922），池田四郎次郎编辑出版了《日本诗话丛书》（全10卷，以下简称《丛书》）。《丛书》是日本重要诗话的文本结集，也是日本唯一的诗话总集。本文之研究，即以《丛书》所收诗话为基本考察对象。

日本汉诗的发展分为四期：源起初盛的王朝时期（646—1192）、缓慢发展的五山时期（1192—1602）、臻于鼎盛的江户时期（1603—1868）、走向衰微的明治以后。日本诗话的兴衰，伴随着日本汉诗的发展历程。

王朝时期弘法大师空海（774—835）著有《文镜秘府论》。《丛书》卷七《文镜秘府论》（解题）云：

> 此书于我邦为诗文话中之最早者。书中论四声、举八病，或论格式，或辨体裁。我邦韵镜之学，实起于此。弘法大师尝答嵯峨帝之问，奏云：如天（平）子（上）圣（去）哲（入），言言皆协韵。顾当其入唐之时，得名公巨卿传授者。市

川(河)宽斋《半江暇笔》曰:唐人诗论,久无专书,其数虽见于载籍,亦仅如晨星。独我大同中,释空海游学于唐,获崔融《新唐诗格》、王昌龄《诗格》、元兢《髓脑》、皎然《诗议》等书归。后著《文镜秘府论》六卷,唐人之卮言尽在其中。是编一经出世,唐代作者秘奥之发露,殆无所遗。洵有披云雾睹青天之概。实可谓文林之奇籍,学海之秘箓。

《文镜秘府论》对日本汉诗文及诗话创作影响深远,且因其保存了我国久已亡佚的古文献而颇受重视,但它毕竟只是一部介绍阐释中国诗文作法的著作,不是严格意义上的狭义的诗话,且又早已传入我国,为学界所熟知,故本文于此绍评从略。

至五山时期,始产生了日本第一部以"诗话"命名的著作《济北诗话》。著者虎关师炼,五山时期著名禅僧,诗文秀拔,被誉为五山文学之祖。著有《济北集》20卷,《济北诗话》乃其中第11卷。

《济北诗话》从创作旨趣到文笔体例,都明显留下受容欧阳修《六一诗话》的痕迹。全文共31则(断为多少则,向无定见,予依其文脉,断为31则),主要评论我国诗人及其作品,上自孔子、渊明,下迄唐李、杜、王、孟、岑、元、白、韩、韦、李商隐、贾至、李端、卢纶、薛令之,宋苏轼、王安石、林逋、梅尧臣、杨万里、刘克庄、朱淑真等,涉及颇广。还论及了《梵网经》、《起世经》、《广灯》等佛门经典,涉及《诗人玉屑》、《古今诗话》、《遯斋闲览》、《诚斋诗论》、《苕溪渔隐丛话》等我国早期诗话著作。毋庸置疑,这部诗话对于我国古代诗歌及诗话的域外传播史研究,具有极其重要的史料价值。

《济北诗话》是日本第一部狭义的诗话,也是五山时期唯一的一部诗话。此后直至江户时期宽文七年（1667）日本第二部狭义诗话《史馆茗话》的问世，其间诗话创作至少沉寂了320余年之久。

至江户时期，与日本汉诗的蓬勃发展同步，诗话创作也日渐繁盛。此时期著录的诗话有近百部之多，日本有影响的狭义诗话，除《济北诗话》外，全部产生于此时期。

维新后，日本将目光转向西方，伴随着汉诗的衰落，诗话也走向了衰微。

日本诗话的发展脉络，大致如上。

因《丛书》所收诗话文本之排列呈完全无序态，为显示日本诗话发展之轨迹，本文在对《丛书》及其他有关文献资料进行综合研究的基础上，依出版（或撰成）之时间先后为序，列表如下（见表三）。

关于表三，作如下说明：

其一，《全唐诗逸》系由市河宽斋搜集传入日本而我国已亡佚之诗，得百二十余家之零章残句编纂而成者，并非诗话；《诗史颦》乃市野迷庵读日本南北朝史有感，自作咏史诗15首，而又自为评论者，亦非诗话。《丛书》中，除去此两种及朝鲜《东人诗话》，实收日本诗话59种。

其二，《诗辙》前三卷与后三卷，虽《丛书》将其分刊于不同卷中，但实系一部诗话。与此相类者，还有《葛原诗话纠谬》前两卷与后两卷，《五山堂诗话》前两卷与后四卷，《锦天山房诗话》上卷与下卷。此外，《葛原诗话》四卷与《葛原诗话后编》四卷，虽出版有先后，但后编系对前编的补充与正误，内容相贯，也应视作一部诗话。唯《夜航诗话》与《夜航余话》，一则语种不同，二则所论对象有异——前者唯论汉诗，后者兼论和歌俳句，三则名称有异，四则出版时间相距20年之久，故视其为两部诗话。

表三 《日本诗话丛书》所收诗话一览表

序号	卷次	诗话名	卷数	著者	生卒年	出版年	语种	分类
01	7	文镜秘府论	6	空海	774—835	820	汉	B
02	6	济北诗话	1	虎关师炼	1278—1346	1346	汉	A
03	1	史馆茗话	1	林 梅洞	1643—1666	1667	汉	A
04	3	诗律初学钞	1	梅室云洞	？—？	1678	和	B
05	3	初学诗法	1	贝原益轩	1630—1714	1679	汉	B
06	10	诗法正义	1	石川丈山	1583—1672	1684	和	B
07	1	南郭先生灯下书	1	服部南郭	1683—1759	1733	和	B
08	7	老圃诗膡	1	安积澹泊	1656—1737	1737	汉	A
09	4	彩岩诗则	1	桂山彩岩	1678—1749	1739	和	B
10	9	诸体诗则	2	林 东溟	1708—1780	1741	汉	A
11	3	斥非	1	太宰春台	1680—1747	1745	汉	B
12	4	诗论（并附录）	2	太宰春台	1680—1747	1748	汉	A
13	2	丹丘诗话	3	芥川丹丘	1710—1785	1751	汉	A
14	10	诗律兆	11	中井竹山	1730—1804	1758	汉	B
15	2	诗学逢原	2	祇园南海	1676—1751	1762	和	B
16	9	艺苑谈	1	清田儋叟	1719—1785	1768	和	A
17	6	艺苑谱	1	清田儋叟	1719—1785	1769	和	B
18	1	日本诗史	5	江村北海	1713—1788	1771	汉	A
19	5	淇园诗话	1	皆川淇园	1734—1807	1771	汉	A
20	3	诗学新论	3	原田东岳	1729—1783	1772	汉	A
21	2	诗学还丹	2	川合春川	1750—1824	1777	和	B
22	1	白石先生诗范	1	新井白石	1657—1725	1782	和	B
23	1	唐诗平仄考	3	铃木松江	？—1784	1786	和	B

(续)

序号	卷次	诗论名	卷数	著者	生卒年	出版年	语种	分类
24	1	（附录）诗语考	1	铃木松江	？—1784	1786	和	B
25	8	作诗志彀	1	山本北山	1752—1812	1783	和	A
26	8	词坛骨鲠	1	松村九山	1743—1822	1783	和	A
27	8	诗讼蒲鞭	1	雨森牛南	1756—1815	1785	和	A
28	6	诗辙（前）	3	三浦梅园	1723—1789	1786	和	B
	7	诗辙（后）	3					
29	1	诗诀	1	祇园南海	1676—1751	1787	和	B
30	4	葛原诗话	4	释 六如	1737—1801	1787	和	A
	5	葛原诗话后编	4					
31	4	葛原诗话标记	1	猪饲敬所	1761—1845	1787	和	A
32	5	葛原诗话纠谬（前）	2	津阪东阳	1756—1825	1836	和	A
	10	葛原诗话纠谬（后）	2					
33	9	太冲诗规	1	畑中荷泽	1734—1797	1797	和	A
34	3	诗圣堂诗话	3	大洼诗佛	1767—1837	1799	汉	A
35	4	弊帚诗话	3	西岛兰溪	1780—1852	1799	汉	A
36	9	五山堂诗话（前）	2	菊池五山	1772—1855	1807	汉	A
	10	五山堂诗话（后）	4					
37	2	孝经楼诗话	2	山本北山	1752—1812	1808	和	A
38	5	竹田庄诗话	1	田能村竹田	1776—1834	1810	汉	A
39	8	艺苑锄莠	2	松村九山	1743—1822	1811	和	A
40	8	辨艺苑锄莠	2	奥山榕斋	1777—1842	1812	和	A
41	10	梧窗诗话	2	林 苏坡	1781—1836	1812	汉	A
42	2	谈唐诗选	1	市河宽斋	1749—1820	1816	和	A

(续)

序号	卷次	诗论名	卷数	著者	生卒年	出版年	语种	分类
43	2	夜航诗话	6	津阪东阳	1756—1825	1816	汉	A
44	1	作诗质的	1	冢田大峰	1747—1832	1820	汉	A
45	4	松阴快谈	4	长野丰山	1783—1837	1820	汉	A
46	6	沧溟近体声律考	1	泷川南谷	?—?	1820	和	B
47	7	木石园诗话	1	久保善教	?—?	1831	汉	A
48	4	诗律	1	赤泽一堂	1796—1847	1833	汉	B
49	3	夜航余话	2	津阪东阳	1756—1825	1836	和	A
50	6	柳桥诗话	2	加藤善庵	?—?	1836	汉	A
51	8	锦天山房诗话(前)	1	友野霞舟	1792—1849	1847	汉	A
	9	锦天山房诗话(后)	1					
52	3	诗山堂诗话	1	小畑诗山	1794—1875	1850	汉	A
53	3	锄雨亭随笔	3	东 梦亭	1796—1849	1852	汉	A
54	4	诗格刊误	2	日尾省斋	?—?	1856	汉	B
55	3	诗格集成	1	长山樗园	?—?		汉	B
56	6	幼学诗话	1	东条琴台	1795—1878	1878	和	B
57	10	社友诗律论	1	小野招月	?—?	1882	汉	A
58	4	淡窗诗话	2	广濑淡窗	1782—1856	1883	和	A
59	9	诗窗闲话	1	中根香亭	1839—1913	1913	和	A
60	6	全唐诗逸	3	市河宽斋	1749—1820	1804	汉	
61	7	诗史薹	1	市野迷庵	1765—1826	1792	汉	
62	5	东人诗话	2	[朝]徐居正	?—?		汉	A

其三,《诗语考》一卷,《丛书》作为附录收入,但实系独立的诗话著作,故单独列出。

其四,表中"汉"为汉文诗话,"和"为和文诗话;"A"为狭义诗话,"B"为广义诗话。

利用此表,先作两项比较分析如下:

其一,关于和文诗话与汉文诗话。

《丛书》各卷均收和文诗话、汉文诗话各数种。和文者列前,汉文者居后;和文者据原文照排,汉文者下附和语译文。《丛书》共收汉文诗话30种,和文诗话29种,几乎一比一。以初学者为对象的多用和文。

其二,关于狭义诗话与广义诗话。

《丛书》之狭义诗话中,汉文诗话23种,占61%,和文诗话15种,占39%;广义诗话中,汉文诗话7种,占33%,和文诗话14种,占67%。由此可知当时狭义诗话大都以汉文著成,广义诗话大都以和文著成。江户时期汉文诗话占半数之多,当时必有相当读者,而至大正年间《丛书》编纂时却必须附以和语之译文,此亦日本维新后汉文学衰微之一证也。

《丛书》于每种诗话前皆加有编辑者用日语所写的[解题],对于该诗话之著者、版本、体例、特色等均有所介绍。要言不繁,颇资参考。

1972年6月日本凤出版社出版发行了《丛书》首次复刻本。

二

日本诗话从内容及功用上可分为诱掖初学之诗话、品评赏鉴之诗话、论述日本汉诗发展史之诗话和诗学论争之诗话等四大类。

（一）诱掖初学之诗话

诱掖初学之诗话按内容可分为汉诗文训读法、声律、诗家语、作诗法、作诗技巧等五类。

1. 汉诗文训读法

日本汉诗人几乎皆不谙华音，阅读和创作汉诗文，用的是汉诗文训读法。训读法可以几乎原封不动地保留汉诗文中全部汉字，却读之以日本语音。日本学子要习得这种双向处理和语汉语的语言机制，以负笈拜师为主要途径，而诗话也起了很大作用。例如，初习训读法最难把握的是同训汉字。原田东岳《诗学新论》卷上引荻生徂徕之言曰："本邦之人不识华音，读书作诗，一唯和训是凭，故其弊也，视'丽'若'华'。"铃木松江《诗语考》亦曰："吾邦人常以和训通用汉字引起诗文语误读者不鲜"，并举例以正之。如指出："请见落花浮涧水"、"请见庭梅已放香"、"忽听琴书出帝州"、"俄听旧时龙迓去"等句中之"见"，皆应为"看"；"听"，皆应为"闻"等。

2. 声律

日本人用训读法读汉诗，平仄声韵已体现不出，但作汉诗时却力求声律无误。可以想见，这也极难。于是指点声律便成为启蒙诗话又一重要内容。铃木松江《唐诗平仄考》云："唐诗名以律，其严可知也。……诗而不唐则已，苟欲其唐，《律兆》、《诗考》其津梁也，岂可废诸？"广濑淡窗《淡窗诗话》亦云："邦人不通唐音，故不能知音节之异同，故唯选汉人用法之多且正者以从之。"

3. 诗家语

中国之诗家语，即下文中所谓"诗家熟用文字"，对日本汉诗人来说，理解与使用均甚难，启蒙诗话中往往引华诗为例详作解说。皆川淇园《淇园诗话》云："学诗须先多知诗家熟用文字。当须每字搜集古人用例，以精辨其义，字义已熟，而后广解古人之诗，既得解了，则其目中必已能辨巧拙佳否，诗盖至是始可与商论矣。"释慈周（六如）《葛原诗话》卷二［平欺、平交、平视、平添、平临、平、平填、平翻］条，逐一列举唐宋名家用例后云："此外，准例可自造，不必一一拾余唾。"末两句耐人寻味："准例"者，模仿也；"自造"者，新创也。日本汉诗对华诗之受容，此二者缺一不可，不唯诗家语如此。

4. 作诗法

讲说作诗法是启蒙诗话之重心所在。如长山樗园《诗格集成》，《丛书》［解题］云："此书乃就元明清诗话及诸家随笔杂著中有关诗之体格声韵之说而抄录者，又时时录其自说。"又，三浦梅园《诗辙》，《丛书》［解题］云："此书分为大意、诗义、体例、变法、异体、篇法、韵法、句法、字法、杂记十门，每门更置数十项小目以详述。其说极平易,不难了解,且从历代诸家诗话中抄出名说,加以自家之断案,明晰的确,无复余蕴,是我邦诗学书中有数之作。"由此可知,日本关于作诗法的诗话,是以介绍中国有关诗话为主,而又"时时录其自说",并"加以自家断案"。

5. 作诗技巧

此类涉及诗歌品鉴,属狭义诗话。兹举赤泽一堂《诗律》一则以示例:

> 一人赍诗来乞笔削,其诗云:"独步桥头支杖留,松低古涧暮山秋。枫林昨夜霜新下,红锦如霞洗碧流。"前二句支杖看松,后二句赏枫,宛如读二首诗,而松意不足,枫亦不尽。试改"松"作"枫","枫林"作"林间",始为合作,四句贯通,赏枫意十分。今人作绝句,第三转句全然转去,不接前二句,每有此病,宜戒已。其人始得诗律,后来间言出佳诗来,遂为一诗人。

如此者,可谓循循善诱。

(二) 品评赏鉴之诗话

品评鉴赏是狭义诗话的基本功能,日本此类诗话可分为品评鉴赏华诗与品评鉴赏日本汉诗两大类,每类又包括诗人评介、诗艺品鉴两方面。此外,有时还对华诗进行训解考证。

1. 品评鉴赏中国诗歌之诗话

其一，诗人评介。日本诗话对于华诗人之评介甚多，如虎关师炼《济北诗话》云：

> 杨诚斋曰："李杜之集无牵率之句，而元白有和韵之作。诗至和韵而诗始大坏矣。"……元白有和韵而诗坏者非也。夫人有上才焉，有下才焉。李杜者上才也，李杜若有和韵，其诗又必善矣。李杜世无和韵，故赓和之美恶不见矣。元白下才也，始作和韵，不必和韵而诗坏矣，只其下才之所为也，故其集中虽兴感之作皆不及李杜，何特至赓和责之乎！

作于五山时期，推尊李杜、贬抑元白，已与王朝时期大异其趣。

其二，诗艺品鉴。日本诗话对华诗的品评鉴赏甚多，不乏新见，有时还能指出华诗中不尽人意处，表现出与华诗人相与切磋的参与意识。如津阪东阳《夜航诗话》卷四云："王驾《社日》绝句，足称绝妙好辞，但'鹅湖山下'四字，诗中无所干涉，真赘疣矣。且下句有'鸡豚'字，则'鹅'字尤宜避地。柳宗元'破额山前碧玉流'亦是同病。曾谓唐人而有此卤莽乎？然绝无而仅有尔。"此非"他山之石"乎？且骨鲠既吐，又作回护，其意亦善矣。

其三，训解考证。日本诗话对华诗亦时有训解考证文字，其中不乏卓见，如《济北诗话》云：

> 老杜《别赞上人》诗："杨枝晨在手，豆子雨已熟"。诸注皆非，只希白引《梵网经》注上句"杨枝"，不及下句"豆

子"。盖此"豆"非青豆也,澡豆也。"梵网"十八种中一也。盖此二句,褒赞公精头陀。诸氏以青豆解之,可笑。而希白偶引《梵网》至上句,不及下句,诗思精粗可见。由此言之,千家之人,上杜坛者鲜乎!

我国文献尚未见此说,特录以备考。

2. 品评鉴赏日本汉诗之诗话

其一,诗人评介。日本诗话很重视对前代或同时代汉诗人的评介,这对于日本汉诗圈内的交流、借鉴、普及和提高意义深远。其评介文字亦时见精彩,如江村北海《日本诗史》卷二,评价号称"五山文学双璧"的绝海中津(1336—1405)、义堂周信(1326—1388)云:

绝海、义堂,世多并称,以为敌手。余尝读《蕉坚稿》,又读《空华集》,审二禅壁垒,论学殖,则义堂似胜绝海;如诗才,则义堂非绝海敌也。绝海诗,非但古昔中世无敌手也,虽近世诸名家,恐弃甲宵遁。何则?古昔朝绅咏言,非无佳句警联,然疵病杂陈,全篇佳者甚稀。偶有佳作,亦唯我邦之诗耳,较之于华人之诗,殊隔径蹊;虽近时诸名家,以余观之,亦唯我邦之诗,往往难免陋习。如绝海则不然也,(示例略),有工绝者,有秀朗者,优柔静远,瑰奇赡丽,靡所不有。义堂视绝海,骨力有加,而才藻不及,且多禅语,又涉议论,温雅流丽者,集中几无。如绝句,则有佳者,(示例略)。

其卷三又评江户时期释门二强百拙、万庵之诗云：

> 余尝论元和（1615—1623）以后（指江户时期）释门之诗，以百拙对万庵，人无信者。盖其无信者，以诗体玄黄相判也。如其资才，二僧斤两大抵相称，无有轻重；但其志尚相反，轨辙异途耳。盖万庵欲莫以禅害诗，百拙欲莫以诗害禅。故万庵诗诗必诗人之语，百拙诗诗必道人之语。是以万庵诗高华雄丽，百拙诗深艰枯劲，并是假相有意，非其本相也。有时出于其无意者，万庵未必无道人之语，百拙间或有诗人之语。百拙尝作《春雨书怀》七绝七首，其一曰："梅花落尽李花开，禊事将来细雨来。半幅疏帘人寂寞，前村野水洗苍苔。"

以上所举绝海、义堂，百拙、万庵，皆一时旗鼓相当之诗僧，而北海于绝海、义堂，别之以学殖诗才，于百拙、万庵，则辨之以志尚，其评皆能鞭辟入里，深中肯綮，竟无一句雷同。

其二，诗艺品鉴。日本诗话对日本汉诗佳作评介极多，或一首，或一联，或一句，或一字，品之味之，击节叹赏，这是旨在"资闲谈"的狭义诗话的重要特征。且正如华域一样，许多并不广为人知的诗人与诗作，也是赖此类诗话得以传世。如大洼诗佛《诗圣堂诗话》云："余常摘近人之句录之，时一出观之，足以慰一日三秋之思矣。"其评市河宽斋云：

> 宽斋先生为一代诗匠，与其盟者，如舒亭、梅外、伯美、娱庵辈，皆各成一家。海蠖斋序先生《百绝》云："江湖诗社

得人，于斯为盛。如先生《题东坡游赤壁图》云：'孤舟月上水云长，崖树秋寒古战场。一自风流属坡老，功名不复画周郎。'可谓绝调。"

菊池桐孙《五山堂诗话》卷三于此诗亦有评云：

　　　　此作尤脍炙人口。偶读文待诏诗云："秋清山水夜苍苍，月出波平断岸长。千古高情苏子赋，东风谁更说周郎？"抑何相似之甚？余道文诗虽佳，烹炼之功却不如先生之至也。孰谓今人之不如古人耶？

如此种种，不胜枚举。其旨趣腔口，皆与滥觞于《六一诗话》的华域狭义诗话一无二致。

（三）论述日本汉诗发展史之诗话

虽然有数部诗话论及日本汉诗发展史，但作为专著且影响深远者，则是江村北海的《日本诗史》。它是日本江户时期唯一的一部日本汉诗史著作。此书名为"诗史"，实则熔史论、评鉴为一炉，亦是一部优秀的狭义诗话。《日本诗史》对日本汉诗发展各时期都有极精辟的阐述。其［凡例］有云："古曰：作诗之难，论诗更难。非论诗之难，论而得中正之难。……余不好诡言异说以建门户。是编所论……人人各逐其体评论，冀无寸木岑楼之差。"今观此书，知其未负初衷。大谷雅夫于《日本诗史·解说》中推赞北海此著为

"稳当至极的文学史"（清水茂、揖斐高、大谷雅夫《日本诗史·五山堂诗话》），诚为确论。

（四）诗学论争之诗话

与中国风波代起新变迭兴的历代诗坛相较，对中国诗歌亦步亦趋的日本汉诗坛如影随形，如车履辙，相对而言要平静得多，但是到江户时期却爆发了一场持续六七十年之久的诗学论争。论争中，各自的主张除了通过师承关系以及在同气相求而建立的各种诗会、诗社中酝酿渲发外，宣说观点与异派交锋则主要通过诗话。

江户时期是日本汉诗鼎盛期，此时期又可划分为儒者文学的兴起（1603—1708）、古文辞复古派的盛行（1709—1750）、清新宋诗风的勃兴（1751—1803）和日本汉诗的极盛期（1804—1868）等四个阶段。上述诗学论争，主要集中在第二、三阶段。一方打着明代前后七子的复古旗号，标榜格调，主张高华；另一方则打出"公安派"旗号，反对模拟，标榜性灵。这场论争是日本汉诗发展的必然，也是明代那场旷日持久的诗学论争波传到日本汉诗坛后激荡起的轩然大波。

应当说，正是通过诗话进行的这场持续半个多世纪的诗学论争，消弭了门派之见，找到了日本汉诗健康发展之路，迎来了日本汉诗百花绚烂的极盛期。

（本论文原发表于《陕西师范大学学报》
［哲社版］2001 年第 3 期）

评虎关师炼《济北诗话》陶渊明"傲吏说"

虎关师炼（1278—1346），日本临济宗禅僧，京都人，名师炼，号虎关，日本五山文学先驱。10 岁受戒，30 岁入渡日元僧一山一宁之门，37 岁入居白河济北庵，专事著述。虎关对内外典均有广泛教养，著有《聚文韵略》5 卷、《元亨释书》30 卷、《佛语心论》8 卷及诗文集《济北集》20 卷等。虎关《济北诗话》（1346）收于其《济北集》中，是日本第一部以"诗话"命名的诗话，也是五山时期唯一的一部诗话。日本诗话按写作所使用的语言，分为汉文诗话与和文诗话两类，《济北诗话》属于汉文诗话。

《济北诗话》第六则专论陶渊明，全文如下：

或问：陶渊明为诗人之宗，实诸？曰：尔。尽善尽美乎？曰：未也。其事若何？曰：诗格万端，陶诗只长冲澹而已，岂尽美哉！盖文辞，施于野旅穷寒者易，敷于官阁富盛者难。元亮者，衰晋之介士也，故其诗清淡朴质，只为长一格也，不可言全才矣。

又，元亮之行，吾犹有议焉。为彭泽令，才数十日而去，是为傲吏，岂大贤之举乎？何也？东晋之末，朝政颠覆，况僻县乎？其官吏可测矣，元亮宁不先识哉？不受印则已，受则令彭泽民见仁风于已绝，闻德教于久亡，岂不伟乎哉？夫一县清而一郡学焉，一郡学而一国易教焉，何知天下四海不渐于化乎？不思此，而挟其傲狭，区区较人品之崇卑，竞年齿之多寡，俄尔而去，其胸怀可见矣。后世闻道者鲜矣，却以俄去为元亮之高，不充一莞矣。

若言小县不足为政者，非也。宓子之在单父也，托五弦而致和焉；滕文公之行仁也，来陈相于楚矣。七国之时，滕为小国；鲁国之内，单父为僻县。然而大贤之为政也，不言小矣。况孔子为委吏矣，为乘田矣，会计当而已，牛羊遂而已。潜也何不复耶？晋之衰也，为政者易矣，盖渴人易为饮也。我恐元亮善于斯，自一彭泽，推而上于朝者，宁有卯金之篡乎？夫守洁于身者易矣，行和于邦者难矣。潜也，可谓介洁冲朴之士，非大贤矣。

其诗如其人。先辈之称，于行贵介，于诗贵淡。后学不委，随语而转以为全才也。故我详考行事，合于诗云。

此则诗话由三部分构成：首先批评渊明之诗非"尽善尽美"，"不可言全才"；其次责备渊明"是为傲吏"、"非大贤"；最后将二者相合，谓"其诗如其人"。全文论陶诗于前，评陶行于后；论诗轻而略，论行重而详，要在立陶渊明为"傲吏"之说。

虎关立此"傲吏说"，距今已660年，本人囿于视阈，多年来除仅见猪口笃志氏于1984年出版的《日本汉文学史》中用一句话否定虎关之"傲吏说"云："不免有点偏激"，近藤春雄氏于1985

年出版的《日本汉文学大事典》[陶渊明与国文学]条目中云："在镰仓室町时代的五山文学中,虎关曾评渊明为一傲吏"而外,再未闻见有言及者。不过,就二氏之着眼点来看,虎关陶渊明观的重心也确实是在于"傲吏"之说。

虎关据史立论,正大堂皇,求全责备,凌厉逼人,允之固逆于心,辩之亦颇不易于词,阅来已近20载,在喉不快,今且试作评析如下。

一、虎关论陶诗求全责备之偏颇

虎关对渊明诗歌进行批评时,连用了三问三答的形式。

一问："陶渊明为诗人之宗,实诸?"答曰："尔。"如此应答,只等于简单回答了一声"是的"——承认有此说法而已,其实未置可否。"诗人之宗"一说,最早见于梁代钟嵘对渊明所作评价"古今隐逸诗人之宗"。但是,钟嵘在"诗人之宗"前,还有一个范畴限定语"隐逸",钟嵘只是说渊明为古今隐逸诗人之宗,并未说渊明是古今所有、全部、一切诗人之宗。钟嵘这一评价,因为比较中肯,所以历来为人们所接受。那么,虎关何以要在设问中去掉人们所熟知的"隐逸"这一重要的范畴限定语呢?从其下文可知,他是在用欲抑先扬的手法为第二问预作铺垫。

二问："尽善尽美乎?"答曰："未也。"尽管历来评家并无渊明诗"尽善尽美"之论,但是,既然在前问中渊明已经被虎关戴上了"诗人之宗"的桂冠,则在此要求其"尽善尽美",似乎也成了顺理成章的事。而"未也"的笼统答对又导引出第三组问答。

三问："其事若何？"这是对前面"未也"这个笼统回答的追问。至此，虎关对渊明诗歌的批评终于在经过充分铺垫之后，作为答词一泻而出。对这段批评文字，有两点须作进一步解读：其一，一般而言，评价某诗人之诗格为"冲澹"，或"清淡朴质"，原系褒誉之词，并无贬损之义，但是因为已经被虎关置于求全责备的语境之中，前面又加上一个限定词"只"，于是乎"只长冲澹而已"、"只为长一格"，就变成了贬损之评。其二，虎关云："诗格万端，陶诗只长冲澹而已，岂尽美哉！"又云："只为长一格也，不可言全才"。诗格诚然"万端"，但诗至李杜，尚且"子美不能为太白之飘逸，太白不能为子美之沉郁"，算不得"全才"，做不到"尽善尽美"，更遑论他人！如此道理虎关岂能不知，盖先肇此论，欲渲染出一个渊明之诗非"尽美"非"全才"的求全责备的语境，为下文对"元亮之行"的批评造势耳。

二、虎关"傲吏说"之失当

紧接着对陶诗的批评，虎关提出"傲吏说"云："元亮之行，吾犹有议焉。为彭泽令，才数十日而去，是为傲吏，岂大贤之举乎？"虎关在论述其"傲吏说"时，语气峻急而文脉交萦，经整理大略有三层意思，兹试为辨析如下：

第一层意思："衰世为政者易。"虎关云："晋之衰也，为政者易矣，盖渴人易为饮也"；"东晋之末，朝政颠覆，况僻县乎？其官吏可测矣，元亮宁不先识哉"；"不受印则已，受则令彭泽民见仁风于已绝，闻德教于久亡，岂不伟乎哉？夫一县清而一郡学焉，一郡学而一国易教焉，何知天下四海不渐于化乎"；"我恐元亮善于斯，自一彭泽，推而上于朝者，宁有卯金之篡乎？"

"衰世为政者易"，是虎关立论的基础。所谓"晋之衰"，在虎关笔下，已是呈现出"仁风已绝"、"德教久亡"、"朝政颠覆"的一派社会乱象，则此所谓"衰世"，实际上已是乱世，或云衰乱之世；所谓"晋之衰也，为政者易"，等于说士最宜出仕于衰乱之世，而此说与中国儒家的出处进退观大相径庭。

《论语》中记载孔子如是云：

> 子曰："……危邦不入，乱邦不居。天下有道则见，无道则隐。邦有道，贫且贱焉，耻也；邦无道，富且贵焉，耻也。"（《论语·泰伯》）
>
> 子曰："宁武子，邦有道，则知；邦无道，则愚。其知可及也，其愚不可及也。"（《论语·公冶长》）
>
> 子曰："君子哉蘧伯玉！邦有道，则仕；邦无道，则可卷而怀之。"（《论语·卫灵公》）

孔子态度很明确，士在出处进退问题上，应注重区别治世与乱世。"邦无道，富且贵焉，耻也"，所以，"达"是有原则的。渊明身居东晋末"仁风已绝"、"德教久亡"、"朝政颠覆"的衰乱之世，"达"即是"耻"。我们看渊明受印为彭泽令后，"违己交病"，"怅然慷慨"，痛感"深愧平生之志"，不久即高歌"归去来"，其言其行完全符合儒家出处进退观，符合儒家道德观。

《孟子·万章章句下》记载孟子如是云：

> 孟子曰："伯夷，目不视恶色，耳不听恶声。非其君不事，非其民不使。治则进，乱则退。横政之所出，横民之所止，不忍居也。思与乡人处，如以朝衣朝冠坐于涂炭也。当纣之时，居北海之滨，以待天下之清也。故闻伯夷之风者，顽夫廉，懦夫有立志；
>
> "伊尹曰：'何事非君？何使非民？'治亦进，乱亦进。曰：'天之生斯民也，使先知觉后知，使先觉觉后觉。予，天民之先觉者也；予将以此道觉此民也。'思天下之民匹夫匹妇有不与被尧舜之泽者，若己推而内之沟中，其自任以天下之重也；
>
> "柳下惠，不羞污君，不辞小官。进不隐贤，必以其道。遗佚而不怨，阨穷而不悯。与乡人处，由由然不忍去也。'尔为尔，我为我，虽袒裼裸裎于我侧，尔焉能浼我哉？'故闻柳下惠之风者，鄙夫宽，薄夫敦；
>
> "孔子之去齐，接淅而行；去鲁，曰：'迟迟吾行也。'去父母国之道也。可以速而速，可以久而久，可以处而处，可以仕而仕，孔子也。"

这里，孟子对"治则进，乱则退"的伯夷，"治亦进，乱亦进"的伊尹，"不羞污君，不辞小官"的柳下惠，"可以速而速，可以久而久，可以处而处，可以仕而仕"的孔子进行了对比。可以看出，四者在"治则进"这一点上是一致的，所不同者在于对乱世的态度：

伯夷是"乱则退"，伊尹是"乱亦进"，二者绝然不同。此外，柳下惠的"不羞污君，不辞小官"是无条件的仕，近于伊尹的"乱亦进"；而孔子的"可以处而处，可以仕而仕"，参考前引《论语》数语，其隐在的潜台词应当是"不可以处则不处，不可以仕则不仕"，也属于有条件的仕，则近于伯夷的"乱则退"。

在前引文字之后，接云：

> 孟子曰："伯夷，圣之清者也；伊尹，圣之任者也；柳下惠，圣之和者也；孔子，圣之时者也。孔子之谓集大成。"
>
> 孟子曰："圣人，百世之师也，伯夷、柳下惠是也。故闻伯夷之风者，顽夫廉，懦夫有立志；闻柳下惠之风者，薄夫敦，鄙夫宽。奋乎百世之上。百世之下，闻者莫不兴起也。非圣人而能若是乎？"

可知在孟子眼里，尽管伯夷、伊尹、柳下惠、孔子的出处进退观有所不同，但他们都是"圣人"，都是"百世之师"。而且，孟子在此还特别举出"治则进，乱则退"的伯夷和"不羞污君，不辞小官"的柳下惠这两位对于乱世采取截然相反态度的代表性人物，指出他们都是"奋乎百世之上"，而令"百世之下，闻者莫不兴起也"的圣人。正因为如此，中国历史上那些勇于"乱亦进"、"杀身成仁"、"知其不可为而为之"者，如文天祥《正气歌》中所歌颂的那些以身殉国的历代忠烈之士们，他们得到了人民千秋万世的缅怀与敬仰；而那些"出淤泥而不染"、逃禄归耕坚持"固穷节"的隐者们，也同样得到了人民千秋万世的缅怀与敬仰。

由"不受印则已，受则……"看来，虎关大约是以孟子的"穷则独善其身，达则兼善天下"（《孟子·尽心章句上》）为立论依据的，认为渊明既受印为县令，就是"达"，既已"达"，就应"兼善天下"。孟子此二句虽然集中体现了儒家的积极进取精神，但是，因其只言及士之穷达，而未涉及世之治乱，不仅不能与前引孔子的出处进退观完全吻合，也不能代表孟子完整的出处进退观，所以不能说此二句全面概括了儒家的出处进退观。不过，儒家的出处进退观是辩证统一的，而且是有所发展的，可以说孟子的态度较孔子更为积极，更为包容，更能允许"人各有志"，也更能够适应复杂的客观环境。然而，即使是伊尹的"乱亦进"、柳下惠的"不羞污君，不辞小官"，也只是表示以积极态度入世，丝毫不意味着"衰世为政者易"。

虎关不仅不理解渊明"固穷节"的无奈与痛苦，抉择与追求，反而以"衰世为政者易"为理由云："不受印则已，受则令彭泽民见仁风于已绝，闻德教于久亡，岂不伟乎哉？夫一县清而一郡学焉，一郡学而一国易教焉，何知天下四海不渐于化乎"，甚至说："我恐元亮善于斯，自一彭泽，推而上于朝者，宁有卯金之篡乎"等等，这就是偏激的苛责了。前引猪口笃志氏言及虎关此则诗话时云"不免有点偏激"，看来也颇有同感。

第二层意思。虎关云："大贤之为政也，不言小矣"，"若言小县不足为政者，非也"。古有宓子、滕文公、孔子，"潜也何不复耶？"

所有熟悉渊明生平及其作品的人，都会感到这一指责完全不符合实际。事实是渊明的去职与彭泽县之大小全然无关，与彭泽县令官阶之高低亦全然无关。但是，既然虎关提出了宓子、滕文公、孔子为例，我们还是有必要略作辨析。

首先，关于宓子。虎关云："宓子之在单父也，托五弦而致和焉"，"鲁国之内，单父为僻县。"按，宓不齐（前521—?），春秋末鲁国人。字子贱，孔门弟子。孔子曾称赞他："君子哉若人"（《论语·公冶长》）；《吕氏春秋·察贤》载："宓子贱治单父，弹鸣琴，身不下堂，而单父治。"关于宓子贱还有一个流传甚广的故事——"掣肘"。宓子贱以其智慧使鲁君感悟到自己不该派人"掣肘"远赴僻地单父任职的宓子贱，从而给予宓子贱放手施政的机会。宓子贱任僻地而有政绩固然值得称赞，但其所遇到的鲁君至少也是有过则改的明君，陶的处境与之不可同日而语。

其次，关于滕文公。虎关云："滕文公之行仁也，来陈相于楚矣。七国之时，滕为小国。"按，《孟子·滕文公章句上》载滕文公为太子时，"将之楚，过宋而见孟子。孟子道性善，言必称尧舜。世子自楚反，复见孟子"请益，孟子勉之。及滕定公薨，滕文公即位，行仁政，竟至使"远方之人……愿受一廛而为氓"。问题是滕文公身为一国之君，其国虽小，却根本不存在出处进退问题，与渊明几乎没有可类比之处，此可谓举例失当。

再次，关于孔子。虎关云："孔子为委吏矣，为乘田矣，会计当而已，牛羊遂而已。"虎关的依据显然是《孟子·万章章句下》所云："孔子尝为委吏矣，曰：'会计当而已矣'；尝为乘田矣，曰：'牛羊茁壮长而已矣'。"即使是卑下的官职，孔子既然担当了，也努力做好。《史记·孔子世家》亦载："及长，为委吏，料量平；为司职吏，畜蕃息。"虎关在此是以孔子的行为为准则责求渊明，不过，孔子后来对自己少时曾经担任过的卑职也已经视之为"君子不多"的"鄙事"："太宰问于子贡曰：'夫子圣者与？何其多能也？'

子贡曰：'固天纵之将圣，又多能也。'子闻之曰：'太宰知我乎！吾少也贱，故多能鄙事。君子多乎哉？不多也。'"（《论语·子罕》）孔子自己既已如此，怎么好再以他为榜样来责求渊明？更不用说渊明的去职本与职卑职高无关。

第三层意思。虎关云：渊明"挟其傲狭，区区较人品之崇卑，竞年齿之多寡，俄尔而去，其胸怀可见矣"，"为彭泽令，才数十日而去，是为傲吏，岂大贤之举乎？"

这里，虎关指责渊明不该"竞年齿之多寡"，显系针对史传中"我不能为五斗米折腰向乡里小儿"而发，而此"乡里小儿"的含义，虽然不排除包含着年龄的因素，但主要是指那种无知识教养、无道德操守的"沐猴而冠"之辈。虎关认为渊明是因为嫌督邮年龄小于自己而不愿"束带见之"，应当说是一种误解。

其次，虎关指责渊明不该"为彭泽令，才数十日而去"，不该"俄尔而去"。其实，如果是被困于一个"道不偶物"之处，那么，"才数十日而去"，在我们中国人看来反而感到何其决绝痛快！中国人正是喜爱和敬慕这样一位爱恶强烈、性格率真的渊明！

最后，虎关得出结论："是为傲吏，岂大贤之举乎。"虎关说渊明是"傲吏"，其实并没有说错，关键在于对"傲吏"是褒还是贬。虎关说："是为傲吏，岂大贤之举乎"，显然是贬；而千百年来，中国人对"傲吏"的态度却恰恰相反。虎关云："后世闻道者鲜，却以俄去为元亮之高"，所谓"后世闻道者鲜"不妨一笑置之，而"以俄去为元亮之高"却是实实在在的。

三、中国传统的"傲吏"观

首先,"傲吏"一语,始见于郭璞《游仙诗》第一首:

> 京华游侠窟,山林隐遁栖。
> 朱门何足荣,未若托蓬莱。
> 临源挹清波,陵冈掇丹荑。
> 灵溪可潜盘,安事登云梯。
> 漆园有傲吏,莱氏有逸妻。
> 进则保龙见,退为触藩羝。
> 高蹈风尘外,长揖谢夷齐。

郭璞,字景纯,主要生活于西晋,早于陶渊明近百年。诗中"傲吏"指庄子,与著名隐士老莱子并提。《史记·老庄申韩列传》云:"庄子者,蒙人也,名周。周尝为蒙漆园吏……楚威王闻庄周贤,使使厚币迎之,许以为相。庄周笑谓楚使者曰:'千金,重利;卿相,尊位也。子独不见郊祭之牺牛乎?养食之数岁,衣以文绣,以入大庙。当是之时,虽欲为孤豚,岂可得乎?子亟去,无污我。我宁游戏污渎之中自快,无为有国者所羁,终身不仕,以快吾志焉。'"后人将郭璞诗句"漆园有傲吏",约作"漆园傲吏",作为庄子的代称。

在郭璞诗中,"傲吏"一语非但毫无损贬之义,而且是一种歌颂与赞美,后世作为庄子代称的"漆园傲吏"也同样。《南齐书·文学传论》云:"江左风味,盛道家之言,郭璞举其灵变。"《文选》

卷二十一郭璞《游仙诗》李善注云："凡游仙之篇，皆所以滓秽尘网，锱铢缨绂，飡霞倒景，饵玉玄都。"《艺概·诗概》云："刘越石诗定乱扶衰之志，郭景纯诗除残去秽之情，第以'清刚''儁上'目之，殆犹未觇厥蕴。嵇叔夜、郭景纯皆亮节之士……《游仙诗》假栖遁之言，而激烈悲愤，自在言外"等，都可为"傲吏"一语作注脚。

中国历代对于"傲吏"一语的态度，可以从唐诗中窥其一斑。如李白《与南陵常赞府游五松山》云："安石泛溟渤，独啸长风还。逸韵动海上，高情出人间。灵异可并迹，澹然与世闲。我来五松下，置酒穷跻攀。征古绝遗老，因名五松山。五松何清幽，胜境美沃州。剪竹扫天花，且从傲吏游。龙堂若可憩，吾欲归精修。"是以"傲吏"喻友人常赞府，并寄托自己"澹然与世闲"的情怀；刘禹锡《和令狐相公言怀寄河中杨少尹》诗云："章句惭非第一流，世间才子昔陪游。吴宫已叹芙蓉死，边月空悲芦管秋。任向洛阳称傲吏，苦教河上领诸侯。石渠甘对图书老，关外杨公安稳不？"《全唐诗》卷三六〇于此诗"任向洛阳称傲吏"句下，有注云："分司白宾客"，也就是说称挚友乐天为"傲吏"。此外还有"满城怜傲吏，终日赋新诗。请报淮阴客，春帆浪作期"（韦应物《和李二主簿寄淮上綦毋三》）、"胜迹不在远，爱君池馆幽。素怀岩中诺，宛得尘外游。何必到清溪，忽来见沧洲。潜移岷山石，暗引巴江流。树密昼先夜，竹深夏已秋。沙鸟上笔床，溪花罥帘钩。夫子贱簪冕，注心向林丘。落日出公堂，垂纶乘钓舟。赋诗忆楚老，载酒随江鸥。翛然一傲吏，独在西津头"（岑参《过王判官西津所居》）、"可怜真傲吏，尘事到山稀"（岑参《送梁判官归女几旧庐》）、"傲吏身闲笑五侯,西江取竹起高楼。南风不用蒲葵扇,纱帽闲眠对水鸥"(李嘉佑《寄王舍人竹楼》)、"抱琴为傲吏,孤棹复南行。几度秋江水,皆添白雪声。佳期来客梦,幽思缓王程。佐牧无劳问,心和政自平"(钱起《送弹琴李长史往洪州》)、"万重云树下,数亩子平居。野院罗泉石,荆扉背里闾。早冬耕凿暇,弋雁复烹鱼。静扫寒花径,唯邀傲吏车。晚来留客好,小雪下山初"(钱起《东溪杜野人致酒》)、"裴子尘表物,薛侯席上珍。寄书二傲吏,何日同车茵。讵肯使空名,终然羁此身。他年解桎梏,长作海上人"(独孤及《三月三日自京到华阴于水亭独酌寄裴六薛八》)、"已知成傲吏,复见解朝衣。应向丹阳郭,秋山独掩扉"(郎士元《送元诜还丹阳别业》)等等,以上可知唐诗中"傲吏"一语多用在赠给友人的诗中,将友人喻为"傲吏"以称美其高情逸韵。

与"傲吏"相类的词语是"征士",敬称"征君"。征士,不就朝廷征聘之士也;傲吏,任官职而自行离去者也。《后汉书》五三《黄宪传》:"友人劝其仕,宪亦不拒之,暂到京师而还,竟无所就。年四十八终,天下号曰'征君'。"张观《过衡山赠廖处士》云:"未向漆园为傲吏,定应明代作征君。"渊明则既是傲吏,亦是征君。称渊明为"征君"、"征士",最早有江淹《陶征君潜田居》诗、颜延之《陶征士诔》。至唐,有孟浩然《仲夏归汉南园寄京邑旧游》诗云:"尝读高士传,最嘉陶征君。日耽田园趣,自谓羲皇人"、白居易《效陶潜体诗十六首》其十五云:"吾闻浔阳郡,昔有陶征君。爱酒不爱名,忧醒不忧贫。尝为彭泽令,在官才八旬。愀然忽不乐,挂印著公门。口吟归去来,头戴漉酒巾。人吏留不得,直入故山云。归来五柳下,还以酒养真。人间荣与利,摆落如泥尘"、崔涂《过陶征君隐居》诗云："陶令昔居此，弄琴遗世荣。田园三亩绿，轩冕一铢轻。衰柳自无主，白云犹可耕。不随陵谷变，应只有高名"等，字里行间，皆流露出对这位"陶征君"的仰慕。

通过以上考察，可以强烈感受到人们对"傲吏"的敬仰。敬仰什么？《孟子·公孙丑章句上》云："我善养吾浩然之气。"人们就是敬仰那份蔑视权贵，自重自尊的傲气。这"傲气"，亦即孟子所云之"浩气"，文天祥所云之"正气"。渊明亦可谓善养其傲然之气。所谓傲，傲于君，傲于官长，傲于"乡里小儿"；而绝不傲于百姓，不傲于田夫田妇。不仅不傲，还友之爱之："时复墟里人，披草共来往。相见无杂言，但道桑麻长"（《归园田居五首》其二），甚至呵之护之："为彭泽令，不以家累自随，送一力给其子，书曰：'……此亦人子也，可善遇之。'"（萧统《陶渊明传》）

四、陶渊明的人生定位及耿介性格与其"是为傲吏"之关系

渊明之所以能成为"傲吏"，自有民族的、文化的、社会的、历史的原因，本文要探讨的，是渊明自身"固穷节"的人生定位及其耿介傲然的性格特质与其"是为傲吏"之关系。

首先，关于"固穷节"的人生定位。陶的思想根基是孔孟儒学，前已论过，而儒家的出处进退观并不单一，既有"圣之清者"伯夷的"治则进，乱则退"，亦有"圣之任者"伊尹的"治亦进，

乱亦进"。渊明的态度虽然有过痛苦的反复的彷徨与抉择,但更倾向于"治则进,乱则退"的一途,因为其所处之东晋末既为乱世,则其惟有"退"而已矣。《论语·卫灵公》:"君子固穷,小人穷斯滥矣。"身处乱世,渊明之志重在"固穷节",即在贫困中固守节操。在渊明诗文中,常常可以看到其对"固穷节"的追求。如《癸卯岁十二月中作与从弟敬远》诗云:"历览千载书,时时见遗烈。高操非所攀,谬得固穷节",《饮酒诗二十首》其二云:"不赖固穷节,百世当谁传",其十六云:"竟抱固穷节,饥寒饱所更",《有会而作》云:"弱年逢家乏,老至更长饥。菽麦实所羡,孰敢慕甘肥!……斯滥岂攸志,固穷夙所归",《感士不遇赋》云:"宁固穷以济意,不委曲而累己。既轩冕之非荣,岂缊袍之为耻?……拥孤襟以卒岁,谢良价于朝市"等,不难看出,在任何情况下,其"固穷"的气节毅然不可动摇。

　　坚持"固穷节"的志向与回归田园的愿望是一致的,在渊明心灵深处,隐然有一个魂牵梦绕的归隐情结。从渊明诗赋中频频出现的归鸟意象,可以窥见其归隐情结之一斑:"翼翼归鸟,晨去于林,远之八表,近憩云岑,和风不洽,翻翮求心……;翼翼归鸟,载翔载飞,虽不远游,见林情依……;翼翼归鸟,循林徘徊,岂思天路?欣反旧栖……;翼翼归鸟,戢羽寒条……矰缴奚施,已卷安劳"(《归鸟》)、"羁鸟恋旧林,池鱼思故渊。……久在樊笼里,复得返自然"(《归园田居五首》其一)、"向夕长风起,纷纷飞鸟还。民生鲜长在,矧伊愁苦缠"(《岁暮和张常侍》)、"山气日夕佳,飞鸟相与还。此中有真意,欲辨已忘言"(《饮酒二十首》其五)、"日入群动息,归鸟趋林鸣。啸傲东轩下,聊复得此生"(《饮酒二十首》其七)、"朝霞开宿雾,众鸟相与飞。迟迟出林翮,未夕复来归"(《咏贫士七首》其一)、"密网裁而鱼骇,宏罗制而鸟惊。彼达人之善觉,乃逃禄而归耕"(《感士不遇赋》)、"云无心以出岫,鸟倦飞而知还"(《归去来兮辞》)……试问古今诗人中,还有谁如此钟情于自喻式归鸟意象的叙写?在这里,诗人已经与那些或倦飞思巢、或久羁樊笼、或惊逃矰缴宏罗的翼翼归鸟们化为一体,正是通过"翩翩求心","见林情依",渴望"复得返自然"的归鸟意象,隐隐暗示出诗人"此中有真意,欲辨已忘言"的言,明白点出"逃禄而归耕"、"啸傲东轩下,聊复得此生"等"固穷节"的人生追求。

其次,耿介傲然的性格也是其走向"傲吏"的重要原因。渊明对自己的性格是了解的,《劝农》云:"傲然自足,抱朴含真。"《与子俨等疏》云:"性刚才拙,与物多忤。"《戊申岁六月中遇火》诗云:"总发抱孤介,奄出四十年……贞刚自有质,玉石乃非坚。"耿介傲然的性格,不仅激化他与"乡里小儿"辈的对立,甚至也不能与"规规"者混同:《饮酒二十首》其十三云:"有客常同止,趣舍邈异境。一士长独醉,一士终年醒。醒醉还相笑,发言各不领。规规一何愚,兀傲差若颖。"其"兀傲"的必然结果便是"禀气寡所谐"(《饮酒二十首》其九)。不谐的结果便是离开,便是"归去来":"道不偶物,弃官从好"(颜延之《陶征士诔》,而又因其"性刚"、"孤介"、"贞刚"、"兀傲"的性格,这个官就弃得淋漓痛快,毫不拖泥带水。不仅辞彭泽令是"俄尔而去",此前还曾"起为州祭酒,不堪吏职,少日自解归"(沈约《宋书·陶潜传》),甚至在佚名的《莲社高贤传》中也还记载着一件渊明"俄尔而去"

的逸事:"远法师与诸贤结莲社,以书招渊明。渊明曰:'若许饮则往。'许之,遂造焉;忽攒眉而去。"然而,这些在外人他人看似"俄尔"的草率的举动,其实是建立在长期思索判断基础上的必然的抉择。在他的全部作品中,关涉到士的出处进退的诗文几近半数,历代文人中,大约只有屈原可以与之相比,在这些"抚卷踌躇","染翰慷慨,屡申而不能已"的诗文中,我们可以清楚窥见渊明的愧疚与挣扎,苦思与抉择……当我们真正刻骨铭心感同身受地体味了他的心路历程的时候,我们懂得了他是一位十分理智而慎重的思考者。

辛弃疾《最高楼》词云:"暂忘设醴抽身去,未曾得米弃官归。穆先生,陶县令,是吾师。"词中,辛弃疾将汉初鲁穆生与渊明并提,并皆奉之为师。表面看,穆生的"抽身去"是因为王"暂忘设醴"这样的"失小礼",渊明的"俄去"是因为不愿束带见督邮,不愿"为五斗米,折腰向乡里小儿",但是,穆生"抽身去"的根本原因,诚如穆生所自言:"先王之所以礼吾三人者,为道之存故也;今而忽之,是忘道也。忘道之人,胡可与久处!岂当为区区之礼哉?"(《汉书·楚元王传》)同样,渊明辞彭泽令的根本原因,亦诚如渊明所自言:"质性自然,非矫励所得。饥冻虽切,违己交病。""违己"者,违己"固穷节"之志也。这才是问题的本质。面对"真风告逝,大伪斯兴,闾阎懈廉退之节,市朝驱易进之心。怀正志道之士,或潜玉于当年;洁己清操之人,或没世以徒勤"的东晋末之当世,他已经是"怅然慷慨,深愧平生之志"了,他此刻已经决意不再"口腹自役"。只是他"犹望一稔",到那时再"敛裳宵逝"。至于后来导致他毅然放弃那点儿可怜愿望"俄尔而去"

的突发因素,则或如渊明所自言:"寻程氏妹丧于武昌,情在骏奔",或如史篇所载:"会郡遣督邮至县,吏请曰:'应束带见之'",或二因兼有,但均非根本的决定的原因。就此二因而言,前者恰好是一个脱身的借口,后者则当是今人所谓之"导火索"。

结　语

尽管虎关的陶渊明"傲吏说"与中国人的陶渊明观大相径庭,但虎关此说不仅在日本只是偶见的一例,即使在虎关品评中国古代诗人及作品的时见精妙的《济北诗话》里,也只是一个特例。渊明高尚峻洁的人格和自然亲切的诗文不仅在中国影响深远,而且早在千余年前就已流传东瀛,深受日本人民喜爱,也曾给予日本汉诗以独特营养。在日本汉诗中,大凡咏菊之作,往往思及渊明,如石川丈山(1583—1672)《修菊思渊明》诗云:"遗爱一篱菊,流芳千载人",也不乏咏赞渊明诗文及人品的诗作,如摩岛松南(1791—?)《读陶靖节集》诗云:"风流双赤壁,忠诚两出师,君有归去作,一篇以抗之。周子爱莲说,逋仙咏梅诗,君有采菊句,片语不能追。爱菊唯适意,作文不求奇,所以千载下,逸响独自驰",在与历代名家的相比中,给予渊明诗文以高度评价。国分青崖(1857—1944)《咏史三十六首·陶潜》诗尤为精绝:

板荡山川感慨钟,拂衣而去欲何从。
英雄韬志田园兴,天地留名隐逸宗。

　　　　霜下琼瑶晨采菊，风前琴瑟夜听松。
　　　　草庐三顾无先主，寂寞柴桑一卧龙。

末联深叹渊明之不遇，其意与辛弃疾《贺新郎》词中"把酒长亭说。看渊明风流，酷似卧龙诸葛"同。

　　然而，对于日本汉学者、汉诗人而言，陶潜毕竟是一位外国的诗人，而且首先是一位外国人，因民族性格、文化底蕴等方面的诸多差异，对渊明其人其诗的体悟，与中国人相比有时终不免有一点儿"隔"。所以虎关偶尔提出陶渊明"傲吏说"也是可以理解的。即以青崖此诗而言，作为日本汉诗史上最后的大家的咏陶之作，已经堪称日本咏陶绝笔，但若与辛弃疾下面这首《水龙吟》相比，还是可以看到距离。我不是说作品的艺术水准，一为诗，一为词，艺术方面可以见仁见智，我是说一种文化的认同与心灵的感发。试读辛词：

　　　　老来曾识渊明，梦中一见参差是。觉来幽恨，停觞不御，欲歌还止。白发西风，折腰五斗，不应堪此。问北窗高卧，东篱自醉，应别有、归来意。须信此翁未死，到如今、凛然生气。吾侪心事，古今长在，高山流水。富贵他年，直饶未免，也应无味。甚东山何事，当时也道，为苍生起。

肺腑相通，英雄相惜，凌云怀抱，扼腕高歌，别是一番滋味。

　　　　　　　　　　　（本文原发表于《陕西师范大学学报》
　　　　　　　　　　　　　　［哲社版］2006 年第 3 期）

中日文化渊源及比较研究

中国文化史新论

中日秀句文化渊源考论

一、中国传统文化中的秀句意识

(一)"秀句"语词考略

"秀句"一语最早见于南朝齐刘勰《文心雕龙·隐秀》篇:

> 夫心术之动远矣,文情之变深矣,源奥而派生,根盛而颖峻,是以文之英蕤,有秀有隐。隐也者,文外之重旨者也;秀也者,篇中之独拔者也。隐以复意为工,秀以卓绝为巧。……凡文集胜篇,不盈十一,篇章秀句,裁可百二。并思合而自逢,非研虑之所课也。或有晦塞为深,虽奥非隐,雕削取巧,虽美非秀矣。故自然会妙,譬卉木之耀英华;润色取美,譬缯帛之染朱绿。朱绿染缯,深而繁鲜;英华曜树,浅而炜烨。隐篇所以照文苑,秀句所以侈翰林,盖以此也。

在这段话里,"秀句"一语出现了两次。所谓秀句,概而言之,其特质,一曰"篇中独拔",二曰"卓绝为巧",三曰"裁可百二";其生成,应为"思合自逢","自然会妙",而忌"雕削取巧"、"润色取美"。这段关于秀句的最早论述,奠定了我国秀句文化的基壤,其精神越千年而不废。

"秀句"一语继而见于钟嵘《诗品》,其卷中[齐吏部谢朓]条云:

> 其源出于谢混,微伤细密,颇在不伦。一章之中,自有玉石,然奇章秀句,往往警遒,足使叔源失步,明远变色。善自发诗端,而末篇多踬,此意锐而才弱也。至为后进士子之所嗟慕。朓极与余论诗,感激顿挫过其文。

"奇章秀句,往往警遒"两句,进一步阐释了秀句的文化特征。

《全唐诗》中"秀句"一语凡六出:李白《献从叔当涂宰阳冰》诗云:

> 秀句满江国,高才掞天庭。

杜甫《送韦十六评事充同谷郡防御判官》诗云:

> 题诗得秀句,札翰时相投。

《解闷十二首》其八云:

> 最传秀句寰区满,未绝风流相国能。

《哭李尚书芳》诗云：

　　史阁行人在，诗家秀句传。

韩翃《酬程延秋夜即事见赠》诗云：

　　向来吟秀句，不觉已鸣鸦。

白居易《读李杜诗集因题卷后》诗云：

　　文场供秀句，乐府待新词。

唐人——特别恰恰是李、杜、白这样的大家——对于"秀句"一语的关注与使用，表现了对于缘起于南朝的"秀句"意识的继承。秀句一语唐后亦沿用不绝。如宋苏轼云："诗人例穷蹇，秀句出寒哦。"（《病中大雪数日未尝起观虢令赵荐以诗相属戏用其韵答之》）、明杨慎云："'一庭疏雨湿春愁'，秀句也"（《词品》卷二）、清蒋敦复云："秀句满城争赏"（《芬陀利室词话》）等。

　　历代还使用过许多"秀句"的同义或近义语。《全唐诗》中，"佳句"76例，如李白："何日睹清光，相欢咏佳句"（《早过漆林渡寄万巨》）等；"丽句"31例，如杜甫："不薄今人爱古人，清词丽句必为邻"（《戏为六绝句》）等；"好句"10例，如齐己："闲搜好句题红叶，静敛霜眉对白莲"（《寄怀东林寺匡白监寺》）等；"清句"5例，如罗邺："笙歌厌听吟清句，京洛思归展画图"（《赠东川梓桐县韦德孙长官》)等;"嘉句"3例,如颜真卿:"卷翠幕,吟嘉句"(《三言喜皇甫曾侍御见过南楼玩月》)等;"警句"1例:司空图:"千载几人搜警句,补方金字爱晴霞。"(《力疾山下吴村看杏花十九首》)

值得注意的是,现今使用频率最高的"名句"一语,反而较"秀句"等为晚出。"名句"首见于唐玄奘所译《大般若波罗蜜多经》卷三九八:"名句文词善巧";在非佛经著作中,则所见者以宋洪迈《容斋续笔》卷一二所云:"触类而索之,得相传名句数端,亦有经前人记载者,聊疏于此,以广多闻"为早。其实,"名句"与"秀句"等应当是有差异的:是否为"名句",不能不考虑古今公论这样的客观评价,而是否为"秀句"等,则可仅依凭鉴赏者自己的主观感觉。唐人多用后者,良有以也。当然,诗句之"秀"否,也不能完全脱离客观标准,故后世将"名句"与"秀句"等混用的情况也很普遍。为行文方便,本文统一使用出现最早的"秀句"一语为代表。

(二) 我国秀句文化的缘起与发展

宋严羽《沧浪诗话·诗评》云:"汉魏古诗,气象混沌,难以句摘,晋以还方有佳句。"清沈德潜《说诗晬语》卷上亦云:"汉魏诗只是一气转旋,晋以下始有佳句可摘。"汉魏古诗,非无佳制,其所以"难以句摘"者,当因其"气象混沌"、"一气转旋",诗家本无意于"独拔"之故。

后人言及"难以句摘"的汉魏古诗,也就往往或仅揭其题,或举首句以代全章,若举句,则多举四句,鲜有如后世举秀句仅举二句者。仅揭其题者,如钟嵘《诗品》卷上评班婕妤诗云:"《团扇》短章,词旨清捷，怨深文绮，得匹妇之致"，宋陈岩肖《庚溪诗话》云："汉高祖《大风歌》，不事华藻，而气概远大，真英主也"；举首句以代全章者，如《诗品》卷上论"古诗"云："其外，'去者日以疏'四十五首，虽多哀怨，颇为总杂，旧疑是建安中曹王所制，'客从远方来'、'桔柚垂华实'，亦为警绝矣"；举四句者，如明胡应麟《诗薮》内篇卷二论两汉五言诗云："东西京兴象浑沦，本无佳句可摘，然天工神力，时有独至。搜其绝到，亦略可陈。如：'相去日以远，衣带日以缓。浮云蔽白日，游子不顾返。'……"共举诗18首，皆摘4句。所谓"难于句摘"，正说明汉魏诗人的"秀句"意识尚处于混沌未凿状态。

"晋以还方有佳句"，"晋以下始有佳句可摘"。正是在六朝时期文学觉醒的大氛围中，第一批受同时代人推崇，对后世影响深远的秀句应运而生，其中最为历代诗话所乐道者约数十联，而尤为脍炙人口者如：

  池塘生春草，园柳变鸣禽。
        ——谢灵运《登池上楼诗》
  明月照积雪，朔风劲且哀。
        ——谢灵运《岁暮诗》
  余霞散成绮，澄江静如练。
        ——谢朓《晚登三山还望京邑诗》
  天际识归舟，云中辨江树。
        ——谢朓《之宣城郡出新林浦向板桥诗》
  日暮碧云合，佳人殊未来。
        ——江淹《休上人怨别》

亭皋木叶下，陇首秋云飞。

——柳恽《捣衣诗》

露湿寒塘草，月映清淮流。

——何逊《与胡兴安夜别诗》

夜雨滴空阶，晓灯暗离室。

——何逊《临行与故游夜别》

蝉噪林逾静，鸟鸣山更幽。

——王籍《入若耶溪》

雁与云俱阵，沙将蓬共惊。

——庾肩吾《经陈思王墓诗》

残虹收宿雨，缺岸上新流。

——庾肩吾《后湖泛舟诗》

芙蓉露下落，杨柳月中疏。

——萧悫《秋思诗》

莺随入户树，花逐下山风。

——阴铿《开善寺诗》

露浸山扉月，霜开石路烟。

——江总《赠洗马袁郎别诗》)

不难发现，除江淹"日暮"一联涉及人事外，余皆为写景之句。

唐代诗歌在对六朝文化的扬弃与创新中臻于鼎盛，其中不遗余力而成就卓荦者首先当推杜甫。元稹《唐故检校工部员外郎杜君墓系铭并序》云：

> 至于子美，盖所谓上薄风骚，下该沈宋，言夺苏李，气吞曹刘，掩颜谢之孤高，杂徐庾之流丽，尽得古今之体势，而兼人人之所独专矣。

其中"掩颜谢之孤高，杂徐庾之流丽"两句，明言杜甫对六朝诗的成功借鉴。杜甫亦曾自谓："为人性僻耽佳句，语不惊人死不休"（《江上值水如海势聊短述》）、"熟知二谢将能事，颇学阴何苦用心"（《解闷十二首》其七），又曾赞美李白诗云："李侯有佳句，往往似阴铿"（《与李十二白同寻范十隐居》），而杜甫在这些诗句中所心仪的谢灵运、谢朓、何逊、阴铿等南朝诗人正是我国秀句文化滥觞期的佼佼者。

六朝秀句对于唐代诗坛的影响以谢灵运"池塘生春草"、谢朓"澄江静如练"两联为最。

"池塘生春草"。如：

> 梦得池塘生春草，使我长价登楼诗。
> ——李白《赠从弟南平太守之遥二首》其一
> 梦得春草句，将非惠连谁。
> ——李白《感时留别从兄徐王延年从弟延陵》
> 他日相思一梦君，应得池塘生春草。
> ——李白《送舍弟》
> 谢公池塘上，春草飒已生。
> ——李白《游谢氏山亭》
> 春草东江外，翩翩北路归。

官齐魏公子,身逐谢玄晖。

———韩翃《送李侍御归宣州使幕》

若倾家酿招来客,何必池塘春草生。

———刘禹锡《裴侍郎大尹雪中遗酒一壶
兼示喜眼疾平……斐然仰酬》

池塘草绿无佳句,虚卧春窗梦阿怜。

———白居易《梦行简》

昨日池塘春草生,阿连新有好诗成。

———白居易《和敏中洛下即事》

池塘无复见,春草野中生。

———姚合《送李传秀才归宣州》

到日池塘春草绿,谢公应梦惠连来。

———李群玉《送唐侍御福建省兄》

一夜韶姿著水光,谢家春草满池塘。

———皮日休《闻鲁望游颜家林园病中有寄》

随梦入池塘,无心在金谷。

———唐彦谦《春草》

池塘春草在,风烛故人亡。

———韦庄《哭同舍崔员外》

金声乃是古诗流,况有池塘春草俦。
莫遣宣城独垂号,云山彼此谢公游。

———黄滔《经慈州感谢郎中》

不独满池塘,梦中佳句香。

———曹松《春草》

谢公遗咏处,池水夹通津。
古往人何在,年来草自春。

——陈陶《赋得池塘生春草》

春发池塘得佳句。

——皎然《述祖德赠湖上诸沈》

"澄江静如练"。如:

解道澄江净如练,令人长忆谢玄晖。

——李白《金陵城西楼月下吟》

汉水旧如练,霜江夜清澄。

——李白《秋夜板桥浦泛月独酌怀谢朓》

崩口江如练,蚕崖雪似银。

——杜甫《赠王二十四侍御契四十韵》

远水澄如练,孤鸿迥带霜。

——张正一《和武相公中秋锦楼玩月得苍字》

天白水如练,甲丝双串断。

——李贺《摩多楼子》

正是澄江如练处,玄晖应喜见诗人。

——李商隐《和韦潘前辈七月十二日夜泊
池州城下先寄上李使君》

秋来江上澄如练。

——徐玄之《采莲》

> 千门望成锦，八水明如练。
>
> ——许景先《奉和御制春台望》

在对"池塘"、"澄江"两联秀句的空前倾倒中，显示了唐人对六朝秀句文化自觉接受的深广程度。唐诗鼎盛有诸多因素，对于六朝秀句文化意识的承绪与光大，当亦为要因之一。

毋庸讳言，六朝文学因其对形式美的过分执着追求，曾受到当时及后世长达千余年的非难。本文于此想特别说明的是，在以往对六朝文学的整体非难之中，六朝秀句往往难辞其咎地成为重要靶的。宋张戒《岁寒堂诗话》卷上云：

> 潘陆以后，专意咏物，雕镌刻镂之工日以增，而诗人之本旨扫地尽矣。谢康乐"池塘生春草"，颜延之"明月照积雪"，（"明月照积雪"乃谢灵运诗，此误。——原注）谢玄晖"澄江静如练"，江文通"日暮碧云合"，王籍"鸟鸣山更幽"，谢真"风定花犹落"，柳恽"亭皋木叶下"，何逊"夜雨滴空阶"，就其一篇之中，稍免雕镌，粗足意味，便称佳句，然比之陶阮以前苏李古诗、曹刘之作，九牛一毛也。大抵句中若无意味，譬之山无烟云，春无草树，岂复可观？

此论即是以南朝秀句为例批评六朝文学的，颇具代表性。六朝之中，尤以齐、梁、陈三朝受批评最多。明陆时雍《诗镜总论》云：

> 江总自梁入陈，其诗犹有梁人余气。至陈之末，纤靡极

矣。孔范《赋得白云抱幽石》："阵结香炉隐，罗成玉女微"，巧则巧矣，而纤极矣。王褒庾信佳句不乏，蒙气亦多，以是知此道之将终也。

清沈德潜《说诗晬语》卷上云：

> 萧梁之代，君臣赠答，亦工艳情，风格日卑矣。隐侯（沈约）短章，略存古体；文通（江淹）、仲言（何逊），辞藻斐然，虽非出群之雄，亦称一时能手。陈之视梁，抑又降焉。子坚（阴铿）、孝穆（徐陵），略具体裁，专求佳句，差强人意云尔。

又批评云："梁、陈、隋间，专尚琢句。"应当说，这些议论基本正确地批评了集中表现于秀句的整个六朝文学的缺点。

（三）秀句的基本特征及主要体式

虽然不同的秀句体裁与风格各异，但作为一种独特的文学形式，仍具有如下最基本的共性特征：

其一，独立性。

秀句一般都能大致表述一个完整的意思，具有相对的独立性，因此可以将其从原作中抽取出来单独进行鉴赏。以白居易《琵琶行》为例，"千呼万唤始出来，犹抱琵琶半遮面"、"同是天涯沦落人，相逢何必曾相识"，及"大珠小珠落玉盘"、"此时无声胜有声"等,都是千余年来脍炙人口的秀句;而同诗中的其他诗句,如"浔阳江头夜送客,枫叶荻花秋瑟瑟"、"商人重利轻别离,前月浮梁买茶去"、"座中泣下谁最多,江州司马青衫湿"等,则皆因缺少独立性而未能单独传播。

其二,典型性。

秀句在咏物、写景、叙事、抒情、议论诸方面个性描写的成功,往往使其具有更强的典型性。(此部分全用清代诸诗话所引清诗秀句为例,一则可以避熟,二则可借此一窥我国秀句文化之流长。)咏物者,如袁枚《题蜡嘴鸟》云:"世味嚼来浑似蜡,莫教开口向人啼",杨揩《咏棉花》云:"谁知姹紫嫣红外,衣被苍生别有花",沈周《咏钱》云:"有堪使鬼原非谬,无即呼兄也不来",龚自珍《闽中海物杂咏七首·珠贝》云:"取祸自有胎,不在深闭口"等,可谓咏蜡嘴鸟、棉花、钱、珠贝等诸物的绝唱,又,庄容可《咏蚕》云:"经纶犹有待,吐属已非凡",吴履泰《蚕》云:"紫裹真何益,缠绵适见烹",虽皆为咏蚕,因发想寄托不同,而能各臻极致;写景者,如岑霁《韬光寺》云:"带雨秋潮归海静,盘空山势到江平",黄之隽《鄱阳湖水大发自木榍湾瑞洪至赵家汇田庐浸没舟过感赋》云:"浪花自拍无人屋,树杪皆萦有蒂萍"等;叙事者,如谢际昌《送邑宰李少鹤》云:"官贫归棹易,民爱出城难",程鱼门《咏落第》云:"也应有泪流知己,只觉无颜对俗人",徐坛长《安居》云:"入坐半为求字客,敲门都是送花人",龚鼎孳《留别彦远》云:"名重尔偏藏著述,路穷吾转讳饥寒",吴伟业《梅村》云:"不好诣人贪客过,惯迟作答爱书来",钱谦益《丁家水亭再别杺园》云:"人于患难心知少,事值间关眉语多"等；抒情者，如任大椿《别友》云："无言便是别时泪，小坐强于去后书"，李昉《赠妓》云："便牵魂梦从今日，再睹婵娟是几时"，悼亡如邵长蘅《哭亡儿士駦》云："过爱翻成薄，求全屡受笞"等；议论者，如李柏《山中》云："青白随人怜阮眼，行藏由我养陶腰"，王九龄《题旅店》云："世上何物催人老？半是鸡声半马蹄"，张道渥《咏七夕》云："待无天地缘方尽，修到神仙会也难"，查初白句云："座中放论归长悔，醉里题诗醒自嫌"，黄煊《有昏夜献金者题其函》云："感君厚意还君赠，不畏人知畏己知"等，皆具有某种典型化的意义。

其三，特出性。

所谓特出性，首先是"秀"，就是刘勰所谓"卓绝为巧"、钟嵘所谓"奇（章）秀（句）"，这是凡堪称秀句皆应有的基本品质。如王维《积雨辋川庄作》中之"漠漠水田飞白鹭，阴阴夏木啭黄鹂"、柳宗元《渔翁》中之"烟销日出不见人，欸乃一声山水绿"、李贺《雁门太守行》中之"黑云压城城欲摧"、《秦王饮酒》中之"羲和敲日玻璃声"等。其次，还有相当多的秀句，不仅具备"秀"的特质，还是全诗精神之闪光点，亦即刘勰所谓"独拔"、钟嵘所谓"警遒"。如高适《燕歌行》中之"战士军前半死生，美人帐下犹歌舞"、李白《梦游天姥吟留别》中之"安能摧眉折腰事权贵，使我不得开心颜"、杜甫《自京赴奉先县咏怀五百字》中之"朱门酒肉臭，路有冻死骨"、李商隐《无题二首》中之"身无彩凤双飞翼，心有灵犀一点通"等。

其四，创新性。

所谓创新，不外两条途径：一曰自造妙境，二曰翻案标异。自造妙境者，如清冯怀朴云："饥年憎闰月，病叟厌余生。"上句发想甚奇崛，道前人所未曾道。清真山民《咏杜鹃》云："归心千古终难白，啼血万山都是红。"乍看以红白二色相对，红是色，"白"却是道白之白，借对手法的使用也很新颖。翻案标异者，如清许宗彦《明妃曲》云："大臣妙得安边计，那为君王惜美人。"昭君事，千古咏叹，不断翻新，此诗亦然。清张廷璐《南归》四首其三云："门为看山宁用杜？车还驾鹿不须悬。""杜门"、"悬车"，本乃熟词，将其各拆用于句子首尾，遂翻出新意。

关于秀句的体式，大体说来，字数以五言、七言为主，唐前多五言，唐后多七言。句数有二句式、单句式、多句式，绝大多数是二句式，本文所举基本上均为二句式。单句式往往是因另一句不相称，或者舍去后更精辟，故仅以单句传者，如杜甫《曲江二首》其二云："酒债寻常行处有，人生七十古来稀"，世传其下句而舍其上句；还有借诗话得以传世者，而诗话中仅载单句，如邵大业之"老来儿女费周旋"、葛鹤之"秋风先瘦异乡人"。多句式主要为词中秀句，如秦观《满庭芳》："斜阳外，寒鸦数点，流水绕孤村。"秀句还有对偶、非对偶之分，而以对偶式为多，这与律体中二联为对偶句有关。综上，可知秀句以七言二句对偶式为主要体式。鉴于秀句主要体式这一问题几近常识，故于兹不予展开。

（四）我国的秀句集文本

因了欣赏和借鉴的需要，后来便有秀句集的编纂。在日本僧空海（774—835）所著《文镜秘府论》（820）之"南卷"中，记载着有关我国秀句集最初编纂的重要资料。该卷所收唐人元兢《古今诗人秀句序》云：

> 晚代铨文者多矣。至梁昭明太子萧统与刘孝绰等撰集《文选》，自谓毕乎天地，悬诸日月。然于取舍，非无舛谬。方因秀句，且以五言论之。至如王中书"霜气下孟津"及"游禽暮知返"，前篇则使气飞动，后篇则缘情宛密，可谓五言之警策，六义之眉首。弃而不纪，未见其得。及乎徐陵《玉台》，僻而不雅；丘迟《抄集》，略而无当。此乃详择全文，勒成一部者。比夫秀句，措意异焉。似秀句者，抑有其例。皇朝学士褚亮，贞观中，奉敕与诸学士撰《古文章巧言语》，以为一卷。至如王粲《灞岸》，陆机《尸乡》，潘岳《悼亡》，徐干《室思》，并有巧句，互称奇作，咸所不录，他皆效此。诸如此类，难以胜言。借如谢吏部《冬序羁怀》，褚乃选其"风草不留霜"、"冰池共明月"，遗其"寒灯耻宵梦，清镜悲晓发"。若悟此旨，而言于文，每思"寒灯耻宵梦"，令人中夜安寝，不觉惊魂；若见"清镜悲晓发"，每暑月郁陶，不觉霜雪入鬓。而乃舍此取彼，何不通之甚哉！褚公，文章之士也，虽未连衡两谢，实所结驷二虞，岂于此篇，咫步千里？良以箕毕殊好，风雨异宜者耳。
>
> 余以龙朔元年，为周王府参军，与文学刘祯之、典签范履冰书，东阁已建，斯竟撰成此录。王家书既多缺，私室集更难求。所以遂历十年，未终两卷。今剪《芳林要览》，讨论诸集，人欲天从，果谐宿志。常与诸学士览小谢诗，见《和宋记室省

中》，铨其秀句，诸人咸以谢"竹树澄远阴，云霞成异色"为最。余曰："诸君之议非也。何则？'竹树澄远阴，云霞成异色'，诚为得矣，抑绝唱也？夫夕望者莫不熔想烟霞，炼情林岫，然后畅其清调，发以绮词。俯行树之远阴，瞰云霞之异色，中人已下，偶可得之，但未若'落日飞鸟还，忧来不可极'之妙者也。观夫'落日飞鸟还，忧来不可极'，谓扪心罕属，而举目增思；结意惟人，而缘情寄鸟；落日低照，即随望断；暮禽还集，则忧共飞来。美哉玄晖，何思之若是也！诸君所言，窃所未取。"于是咸服，恣余所详。余于是以情绪为先，直置为本；以物色留后，绮错为末；助之以质气，润之以流华，穷之以形似，开之以振跃，或事理俱惬，词调双举，有一于此，罔或子遗。时历十代，人将四百，自古诗为始，至上官仪为终。刊定已详，缮写斯毕，实欲传之好事，冀知音若斯而已，若斯而已矣！（《日本诗话丛书》卷七，第362—365页）

这篇序文的作者元兢，睥睨前人，自视甚高。序文前部分首先就"比夫秀句，措意异焉"之"详择全文，勒成一部者"，批评《文选》"于取舍，非无舛谬"，《玉台新咏》"僻而不雅"，《抄集》"略而无当"；继而于"似秀句者，抑有其例"句后，论及褚亮与诸学士所撰《古文章巧言语》，指摘其亦有"舍此取彼"之失，并斥之曰"不通之甚"。今《古文章巧言语》已佚，仅从其名尚难断定是诗的秀句集，还是文的秀句集，抑或二者兼具，但根据元兢所指摘的应"取"而被"舍"之例全为诗句，可知《古文章巧言语》即使不是完全的诗的秀句集，也当包括诗的秀句在内。序文后部分自叙其《古今诗人秀句》的编纂事由及"时历十代,人将四百,自古诗为始,至上官仪为终"的概况。

综上可知,我国最早的秀句集当为唐太宗贞观年间(627—649)学士褚亮奉旨与诸学士所撰《古文章巧言语》一卷,第二部,即为高宗总章年间(668—669)元兢所撰《古今诗人秀句》二卷。

唐代的秀句集,除这两部外,还有王起(贞元十四年进士)《文场秀句》一卷、张为《诗人主客图》一卷、李洞《贾岛秀句》一卷、倪宥《诗图》一卷、僧定雅《寡和图》三卷、惟凤《风雅拾翠图》一卷等。此外,齐己《风骚旨格》一卷,实际上也是一部秀句集。

宋代秀句集,有吕居仁《宗派图》、高似孙《文选句图》、僧元鉴《续古今诗人秀句》二卷、林逋《句图》三卷、蔡希蒇《古今名贤警句图》一卷、强行父《唐杜荀鹤警句图》一卷,此外,宋吴处厚《青箱杂记》卷九云:"余尝见惠崇自撰句图凡一百联,皆平生所得于心而可者。"

明代秀句集,有杨慎《群书丽句》、《寰中秀句》,其《升庵诗话》卷一"刘禹锡诗"条还云:"刘全集今多不传,予旧选之为句图。"

清代秀句集,李调元《雨村词话》卷三"史梅溪摘句图"条云:"史达祖梅溪词最为白石所赏,炼句清新,得未曾有,不独《双双燕》一阕也。余读其全集,爱不释手,间书佳句,汇为摘句图。"此则为词的秀句集也。

以上所举历代秀句集,因未闻有专门的通代的统计,限于闻见,不免疏漏,但仅就所举,亦可知秀句文化传统在我国其源也远,其流也长。

（五）秀句与诗话

秀句与诗话,二者之间有着不解之缘。一方面,品鉴古今秀句,是历代诗话的重要内容之一;另一方面,许多秀句甚至连带其作者又是借诗话而得以知名传世。

我国第一部狭义诗话——欧阳修《六一诗话》,就有不少品鉴秀句的内容,如云:"如周朴者……其句有云:'风暖鸟声碎,日高花影重。'"又云:"'晓来山鸟闹,雨过杏花稀',诚佳句也"等。此外,在不足30则的《六一诗话》中,"绝唱"出现2次,"警绝"出现2次,"佳句"出现7次,这些评语的频繁使用,已足以说明作者对秀句品鉴的重视,更何况其品鉴秀句时,许多处并未使用这样的词语。

此后历代的诗话,传承并发展了这一传统。如陆游《老学庵笔记》卷四云:"刘长卿诗曰:'千峰共夕阳',佳句也。近时僧癫可用之云:'乱山争落日。'虽工而窘,不迨本句。"按:长卿之秀,正在于其乃刘勰所谓"自然会妙";癫可之窘,亦正失之于刘勰所谓"雕削取巧"。又,清张戒《岁寒堂诗话》卷上云:"(贾岛)《秦州杂诗》:'长江风送客,孤馆雨留人',此晚唐佳句也。然子美'塞门风落木,客舍雨连山',则留人送客不待言矣。"

在我国历代汗牛充栋的诗话中,诸如此类,俯拾即是。可以说,没有诗话,秀句鉴赏就失去了沙龙;没有秀句鉴赏,诗话就失去了趣味与灵性。

（六）秀句文化意识的普及

由于历代诗人"语不惊人死不休"的努力和历代诗话的推波助澜，秀句意识逐渐得到了广泛深入的普及。正是因了这种普及，历代诗人多有因秀句而得名者。如宋葛立方《韵语阳秋》卷四所云：

> 张祜诗云："故国三千里，深宫二十年。"杜牧赏之，作诗云："可怜故国三千里，虚唱歌词满六宫。"故郑谷云："张生'故国三千里'，知者惟应杜紫微。"诸贤品题如是，祜之诗名安得不重乎？……唐朝人士，以诗名者甚众，往往因一篇之善，一句之工，名公先达为之游谈延誉遂至声闻四驰。"曲终人不见，江上数峰青"，钱起以是得名；"故国三千里，深宫二十年"，张祜以是得名；"微云淡河汉，疏雨滴梧桐"，孟浩然以是得名。"兵卫森画戟，宴寝凝清香"，韦应物以是得名；"野火烧不尽，春风吹又生"，白居易以是得名；"敲门风动竹，疑是故人来"，李益以是得名；"鸟宿池边树，僧敲月下门"，贾岛以是得名；"画栋朝飞南浦云，珠帘暮卷西山雨"，王勃以是得名；"华裾织翠青如葱，入门下马气如虹"，李贺以是得名。

也有因秀句而获号者。先是唐时赵嘏以"残星几点雁横塞，长笛一声人倚楼"获号"赵倚楼"，入宋风习相沿，遂有张先之号"'云破月来花弄影'郎中"，宋祁之号"'红杏枝头春意闹'尚书"，秦观之号"'山抹微云'秦学士"，贺铸之号"贺梅子"，张炎之号"张孤雁"等。至清，夏敬观《忍古楼词话》中仍有此类记载云："'一夕凉飙辞旧暑。飒飒墙蕉，恐是秋来路'，为樨清女士词中名句，当时传诵，称之为'李墙蕉'云。"

此外，如韩愈《寄崔二十六立之》诗云："佳句喧众口，考官敢瑕疵？"贾岛《酬胡遇》诗云："丽句传人口，科名立可图"等，虽属友朋间戏言，亦可为当时秀句意识广泛普及之一佐证。

二、日本汉诗对于中国秀句文化的受容

前述日本空海《文镜秘府论·南卷》全文收载唐元兢《古今诗人秀句序》一事，是日本对于中国秀句文化的最初受容。《古今诗人秀句》成书于唐高宗总章年间（668—669），空海《文镜秘府论》成书于日本弘仁十二年（820），相距约150年。

日本最早的秀句集《千载佳句》，平安时代大江维时（888—963）撰，该集分为四时、时节、天象、地理、人事、宫省、居处、草木、禽兽、宴喜、游牧、别离、隐逸、释氏、仙道等15部，部下又分为258门。此集的编撰，一则因汉诗朗咏之风已从醍醐（897—930年在位）、朱雀天皇（930—946年在位）时期兴盛起来，人们普遍需要宜于朗咏的选本；二则也是为了学作汉诗时的借鉴参考。正如空海《文镜秘府论·南卷》所云："凡作诗之人，皆自抄古今诗语精妙之处为随身卷子，以防苦思。作文兴若不来，即须看随身卷子以发兴也。"可谓直言不讳。此集共收149家诗句，除个别新罗、高丽人外，全为唐诗人，实际上是日本人所选第一部唐诗秀句

集。入选秀句皆为七言二句式,共1083联。其中白居易507联,几占半数,其下依次为元稹65联、许浑34联、章孝标30联、杜甫6联、李白3联等。王朝时期"白乐天风"的盛行于此可见一斑。

此后,出现了日本最早将唐诗秀句、日本汉诗秀句、和歌秀篇三者兼收并蓄的秀句集《和汉朗咏集》。该集由平安时代藤原公任(966—1041)于1013年编辑而成。全书分作上下二卷。上卷分为春、夏、秋、冬四部,下卷为杂部,又分为天象、植物、人事等项。该书共收中日诗人80家秀句588联,其中唐诗人30家中,白居易的135联仍遥居首位,其下依次为元稹11联,许浑10联等;日本汉诗人50家中,菅原文时的44联居首,其下依次为菅原道真38联,源顺、大江朝纲并为30联等。入选秀句以七言二句式432联为多,亦有五言绝句、赋、乐府及四六文中的对偶句。该书还选入和歌80家,216首。(塙保己一《群书类从·和汉朗咏集》)从单纯选录中国诗人的秀句,到并选日本汉诗人的秀句,是一个重要进展;从只选录汉诗秀句,到兼收和歌秀篇,是又一个重要进展。《和汉朗咏集》同时有了这两个大的进展,在日本汉诗的唐诗受容史、秀句受容史,乃至整个日本和汉两大文学体系交融与互动的发展史上,都有着极其重要的意义。

至平安时代末,藤原基俊(1063—1142)仿《和汉朗咏集》体例,又撰成《新撰朗咏集》二卷,按春、夏、秋、冬、杂分类,共收中日汉诗秀句540余联,和歌203首。唐诗中白居易65联仍居首,日本汉诗中大江以言40余联居首。(塙保己一《群书类从·新撰朗咏集》)从《和汉朗咏集》入选白居易《长恨歌》中"迟迟钟鼓"、"行宫见月"、"春风桃李"、"夕殿萤飞"四联,《新撰朗咏集》又入选"西宫南内"、"梨园弟子"、"鸳鸯瓦冷"、"玉容寂寞"四联，不相重复，可知《新撰朗咏集》有意为《和汉朗咏集》之续集。

日本历代编纂汉诗秀句集不少，除《和汉朗咏集》、《新撰朗咏集》外，还有藤原明衡《本朝秀句》五卷、藤原敦光《续本朝秀句》三卷、藤原周光《拾遗佳句抄》三卷、藤原长方《新撰秀句》三卷、藤原基家《续新撰秀句》三卷、释莲禅《一句抄》一卷、《日本佳句二帖》、《续新撰秀句》三卷、《近代丽句》十卷、《古今诗抄》十卷、《当世丽句》二卷等多种。

日本汉诗中也是秀句频出，令人目不暇接的。试举数联以示例：

五言如："雪里忍辱草，春来称意碧"（释元政《试笔》），"雷霆小蝉噪，日月两萤流"（石川丈山《寓怀》），"溪声宽酒渴，秋色役吟魂"（村上冬岭《秋日郊行》），"人生拚潦倒，世路厌婆娑"（高野兰亭《秋日偶作十首》其六），"宿鸦争树杪，归犊认人家"（薮孤山《山居秋晚》），"鸟带余声起，人携残梦行"（广濑旭庄《晓发》），"老蚁攀瓜蔓，新蜑语豆花"（饭冢西湖《初秋》）等。

七言如："百年壮心曾题柱，万里归心独上楼"（新井白石《重和室直清次春初韵六首》），"千秋事业蚱摇树，万卷图书鼠饮河"（广濑旭庄《将辞廉塾北条道进索余诗道进作赠余诗未成乃赋此以促之》），"要路曾闻钱使鬼，名场真觉墨磨人"（桥本蓉塘《冬日杂感三十首》选一），"英雄末路托仙佛，隐者当年求仕官"（福原公亮《读史有感》），"燕市人犹悬死马，庖丁目不见全牛"（向山黄村《拙著游晃小草谬蒙山田新川以诗见推许次韵惭谢》），"生前只贮三升水,身后徒怀万缕丝"(赖杏坪《戏次韵熊介丝瓜》),"人遇奇才辄欲拔,书逢蠹字勉思填"(赖杏坪《今岁二首》其二),"橱不妨空鱼市近,樽如常满酒家邻"(市河宽斋《移居》),"尘世于人长落落,青山与我共如如"(释元政《病中》),"求利者疲奔走路,读书人老是非中"(伊藤东涯《早春书怀》),"性非酷烈难为吏,术用深文始奏能"(山本木斋《读酷吏传》),"人间路向羊肠转,海上云随鹏翼开"(清田儋叟《秋日同诸子登乌龙山》),"纵有定评棺未盖,岂无善贾玉应藏"(成岛柳北《秋怀十首》其二),"名场老矣头将鹤,故国归欤意似鸿"(藤森弘庵《书闷》),"身后荣名悲马骨,人间躁进笑獐头"(冈本黄石《夏日书怀三首》选一),"后生可畏吾老矣,逝者如斯岁又残"(富田鸥波《岁暮感怀》),"庭潦及阶飞水马,砖苔侵壁上蜗牛"(筱崎小竹《梅雨》),"篱边昨下牵牛子,掀土稚苗已作丫"(释六如《暮春雨中》)等等。若将这些秀句置于我国古代秀句集中,孰能辨之?

清俞樾在编选《东瀛诗选》时,对日本汉诗中的许多秀句不忍弃爱,于[例言]云:"或诗未入选而佳句可传者,亦附录之,总期有美必扬,窥一斑而见全豹之文,尝一脔而识全鼎之旨,区区之心,自谓无负矣。"(俞樾《东瀛诗选》第5页)俞樾对于日本汉诗秀句的"区区之心",自然流露出世界汉诗故乡的这位诗人与学者对于日本汉诗秀句成就的欣喜与认可。

(本文原发表于《陕西师范大学学报》
[哲社版]2003年第2期,副标题
"以唐诗的秀句传承及其域外影响为中心")

唐宋涉脍诗词考论
——兼及日本汉诗脍意象

我国古代涉脍诗词不少,即以唐诗宋词为例,《全唐诗》中44家89首,其中较多者:白居易13首,杜甫7首,许浑6首,韩翃5首,李白、罗隐、皮日休、陆龟蒙皆3首;《全宋词》中49家71首,其中较多者:李曾伯6首,辛弃疾5首,吴文英4首,朱敦儒、刘克庄皆3首。二者合计达93家160首之多,其中不乏名篇佳作。

古代食文化,或因其有"涉俗"之嫌,或因其少"言志"之义,历代诗词罕有咏及者,为何脍肴能够成为荷蒙骚人青顾的例外的一品?若究其因,乃在脍肴品位之精洁高雅及其所含抒情言志之意蕴。

遗憾的是,随着脍文化的消失,人们对"脍"为何物已经不能确知。关于"脍",现今诸辞书中通行的诠释仅仅是:通"鲙",细切的鱼或肉;细切鱼或肉。至于脍为生食肴馔熟食肴馔这一关乎到脍文化基本特质的问题,已一概语焉不详,更遑论其他了。

有鉴于此,本文拟考论者:(1)脍肴品位之精洁高雅;(2)脍意象之两类抒情言志功能;(3)我国脍文化消失之谜;(4)杜甫《丽人行》涉脍句新解;(5)日本汉诗脍意象溯源。

一、脍肴品位之精洁高雅

脍于古代诸色食文化中能独蒙骚人青顾,诗吟词唱,其品位之精洁高雅,当为要因之一。所谓精洁,包括选料、刀技、调味、配羹、配果蔬、配色泽等一系列考究的制作程式;所谓高雅,则体现于享用时高雅别致的美感愉悦。

(一)选料

斫脍之鱼,宜用无细刺或刺易剁除者。古诗词中写入最多的是鲈鱼,此外尚有鲤、鳊、鲫、鲋等:

小童能脍鲤,少妾事莲舟。
——丘为《湖中寄王侍御》

试垂竹竿钓,果得槎头鳊。
美人骋金错,纤手脍红鲜。
——孟浩然《岘潭作》

庖霜脍玄鲫。
——韩愈《城南联句》

金盘晓脍朱衣鲋,玉箪宵迎翠羽人。
——韩翃《送蓨县刘主簿楚》

鱼小不可脍,故辛弃疾《西江月·渔父词》云:"别浦鱼肥堪脍",胡仔《满江红》云:"三尺鲈鱼真好脍。"又,鱼脍以肥腴为美,故杜甫《阌乡姜七少府设脍戏赠长歌》中有"偏劝腹腴愧年少"之句。《杜臆》解云："设脍之时，特留腹腴一脔以享尊客。"

（二）刀技

要将鲜活的鱼斫为薄片细丝，诚属非易，但正其如此，因难见巧，古人脍鱼刀法遂娴熟完美臻于演技水平，成为脍文化一个重要特色。

> 涔养之鱼，脍其鲤鲂。分毫之割，纤如发芒。散如绝縠，积如委红。
> ——傅毅《七激》

> 脍锦肤，脔斑胎，飞刀浮切，毫分缕解。动从风散，聚似霞委。流采成文，灿若红绮。
> ——傅玄《七谟》

> 乃令宰夫，脍此潜鳞。名公习巧，飞刀逞技。电剖星飞，芒散缕解。离锷落俎，连翩雪累。
> ——潘尼《钓赋》

斫脍刀法之精湛于此可见一斑。另据《酉阳杂俎》卷二载：

> 南孝廉者，善斫脍，縠薄丝缕，轻可吹起。操刀响捷，若合节奏。因会客炫技，先起鱼架之，忽暴风雨，雷震一声，脍悉化为蝴蝶飞去。

化蝶云云固属无稽，但联系前引潘尼赋中"飞刀逞技"之说，此处脍师娴熟操刀的动态美与节奏美，以及"会客炫技"的心态，却是可信的。由此亦可推知，当时于食前观赏刀技，也是食客一大雅兴，是脍文化美感享受的一个重要方面。杜甫《陪王汉州留杜绵州泛房公西湖》诗中"刀鸣脍缕飞"五字，以及苏轼《泛舟城南会者五人分韵赋诗得人皆苦炎字四首》中"运肘风生看斫脍，随刀雪落惊飞缕"一联，都可以说是诗人站在食客立场对精彩的斫脍技艺发出的惊叹与激赏。

（三）调味

因其为生食，故须以调料杀腥灭菌。《礼记·内则》云："春用葱，秋用芥。"[注]曰："芥，芥酱也。"李时珍《本草纲目》卷四四云："凡诸鱼之鲜活者，薄切，洗净血腥，沃以蒜齑姜醋五味食之。"

《古今图书集成·经济汇编食货典》卷三〇六[脍部]引《清异录》所叙作脍过程更详："吴郡鲈鱼脍，八九月霜下时，收鲈三尺以下劈作脍，浸洗，包布沥水令尽，散置盘内"，末亦言及作料："取香柔花叶相间，细切，和脍拌令匀，霜鲈肉白如雪，且不作腥，谓之金齑玉脍，东南佳味。"按：此所言"香柔"者，当为石香柔。《图经本草》云："石香柔，生石上，茎叶更细，色黄而辛香弥甚。"

其实，所谓"金齑"，也未必定用石香柔，"青鱼雪落脍橙齑"（王昌龄《送程六》）、"何物陶朱张翰，劝汝橙齑鲈脍，交错献还酬"(朱敦儒《水调歌头·和海盐尉范行之》)等皆用橙齑,而前述之"芥酱",其色亦如金矣。黄庭坚《谢荣绪惠贶鲜鲫》诗云:"齑臼方看金作屑,脍盘已见雪成堆",陆游《买鱼》诗云:"斫脍捣齑香满屋。"看来,无论齑用何物,齑等作料的调配无疑进一步丰富了脍文化美感享受之内涵。

(四) 配羹

古人饮食颇重羹汤,食脍尤然。配羹之主料,以水中所生翠绿快目口感滑爽的莼丝为佳,其入诗入词亦最多:

> 脍缕鲜仍细,莼丝滑且柔。
> ——白居易《想东游五十韵》
> 莼羹与鲈脍,秋兴最宜长。
> ——李中《寄赠致仕沈彬郎中》

亦有配以水芹、水葵、芋等所制之羹者:

> 鲜鲫鱼丝脍,香芹碧涧羹。
> ——杜甫《陪郑广文游何将军山林十首》
> 鱼脍芥酱调,水葵盐豉絮。
> ——白居易《和微之诗二十三首·
> 和三月十日四十韵》

芋羹真底可，鲈脍漫劳思。

——元稹《酬翰林白学士代书一百韵》

（五）配果蔬

配羹外，脍肴还常配食柑、笋、藕、橘等果蔬以悦目爽口：

黄苞柑正熟，红缕脍仍鲜。

——韩翃《家兄自山南罢归献诗叙事》

茶香飘紫笋，脍缕落红鳞。

——白居易《题周皓大夫新亭子二十二韵》

脍长抽锦缕，藕脆削琼英。

——白居易《江州赴忠州至江陵已来舟中示舍弟五十韵》

最相思，盘橘千枚，脍鲈十尾。

——杨炎正《玉人歌》

（六）配色泽

脍肴之色泽由脍色与配料、配羹、配果蔬之色相映成趣。脍色，因鱼种类之不同与所切部位之异，主要有红白两种：

春盘剥紫虾，冰鲤斫银脍。

——唐彦谦《夏日访友》

酒擎玉，脍堆雪，总道神仙侣。
　　　　　　　　　　——向子𬘡《蓦山溪》

脍切银丝，酒招玉友，曲歌金缕。
　　　　　　　——吴泳《水龙吟·六月宴双溪》

此乃色白者。

砧净红脍落，袖香朱橘团。
　　　　　　　　　　——岑参《送李翥游江外》

脍落霜刀红缕细。
　　　　　　　　　　——谢逸《渔家傲》

此乃色红者。亦有杂以青色者，如："碧树垂柑间黄绿，冰脍行盘簇青红。"（韩驹《次韵南溪观鱼》）脍肴色泽之美，常唤起诗人特异的美感享受：

翠斝吹黄菊，雕盘脍紫鳞。
　　　　　　　　　　——张说《岳州宴姚绍之》

脍下玉盘红缕细，酒开金瓮绿醅浓。
　　　　　　　　　——韩翃《宴杨驸马山池》

绿蚁杯香嫩，红丝脍缕肥。
　　　　　　　——白居易《春末夏初闲游江郭二首》

盘擎紫线莼初熟，箸拨红丝脍正肥。
　　　　　　　　　　——罗隐《览晋史》

芦刀夜脍红鳞腻,水甑朝蒸紫芋香。

——韦庄《赠渔翁》

可知古人未食之前,已获目悦心赏之快。清查慎行《补注东坡编年诗》注引《吴兴掌故集》云:"湖人往时善斫脍,缕切如丝,簇成人物花草,杂以姜桂。"则对于脍形式美的追求,又更进一步。

以上,通过对古典文献,特别是唐宋诗词的引证,从脍的选料、刀技、调味、配羹、配果蔬、配色泽诸方面,考察了我国古代脍文化精洁高雅的特色。应该说,正是精洁高雅的品位,使其超越了古代以止饥果腹为目的的一般食文化,表现出更高层次更多层面的审美追求。倘求其似,则可以说略同于古代静雅淡泊的茶文化与为疗渴而饮的生理需求之间的异质。

二、脍意象之两类言志功能

咏脍言志,始于《诗经》,盛于晋张翰之后。而张翰之言志与《诗经》中之言志,却是大异其趣的。

《诗经·小雅·六月》云:"饮御诸友,炮鳖脍鲤。"这是一种豪情高致的渲发。这一趣旨在后世得到了承继,如:

寒芳苓之巢龟,脍西海之飞鳞,臇江南之潜鼍。

——曹植《七启》

斫鲸脍，脯麟肉。

　　　　　　　——刘克庄《贺新郎·题蒲涧寺》

唤厨人斫就，东溟鲸脍。

　　　　　　　——刘克庄《沁园春·梦孚若》

当年脍鲸东海上，白浪如山寄豪壮。

　　　　　　　——陆游《三月十七日夜醉中作》

白额未除，长鲸未脍，臂健何嫌二石弓。

　　　　　　　——刘省斋《沁园春》

且饱鲸鱼脍，风月过江南。

　　　　　　　——毛滂《水调歌头》

所谓"脍鲸"、"鲸脍"，皆非实指，乃欲借斫巨鲸、吞鲸脍这样异乎寻常的动作，以大其言、豪其情、渲其志耳。所寄托者，多为勇壮之志。

张翰思鲈脍莼羹而归的故事为人所熟知。《晋书》卷九二《文苑传》载：

> 张翰，字季鹰，吴郡吴人也。……翰有清才，善属文，而纵任不拘，时人号为"江东步兵"。……齐王冏辟为大司马东曹掾。冏时执政，翰谓同郡顾荣曰："天下纷纷，祸难未已。夫有四海之志者，求退良难。吾本山林间人，无望于时。子善以明防前，以智虑后。"荣执其手，怆然曰："吾亦与子采南山蕨，饮三江水耳。"翰因见秋风起，乃思吴中菰菜莼羹鲈鱼脍，曰："人生贵得适志，何能羁宦数千里以要名爵乎！"遂命驾而

归。著《首丘赋》……俄而冏败,人皆谓之见机。然府以其辄去,除吏名。

张翰归乡,岂为莼羹鲈脍?"无望于时",其志难适也!自古失志英才落拓豪俊多矣,故后世涉脍诗常袭其意而发扬之,如陆游《双头莲·呈范至能待制》词云:

华鬓星星,惊壮志成虚,此身如寄。萧条病骥。向暗里,消尽当年豪气。梦断故国山川,隔重重烟水,身万里。旧社凋零,青门俊游谁记。

尽道锦里繁华,叹官闲昼永,柴荆添睡。清愁自醉。念此际,付与何人心事。纵有楚柂吴樯,知何时东逝。空怅望,鲙美菰香,秋风又起。

他如:

嵇康殊寡识,张翰独知终。
忽忆鲈鱼脍,扁舟往江东。
——王昌龄《赵十四兄见访》

秋风一箸鲈鱼脍,张翰摇头唤不回。
——白居易《寄杨六侍郎》

凝情。尘网外,鲈鱼堪脍,芳酒深倾。

又算来，何须身后浮名！

　　　　　　　　　　　　——晁元礼《满庭芳》

长羡五湖烟艇，好是秋风鲈脍，笠泽久蓬蒿。

　　　　　　　　　　　　——张元干《水调歌头》

莼丝向老，江鲈堪脍，催人归去。

　　　　　　　　　　　　——曾协《水龙吟·别故人》

人间定无可意，怎换得、玉脍丝莼？

　　　　　　　　　　　　——陆游《洞庭春色》

意倦须还，身闲贵早，岂为莼羹鲈脍哉！

　　　　　　　　　　　　——辛弃疾《沁园春》

纸帐梅花归梦觉，莼羹鲈脍秋风起。

问人间、得意几何时？吾归矣！

　　　　　　　　　　　　——辛弃疾《满江红》

如此发张翰之浩叹者，不胜枚举。因张翰字季鹰，至有以其字名脍者：

怅江湖幸有，季鹰鲈脍。

　　　　　　　　　　　　——李曾伯《沁园春》

沿袭中，亦有以一语道破季鹰本意者，如：

嵇康辞吏非关懒，张翰思乡不为秋。

　　　　　　　　　　　　——清侯朝宗《寄李舍人雯》

亦有反其意而化用之者，如：

> 莼羹鲈脍非吾好，去国讴吟，半落江南调。满眼青山恨西照，长安不见令人老。
>
> ——贺铸《望长安》

> 休说鲈鱼堪脍，尽西风、季鹰归未？求田问舍，怕应羞见，刘郎才气。
>
> ——辛弃疾《水龙吟》

> 休效季鹰高兴，为莼羹鲈脍，遽念吴头。且安排维楫，相与济中流。
>
> ——李曾伯《八声甘州》

综上二类，无论其为"寄豪壮"也罢，"赋归来"也罢，虽寓托有异，要在皆为言志。脍之独蒙吟唱，品位精雅固为要因，然犹属表象，内涵之言志抒情意蕴，方为其灵魂。在古代食文化中，可谓绝无仅有。

三、我国脍文化消失之谜

脍，这一古代食文化的特出代表，在我国广大地区早已从食案上消失了。然则，脍文化为什么会消失，还是一个谜。今试求其解如下：

首先，脍系活鱼生切而成，未经熟制，这就不免给人留下脍入腹而化鱼的遐想余地。《太平广记》卷九十载：

> 释宝志……对梁武帝吃脍，昭明诸王子皆侍侧。食讫，武帝曰："朕不知味二十余年矣，师何谓尔？"志公乃吐出小鱼，依依鳞尾，武帝深异之。如今秣陵尚有"脍残鱼"也。

又，《本草纲目》卷四四"脍残鱼"条云：

> 释名：王余鱼、银鱼。时珍曰：按，《博物志》云："吴王阖闾江行，食鱼脍，弃其残余于水，化为此鱼，故名。"或又作越王及僧宝志者，益出傅会，不足致辩。

此类本系传奇，诚"不足致辩"，但傅会之杂且广，正反映了古时人们，特别是不惯食脍的人们，基于生理排斥对脍产生的一种奇想。该条继云：

> "脍残"，出苏浙松江，大者长四五寸，身圆如箸，洁白如银，无鳞，若已脍之鱼，但目有两黑点耳。

此即银鱼。正是银鱼之形"若已脍之鱼"，引发了人们的联想。皮日休《松江早春》云："稳凭船舷无一事，分明数得脍残鱼"。所咏即银鱼。

其次，食生鱼实易致病，特别是寄生虫病，由此亦生出许多传说。如《魏志·华佗传》载：

> 广陵太守陈登病，佗曰："胃有虫，食生物所为。"作汤二升服之，吐出三升许虫。赤头皆动，半身是生鱼脍也。

《本草纲目》卷四四又云：

> 时珍曰：……凡杀物命，既亏仁爱，且肉未停冷，动性犹存，旋烹不熟，食犹害人，况鱼脍肉生，损人尤甚。为症瘕，为瘤疾，为奇病，不可不知。昔有食生鱼而生病者，用药下出，已变虫形，脍缕尚存。

这些记述，虽不免夹有荒诞，但亦可视为从卫生与健康出发对嗜脍者的善意警告；加之古时卫生条件差，因食脍不洁而致病的事难免会发生，故不可低估这些记述的影响。特别是像《本草纲目》这样的著名医学著作中的说法，在当时必曾广为流传。

其实，因其毕竟有"茹毛饮血"之嫌，即使在脍肴风行的古代，食脍也只能是一部分人的嗜好。而且，连既嗜脍又写过多首食脍诗的白居易，也不免留下"盘腥厌脍鲈"（《东南行一百韵》）这样对脍嫌忌的诗句，就更不用说他人了。

我国脍文化的消失，其原因大致如此吧。

四、杜甫《丽人行》涉脍句新解

杜甫《丽人行》有句云："紫驼之峰出翠釜，水精之盘行素鳞。"句中之"素鳞"，今诸选注本皆以"白色的鱼"为解，如云："行素鳞，盛着白色的鲜鱼进奉"、"素鳞，代指白色的鱼"、"用水晶盘盛白色的鱼"等等，无一直言其即为脍者，令人不免生隔靴搔痒之叹。且仅以白解"素",以鱼解"鳞",如此解,可谓几近未解。

其实,此"素鳞"即为脍。何以知之?

首先,唐代盛行脍肴,宫廷尤为重看。白居易《秦中吟十首·轻肥》写"朱绂大夫"与"紫绶将军"们的盛宴云:"樽罍溢九酝,水陆罗八珍。果擘洞庭橘,脍切天池鳞。"诗中,脍是作为珍肴的代表而首举的。李德裕"怀禁掖旧游",作《述梦诗四十韵》,有句云:"荷静蓬池脍,冰寒郢水醪。"句下自注曰:"每学士初上赐食,皆是蓬莱池鱼脍。"可知脍乃唐宫廷甚重之珍肴。另据《酉阳杂俎》卷一载:"安禄山恩宠莫比,锡赉无数,其所赐品目,有桑落酒、阔尾羊窟利……鲫鱼并脍手刀子。"脍鱼之刀竟能成为朝廷赏赐宠臣之物,尤可见盛唐宫廷对于脍肴之特别重视。故《丽人行》写后宫盛筵,"水精之盘行素鳞"一句中之"素鳞",当为鱼脍无疑。

其次,南宋词人林正大,字敬之,号随庵,著有《风雅遗音》二卷。《全宋词》录其词41首,除2首外,词牌前皆有一"括"字,并将所括前人诗文一一列于词前。读其词,知是概括前人诗文之意而入词矣。(按,未加"括"字的两首,其体亦如此。)其《括声声慢》,所括乃杜甫《丽人行》。词曰:

暮春天气,争看长安,水边多丽人。意远态浓,肌理骨肉轻匀。绣罗衣裳照映,尽麖金、孔雀麒麟。夸荣贵,是椒房云幕,恩宠无伦。

簇簇紫驼翠釜,间水精盘里,缕脍纷纶。御送珍羞,夹道箫鼓横陈。后来宾从杂沓,认青鸾、飞舞红巾。扶下马,似杨花，翻入锦茵。

这是林正大对于杜诗的理解。宋距唐未远，且仍盛行着脍肴，故"水精盘里，缕脍纷纶"两句，可视为杜诗"水精之盘行素鳞"一句的最好注脚。

于此还想说明的是，杜甫本人也颇喜食鱼脍，其涉脍之诗多达7首，于唐仅次于白居易。前引之《阌乡姜七少府设脍戏赠长歌》，绘声传神，极臻其妙，被《古今图书集成》选录为其"脍部艺文"中唯一的一首全诗。嗜脍之人，以脍作为珍馐之代表咏入诗中，也是很自然的事。

五、日本汉诗中的脍意象溯源

日本汉诗中也有不少咏脍诗，冈本黄石《鲤鱼脍歌》云：

太湖水清鱼亦美，银鲫碧鲈霜蟹紫。
桃花浪高三月时，春网初荐黄金鲤。
馋人此际情曷已，忙取庖人施长技。
刀如发硎斫红霞，落砧何曾湿白纸。
堆盘片片轻欲飏，有似风花点流水。
一咶脆滑忽冰消，只觉清芬流牙齿。
吾居幸近湖水濒，天使枵腹厌鲜新。
及时此脍最佳绝，百味终输一味珍。

> 上界仙厨恐无此,世间何品可等伦。
> 龙胰凤髓浑不似,脍乎脍乎天下珍。

此外,如:

> 鱼美冰壶酒复殷,鸾刀斫下照银盘。
> 红肥大胜桃花色,更见吴盐如雪寒。
> ——秋山玉山《暑日吃鱼脍》
>
> 霜红林近酒人家,囊橐虽空也可赊。
> 正是湖鲜好时节,丝丝斫出满盘霞。
> ——梁川星岩《连朝霜气惨凄有怀湖中
> 　　　　　红叶鲫因作小图系以一绝句》
>
> 一人已割脍,清莹碎玉片。
> ——广濑旭庄《长顺到其顺寓居》
>
> 邻翁惠然至,鱼脍送银丝。
> ——森春涛《海门寺村杂诗》

若将这些诗句所描绘的脍意象,与唐诗宋词中的脍意象相对照,可知日本古代之食脍,与我国古代一无二致,且日本汉诗中使用的也是同一个汉字——"脍"。

不难发现,日本汉诗中的"脍"意象,仅止于美味佳肴而已,与我国古代诗词中往往借脍以言志甚异其趣;不过,这又与日本文学很少介入政治的文化传统相吻合。

综上可知,在古代日本广泛受容的中国文化中,也包括了中国的脍文化在内；同时，日本受容脍文化之后，也像对待所有的中国文化一样，亦将其同化为日本文化的一部分了。

如今，脍文化在中国的广大地区消失已久，在日本却被保留下来。日本菜肴里有一道名菜，用汉字写作"刺身"，读音为"洒溪米（さしみ）"，中国译作"生鱼片"者，正是一种细切鲜鱼或活鱼为丝为片而生食的菜肴，视其刀法、食法，包括芥菡调味、配果、配羹等等，与古之鱼脍极似。

在日本著名的大辞典《广辞苑》中，释"刺身"云：

> 将生的鱼肉等切得薄而细，调以酱油等而食的料理。

释"脍"云：

> （1）将生的鱼贝或兽类的肉细切而成的料理。
> （2）将生的鱼肉切得薄而细，调以食醋的料理。
> （3）将萝卜、胡萝卜细切后调以各种香醋的料理。

"脍"字读音为"那码思"（なます）。这里，"なま"，其汉字为"生"（鲜活），"す"，即汉字"为"（做、作）。可知"脍"字在日本语中的发音法属于"训读"，其义为"生食"。

那么，日本今之所谓"刺身"，就是由古之鱼脍发展而来，只不过调料有时有点儿变化——如由醋换成酱油，并换了个新名而已。

日本这种在受容中国古代文化后逐渐摒弃从中国传来的固有称谓而加以新名的"脍——刺身"现象，亦与日本和汉两大语言文学体系既相为依存又相互争夺生存空间的各自文化张力有关。此现象并非偶然，可再以牵牛花为例，日本汉诗中是写作"牵牛"的，与中国同，如诗僧六如（1737—1801）《牵牛花》（《六如庵诗钞》卷五，见《诗集日本汉诗》卷八）诗云：

> 井边移种牵牛花，狂蔓攀栏横复斜。
> 汲绠无端被渠夺，近来乞水向邻家。

而在同时代女俳人加贺千代（1703—1775）的俳句里（《加贺千代全集》，转引自《日本人名事典》第311页），其名却写作"朝颜"：

> あさがおつるべもらみず
> 朝顔に釣瓶とられて貰い水
> （译文：因钓瓶被牵牛花蔓缠上了而借来的水。）

（六如与加贺千代同时而稍晚，或许是六如诗的构思移植了她这首俳句，或许是相反。）"朝颜"沿用迄今，而"牵牛"却早已消迹。

无论在日本的汉文化还是和文化中，都以不同方式、不同形态保存着大量的中国古代文化积淀，有待我们发现、发掘、考察、比较研究。

(本文的大部发表于《文学遗产》2002年第4期，
题为《唐宋涉脸诗词考论》，这次收入的是全文)

物理·事理·情理·禅理
——试论中国古诗与日本汉诗中的造理表现

何谓"造理"?"造"者,往也,去也,及于也。"造理"即是入理,及于理。大千世界,万事万物,无不有其各自内在的规律。这种规律,即是"理"。诗人在作品中通过一定的艺术手法表现出了这个"理",即是诗的"造理"。

诗的造理早在《诗经》中就已经出现。如:"谁谓鼠无牙,何以穿我墉"(《召南·行露》),是以自然之理推之;"一日不见,如三秋兮"(《王风·采葛》),是写人间之情理。

唐释皎然《诗式》云:"诗有七德:一、识理……"

宋魏庆之《诗人玉屑》卷三"唐人句法"一项,有条目曰:"造理",下列唐诗十联以示例;卷三"句法"一项,又有条目曰:"句豪而不畔于理",其下自解云:"吟诗喜作豪句,须不畔于理方善";卷十一"碍理"一项,还有条目曰:"害理"、"句好而理不通";卷十六"白香山"一项中,亦有条目曰:"造理"。

姜夔《白石道人诗说》云:"诗有四种高妙:一曰理高妙……"

元杨载《诗法家数》云:"诗之为难有十:曰造理……"

清沈德潜《说诗晬语》云:"杜诗'江山如有待,花柳自无私'、'水深鱼极乐,林茂鸟知归'、'水流心不竞,云在意俱迟',

俱人理趣";又云:"'一阳初动处,万物未生时',以理语成诗矣";又云:"王右丞诗不用禅语,时得禅理。"

袁枚《随园诗话》亦曰:"或云:'诗无理语',予谓不然";下举《文选》及唐人诗句为例,云:"亦皆理语,何尝非诗家上乘。"

以上,所谓"识理"、"造理"、"畔於理"、"碍理"、"害理"、"理不通"、"理高妙"、"理趣"、"以理语成诗"、"时得禅理"等等,都关涉诗词造理的问题。

作为中国古代诗歌最早表现手法之一的"造理",也被日本汉诗所受容。拙文拟就中国古诗与日本汉诗中造理表现的基本分类、主要方式及诗歌造理的特色与意义等问题,试作初步探索。

一、造理的基本分类

诗歌造理,从内容上大致可分为物理、事理、情理、禅理四类。

(一) 物理

"比兴深者通物理。"(宋魏庆之《诗人玉屑》卷五引王直方语)万物自然之理,谓之物理。

宋叶梦得《石林诗话》云:"老杜'细雨鱼儿出,微风燕子斜。'此十字,殆无一字虚设。"又云:"缘情体物,自有天然之妙。"此所谓"缘情体物"、"有天然之妙"者,即是"通物理"。

"通物理"的诗例,如:

> 风度蝉声远，云开雁路长。
>
> ——王胄《雨晴》

秋蝉雨中藏身叶底，敛翅而默，一旦雨霁，即嘒然长鸣，其声又得清风相送而远传；雨时云浓，即使有过雁，谁得而见？待雨收云开，雁字度天，也似乎有了无限的空间。全联写雨后清风微送、蝉声远度，乌云散退、旅雁行空之景而含物理之趣。

> 草不谢荣于春风，木不怨落于秋天。
>
> ——李白《日出入行》

无春暖，草亦自荣；无秋寒，木仍自落。万物兴衰有时，乃天地宇宙至理。由此两句，亦可推知太白胸襟之旷达、诗情之飘逸，与这种对于自然之理的透思深悟不无关系。

> 白云回望合，青霭入看无。
>
> ——王维《终南山》
>
> 草枯鹰眼疾，雪尽马蹄轻。
>
> ——王维《观猎》

此两联皆得物理之趣。前联上下两句为互文。白云青霭，如幻似梦，最易逗人遐想奇思，谁不欲一入其内，睹其真形？然入得去云霭便无。待回望时，却又见其悄然合拢于身后。此情此景，王维仅以两句写出，既得物理之妙，亦见游山之趣。后联写冬日观猎事。

猎鹰之眼因草枯叶落目光不受阻隔而更加迅疾，猎马之蹄亦因雪尽地硬便于驰骋而更加轻捷。本系常理，一经入诗，便觉有味。

此外，如：

> 雾卷晴山出，风恬晚浪收。
>
> ——李峤《初霁》
>
> 雉雊麦苗秀，蚕眠桑叶稀。
>
> ——王维《渭川田家》
>
> 潭清疑水浅，荷动知鱼散。
>
> ——储光羲《钓鱼湾》
>
> 砌冷虫喧座，帘疏月到床。
>
> ——岑参《送郑侍御》
>
> 鸟归沙有迹，帆过浪无痕。
>
> ——贾岛《江亭晚望》
>
> 瓶花力尽无风堕，炉火灰深到晓温。
>
> ——陆游《晓坐》
>
> 无斋鸽看僧。
>
> ——姚武功《某寺》
>
> 香篆舞来檐际断，水痕圆到岸边无。
>
> ——方子云句
>
> 鸟啼知月上，犬吠报村来。
>
> ——顾韫玉《舟行》
>
> 瘦花早发肥花晚，归雁高飞来雁低。
>
> ——石川丈山《野望》

水冷龟依岸，日暄蜂集楼。

　　　　　　　　——石川丈山《小春即事》

　　绿暗禽声小，红空蝶影闲。

　　　　　　　　——江村北海《首夏江村即事》

　　风收木末莺将语，暖到陂心冰有声。

　　　　　　　　——菅茶山《丁屋路上》

皆巧写物理，耐人深味者。诗歌之"通物理"，于此可见一斑。

（二）事理

　　理关乎人事而又非关情者，谓之事理。

　　《全唐诗话》云："（曹）松有诗云：'凭君莫话封侯事，一将功成万骨枯'，可谓谙世故也。"《随园诗话》卷四云："'当路莫栽荆棘树，他年免挂儿孙衣。'言可风世。"所谓"谙世故"、"可风世"，即是通事理。《红楼梦》有一联云："世事洞明皆学问，人情练达即文章。"所谓"世事洞明"，也即是通晓事理。

　　关乎事理的诗句也很多，如：

　　　　欲穷千里目，更上一层楼。

　　　　　　　　——王之涣《登鹳鹊楼》

等闲之事，一经入理，竟成千古名句。

> 读书破万卷，下笔如有神。
>
> ——杜甫《奉赠韦左丞丈二十二韵》

自道甘苦，前因后果，事理甚明。

> 不识庐山真面目，只缘身在此山中。
>
> ——苏轼《题西林壁》

本写一时一地之感受，而世间万事莫不如此。

> 世上岂无千里马，人间难得九方皋。
>
> ——黄庭坚《过平舆怀李子先时在并州》

两句诗道出报国无门的志士仁人们共有的悲慨。此乃不应有的事理，却延续了数千年之久。

此外，如：

> 人事有代谢，往来成古今。
>
> ——孟浩然《与诸子登岘首》

> 肥男有母送，瘦男独伶俜。
>
> ——杜甫《新安吏》

> 地远心难达，天高谤易成。
>
> ——刘长卿《按覆后归睦州赠苗贰侍御》

牛马因风远,鸡豚过社稀。

      ——白居易《村行》

道直去官早,家贫为客多。

     ——许浑《送前缑氏韦明府南游》

意态由来画不成,当时枉杀毛延寿。

     ——王安石《明妃曲二首》(其一)

偶亡塞马宁非福,太察渊鱼恐不祥。

       ——陆游《高枕》

万事不如公论久,诸贤莫与众心违。

      ——陆游《送芮国器司业》

共说文章原有价,若论侥悻岂无人。

       ——香亭《落第》

入市碎琴易,依人弹铗难。

      ——许乾学《北征》

家国不幸诗人幸,赋到沧桑句便工。

      ——赵翼《题元遗山集》

凶头易割,佞头难断。

      ——清田儋叟《独漉篇》

医过再世奇方富,诗到三思妙境存。

     ——广濑淡窗《寄怀儿有台》

千秋事业蜉摇树,万卷图书鼠饮河。

     ——广濑旭庄《将辞廉塾北条》

性非酷烈难为吏,术用深文始奏能。

      ——山本木斋《读酷吏传》

皆洞明事理，发人深省者。诗词之关乎事理，于此可见一斑。

（三）情理

人情之理、世情之理，谓之情理。

王维《九月九日忆山东兄弟》诗云：

每逢佳节倍思亲。

铸人间真情至理于七字中。王勃《送杜少府之任蜀川》诗云：

海内存知己，天涯若比邻。

少年豪气刚肠，感人至深，后世引此联以相勉者，岂可胜数哉！《诗人玉屑》中［诚斋论警句］条云："士大夫间有口传一两联可喜，而莫知其所本者。如：'人情似纸番番薄，世事如棋局局新'，又：'饱谙世事慵开眼，会尽人情只点头。'……竟不知何人诗也。"二诗亦涉情理。

此外，如：

独有宦游人，偏惊物候新。

——杜审言《和晋陵陆丞早春游望》

烽火连三月，家书抵万金。

——杜甫《春望》

同是天涯沦落人，相逢何必曾相识？

——白居易《琵琶行》

长因送人处，忆得别家时。

——《冷斋夜话》卷五引唐人句

尘世难逢开口笑，菊花须插满头归。

——杜牧《九日齐山登高》

两情若是久长时，又岂在朝朝暮暮。

——秦观《鹊桥仙》

多情自古伤离别，更那堪、冷落清秋节。

——柳永《雨霖铃》

人生自是有情痴，此恨不关风与月。

——欧阳修《玉楼春》

就令有使即寄书，岂如无事长相见。

——陆游《寄酬杨齐伯少卿》

惜春长怕花开早，何况落红无数。

——辛弃疾《摸鱼儿》

秋风先瘦异乡人。

——葛鹤句

马后桃花马前雪，出关争得不回头！

——徐兰《出关》

无言便是别时泪，小坐强于去后书。

——任大椿《别友》

清话浓时尺还短，安禅倦处寸犹长。

——元政《线香》

> 苦中饮酒酒如药，病里迎春春似秋。
>
> ——冈仓天心《偶感》

诗词之关乎情理，于此可见一斑。

（四）禅理

参悟人生、演绎佛理禅趣之诗，谓之有禅理。

《随园诗话》卷一曰："嵩亭上人《题活埋庵》云：'谁把庵名号活埋？令人千古费疑猜。我今岂是轻生者，只为从前死过来。'周道士鹤雏有句云：'大道得从心死后，此身误在我生前。'两诗于禅理俱有所得。"两诗虽"于禅理俱有所得"，但离开了形象思维，缺少诗味，难称佳作。

宋代重理学，也影响到诗。刘克庄为吴恕斋所作《诗序》云："近世贵理学而贱诗赋，间有篇章，不过押韵之语录讲章耳。"批评允当。宋严羽《沧浪诗话》"诗辩"篇亦云：

> 夫诗有别才，非关书也；诗有别趣，非关理也。而古人未尝不读书、不穷理。所谓不涉理路、不落言筌者，上矣。

这里所说的"非关理也"、"不涉理路"之"理"，不是本文中"物理"、"事理"、"情理"之理，而是指宋代所贵的"理学"之"理"。严羽强调"诗有别才"、"诗有别趣"。认为并非应当"不读书、不穷理"，关键在于"不涉理路、不落言筌"。

所谓"不涉理路、不落言筌",即如《说诗晬语》所谓:"王右丞诗不用禅语,时得禅理"之意。王维《终南别业》诗云:

中岁颇好道,晚家南山陲。
兴来每独往,胜事空自知。
行到水穷处,坐看云起时。
偶然值林叟,谈笑无还期。

近人俞陛云《诗境浅说》评云:"行至水穷,若已到尽头,而又看云起,见妙境之无穷。可悟处世事变之无穷,求学之义理亦无穷。此两句有一片化机之妙。"王维诗中之禅理,完全融于写景、抒情、叙事之中,只可于无意中得之,"行到水穷处,坐看云起时"两句,可视为"不用禅语,时得禅理"之例。

有时则直接用理语写禅理。袁枚在《随园诗话》卷三说了"诗家有不说理而真乃说理者"之后,又说:"或云:'诗无理语。'予谓不然。"下举《文选》中"寡欲罕所缺,理来情无存"、唐人"廉岂沽名具,高宜近物情"等诗句为例,说:"亦皆理语,何尝非诗家上乘。"应当说,用这种方法要写出好诗是相当不易的。《诗人玉屑》引《藜藿野人诗话》云:"'三过门中老病死,一弹指顷去来今。'句法清健,天生对也。"此诗之成功,正在于"清健"二字,而句法之清健,又谈何容易。故此类诗句,颇不易得。试再举数例如下:

荣枯事过都成梦,忧喜心忘便是禅。
————白居易《寄李相公崔侍郎钱舍人》

有念尽为烦恼相,无私方称水晶宫。

——贯休《山居诗二十四首》

身闲始觉骧名是,心了方知苦行非。

——皎然《山归示灵澈上人》

要除烦恼须成佛,各有来因莫羡人。

——润州僧壁对联(《随园诗话》卷八引)

非名山不留仙住,是真佛只说家常。

——九华寺对联(《随园诗话》卷八引)

风铎响空知梦静,雨花随水悟生浮。

——荻生徂徕《次大潮尊者送惠通师韵却寄》

万事旁观多幻影,一身何怪等浮沤。

——松谷野鸥《秋兴》

皆句法清健、禅理至深、言近意远、耐人寻味者。

二、造理的主要方式

从形式方面看,诗歌造理的方式主要有以下三种:

(一)通首造理

诗歌造理,往往通过一联、一句,如上所举;通首造理的诗歌并不多。试举数例,如朱熹《观书有感二首》云:

> 半亩方塘一鉴开，天光云影共徘徊。
> 问渠那得清如许，为有源头活水来。
>
> 昨夜江边春水生，蒙冲巨舰一毛轻。
> 向来枉费推移力，此日中流自在行。

第一首以方塘喻心境，言其因书中理识的清泉源源注入而永远清莹如镜。第二首以行舟喻学，说明经长期刻苦努力有时会突然彻悟。

苏轼《蜗牛》诗云：

> 腥涎不满壳，聊足以自濡。
> 升高不知疲，竟作粘壁枯。

这是一首寓言诗，取喻于物以比事理，讽喻贪得无厌者。

又，辛弃疾《丑奴儿》词云：

> 少年不识愁滋味，
> 爱上层楼，爱上层楼，
> 为赋新词强说愁。
>
> 而今识尽愁滋味，
> 欲说还休，欲说还休，
> 却道天凉好个秋。

此则是通首直说情理。少小未谙世事时的浪漫天真,老大谙尽世味时的深自感伤,都被词人生动写出。词人之意或只在说他自己,但因感受真切、思想深刻,无意中却道出了人间常理。

唐僧寒山诗云:

　　欲识生死譬,且将冰水比。
　　水结即成冰,冰消返成水。
　　已死必应生,出生还复死。
　　冰水不相伤,生死还双美。

又云:

　　高高峰顶上,四顾极无边。
　　独坐无人知,孤月照寒泉。
　　泉中且无月,月自在青天。
　　吟此一曲歌,歌中不是禅?

两篇皆为通首造禅理之诗。

通首造理之诗,亦须通首吟玩其味而难以句摘。

(二)造理与写景、抒情、叙事的配合

在非通首造理的诗中,造理与写景、抒情、叙事往往是相互配合的;只是在这样的配合中,造理之句常常居于举足轻重的地位,

成为诗中"亮点"。如李清照《如梦令》词云：

> 昨夜雨疏风骤，
> 浓睡不消残酒。
> 试问卷帘人，
> 却道海棠依旧。
> 知否，知否？
> 应是绿肥红瘦。

"应是"乃推理之词，"应是绿肥红瘦"这一"通物理"的句子在全词中分量最重，堪称点睛。经此一点，前面的叙事才有了着落，有了趣味，整首词也因此句而显得神完气足。

王之涣《登鹳雀楼》诗，前两句"白日依山尽，黄河入海流"写景，后两句"欲穷千里目，更上一层楼"于叙事中蕴事理；刘希夷《代悲白头翁》诗，通篇抒情，而于中间置一联理句："岁岁年年花相似，年年岁岁人不同。"这两首诗，造理与写景、叙事、抒情配合照应得很密切。前诗得理句后意境愈加雄浑开阔，后诗的理句则不但在全诗中起着承前启后的作用，而且奏响了全诗的主旋律。此类情况很普遍，兹不赘举。

（三）物理、事理、情理、禅理之句的相互配合

物理、事理、情理、禅理之句虽然常常单独出现，如上所举，但在具体作品中也往往相互交错配合使用，多姿多态，有时甚至难

以区分确指其所造为何种理。

如李白《白头吟》中"覆水再收岂满杯,弃妾已去难再回"两句,是以上句物理比喻下句情理;《宣州谢朓楼饯别校书叔云》诗云:"抽刀断水水更流,举杯销愁愁更愁",上句物理而兼事理,下句事理而兼情理,上句虚拟,下句实说,以上句比喻下句;王建《原上新居十三首》:"邻富鸡常去,庄贫客渐稀",上句物理,下句事理兼情理;杜甫《又呈吴郎》:"不为困穷宁有此,只缘恐惧转须亲",上句事理,下句情理;李昌符《塞上行》:"树尽禽栖草,冰坚路在河",上句物理,下句兼含物理、事理、情理;刘禹锡《秋日书怀寄白宾客》:"性情逢酒在,筋力上楼知",上句物理兼情理,下句物理而兼事理;白居易《放言五首》中:"草萤有耀终非火,荷露虽团岂是珠",两句均为物理,却暗喻事理;元稹《卢头陀诗》:"卢师深话出家由,剃尽心花始剃头",事理而兼情理;孟郊《游子吟》云:"谁言寸草心,报得三春晖",两句说物理,而喻事理、情理;司空图《退栖》:"得剑乍如添健仆,亡书久似忆良朋",两句情理,而上句亦关乎事理;宋魏庆之《诗人玉屑》卷五引句:"县古槐根出,官清马骨高",上句物理,后句事理;苏轼《水调歌头》云:"人有悲欢离合,月有阴晴圆缺,此事古难全",则是以物理、事理、情理相互映衬。清谢际昌《送邑宰李少鹤》:"官贫归棹易,民爱出城难",上句事理,下句情理而兼事理;顾韫玉《舟行》:"鸟啼知月上,犬吠报村来",据物理而作事理判断;卢雅雨《塞外接家书》:"料来狼狈原应尔,便说平安那当真",据事理作情理推测;

日本汉诗中,如岛田忠臣《病后闲坐偶吟所怀》:"物理是非闲里得,人情疏密病中知",说"物理",说"人情",而其实皆为事理;菅茶山《元日雨》:"雨中元日如常日,醉里高年似少年",事理兼情理;广濑旭庄《牵牛花》:"待时先后荣相继,与物推移道亦长",写物理而喻事理,入禅理;《淡窗》:"得异书时愁客至,移嘉卉后恐天晴",前句情理兼事理,后句事理兼物理;龙草庐《秋怀二首》其二:"帝里风尘常满眼,故乡草木转关心",由事理而及于情理,等等。

三、诗歌造理的特色与意义

(一) 高度的概括性

人的认识,一般要经过概念—判断—推理的过程,推理是思维的高级阶段。正因为如此,与概念、判断相比,推理具有更高的概括性。诗歌造理亦如此,它往往超出一时一地一人一事一物,而具有某种普遍性。

如崔涂《别故人》诗云:"病知新事少,老别故交难。"两句说尽事理人情,久病居家、老别故交者,大概莫不有如此感触。

柳永《雨霖铃》词云:"多情自古伤离别。"概括性也很强,使人不禁联想起诸如《诗经·采葛》篇的"一日不见,如三秋兮"、江淹《别赋》中的"黯然销魂者,唯别而已矣"等名句。

此外，上文所举诸多造理之句，无论物理、事理、情理、禅理，得之于提炼浓缩，多不囿于一物、一事、一情、一禅。

诗歌造理以其高度概括性而增强了感染力，特别当读者的遭遇与诗中境界一旦相通时，更能激发起强烈共鸣。宋葛立方《韵语阳秋》卷三云："余读许浑诗，独爱'道直去官早，家贫为客多'之句。非亲尝者，不知其味也。"正因为葛立方自己是一位"亲尝者"，所以"独爱"此造理之句。

（二）使人思而得之

大凡造理之句，吟读时不易随便滑过，其所蕴涵之理往往使读者稍作思维的逗留，然后含而味之，思而得之。

《诗人玉屑》卷六云："唐人尝咏十日菊：'自缘今日人心别，未必秋香一夜衰。'世以为工，盖不随物而尽。"姜夔《白石道人诗说》云："碍而实通，曰理高妙。"所谓"不随物而尽"者，即言有余味，耐人咀嚼；所谓"碍而实通"者，即读时似有滞碍，难以滑过，而一旦妙悟，即成大通。

欧阳修《六一诗话》尝举梅尧臣之言曰："诗家虽率意，而造语亦难。若意新语工，得前人所未道者，斯为善也。……贾岛云：'竹笼拾山果，瓦瓶担石泉。'姚合云：'马随山鹿放，鸡逐野禽栖。'等是山邑荒僻，官况萧条，不如'县古槐根出，官清马骨高'为工也。"梅尧臣这段议论确实很有见地，故欧阳修首肯曰："语之工者固如是。"但何以以第三首为工，则诗话并未作解释。愚意以为，其所以工于前两首者，一是立意高，格调高。第一首仅止于山果、石泉，饮食而已，虽不无野趣，毕竟境界甚狭；第二首亦不过写饲鸡牧马的琐事；第三首则不然，上句"县古槐根出"，已有岁月历史的分量在，不容轻觑，下句"官清马骨高"，又言及官员的清廉，更非一般闲话头可比。二是以造理胜。一、二两首，不过一般写景叙事，一览无余，第三首则为造理之句，"槐根出"与"县古"有何关系？"马骨高"与"官清"又有何关系？读者须思而后得。而读者对于诗句的理解，亦因这停顿思考而得以深化。

（三）须得有理趣方妙

理趣是诗词造理的最高境界，造理之诗须得有理趣方妙。无理趣，则不免如"押韵之语录讲章"，使人读之味同嚼蜡。

《随园诗话》卷六云："五言如'落花随棹转，隔树看山移'、'蚁闲缘水过，蜂健负花归'、'山远云平过，天空月直来'……皆可传也。"这三联诗既通物理，又雅趣盎然，初读清淡可喜，思之妙趣横生，而尤以第二联为最，诚为"可传"。

卷七云："李峒岣诗：'荷因有暑先擎盖，柳为无寒渐脱绵'……俱有风味，不似平时阔落。"此诗以拟人手法写荷写柳而有理趣，诚为"有风味"。

卷二云："唐人有'南宫歌管北宫愁'之句，盖赋体也。不如方子云《晚坐》云：'西下夕阳东上月，一般花影有寒温'，以比兴体出之，更妙。"愚意以为，此诗之所以"更妙"于前诗者，除"以比兴体出之"而外，还因其富于理趣。日影温，月影寒，故云"一般花影有寒温"也，此前人所未尝道者。诗人体物深细，得物理之精微以巧喻人情，可谓妙语天成。

（本文初稿1989年10月作为大会审定发言，发表于在京都大谷大学召开的日本中国学会第四十一届年会，后经整理正式发表于《福井大学教育学部纪要》[人文科学] 第38号 [1990]，又被日本《中国关系论说资料》第33号 [人文科学] [1991] 全文转载）

《东瀛诗选》研究

俞樾《东瀛诗选》的编选宗旨及其日本汉诗观

俞樾（1821—1907），字荫甫，号曲园，浙江德清人。道光进士，官翰林院编修、河南学政，晚年主讲杭州诂经精舍30余载。治经、子、小学，擅诗词。学问博洽，撰述甚富，享誉海内外。其一生著述，总汇为《春在堂全书》。俞樾应日本国学人岸田吟香恳请而编选的日本汉诗选集《东瀛诗选》40卷并补遗4卷，当年曾"颇盛行于海东"，迄今仍为日本学界所推重，不乏研究著述，其论断亦屡被称引。然而，因其编定后即交由"彼国自行刊布"，故我国内罕传，乃至迄今未见专论。本文拟从该书之编选与刊布入手，通过对其自序、凡例、诗人评介及入选诗作的论析，探讨其编选宗旨，并进而阐绎其日本汉诗观。

一、编选与刊布

（一）关于《东瀛诗选》的编选事由

光绪八年（1882）秋，俞樾有《日本国人岸田国华字吟香者搜辑其国人诗集170家寄吴中求余选定余适卧病未遑披览先赋一诗》（俞樾《春在堂全书·诗十》）云：

> 平生浪窃是虚名，老去声华久不争。
> 隐几坐方学南郭，寓书来又自东瀛。
> 吴中病榻鸡皮叟，海外骚坛牛耳盟。
> 百七十家诗集在，摩挲倦眼看难明。

此乃有关编选事由的最早记述。此后不久，又有《与日本国僧小雨上人》书云："日前，由松林上人交到贵国诗集一百七十家，仆适卧病，未克披览，今病小愈，扶杖出至书斋，陈箧发书而浏览焉，真有琳琅满目之叹。未知衰病之余，尚能副诿诿之盛意否。"（《春在堂全书·尺牍》）

在《东瀛诗选》自序中，记述尤详：

> 日本之与我中土，同文字也由来久矣，在唐宋之世，彼都人士已有游历中邦，挂名史策，如粟田、仲满、滕木吉其人者，况至今日而辖轩之使交乎中外，更非唐宋时之隔绝不通者可比乎。余曩者曾见其国人物茂卿（徂徕）之《论语征》、安井仲平之《管子纂诂》，读而善之。嗣后东国诸君子不我遐弃，每至江浙者必访我于吴中春在堂，或湖上俞楼，遂有以其国人所撰诗百数十家请余选定者。余衰且病，未足以任此，然假此与海外诸君结文字之缘，未始非衰年之一乐也。……余就其有专集者，选得四千余篇，厘为四十卷；又就诸家选本中选得五

百余篇,为补遗四卷。东国之诗,亦略备于此矣。……

大清光绪九年岁在癸未夏六月

日本学人对俞樾心仪已久,俞樾对日本汉学亦颇为关注,故日本学人特特携百七十余部汉诗来华恳请俞樾为之选定,而俞樾亦稍作犹豫即欣然允诺者,实非完全偶然之机缘。

(二) 关于《东瀛诗记》与《东瀛诗选》之关系

俞樾有《东瀛诗记》二卷,收在其《春在堂全书》中。《东瀛诗记》自序云:

壬午之秋,余养疴吴下,有日本国人岸田国华,以其国人所著诗集百数十家,请余选定。……自秋徂春,凡五阅月,选得诗五千余首,厘为四十卷,又补遗四卷,是为《东瀛诗选》。余每读一集,略记其出处大概、学问源流,附于姓名之下,而凡佳句之未入选者,亦或摘录焉,《东瀛诗选》由彼国自行刊布,此则写为二卷,刻入余所著《春在堂全书》中,题曰《东瀛诗记》。全书凡五百余人,见于此记者止一百五十人,盖无所记者固略之矣。

光绪九年夏六月曲园居士俞樾记

所言《东瀛诗记》与《东瀛诗选》之关系甚明。

（三）关于《东瀛诗选》曾拟"刻于中土"的初意与此后的放弃

前引《东瀛诗记》自序云："《东瀛诗选》由彼国自行刊布"，但《东瀛诗选》"凡例"七却云："此编刻于中土，更无从旁注译音。"又，"凡例"八亦云："（此编）既选自鄙人，刻于中土……"

余按："凡例"作为编选体例，应拟定于光绪八年秋编选启动之际，由"凡例"七、八可知，其时之初意曾打算在国内也刊行《东瀛诗选》；而《东瀛诗选》自序与《东瀛诗记》自序，据其落款，则皆作于翌年夏六月编竟之时，而其时已因故决定不在国内刊行了。但此"凡例"七、八所规定的编辑体例业已实施完毕，只好保留不动，因此而出现矛盾。

（四）关于在日本的刊行及影响

俞樾《自述诗》组诗之一云："海外诗歌亦自工，别裁伪体待衰翁。颓唐当日辀轩使，采尽肥前筑后风。"自注云："日本向无总集，此一选也，实为其国总集之大者，颇盛行于海东也。"（《春在堂全书·自述诗》）其《傅懋元〈日本图经〉序》亦云："往年曾应彼国人之请，选东瀛诗凡四十四卷，盛行于其国中。"（《春在堂全书·杂文四》）这些，当是俞樾从日本友人那儿得到的消息。

据佐野正巳《东瀛诗选》"解题"，《东瀛诗选》44卷在日本刊行时被分作16册。光绪九年（1183，日本明治十六年），首先刊行前8册计25卷，后又分数次刊行完其余8册。

日本汉诗人山本木斋有《余少时所作落花诗一首载在清俞曲园

樾学士所选东瀛诗选中亦可谓海外知音矣偶有所感赋一律》诗云："无复飞红到枕边，闲怀往事独萧然。谁图少日宴间作，忽值知音海外传。"不仅感到荣幸，且有海外遇知音之浩叹。

《东瀛诗选》迄今在日本学界仍受到重视，其对日本汉诗及汉诗人作出许多精当评价的"诗人评介"部分尤为日本学者所推重。即以广濑旭庄为例，东瀛诗人中，俞樾于此人独选两卷并给予了最高评价：

> 广濑谦，字吉甫，号旭庄，又号梅墩。著有《梅墩诗钞》十二卷。吉甫诗才气横溢，变幻百出，长篇大作，极五花八阵之奇，而片语单词，又隽永可味。铁砚学人齐藤谦称其："构思若泉涌，若潮泻，及其发口吻，上笔端，若马之注坡，若云翻空而风卷叶，虽多不滥，虽长不冗。"洵知吉甫之诗者矣！吉甫摆脱尘务，不入仕途，所亲则墨客骚人，所好则江山风月，宜其为东国诗人之冠也。诗美不胜收，故入选者甚多，分为上下卷云。……

猪口笃志《日本汉文学史》、近藤春雄《日本汉文学大事典》、富士川英郎《诗集日本汉诗》卷十一等，皆引述俞樾"东国诗人之冠"这一评语作为不移之论，有的还引述了全文。

为满足读者及研究者需要，1981年日本汲古书院据原刊本影印出版了《东瀛诗选》。

二、编选宗旨

通过序言、凡例、诗人评介及所选作品,可知俞樾编选的基本宗旨如下:

(一)"就余性之所近录而存之"

《东瀛诗选》"凡例"一云:"诗之为道甚大,学者各得其性之所近。余于东国之诗,所见止此百数十家,而此百数十家之诗,止就余性之所近录而存之。"俞樾期以通过选诗,贯彻自己的诗学主张,这是俞樾不受日本各家诗集序跋评语所左右,坚持自主编选立场的郑重宣示。此宗旨,在以下"凡例"三、五中皆有所体现。

"凡例"三云:"拟古之诗大家所有,东国诗人多喜为之。盖学诗之初,先摹仿各家,然后乃能自成一家也。刻集之时,往往置之卷首,以壮观瞻。余则谓,此言人之言而非自言其言也。诗主性情,似不在此。故拟古之诗入选者十之二三而已。"按:模拟之弊以江户前期高唱明七子复古论的萱园派诗人为甚。如荻生徂徕《徂徕集》卷首有《拟古乐府十四首》、服部南郭《南郭先生文集》卷首有《拟古乐府三十一首》、平野金华《金华稿删》卷首有《拟古乐府》11首等。俞樾在此不仅予以批评,而且行使其"执牛耳"之权径予删削黜弃之。

又,"凡例"五云:"古诗以气体为主,各集中五七言古诗固美不胜收,然或以曼衍败其律,有枚乘觙骸之讥;或以模拟损其真,有优孟衣冠之诮。虽评论之家击节叹赏,而鄙选弗登,职是故也。

恐阅者致疑，敬为彼都人士告之。"再次对复古派模拟之风提出严厉批评，并在"凡例"三提倡"自言其言"、"诗主性情"之后，又正面提出"古诗以气体为主"的诗学主张。俞樾不负日本友人重托，为日本汉诗的健康发展坚持了编选原则。

（二）"务取雅音"

"凡例"二云："择言尤雅，史家且然，况诗家乎？余此编所选，务取雅音。诸集中有通篇用同一字韵者，有以一半儿词为诗者，皆非大方家数，概从割爱。"此所谓"通篇用一字韵者"，如藤原惺窝《长啸子灵山亭看花戏赋》云："君是护花花护君，有花此地久留君。入门先问花无恙，莫道先花更后君。"日本人按训读法以和语读汉诗，于此或不觉其怪异拗口，我华人则实难容受，故俞樾以其不雅而断然"割爱"。所谓"割爱"者，割日本国人有伤雅赏之所偏爱也。俞樾之"务取雅音"，还表现在以下三方面：

一曰削除圈点评语。"凡例"六云："各集中多有圈点评语，此古书所无也。中土自前明以来，时文盛行，乃有圈点评语，刻古书者从而效之，为识者所笑，此选概从削除。"按：在日本汉诗集中，"圈点评语"较为普遍。或眉批于上，或尾评于后，其尤甚者，如桥本蓉塘《蓉塘诗钞》（《诗集日本汉诗》卷十八），三人评点，眉批殆满，又于各自所认定的佳句旁标示各自的符号：单圈、双圈、顿号，致使页面几无空间。凡此种种，何止有碍阅读，更有强加于读者之嫌。曲园于编选时径将其全部芟去，堪称快举。

二曰去译音。"凡例"七云："东国之书，每行之旁多有译音，惟徂徕之书无之。朝鲜人成龙渊谓：'即此一端，可知茂卿（荻生徂徕字。——引者）为豪杰之士。'事见其国人原公道所著《先哲丛谈》。此选刻于中土，更无从旁注译音。取法徂徕，非敢强变其国俗也。"按：日本刊行汉诗集时，往往于汉字旁加注假名标示和语读法，以便初学。荻生徂徕主张直接音读汉诗文，故其集不标"译音"。因徂徕的主张不切实际，后未得推广，但也并非"惟徂徕之书无之"。

三曰改易应敬避之字。[凡例] 八云："我中华例应敬避之字，在东国原毋庸避忌，然既选自鄙人，刻于中土，则应避之字必应改易。即在东国诗人，亦可免具敖不知之耻，而合于古者入门问讳之仪。"按：此选后来虽并未"刻于中土"，但仍作了敬避处理。如逢"玄"字皆避清圣祖康熙帝玄烨讳改为"元"等。如今看来，此做法实在有强加于人之嫌，但俞樾本意，或者却仅在谨言慎行而已。

（三）"以期协律"

"凡例"四云："东国之诗，于音律多有未谐，执一三五不论之说，遂有七言律诗而句末三字均用平声者；执通韵之说，遂有混'歌'于'支'，借'文'为'先'者。施之律诗，殊欠谐美。如此之类，不得不从芟薙。间或以佳句可爱，未忍弃遗，辄私易其一二字，以期协律。代斲伤手，所弗辞矣。"

按：因日本汉诗人多"不谙华音"，故俞樾编选时尤重声律。笔者曾试取《东瀛诗选》中数家之诗与其别集一一对照，发现改动不少,如塾师之改易门生诗稿然,即此亦足见俞樾之认真不苟。如卷一石川丈山诗,有《闲游二首》,原作皆为六韵五言排律,俞樾于其第一首删去末两联,又于其第二首删去中两联,使各成五律一首。协其声律,去冗存精,剪缀成章,洵有"点铁成金"之妙。其所谓"代斲伤手"者,谦语耳。

(四)"有美必扬"

所谓"有美必扬",其义有二。《东瀛诗记》自序中言及"诗人评介"时云:"其中虽不无溢美之辞,然善善从长,春秋之义也。"奖掖勉励,呵之护之,乐见其成,此其一;"凡例"六言及"诗人评介"时云:"又或诗未入选而佳句可传者,亦附录之,总期有美必扬,窥一斑而见全豹之文,尝一脔而识全鼎之旨。区区之心,自谓无负矣。"补拾佳句,如数家珍,唯恐遗珠,此其二。

兹举卷十六关于梁川星岩的"评介"以示例:

梁纬,字公图,美浓人。著有《星岩集》,自甲至戊25卷,又闰集一卷。

星岩乃东国诗人之卓卓者。林鹅序称其"以烟霞风月为室宇,江湖山林为苑囿,鸟兽禽鱼花木竹石为臣仆姬妾。"余读其诗,多流连风月、登临凭吊之作,信林君之言不谬也。七言律尤工,此编采集虽多,然佳句固不尽于此。如云:"灯影最宜秋冷淡,酒香刚称夜氤氲"、"鹤闲益见昂藏气,琴古方成疏泛声"、"夜静溪声微入户,天寒月色淡笼花"、"寒风有力吹沙走,枯叶无声借雨鸣"、"左计应同棋败局,养心聊学笔藏锋"、"漉花网已先春结,载酒船应待月划"、"千树叶红寒水见,一丝发白夕阳知"、"诗境或从贫后进,酒杯未肯病来抛"、"青意渐回人字柳,东风微峭虎文波"、"石阶浅溜蜂医渴,花楦微风蝶曝衣"。清辞丽句,皆可诵也。

(五)"不必尽以中法绳之"

"凡例"12云:"东国字体,有涉诡异者,如'㠀'必作'嶋','鳲'必作'鳩',犹于形声无误也;至如'榊'字、'梶'字、'辻'字、'畠'字,求之字书,皆无可考,而见于诸集中诗题者,率皆人名地名,不可更易。悉如其旧,亦名从主人之义也。又,诗题中文义,如次人之韵曰'础',应人之求曰'需',盖其积久相沿,如此亦不必尽以中法绳之。"

按:此所举东国字体"涉诡异者",前两字属异体字,后四字,乃为日本自造之所谓"国字"。至若次人之韵曰"础",如卷十三赖杏坪之《菅信卿没而有年时虽追念未作一诗偶观六如上人赠信卿长篇因步其础以述悼惜之意》;应人之求曰"需",如卷十九古贺谷堂《古捣布石臼歌应白藤铃木君需》等,实有异于我中华,但俞樾谅其积久成习,遂取通融,一仍其旧,不作改易。俞樾此种允许异化的通达态度,表现出汉文化发祥地及汉诗泱泱大国对域外汉文化嬗变的一种宽宏的理解、尊重与受容。

三、俞樾的日本汉诗观

对日本汉诗发展史的认知，对中日诗歌源流关系的认知，对编选《东瀛诗选》之目的意义的认知，这一切，是俞樾日本汉诗观之基础。其日本汉诗观包括以下三个层面：

（一）正确的源流观

对俞樾这样的中国学者而言，正确源流观的建立，首先要求对日本汉诗流变史有一个基本的把握，然而，作为对日本汉诗此前尚无多少接触的外国人，欲于数月内臻乎此境，诚非易事。其初，不要说汉诗观，即使对于作为其基础的中日汉文化关系的认知，也只是建立在所谓中日"同文"这一笼统而模糊的概念之上。其《春在堂全书·随笔七》中，有一篇记述了他与日本老友竹添井井关于中日文化的一次深谈，其中有如下一节：

> 余因问："尊夫人亦能诗乎？"曰："止能为本国歌谣，中国文字则不能解。"余问："贵国与中国本同文之国，亦有异同乎？"曰："别有俗字，谓之普通字。至中国文字，则惟读书人识之，不能尽识。"

按：此所谓"本国歌谣"者，即和歌俳句之类耳；所谓"俗字"、"普通字"者，即平假名、片假名也。通过这次主动请教，俞樾澄清了所谓"同文"的误会。又，其《顾少逸〈日本新政考〉序》

云:"曾应彼国人之请,选东瀛诗得四十四卷。读其诗不可不论其世,因从彼国人假得《和汉年契》一册,所载世系颇详。"(《春在堂全书·杂文四》)俞樾正是在这样不懈的求知探索中,特别是在五阅月的编选过程中,通过对大量日本汉诗的浏览、阅读、推敲、拣汰,对大量日本汉诗人出处大概、学问源流的考察、比较、思索、整理,才逐渐建立起正确的中日诗歌源流观。

俞樾源流观的核心是:中国诗歌是日本汉诗之渊源,日本汉诗是中国诗歌流溢域外的一派支脉;中国诗歌之流变,经过一定时间间隔后,即在日本汉诗坛以大致仿佛的形式出现,如影之随形,如波之传递。换言之,日本汉诗是在对中国历代诗歌亦步亦趋地学习模仿中发展起来的,因之与中国诗歌存在一种鼓桴相应的关系。正是基于这一正确的源流观,俞樾在选诗及评介时,均着意显示或描绘这一客观存在的源流关系,并以日本汉诗源头中国的诗歌、诗学、诗教为评价之准的。

俞樾在《东瀛诗选》自序中言其"所见者自元和、宽永始",又于《自述诗》自注中云:"其国之诗,自元和、宽永以来,略备于此矣。"按:元和(1615—1623)、宽永(1624—1643),时当江户时期之初,故俞樾所见以江户时期汉诗集为主。日本汉诗之发展分为四期,江户为其第三期,亦即鼎盛期。岸田吟香主要以江户时期汉诗集请其编选,良有以也。

在《东瀛诗选》自序中,我们可以窥知俞樾对江户时期汉诗流变史的正确把握:

其国文运肇于天贞,盛于元保。而天贞间之诗不可得而见,所见者自元和、宽永始。在中国，则前明万历、天启时也。自是至于今，垂三百年，人才辈出，诗学日盛。其始犹沿袭宋季之派，其后物徂徕出，提倡古学，慨然以复古为教，遂使家有沧溟之集，人抱弇洲之书，辞藻高翔，风骨严重，几与有明七子并辔齐驱。传之既久，而梁（川）星岩、大洼天民诸君出，则又变而抒写性灵，流连景物，不屑以摹拟为工，而清新俊逸，各擅所长，殊使人读之有愈唱愈高之叹。

这种把握还常常体现在"诗人评介"中。如卷五复古派代表人物高野兰亭"评介"云：

> 高野兰亭，字子式，号东野，又号兰亭。东都人。著有《兰亭诗集》十卷。
> 东野受业于物徂徕。生十七岁而失明，遂废百事，惟诗是务。自物氏倡为古文辞，门下极一时之盛而推翘楚者，则惟服（部）南郭、高（野）东野二子云。东野论诗大旨，谓宋元之世，诗道衰息，明兴，王李二公揭旗鼓于中原，诗道复盛，然王博而杂，李精而密，欲法唐人者，非修于鳞氏之业，复于何得之乎！其宗尚如此。今读其七律，信为有明七子一派，虽不免虎贲中郎之诮，然辞藻高翔，风骨严重，固亦一时之杰作也。七律中未选佳句如："阳春自唱三峰雪，明月深探大海流"、"岁晚蘼芜青草路，天寒沧海白云乡"、"玉鱼长夜沉银海，石马千秋护翠微"、"龙宫水冷芙蓉沼，佛塔秋晴翡翠烟"、"三辅楼台春窈窕，五侯冠盖日纵横"、"玉节浮云西极动，锦

帆秋色大荒过"、"孤客思归弹短铗,美人垂泪泣前鱼"、"凤穴烟霞悬日月,仙潭冰雪出芙蓉"、"病来高枕西山雪,老去衔杯大海云"、"碣石春云连万雉,扶桑旭日照三台"……如此等句,置之沧溟集中不能辨楮叶。

卷十九关于反复古派代表人物大洼诗佛的"评介"云:

> 大洼行,字天民,常陆人。著有《诗圣堂集》初编十卷、二编十三卷、三编十卷。
>
> 天民以"诗佛"自号,而以"诗圣"名堂,盖欲以一瓣香奉少陵也。然其诗初不甚学杜,诗境颇超逸,有行云流水之致。东国自享保以后,作诗者多承明七子之余习,以摹拟剽窃为工,天民起而扫之,风会为之一变,宜其在当时之奉为诗佛矣。

俞樾的源流观,在所选诗篇中也得到充分体现。细检其选,可知俞樾在题材方面明显侧重与中国诗人或诗作有关之诗篇。此大致可分为以下四类:

其一,或咏赞或咏及,寄思慕之心志,发思古之幽情。

如《端居写怀二首》云:"一卷陶诗是我师。"《甲戌四月十九日同诸子饮春云楼仿傲头宴》诗云:"山楼不类浣花边,聊拟傲头此肆筵。才拙敢期诗入圣?性疏未到酒称仙。"以及《陶渊明》、《杜少陵》、《梦李长吉》、《读剑南集》等多篇。

其二,或追和或效体,以示其渊源,以明其步武。

追和者如：《奉同三品羽林君追和昌黎春雪诗》、《山行同君明次岑嘉州韵》、《赠学仙者用王绩韵》、《和唐方干韵寄友人》、《题介石翁画竹用大苏题文与可画竹诗韵》、《次陆放翁夏夜韵》等；效体如《效寒山体》、《演雅效山谷体》、《杂诗效剑南体》（七律四首）等。效法杜甫者犹多，如中岛棕隐《落花吟》、古贺谷堂《秋怀八首》、《咏史》，安积艮斋《怀古八首》、小野湖山《镰仓杂感》、万庵原资《怀古》等，皆以七律八首为一组，明显效杜《秋兴八首》之体；又有《春暮杂感效老杜同谷县七歌之体》等。

其三，或分韵或集字，以炫其巧，以博其趣。

分韵者多分华诗名句为韵。如西山拙斋《中原子干镇青亭分"烟空云散山依然"得烟字》，他如分"冷露无声湿桂花"、"在山泉水清"、"海内存知己，天涯若比邻"、"暗水流花径，春星带草堂"、"绿阴生昼静"等。集字如小野湖山《兰亭集字诗十首》（《诗集日本汉诗》卷十六），首首清雅，甚契兰亭旨趣。如其二云：

> 昔日稽亭会，盛哉诸老游。
> 一时修故事，万古仰风流。
> 人品山同峻，文情竹与幽。
> 可嗟其所遇，感慨岂无由。

他如"春水抱山曲，天风随坐生"、"带风观暮日，当竹坐清阴"、"林外和风足，竹间躁气无"、"幽期托修禊，清兴寄流觞"等，亦皆如自然成文者。

其四，或沿袭或新变，沿袭以继承，新变以发展。

兹以乐府诗为例：沿用旧题者，如《少年行》、《有所思》、《姬人怨服散》、《乌子叹》、《燕歌行》、《步出夏门行》、《独漉篇》等多篇；自创乐府新题者，如《公须醉》、《长安月》、《公宴诗》等。

（二）开放的交流观

俞樾主张广泛开展中日诗歌友好交流并身体力行之。自古以来日本汉诗人怀着朝宗情结，无不渴望能有与中国诗人交谊之机会。被俞樾推赞为"东国诗人之冠"的广濑旭庄，一日因长崎坊正松春谷的导引，得拜访清朝设于长崎之中国商馆。多年梦寐实现，兴奋之情难抑，有《赠松春谷三首》，其一云："自幼好文字，常思晤西人。因君观唐馆，夙愿一朝伸。西客自为主，东人却为宾。言语虽不接，肝肺乃相亲。……"其在《观内海有竹所藏宋人海上送别图》诗中又云："昭代严禁海外游，神州禹土路悠悠。徒羡金乌与玉兔，自由东隅到西陬。"诗人欲到汉诗故乡一游的心情何等迫切。可是，直到晚年，他呓语般的希望——"礼尚往来宜善邻，会见皇华向异域"——终未能实现。中国方面何尝不是如此？杜甫晚年作于夔州的《壮游》诗有云："东下姑苏台，已具浮海航。到今有遗恨，不得穷扶桑。"中日诗人难以交谊的历史留下多少这样的遗恨！俞樾深为祖国文化辉煌域外的成就感到骄傲，也为日本友人漂洋过海恳请选诗的真诚执着所感动，本着自信开放的交流观和亦师亦友的良好心态，尽管年逾花甲，又在病中，他仍慨然应诺并怀着使命感于短短五阅月间完成了这样一部具有中日文化交流里程碑意义的巨编。

(三) 积极的比较观

俞樾在评价日本汉诗人及其作品时,注重将其与中国诗人及其作品进行比较。如卷十评龟田鹏斋似李白云:

> 鹏斋嗜酒喜游览,西攀富岳,东溯铫江,北航佐渡,南轶鸣门,傲然睥睨一世,故其诗豪宕有奇气。律诗不甚协律,然落落自喜,亦庶几青莲学士之一鳞半甲矣。

卷十四评市河宽斋似白居易、陆游云:

> 宽斋官富山教授二十余年,以老致仕,年逾古稀,优游林下,其为诗颇有自得之趣,当时比之香山、剑南,虽似稍过,然亦略近之矣。

卷二十一评筱崎小竹似东坡云:

> (其诗)喜叠韵,古今体诗有叠至六七者。其才气横溢,善押险韵,颇有东坡先生之风。

卷十三评赖杏坪似韩愈、黄庭坚、陆游云:

> 诗亦极工,全集凡六百余首,可传之作居其大半,尤长于古体,其用险韵、造奇句,竟有神似昌黎者,为东国诗人所仅

见；其近体似黄山谷，有生硬之致；而晚年所作，又似陆放翁。有句云："冷吟未肯入新软，"又有句云："禽虫皆有天然语，草木本无人造枝。"宜其似黄复似陆也。

他实际上已经是在进行比较文学研究了。尽管这种比较还显得过于简单，甚至有时只是一种感觉，但这种比较以二者之间客观存在的源流关系为基础，是实实在在的，是自然而然的。这种比较，从日本汉诗视角看，是溯源；从中国诗歌视角看，则是追踪。国内对古代诗人及其作品之研究，历来有囿于国门之憾，比如杜甫，只论其"残膏剩馥，沾溉后人多矣"，却不知其在域外亦被奉为"诗圣"，沾溉"外人"亦多矣！中国古代文学的研究，若对其域外繁衍史不甚了了，恐亦难称之为完全的研究。俞樾通过《东瀛诗选》的编选，把国内学界的目光引向域外，对于弘扬民族文化，开拓学术新领域，对于中国古代文学的域外追踪研究，乃至今后的国际汉学比较研究，都有着积极的开拓意义，功不可没。

(本文原发表于《兰州大学学报》
[社科版] 2002 年第 1 期)

日本汉诗人研究

梅墩五七言古诗管窥

一

广濑旭庄（1807—1863），江户时代后期丰后（今大分县）日田人。名谦，字吉甫，梅墩、旭庄皆其号。

清末学者俞樾（1821—1906）应日本友人岸田吟香居士（1833—1905）之请，于光绪九年（1883）撰成《东瀛诗选》40卷并补遗4卷，共收入日本汉诗550家诗5000余首，其中入选梅墩诗175首，数量最多，独占两卷。卷首给予梅墩极高评价云：

> 吉甫诗才气横溢，变幻百出，长篇大作极五花八阵之奇，而片语单词又隽永可味。铁砚学人齐藤谦，称其构思若泉涌，若潮泻，及其发口吻，上笔端，若马之注坡，若云翻空而风卷叶，虽多不滥，虽长不冗。洵知吉甫之诗者矣。吉甫摆脱尘务，不入仕途，所亲则墨客骚人，所好则江山风月，宜其为东国诗人之冠也。

虽然俞樾在《东瀛诗选·例言》中，说明自己选诗是"止就余性之所近录而存之"，似乎颇带主观性，但是以上评语大都源于

《梅墩诗钞》的序文或跋文。如安积艮斋云："吉甫……笔力雄鸷，才华横飞，长篇大作，迅如风雨"（二编序），铃木尚云："长篇最劲拔，泓浑无斧痕。阵间又容阵，五花与八门"（二编跋），林炜《弁言》云："吉甫平生，摆脱尘务，不趋仕途，所接则骚人墨客，所视则江山风月，此皆寰宇自然之诗境也"（三编序），而俞樾所引铁砚学人齐藤谦之评语，其有关原文是："吉甫诗才纵横。方其构思，若泉涌，若潮泻，及其发口吻，上笔端，若丸之走阪，若马之注坡，若云翻空而风卷叶也。……以余观之，吉甫之诗，篇篇精炼，虽多不滥矣；吉甫之篇，句句警拔，虽长不冗矣"（四编序），即此，可知俞樾作评语之时，对于诗人本国诗家学者的意见，是非常尊重并尽量采纳的。至于"篇篇精炼"、"句句警拔"之类友人之间溢美之词，俞樾删而不录，亦可见其态度之严谨。

然而，"东国诗人之冠"的评语，毕竟是始出于俞樾的笔下。而此评语一出，即在日本引起共鸣，屡被称引，迄今不绝。例如，作为《梅墩遗稿》编辑人之一的龟谷省轩（1838—1913），就曾在该集"例言"中云："清儒俞曲园，推先生为东国诗人之冠。乃录其评于卷末，使人知市有定价。"从"市有定价"四字，可以看出龟谷省轩对于俞樾评语的重视。近年，近藤春雄在其《日本汉文学大事典》"广濑旭庄"条云："最长于诗，其诗为清俞曲园《东瀛诗选》所收，并评价为'东国诗人之冠'。"此外，富士川英郎在其与松下忠、佐野正巳合编的《诗集日本汉诗》第十一卷"解题"中，亦云："旭庄诗中，多才气横溢、奇智闪烁之作，曾于俞曲园《东瀛诗选》中被推称为'东国诗人之冠'云：'吉甫诗才气横溢，变幻百出，长篇大作极五花八阵之奇，而片语单词又隽永可味。'"因此，可以说，"东国诗人之冠"，是中日诗人、学者对梅墩的共同称许。

那么，受到人们如此喜爱和推重的梅墩诗歌的最重要的艺术特质是什么？关于此问题，从上述诸多引文中，只要稍一留意，就不难发现大致的倾向，是对梅墩"长篇大作"的雄奇奔放艺术风格的一致激赏和赞美。所谓"长篇大作"，是指五七言古诗还是指五七言排律？最能代表梅墩诗歌艺术特色的诗歌体裁是什么？梅墩怎样用这种诗体表现自己独特的艺术风格？这就是拙文拟探讨的主要内容。为此，让我们首先对梅墩诗的体裁结构作一个基本的考察。

二

梅墩诗歌体裁基本情况表如下（见表四）。

关于表四，有以下两点须作说明：

其一，梅墩一生勤敏，不辍笔耕，诗作甚富。大槻磐溪曰："其诗益多，今未满强仕，笥中所贮，殆一万首，可谓富矣。"（三编序）齐藤谦亦云："年才过强仕．得诗万余首。"（四编序）龟谷省轩《旭庄广濑先生传》云："（先生）著有《梅墩诗钞》十五卷。"（《梅墩遗稿》）并在［例言］中说明："遗稿尚有三卷……今抄其三分之二。"坪井教（梅墩的门生，曾参与初、二、三编抄校）云："（先生）原稿繁富，不易悉写，仅抄七之一，而得九卷，序以甲子，分为三编。"（初编序）以上可知，行世之《梅墩诗钞》12卷、《梅墩遗稿》2卷，实际上皆非全璧，仅是选本而已。今拙文亦仅以此行世之本作为考察对象。

表四 梅墩诗歌体裁基本情况

编次	卷次	顺序编号	每卷诗数	五绝	七绝	五律	七律	五排	五古	七古	六言二韵
梅墩诗钞	初编 一	1—84	84	0	2	32	11	1	22	16	0
	初编 二	85—175	91	8	17	7	25	1	22	11	0
	初编 三	176—254	79	2	7	21	27	0	15	7	0
	二编 一	255—382	128	6	24	17	60	1	16	4	0
	二编 二	383—465	83	6	7	15	32	0	15	8	0
	二编 三	466—573	108	4	21	15	38	0	26	4	0
	三编 一	574—670	97	6	29	12	32	1	6	11	0
	三编 二	671—756	86	5	13	11	42	0	10	5	0
	三编 三	757—866	110	3	15	20	50	0	15	6	1
	四编 一	867—965	99	7	43	6	24	0	11	8	0
	四编 二	966—1093	128	11	11	20	49	1	20	13	3
	四编 三	1094—1234	141	25	32	21	34	1	12	16	0
梅墩遗稿	一	1235—1350	116	7	14	37	25	10	0	23	0
	二	1351—1471	121	3	29	12	45	23	0	9	0
合计				93	264	246	494	6	223	141	4
合计	14卷	1471首		1103首					364首		4首

其二，五七言古诗中，有时出现三、九字句，七古中亦间或出现五字句，而为数皆甚少，拙文中为统计方便，五古则每句均以五字计，七古则每句均以七字计。又，五七古中，偶尔也出现单数句的情况，为了方便，也一律按偶数句计算字数。

从上表可知，梅墩诗除五七言绝句和五七言律诗外，还有五排、五古、七古和六言二韵诗。六言二韵诗每首仅24字，自为短章；而五言排律只有区区6首。则前人所谓梅墩之"长篇大作"者，必是指其五七言古诗无疑。

在梅墩行世之作全部1471首中，拟古乐府一首也没有。而拟古之作，在当时仍是一种时尚，诗人往往将拟古诗列在集子最前面。拟古之作并非无一佳篇，但总的看来，模拟太甚，几无生气。江村北海（1713—1788）《日本诗史》"凡例"云：

> 是编所论载诗，大率近体，绝不及古诗者，中古朝绅咏言，近体间有可录，至古诗殊失其旨。元和（1615—1624）以后，作者辈出，近体诗实欲追步中土作者，但五言古诗未得其面目。萱园诸子文集，其首必多载乐府拟古诸篇，然以余论之，尚有可议者。

这段话，一是认为在日本汉诗中，近体已较成熟，而古诗佳作尚少；二是对当时乐府拟古的风习表示异议。关于拟古之作，俞樾《东瀛诗选》"例言"亦云：

> 拟古之诗，大家所有，东国诗人多喜为之。盖学诗之初，

先摹仿各家,然后乃能自成一家也。刻集之时,往往置之卷首,以壮观瞻。余则谓:此言人之言而非自言其言也。诗主性情,似不在此。故拟古之诗,入选者十之二、三而已。

梅墩态度如何?其《读盛明百家诗》云:

> 诗者人精神,何必立父祖。
> 舍艺他家田,吾诗我为主。
> 莫倩古人来,逆旅于我肚。
> 宁创新翻词,休拟古乐府。

因此,梅墩集中无拟古乐府之作是很自然的事。

在梅墩行世之诗集中,排律也极少。七言排律无,五言排律仅6首,其五排《余滞大熊氏二旬主人遇待极厚将别赋此以谢三十韵》诗后有刘石舟评语云:"明而不冗,奇而不涩,排律上乘。"其五排《贺麻生翁六十》诗后,又有加峰长卿评语云:"兄才思横逸,不欲束于格律声病,故不屑多作排律。偶作之,无不完善,盖才大无所不办。"验之此诗,验之全卷,此言可以令人信服。

不但是排律,对于五七言绝句和五七言律诗,梅墩虽然写得很好,也写了不少,但也不如对五七言古诗那么看重。可以说,梅墩自己最爱重的诗体就是五七言古诗。其《题大槻磐溪诗集》云:

> 我闻文章经国之大业、不朽之盛事,然而作者寥寥如晨星,若遇西人逡巡三舍避。百余年来豪杰徒,扼腕仰栋殚神

思。欲逐陶谢李杜参翱翔，汗流走僵难得遂。千古遗憾莫大焉，吁嗟吾知病所自。田舍之人寡见闻，腹乏书卷欠炼致。都会之人半售文，唯愿少劳而多利。是故二十八言四十言，此外难复加一字。

其《题佩川诗集后》亦云：

诗跻万首者谁一放翁，汗流无人追往踪。邦人毕竟小家数，唯趋律绝舍古风。

明确表白自己重古风、轻律绝的态度。即此可知，梅墩诗集中五七古之作多达364首，占到全集诗歌总数的四分之一，绝非偶然。

梅墩早年所作五古长篇《论诗》云：

风雅无人续，六义唯空存。
苏李河梁别，乃为五言源。
时犹近三代，情长言亦敦。
天女衣无缝，新月弓无弦。
清水可为酒，洼地可为樽。
寂寥三百岁，七子起建安。
精巧含华丽，渐见斧斤痕。
譬之春月夜，徙倚观花园。
梦香禽自睡，影艳花相怜。
周时制礼节，虽文未失全。

六朝区以别,各成一家言。
最高陶元亮,无诗不自然。
风岸春草绿,云溪霜叶丹。
不假朱蓝染,千里列画笺。
笙筝鸟弄舌,绮縠水生涟。
丽似机中茧,清于瑟上絃。
次者谢康乐,炼句皆新鲜,
水底见鲂鲤,锦鳞闪碧澜。
池塘五字梦,平淡谁解尊。
无声又无臭,天工企及难。
宣城是才子,潇洒如秋兰。
溪柳风外影,江梅雪中魂。
积水吐明月,清光泄薄烟。
俊称鲍明远,整则颜延年。
江北寡文士,独推庾子山。
唐初有四杰,勃兴先著鞭。
格调无变化,性情少和温。
譬彼豪华子,幼年纤绮纨。
非有廊庙略,唯饰冕与冠。
又乏幽清趣,难居邱壑间。
盛唐又一变,子美与青莲。
包蓄无不有,纵横杂泓浑。
春风吹花雨,香气薰乾坤。
明月照万水,无处不团圆。

高腾鹏翼上，幽窜龙宫边。
炳焉麟凤出，勃如蛟蛇蟠。
健儿笑斫阵，老将俨倚鞍。
正者庙中尸，奇者壶底仙。
万古论诗者，从此归开天。
昌黎继之起，延臂欲相攀。
豪气压百代，雄视笔如椽。
劲风袭绝壁，万木皆倒翻。
似倾江河水，泻之太行巅。
乐天是长者，春容神自坚。
颇类三伏晚，云颓骤雨前。
奇峰相映耸，长旆斜卷还。
云本无心物，从风状多端。
韦柳尚古澹，王孟主清闲。
贺仝陷奇僻，温李流软妍。
唐时作者夥，余子不悉论。
宋诗少醇者，数公追唐贤。
突兀眉山老，一口吸百川。
时自笔端吐，涌沸如急湍。
当其吐蚌蛤，珠玉光婵娟。
当其吐鲛鳄，鳞甲势跳奔。
有时吐蘋藻，婀娜真可餐。
有时吐骨鲠，涩硬谁能吞。
涪翁喜聱牙，语句多雕镌。

水清唯忧浅，山瘦不胜寒。
放翁起南宋，牛耳领诗坛。
鹦雀群飞外，千寻见青鸾。
笑彼杨与范，纤巧安足观。
妇人长帷幕，终身饰髻鬟。
元诗不足讥，遗山独鹏抟。
壮夫骑良马，少年乘高轩。
明则高季迪，秀出承露盘。
左提袁白燕，右压刘青田。
李何皆俊逸，旗鼓雄中原。
一场尽矮众，故认长人肩。
王李谩自许：少陵衣钵传。
不是优孟后，定为盗跖孙。
摹仿与剽窃，一时声何喧。
徐袁弄狡狯，诗源涸欲干。
山鬼啸阴壑，游魂出破棺。
论诗有时好，陵谷互变迁。
前时为日月，回首忽昏昏。
今时无遗蘖，后日或绵绵。
唐宋本匹敌，何物立篱藩。
取人不拘代，巧收拙则捐。
取诗不拘人，醇选漓则删。
宋诗有名句，唐人有恶篇。
乃是选人法，论才不论门。

若唯尊氏族，贤者不在官。
独怪正享时，唐宋分天渊。
宋元常入地，唐明常坐毡。
朝廷有许史，陋巷忘原颜。
岂无苏陆卷，爱惜印空刓。
却使王李舌，谩握生死权。
是故当时作，阒寂如破村。
白云明月字，多于鱼卵繁。
关山万里语，恰如玉条悬。
一诗孕千句，千诗出一肝。
譬之有力者，强牵万斛船。
不棹顺流下，截波而上滩。
俄然猛风起，相乌忽飘翩。
君看宝历后，无复一夫牵。
最怪今时好，甘吮范杨涎。
怜彼无识辈，胥溺海漫漫。
明诗未尝读，唐诗亦懒翻。
风骚及汉魏，如隔铁门关。
路不尚平坦，蹒跚就险艰。
味不尚甘脆，颦蹙尝辛酸。
偶得刺荆干，折来充旃檀。
偶遇死鼠肉，持归比熊蹯。
或为傀儡戏，能上百尺竿。
或为老和尚，长无一点膻。

纤将刻玉楮，巧能飞木鸢。
蚁王国中住，蜗牛角上眠。
难逢白日照，幻学野狐禅。
岂堪秋霜下，咽仿叶底蝉。
妙谈山出口，高论舌解环。
尝厌柳叶大，已期虱心穿。
呜呼真琐尾，所见一弹丸。
敦厚拂地尽，六义旨全残。
可叹诗三百，抛作得鱼筌。
颇似赵宋后，华夏化戎蛮。
虽有十轮日，无由照覆盆。
虽有三尺喙，难化木石顽。
何人志恢复，不肯安一偏。
疏达雅颂流，大举洗尘寰。

　　长达120韵，论中国历代诗歌流变史而兼及日本汉诗在受容华诗中的偏失，上自风骚，下迄当世，褒贬古今，抑扬千代，收尾处大有力挽狂澜于既倒之豪情，是其早期重要作品之一。诗后，有龟井昭阳评云："目贯千古，而笔驱役万象。其取舍中，其议论正，可谓诗教之南鍼也。"草场佩川评云："抑扬古今，豪才可畏。"加峰长卿评云："富赡语，以缓和行之，而比兴横出，宛然一部诗话。"中岛米华评云："爬罗抉摘，如搔痒处，把古今来诗人曲直，判之一笔，岂可不谓奇才乎！"由此诗可知，梅墪倾一生心血热情于古风，不仅仅是因为他"才思横逸，不欲束于格律声病"，更重要的，是为了借五七言古诗以继风雅，矫流习，开一代雄浑刚健诗风。

除了诗多以外，诗长，是梅墩五七言古诗又一显著特点。其五古共 223 首，其中 100 字以上 102 首，约占五古总数的 46%；200 字以上 29 首，约占 13%；300 字以上 15 首，约占 7%。其中最长者，《论诗》1200 字，其次，《送芦村》630 字，《远藤生话往年溺水状乞诗》620 字，《题坪颜山诗卷》540 字，《戒相良生》510 字。其七古共 141 首，其中 112 字以上 96 首，约占七古总数的 68%；210 字以上 63 首，约占 45%；280 字以上 41 首，约占 29%。其中最长者，《送桑原子华归天草》1834 字，其次，《九月六日与桥井磨亭桂秋香广元格西天臣吹通玄间熹浦发逢坂登船上山遂游角盘山翌日观名和伯州宅址夜归灯下走笔作纪游诗一篇》1008 字，《题坂本君鋆笠》602 字，《杜蓼洲为予画障赋此以谢》574 字等。

关于梅墩古风之长，看来当时还有过争议，见仁见智，毁誉不一。如吉田喜为《梅墩诗钞初编》作跋云：

> 余在大坂中岛邸，与吉甫儆居仅隔一桥。讲帷之暇，源源而来。佳言善谑，愈出愈新，譬如河汉之无极也。余偶有所述，吉甫侧视，以为过简，劝余增之。余戏之曰："不云以短乘长乎？何必河汉其言而后为快？"吉甫辗然而笑，莫逆于怀。居亡何，吉甫东游，余亦西归，睽隔千里，已经五年。今得此集，诵之，浩浩荡荡，殆乎与大海争势，使观者望羊旋面目。吉甫诚长于用长也夫！

此乃诗友之言，虽长短之趣各异，却相互理解，载入诗集序跋，自成一段佳话。《广村瀑布歌》后，有筱崎弼评语曰："势如扑龙捉虎，瀑布恐不足称此诗，然亦往往有患才多处。"大奖小议，亦友人声口。梅墩自己于其《至三木寓冈村氏赋谢主人》诗结末云："呜呼君情滚滚长，我诗岂可短短止。唯愿微细无所遗，冗长任他观者毁！"可见，讥毁批评之语，他是有所耳闻的，但不为所动。其实，凫短鹤长，不妨各臻其妙。离开对具体作品的分析，长短孰胜的问题如何说得清楚。

通过本节的考察，可以看到，梅墩成就最高的诗体是五七言古诗。那么，梅墩是怎样运用这一诗体来表现自己独特的艺术风格呢？

三

梅墩五七言古诗多而且长，不但内容丰富多彩，表现方法也千变万化，刻意求新。今仅就其艺术表现的主要特色作初步探讨如下。

（一）追求豪放奇险的艺术风格

在梅墩诗里，写山，爱写山的雄壮险峻。如《夜登象头山》诗云：

> 昼间登山众所好，夜来登山众所笑。
> 世人唯知爱繁喧，吾徒却爱观静妙。
> 与众俱乐在平生，幽赏不必避众诮。

白日头上十丈尘,何如良月一痕照。
月影凄凉水不如,千家阒似太古初。
遮莫灵运称山贼,长刀陆离发不梳。
吠狗遮人不肯遣,举筇叱叱过里闾。
才到阪下云来候,从此行程成步虚。
阪旁飞流声飒飒,斗折蛇行千派合。
唯疑异人啸中峰,前涧后谷铿相答。
老树森列将攫人,寒藤瘦萝互环匝。
我稍行进坂稍高,人头屡被树根蹈。
巉岩当路高兀然,腔中坼如百斛船。
前人已入蛇吞黾,后人渐没蛛掎蝉。
尖牙利齿势龈齶,衣裳咬破无一全。
岩根冷苔行触足,绝惊道是蛟龙涎。
寒风据树树身舞,零叶坠果多于雨。
栖鸟离巢格磔啼,状在阴中不可睹。
山鬼彳亍现塔稍,石狮狞恶倚龛宇。
回廊暗黑月藏光,一灯深沉认岩户。
神炉香冷有余馨,孤心上殿悄然醒。
案上如山堆人髻,灯光穿发碎青荧。
(自注:邦俗祈神,断发献之。)
老蠹啾啾叫函底,一卷祠僧读残经。
拜终又出深院外,依旧头上杉月青。

写水,爱写水的急湍飞瀑、惊涛狂澜。如《龙门寺瀑布歌》诗有云:

虹垂霓挂落半空，雷吼霆怒起常风。
造化将以奇幻惊万物，饱费思虑施神工。
浪花直飞横散飘霰雹，势欲挟人趋瀑中。
目迸寒花口生沫，魂魄悸动耳将聋。
数尺鲤鱼长蕟蕟，鼓鳍矫鳃眼光红。
寸进寻退清波底，气虽敢往路难通。

诗行间有菅茶山评语云："跌宕排奡，邦人希俦。"又有龟井昭阳评语云："倜傥横逸，使人辟易。"皆是确论。富士川英郎"解题"云："旭庄在才气焕发的同时，全身也透溢着霸气，好像是一个常常不辞与人相争的圭角很多的人。"我想，这也许可以说是他雄奇豪放诗风的性格基础。梅墩《论诗》诗论韩愈云："昌黎继之起，延臂欲相攀。豪气压百代，雄视笔如椽。劲风袭绝壁，万木皆倒翻。似倾江河水，泻之太行巅。"其五七古诗风亦近韩。对梅墩来说，非惊山险水，不足以寄其思，不足以托其志，不足以畅其情，不足以尽其才，不足以发其肺腑之深蕴，不足以散其块垒之郁结。高山险水之外，诸如幽奇的古祠破寺、有厚重沉积感的文物等等不寻常的事物，也常常引发他的兴趣。如《宇佐宿神庙》诗云：

古殿夜静灯青荧，欲灭未灭小于萤。
硕鼠跳梁如狸跃，咬栋啮榱千屑落。
饥蚊营营来噬身，颇似混沌七窍凿。

《秋日过黑老祠》诗云：

落叶化为苔，几年绝洒扫。
……
朽几抽幽菌，败帷堕癯蚕。
鼠馋及簠簋，神馁太枯槁。

还有《秋日游东山憩善光寺》诗云："废瓶酿腐水，暗室蓄饥蚊"等。吟咏历史物什的诗多为长篇巨制，如《题坂本君鍪笠》、《观菊池溪琴所藏正平子母刀赋赠》、《观源三位军麈扇》、《大炮引赠高秋帆》等。

（二）结构严整，脉络清晰，首尾相顾，虽长不乱

如《吉备公墓下作》，全诗64句，分为八节，每节八句。首节以"生播声名到赤县，死留邱墓在黄备"起，点题，为序；末节以"千秋公案如何定，青史褒贬多倒置"起，作论，为结。中间六节，前五节每节分咏吉备志业的一方面，分别以"此是贾谊董生志"、"此是刘隗刁协地"、"此是疏广恒荣义"、"此是敬晖彦范事"、"此是娄公狄公位"结之。加峰长卿评曰："以上八句一解，五'此是'下得贴确。"第七节则全写景，以"孤坟屹立官道傍，土花苔晕侵碑志"起，以"云归雨尽暮岑青，一痕鹤影点空翠"结。长篇议论中忽出此写景一节，具体描绘墓地情景，以题而言，实在是不可缺的一段，又使前后议论得以自然衔接。故倪玉舟村曰："中间插景，使全篇活动。"梅增长诗之结构布局，篇篇严谨而各有巧致，此诗仅示其一斑而已。

梅墩长诗不但整体结构整饬不乱,有法度可循,而且在其一节一段之中亦语有序次。如《六月十二日与本田村朝野诸子游箕岛》一诗,共66句,其间有乡人自夸故乡之辞曰:

> 竹美渭川煨晚笋,泉甘盘谷试新茶。
> 夜月絺衣挂萝薜,午风蒲帆出蒹葭。
> 秋获拥仓堆黍稷,春渔满簧晒鲿鲨。
> 冬圃呼奴有南橘,夏畦缀玉是西瓜。
> 稻粱不用肥肠胃,果实自堪供吻牙。
> 一日四时长足乐,自生至死不知奢。

关于此段结构,盐田松园评曰:"一联结收,极见笔力。晚、晨、夜、午,一日也;秋、春、冬、夏,四时也;肠胃、吻牙,自生至死也。巧密如是,何冗之有?"

梅墩诗中喜用排句。如《银杏树歌》诗46句,其间有整齐的排句云:

> 世有寒士苦无屋,安得裁汝作栋橡?
> 世有征人劳负担,安得刳汝作舟船?
> 世有贫家不举火,安得薪汝作焰烟?

《送芦村》诗,126句,是其五古中第二长诗,诗后有刘石舟评云:"冒头有照应,有起伏,有波澜。段落截然,序次不乱,虽散文赠序,恐不能如是。韩碑柳雅后,一大手笔。"梅墩的长篇大作既豪放奇险，又整然有序，散中有整，奇而不乱。

（三）多发议论，善发议论

梅墩诗有纯乎以发议论为主的，其中《萩邸诸子邀余饮席上分暗水流花径春星带草堂为韵余得水赋三百言》为最典型。此诗首先以前八句为一节，云：

> 济济龙虎姿，卫国多君子。
> 贱子侗无能，辱侍一堂里。
> 谬叨蒙乞言，聊以报知己。
> 今时侯国政，其弊亦多矣。

诗至此，已作好了发议论的准备。以后四句为一节："一曰充库仓，横敛浚民髓。又括富家金，极违损益理。"其下九节，格式完全相同。各节首句为："二曰举顺良"，"三曰修学校"……"十曰速成功"。接下，以四句作归束云："凡此十弊者，其名岂不美？讲名不论实，天下滔滔是。"最后，与前第一节相照应，又以八句为一节作结云：

> 诸君救世才，革之反手似。
> 却来一得愚，方将自隗始。
> 若得源源来，献芹或忘耻。
> 今宵更已深，后期偻指俟。

其论之是非且不论,只看其即席作此完全议论之长诗,指斥时弊,词厉言激,即可知梅墩情志卓荦,诗思敏捷。弘化四年(1847)秋,浪华筱崎弼为《梅墩诗钞》作序云:

> 二十年前,吉甫自其乡寄示其诗三卷。时龄未弱冠,而长篇大作波澜老成,叙景抒情之间议论错出,予既心知其非徒诗人也。后来游浪华,周旋多年,略尽其为人矣:魁梧而恭逊,博闻而知要,经义不主一家而特精于史学。内自心性,外及家国之经济,各有成说。

大槻磐溪于嘉永戊申(1848)秋为《梅墩诗钞》作序亦云:"虽然,吉甫岂特以一诗人争名于时流者哉?其平生之志,盖存乎经世有用焉。"梅墩于席上分韵之际,仓促间能成此"十日",与其说成之于才敏,莫如说成之于思熟。家国之事、经济之策,萦心绕肠,常欲一吐为快,席上对友,借酒发之,遂有此议论之章。梅墩一则关心国是,二则豪气横溢,三则才思敏捷,四则诗艺娴熟,四者相合,故其诗多议论且善议论。除此篇外,《坛浦行》、《吉备公墓下作》、《送芦村》诸诗亦多论国是。梅墩以议论为主的古诗,还有论自己、友人、古人诗文的诗篇,除早年所作《论诗》诗外,长篇的还有《读盛明百家诗》、《题稻垣木公文稿》、《题溪琴山房诗后》、《题樱伯兰诗卷后》、《题坪颜山诗卷》、《除夜祭诗》、《丙午元日》、《大槻磐溪诗集》、《题佩川诗集后》等篇,多有卓见。

（四）语言生动形象，富于表现力、感染力

如《戒相良生》诗，开篇处回忆该生孩提时来自己门下求学的往事，云：

> 乃考兰雪翁，吾辱忘年友。
> 有肴引我供，无酒就我取。
> 子生甫数年，翁化无是叟。
> 乃兄承其裘，遗业颇善守。
> 携子入吾门，尔时子龄九。
> 脱衣以网鱼，抛卷而斗狗。
> 吾往提子回，系之门前柳。

此诗以直接对旧日门生谈话口吻写，显得十分亲切家常。末尾四句，无一议论，只如絮絮口语，却将该生小时候的顽劣淘气，以及诗人为不负亡友而严格管教其子的情景，都活画出来了。盐田松园评云："揭一琐事而倍全篇精神，是龙门史笔。"指出梅墩善于运用细节描写的特点。

梅墩诗中还常用拟人化手法，如《题春川钓鱼图》诗有描写垂钓的一节云：

> 长竿袅似微风触，弱纶摇曳缩又舒。
> 大鱼见机决然逝，小鱼见饵忽踟蹰。
> 初则相疑不肯近，终难自持一口哺。

以拟人笔法,直写出大小鱼儿心理状态来。此诗虽为题画,画却难得如此微妙。

《长滨到其顺寓居》诗写诗人突至友人家做客,而友人仓促间难以备宴席的事:"主人未及备,客来奔如电。"如何是好!接下,诗中突然出现了让人感动的场面:

> 忽见人影伙,主客互惊眩。
> 老壮六七人,秋原方耕田。
> 闻邻有急难,奔归遽相援。
> 一人司拂席,一人司办膳。
> 一人提樽来,村醪聊自荐。
> 一人方烹鱼,聚炭急挥扇。
> 一人已割脍,清莹碎玉片。
> 一人在灶阴,鼓杆制麦面。
> 一人事奔驰,力疲心未倦。
> 谁图仓促间,得当此盛馔。

真可谓出奇之事,神来之笔。短短一节,生动再现了仓促间出现的热烈紧张而又井然有序的场面,视之可见,呼之欲出,乡人之淳朴好客,友人之德行人望,已尽在不言中。

而尤使我珍视的是关于日本特有的民风民俗的生动描写。《八月十五日谒大原神祠》及《捣糕曲》二诗绝佳,今不避其长,尽录于后,以示全璧。

《八月十五日谒大原神祠》诗云:

秋尝及时虔焘蒿，灵雨晨降残暑鏖。
东邱之下神所宅，隔树坎坎闻鼓鼛。
贫家富家老壮稚，十千竞往水滔滔。
官道五丈坦如砥，平时人影小秋毫。
今日往者混来者，势如乱丝不可缫。
其头与头足与足，前排后推身欲挠。
健夫进兮懦夫仆，女堕笄珥士堕刀，
黑雾冲天埃气涌，吼霆轧地屦声豪。
石桥南转祠堂近，夹路左右卓旗旄。
板扉咿哑神厩辟，大马屹立白其毛。
不嘶不动金鞍稳，青刍已饫不屑槽。
敞帷为屋设假店，村人卖柿市人糕。
杉叶插檐表酒肆，盘盛殷红陈蟹螯。
剧场新开浪华样，隔桥南北各别曹。
炫奇夸巧竞相诱，助以丝管齐嗷嘈。
别见高橹干霄汉，其中有人捷欺猱。
手持伞柄度绳上，谁口可少一声褒。
止如枯蝉在蛛网，走如健鹰脱锦绦，
性命唯将片丝系，彼不自患我心劳。
多方罗致张奇观，有翔有泳有咆嗥。
已闻宋国雀生鹯，又见宗周戎献獒。
列灯如星忘夜至，人气薰鼻醉酕醄。
不堪久向此中驻，掉头急急走且逃。
两耳逆风觉步疾，人声稍远闻松涛。

> 始悟天有中秋月，晴光万里一轮高。

此诗写的是日本过中秋节谒神祠时的盛况。日本是一个节日很多的国家，日本民族是热爱生活、喜欢热闹的民族。明治改历后，用对应的新历月日过旧历节日，使许多传统节日得以保存——唯新历八月十五月不作圆，无奈只好将中秋节割爱。梅墩诗中所记民间节日盛况，至今犹然。此诗点写场景、渲染气氛，文笔流畅生动，又是采用第一人称，便于刻画心理活动，使人读之恍如身临其境。

《捣糕曲》云：

> 南邻北里杵声起，冬冬磔磔不暂已。
> 釜上有甑中有汤，蒸气如云掩米扬。
> 乱杵撞白白将裂，米与杵根相粘结。
> 以水湿杵举始轻，白底唯余一块雪。
> 乾粱成粉堆大盘，杵梢悬糕投尚温。
> 手涂粱粉抚糕面，团团之月掌中翻。
> 一白已终又一白，富家春多杵声久。
> 如笑如歌听难明，一声声如日太平。
> 岂劳康衢观谣俗，此亦当年鼓腹曲。

这首《捣糕曲》所描写的，是日本往昔常见的制糕劳作。现在日本城市里，捣糕虽然已被机器替代了，但人们仍十分追怀这一传统食品的古老制作方式，在一些节日里，还常常把捣糕作为一个节目，一项活动。人们穿着民族服装，随着号子节奏，翩然若舞。抡木杵者（一般由男性担当）与用手翻动糕团者（一般由女性担当）配合默契，俯仰生趣，不断赢得阵阵喝彩。梅墩此诗刻画生动，细致入微。

这样的汉诗之所以珍贵，除了表现技巧而外，更重要的是在这样的诗中，汉诗形式已经与日本人民的日常生活、风土人情完美和谐地结合在一起了。汉诗像种子那样由中国传入日本后，经过千百年漫长岁月的移植栽培，已在日本文化的雨露滋润下，茁壮生长，盛开出具有日本民族独特风采的花。

以上，从四个方面，探讨了梅墩五七言古诗艺术表现的主要特色。

此外，梅墩五七言古诗在用韵方面也颇具工力，或长诗一韵到底，因难见巧，令人叹绝，如《杜蓼洲为予画障赋此以谢》，七古41韵，一韵到底。诗后有中岛米华评曰："予未见每句押韵诗如此之长者。"《长滨到其顺寓居》五古40韵，《银杏树歌》七古27韵，《观松子登所藏蒙古兜》七古39韵，《六月十二日与本田中村朝野诸子游箕岛》，七古33韵等，亦皆一韵到底。还有三韵一转、四韵一转者，于整饬中见变化，如《八月八日广村遇田大助》，三韵一转，全诗10节30韵，节节相扣如环；《夜登象头山》与《象头山上作》，皆以七古写登象头山事，却不但内容各自侧重不同，而且用韵手法各异。前诗每四韵一转，共6节24韵；后诗每三韵一转，共4节12韵。

梅墩五七言古诗豪而不野，巧而不纤，善学前人而志在出新，尽一生精神心力，异军突起于东国诗坛，其律诗绝句又极"隽永可味"，高出时辈，诚"宜其为东国诗人之冠也"。

四

梅墩汉诗作得如此多而且好,开始我想,其中国语一定也说得很流利。可是,直到我读了他的《赠松春谷三首》其一之后,才惊悉他根本听不懂汉语,更不能讲汉语。诗小序云:"春谷,长崎坊正也,请镇台导余辈观唐馆及兰馆(锁国期间,中国及荷兰设于长崎的商馆)。"诗云:

> 自幼好文字,常思晤西人。
> 因君观唐馆,素愿一朝伸。
> 西客自为主,东人却为宾。
> 言语虽不接,肝肺乃相亲。
> 吴楚与肥筑,目击成比邻。
> 席设氍毹软,酒酌葡萄醇。
> 熏鸡甘熨舌,糖蟹腻粘唇。
> 羹果满笾豆,无一不奇珍。

"言语虽不接,肝肺乃相亲",这是多么感人又多么令人痛惜的话!诗人在《观内海有竹所藏海上送别图》诗中亦云:

> 昭代严禁海外游,神州禹土路悠悠。
> 徒羡金乌与玉兔,自由东隅到西陬。

诗人多么向往中国,渴望有生之年能到汉诗的故乡一游。尽管那时诗人已近晚年，可是在他心里，仍梦幻般闪烁着希望的火花：

　　礼尚往来宜善邻，会见皇华向异域！

　　今日中日两国友好相处，文化交流又谱新章，汉诗研究之交流，尤方兴而未艾，梅墩诗魂有灵，亦将含笑于九霄。

（本文原发表于日本《福井大学教育学部纪要》[人文科学]
　　第37号［1989］，后被日本《中国关系论说资料》
　　　　［人文科学］第32号［1991］全文转载）

疑义相与析

《桃花源记》"男女衣著，悉如外人"之"外人"解读辨误

陶渊明《桃花源记》（以下简称《记》）中"外人"一词三度出现，依次如下：

晋太元中，武陵人捕鱼为业。缘溪行，忘路之远近。……渔人甚异之。复前行，欲穷其林。林尽水源，便得一山。山有小口，仿佛若有光。便舍船从口入。初极狭，才通人。复行数十步，豁然开朗。土地平旷，屋舍俨然。阡陌交通，鸡犬相闻。其中往来种作，男女衣著，悉如外人。黄发垂髫，并怡然自乐。

见渔人，乃大惊。问所从来，具答之。便要还家，为设酒杀鸡作食。村中闻有此人，咸来问讯。自云先世避秦时乱，率妻子邑人，来此绝境，不复出焉，遂与外人间隔。问今是何世，乃不知有汉，无论魏晋。此人一一为具言所闻，皆叹惋。

余人各复延至其家，皆出酒食。停数日，辞去。此中人语云："不足为外人道也。"

文中第二、三两处"外人"出现在桃源人"自云"和"此中人语云"的语脉中，是桃源人眼中之"外人"，其义为桃源外面的人。对此历来并无异议，问题在于对第一处"外人"即"男女衣著，悉如外人"之"外人"的解读。与第二、三两处"外人"不同，第一处"外人"出现在叙述武陵渔人探访桃源的语脉之中，是渔人眼中之"外人"，而非桃源人眼中之外人。让我们依据故事情节，以平常心境，对此"外人"作自然解读如下：

桃源中人"自云先世避秦时乱，率妻子邑人，来此绝境，不复出焉，遂与外人间隔"，则其男女之衣著，必不可能随着桃源外汉、魏、晋各代衣著之变化而变化。如此，当渔人进入闭塞五六百年之久的桃源时，对桃源人的衣著感到奇异应当是很自然的事。故此处"男女衣著，悉如外人"之"外人"，必不应指"桃源外面的人"，而当是泛指武陵渔人所不熟悉的，非常陌生的、异样的、异域的、异族的、异类的、异文化的人，也就是说，此处之"外人"，当是"外国人"或"方外人"的略称。

关于桃源人的衣著，在与《桃花源记》互为表里的《桃花源诗》（以下简称《诗》）中有云："俎豆犹古法，衣裳无新制。"无新制，没有新的样式也。与《记》可互为注脚。王维《桃源行》诗云："居人未改秦衣服"，亦可谓深得渊明旨意。

按说，《记》所叙故事虽虚而若实，语言风格又特别质朴自然，文中"男女衣著，悉如外人"一句，既无僻典，亦不佶曲，若待之以平常心，作自然解读，其义本不难明，岂料多年来误读迭出，还因此而牵连出对《诗》的误读，甚至成为构建"纪实说"、"虚构说"的重要依据，影响到对作品的整体评价。

一、误读举隅

历来的误读，大致可以归纳为由简单到复杂的四种情况。

第一种情况比较简单，只是单纯将"男女衣著，悉如外人"中之"外人"误读为桃源外的人。如唐满先《陶渊明诗文选注》中《桃花源诗并记》"注14"云："这几句说：人们在桃花源中来来往往，耕田劳动，男男女女穿的衣服，都和外边的人一样"；甫之、涂光社《魏晋南北朝文学作品译注讲析》中《桃花源记并诗》"注8"云："其中五句：这里的人，来往耕作，有男有女，穿戴打扮全和洞外人一样……外人：指洞外之人，即现实社会的人。"

误读的第二种情况稍为复杂：对"外人"的误读造成了《记》与《诗》的解读矛盾。如林俊荣《魏晋南北朝文学作品选》中之《桃花源诗并记》里的《记》之"注21"云："悉如外人——都同外边人一样。"而在《诗》之"注12"中又云："新制——新的样式。'俎豆'两句是说，礼法衣裳都还保持先秦古风。"如此，既云桃源人衣著"都同外边人一样"，又云"还保持先秦古风"，岂非矛盾？再如渭卿《陶渊明诗选》中之《桃花源诗并记》"注21"云："悉如外人：都和桃花源外的世人一样"；"注61"又云："此二句言祭祀礼法和衣裳的款式还是先秦的老样子，没有什么变化"，同样发生矛盾。类似的还有李华《陶渊明诗文选》中之《桃花源诗并记》"注17"云："'其中'三句：是说山里人往来耕作的情况和男女的穿戴，完全和外边的人一样。"而"注50"又云："'俎豆'二句：祭祀大典仍用先秦的礼法，衣裳也没有新奇的样式，意思是仍保留着三代淳朴的古风"；孙钧锡《陶渊明集校注》中之

《桃花源诗并记》"注20"解"男女衣著，悉如外人"云："外人：桃源之外的人，指世上人。这里说桃源人不是仙人打扮，和诗中所说'衣裳无新制'并不矛盾"；"注57"解《诗》又云："俎豆：都是古代祭祀用的器具，这里指祭祀。古法：古时的礼法。新制：新的样式。这两句说：祭礼、服饰都还是上古的老样子，没有新的变化。"作者似乎已经感觉到了矛盾，想用"桃源人不是仙人打扮"来调和，然终觉勉强；袁行霈《陶渊明集笺注》卷六中之《桃花源记并诗》，"笺注9"云："其中往来种作，男女衣著，悉如外人：意谓桃花源中往来耕种之情形以及男女之衣著，完全与桃花源以外之人相同。'悉如外人'指种作与衣著等各方面之生产生活习俗，犹此诗所谓'俎豆犹古法，衣裳无新制'"；"笺注35"又云："俎豆犹古法，衣裳无新制：意谓礼制与穿著均保持古风。"

以上五例，都是因为将《记》中"男女衣著，悉如外人"中"外人"一语误读为"桃源外面的人"，从而与对《诗》的解读发生了矛盾。

在此还想顺便一提的是，"其中往来种作，男女衣著，悉如外人"一句的读法，应当是说：其中往来种作之男男女女，其衣著如何如何。正如前引唐满先所云："人们在桃花源中来来往往，耕田劳动，男男女女穿的衣服，都如何如何"、甫之、涂光社所云："这里的人，来往耕作，有男有女，穿戴打扮全如何如何"等等，而李华读为"是说山里人往来耕作的情况和男女的穿戴，完全如何如何"；袁行霈读为："山里人往来耕作的情况和男女的穿戴，完全如何如何"、"桃花源中往来耕种之情形以及男女之衣著，完全如何如何"。这种将"往来种作"与"男女衣著"并列起来的读法，当亦属一种误读。

误读的第三种情况,对"外人"的误读使文章出现逻辑混乱。收进《汉魏六朝诗歌鉴赏集》一书中的李华的《〈桃花源诗〉赏析》一文云:

> "俎豆犹古法"两句,是说桃源人的衣著、祭祀都很简朴,保留着古风。按,祭祀营葬之事属于礼法问题。……自从有了君臣士庶、尊卑上下以后,礼法变得越来越繁缛,等级也更明显而森严了。衣著也是一样。鲍敬言说:"古之为屋,足以蔽风雨,而今则被以朱紫,饰以金玉。古之为衣,足以掩身形,而今则玄黄黼黻,锦绮罗纨。"古今衣著发生很大变化,而且越来越反映出等级的差别。鲍生反对有等级的差别,认为应该遵古,崇尚简朴。这种说法遭到葛洪的反对……看来陶渊明同意鲍敬言的意见,所以他所说的"衣裳无新制"就是反对衣裳有新的样式,主张一仍古制,没有等级的差别。这当然反映了他的平等思想。王维《桃源行》写桃源仙境,说"居人未改秦衣服",似太凿,未能得渊明微旨。不过,诗里说桃源人衣裳简古,岂不和《记》里的"男女衣著,悉如外人"发生矛盾?我想,就渔人的眼光看,桃源人的简朴衣著和山外的平民百姓相比,恐怕是没有多大差异的。而且即使桃源人的衣服样式与山外的不同,因而《诗》和《记》的说法显然矛盾的话,我觉得也无大碍。因为《记》是写传闻,《诗》是写感想和体会,不必强求一律。近来很多人讨论"悉如外人",对"外人"一词的含义争论不休,就是想把《诗》和《记》的说法统一起来。其实

"外人"一词,在《记》里用了三次,意思都相同,本不应产生什么歧义。以《记》就《诗》,强解"外人"为"世外之人",则"悉如"二字就没有了着落,未免胶柱鼓瑟了。

首先,作者云:"'外人'在《记》里用了三次,意思都相同",等于说"男女衣著,悉如外人"之"外人"是指桃源外面的人。而这种解读与作者前面所云"古今衣著发生很大变化"的说法显然相左。其实作者自己也感觉到了这样解读必然与《诗》发生冲突:"诗里说桃源人衣裳简古,岂不和《记》里的'男女衣著,悉如外人'发生矛盾?"问题在于面对此矛盾,作者不反思对"外人"的解读是否有误,反以揣测口吻自作解脱云:"我想,就渔人的眼光看,桃源人的简朴衣著和山外的平民百姓相比,恐怕是没有多大差异的",并进一步解脱云:"即使桃源人的衣服样式与山外的不同,因而《诗》和《记》的说法显然矛盾的话,我觉得也无大碍。因为《记》是写传闻,《诗》是写感想和体会,不必强求一律。"我们知道,《记》与《诗》因文体不同,在语言、结构、风格等诸方面确实是"不必强求一律"的,而且渊明也未令二者一律;但是,在《记》与《诗》之间,关于桃源人的衣著如何,渊明没有任何理由故意制造令读者困惑不解的显而易见的矛盾,因为这个桃源故事毕竟是以真实可信的语气讲述的。

其次,作者云:"看来陶渊明同意鲍敬言的意见,所以他所说的'衣裳无新制'就是反对衣裳有新的样式,主张一仍古制,没有等级的差别。这当然反映了他的平等思想。"我们说,渊明确实有平等思想,但《诗》中"俎豆犹古法,衣裳无新制"两句,是配合《记》中故事,说明桃源闭塞五六百年之后自然会出现的情况,并非借此以"反对衣裳有新的样式,主张一仍古制"。

误读的第四种情况,是在对"男女衣著,悉如外人"之"外人"误读的基础上,构建"纪实说"或"虚构说"。

关于"纪实说"。

在《陶渊明研究资料汇编》中收录了陈寅恪《桃花源记旁证》一文,文章开篇即声明:"陶渊明《桃花源记》寓意之文,亦纪实之文也。其为寓意之文,则古今所共知,不待详论。其为纪实之文,则昔贤及近人虽颇有论者,而所言多误。故别拟新解,以成此篇。止就纪实立说,凡关于寓意者,概不涉及,以明界限。"

此"纪实说"的一个重要观点,是认为《记》中"自云先世避秦时乱"之"秦",不是"嬴秦",而是"苻秦"。作者在着意沿着"纪实"方向"别拟新解"的文脉中,对于"男女衣著,悉如外人"一句的读解十分关键:

> 由苻生之暴政或苻坚之亡国至宋武之入关,其间相距已逾六十年或三十年之久。故当时避乱之人虽"问今是何世",然其"男女衣著悉如外人"。

说桃源人之先世是因避苻生暴政或苻坚亡国之乱而入山的,所以与源外隔绝仅有数十年之久,故桃源中人虽问渔人"今是何世",但短短数十年间桃源外衣著变化不会太大,所以在渔人眼里,桃源中之"男女衣著悉如外人"。该文在"总括本篇论证之要点"时又再次强调云:"真实之桃花源居人先世所避之秦乃苻秦,而非嬴秦。"

显而易见,该文"纪实说"的构建是以"真实之桃花源居人先世所避之秦乃苻秦,而非嬴秦"这一判断为主要基石的,而这一基石又是建立在误读"男女衣著,悉如外人"之"外人"为桃花源外之人的基础之上。

关于"虚构说"。

在宋王质等撰、许逸民校辑的《陶渊明年谱》一书中,附录有赖义辉《陶渊明生平事迹及其岁数新考》一文,其文有云:

> 《记》云:"先世避秦时乱,率妻子邑人来居于此",则及渔人来访,为时已六百年矣。而《记》犹云"男女衣著悉如外人",是则虽隔绝六世纪,内外服装仍皆相同,了无变迁,有是理耶?此可知其为虚构者一。又云"问今是何世,乃不知有汉,无论魏晋。此人一一为具言,所闻皆叹惋",似晋人虽去秦六百年而语言犹可与秦人后裔交通,殊可怪也。此可知其为虚构者二。据此二者《桃花源》所云有虚构痕迹无疑。

这里首先将"男女衣著,悉如外人"之"外人"误读为桃源外之世人,然后又指出这种解读的结果有违常识:"是则虽隔绝六世纪,内外服装仍皆相同,了无变迁,有是理耶?"此时作者其实已经发现将"男女衣著,悉如外人"之"外人"解读为桃源外之世人是不合情理的,但是却不因此反思对"外人"的解读是否有误,反而将思路导向他方,得出结论云:"此可知其为虚构者一。"我们由此可以得知,对"男女衣著,悉如外人"之"外人"的误读,是赖义辉《桃花源记》"虚构说"的第一依据。

综上，愚意以为，《桃花源记》确实有纪实因素，也不排除有虚构痕迹，但是，二者皆不建立在，也不应建立在对"男女衣著，悉如外人"之"外人"一语误读的基础上。

日本学者一海知义《陶渊明——虚构的诗人》一书，亦将"男女衣著，悉如外人"之"外人"误读为"从这个桃源乡所看到的外面的人"，其理由之一是古今中国语中之"外人"均无"外国人"含义。这是关乎如何解读"男女衣著，悉如外人"之"外人"的关键问题，本文以下拟就"外人"一语在我国古代典籍中是否有"外国人"含义的问题专作考论。

二、"外人"与"外国人"

一海知义在其《陶渊明——虚构的诗人》一书中，通过对陶渊明《桃花源记》、《五柳先生传》、《形影神》、《读山海经》、《闲情赋》、《挽歌诗》、《自祭文》等作品的研究指出，陶渊明不仅如已有的定评那样，是一位"酒的诗人"、"超俗的诗人"、"田园诗人"、"隐遁诗人"，而且是一位"虚构"的诗人。并于序文中云："陶渊明撰写理想国故事《桃花源记》，就是他寄兴味于虚构的第一证据。"

该书第一章"《桃花源记》理想国故事"中之"桃源乡的居人们"一节，作者首先引述了《记》中"其中往来种作，男女衣著，悉如外人。黄发垂髫，并怡然自乐"一段，然后解读云：

> 可以看到田间往来及努力从事劳动的男女们，他们的衣著

> 全都与"外人"一样。还看到"黄发垂髫"——茶褐色头发的老人和垂发的幼儿们,都无忧无虑快乐生活着。
>
> 这里,关于"外人"的"衣著",一般解释为象外国人那样的陌生的服装。但是我不如此想。"外人",是从这个桃源乡所看到的外面的人,也就是说,是指从外面来的渔师那样的普通中国人。所以,"如外人"的"衣著",就是与一般的中国人没什么变化的服装。(引文系笔者所译,下同。)

首先,作者认为"男女衣著,悉如外人"之"外人","是从这个桃源乡所看到的外面的人……'如外人'的'衣著',就是与一般的中国人没什么变化的服装";其次,作者认为"男女衣著,悉如外人"不应该"解释为像外国人那样的陌生的服装",在此提出了"外人"与"外国人"的问题。

接下,又云:

> 这样解释的理由,第一,"外人"这个汉语词语(包括现代中国语),不具有外国人、异人的含义。不象日本语中的"外人"指外国人,作为中国的语言词汇,一般是使用为指从某个地域或社会所看到的外边的人。
>
> 理由之二,在《桃花源记》中"外人"一语三度出现,其中无论哪个,都是与"其中""此绝境""此中人"等这样特定了内外方位的词语有对应关系的。即是:
>
> (1) 其中往来种作……悉如外人。
> (2) 来此绝境……遂与外人间隔。

(3) 此中人语云："不足为外人道也。"

(2) 与 (3)，都是指从"桃源乡"立场所看的"外人"（中国人），不应该只有 (1) 指"外国人"。

关于第三个理由，稍稍说得详细点。

《桃花源》中作为对住民们生活的描写，关于衣、食、住都有记述。

首先，住。如已经看到的那样，不是富丽堂皇的金殿玉楼，而是小小的的普通农家。包围农家的环境也并不特异，无论是桑呀竹呀也好，还是鸡呀犬呀的鸣声也好，都是中国普通的农村风景。

其次，食。这也如后来所见的那样，款待客人的饭菜，不是山珍海味，是普通农家最盛情的接待，按日本风俗的话，就是"鸡素烧"之类的饮食。

在衣、食、住之中，"食"与"住"都是普通中国式的，而不应该只有"衣"是外国人那样的特异样子。这就是第三个理由。孩子们的发型，也是中国古来的样式这一点也是旁证。这里的住民们，如下面所见的那样，原本就是中国的逃遁者，按现在的话来说，就是难民。到这里落脚已经过了五百年了，正如孩子们的发型没有变化一样，也不应该穿着特异的服装。

对于以上三个理由，我想将其顺序颠倒一下分别作以辨析。

首先，关于第三个理由，所谓"食"、"住"，既然"都是普通中国式的"，"衣"的方面"也不应该穿着特异的服装"。其实，《记》中所写之"食"，不过"设酒杀鸡作食"六字；所写之

"住"，更不过"屋舍俨然"四字，即使将居住环境之"土地平旷"、"有良田、美池、桑竹之属。阡陌交通，鸡犬相闻"加上，亦不过笼统数语而已，确实"都是普通中国式的"，不要说从秦到晋，即使从周到清，也大抵不过如此；而"衣"却不同，且不论两晋服饰较汉代有许多变化，只是从秦到汉，就有不少"新制"。中国的服饰制度自古有之，如《易经·系辞下》所载："黄帝、尧、舜垂衣裳而天下治"，至东汉始臻完备；而且自《后汉书》起，在正史中就有了专门记述服饰沿革的《舆服志》。《后汉书·舆服志下》载："秦以战国即天子位，灭去礼学，郊祀之服皆以袀玄。汉承秦故，至世祖践祚，都于土中，始修三雍，正兆七郊。显宗遂就大业，初服旒冕，衣裳文章，赤舃绚屦，以祠天地，养三老五更于三雍，于时致治平矣。"《后汉书·五行志》还记载了汉代民间服饰之变："延熹中，京都长者皆著木屐"；"献帝建安中，男子之衣，好为长躬而下甚短，女子好为长裙而上甚短"。我国历代服饰之变远较"食"、"住"之变为大，故王维《桃源行》云："樵客初传汉姓名，居人未改秦衣服"；李白《小桃源》云："地多灵草木，人尚古衣冠"，皆留意于"衣"之变与不变也。

其次，关于第二个理由，即所谓在《记》中"外人"一语三度出现，其中（2）与（3）都是指从"桃源乡"立场所看的"外人"，不应该只有（1）特殊。此与拙文前已辨误过的"'外人'一词，在《记》里用了三次，意思都相同，本不应产生什么歧义"等看法相同，此不赘述。

最后，关于第一个理由，即所谓"'外人'这个汉语词语（包括现代中国语），不具有外国人、异人的含义"。

其实，在《桃花源记》产生的时代，"男女衣著，悉如外人"之"外人"是可以泛指当时的"外国人"或"方外人"的。因为我国至晋时，与四方各国交往已相当频繁，仅《晋书·四夷传》所载，其时"凡四夷入贡者，有二十三国"。传中亦多载各国服饰之异，如记东夷诸国之夫余国云："其居丧，男女皆衣纯白，妇人著布面衣，去玉佩"；记马韩云："其男子科头露紒，衣布袍，履草蹻"；记倭人云："其男子衣以横幅，但结束相连，略无缝缀。妇人衣如单被，穿其中央以贯头，而皆被发徒跣"；又载西戎之吐谷浑云："其男子通服长裙，帽或戴幂。妇人以金花为首饰，辫发萦后，缀以珠贝"；记大秦国云："貌类中国人而胡服"等。可以说，外国服饰与中国之不同，在晋时已属常识。武陵渔人初入桃花源，见到与外界隔绝数百年之久的桃源人的衣著样式，顿生"男女衣著，悉如外人"之感，实在是极自然的事。此"外人"，并不能确指为某某国人，只不过想表示奇异之感而已。

关于"外人"一语在渊明所处时代是否有"外国人"含义的问题，下面拟就我国古代文献中使用的"外国"、"外国客"、"外国使"、"外国人"、"海外人"以及义为"外国人"之"外人"等，举隅示例如下：

其一，"外国"：

> 自博望侯开外国道以尊贵，其后从吏卒皆争上书言外国奇怪利害，求使。天子为其绝远，非人所乐往，听其言，予节，募吏民毋问所从来，为具备人众遣之，以广其道。
>
> ——《史记·大宛列传》

其二,"外国客":

>是时上方数巡狩海上,乃悉从外国客,大都多人则过之,散财帛以赏赐,厚具以饶给之,以览示汉富厚焉。于是大觳抵,出奇戏诸怪物,多聚观者,行赏赐,酒池肉林,令外国客遍观仓库府藏之积,见汉之广大,倾骇之。
>
>——《史记·大宛列传》

其三,"外国使":

>西北外国使,更来更去。……宛左右以蒲陶为酒,富人藏酒至万余石,久者数十岁不败。俗嗜酒,马嗜苜蓿。汉使取其实来,于是天子始种苜蓿、蒲陶肥饶地。及天马多,外国使来众,则离宫别观旁尽种蒲陶、苜蓿极望。
>
>——《史记·大宛列传》

其四,"外国人":

>扶南西去林邑三千余里,在海大湾中,其境广袤三千里,有城邑宫室。……其王本是女子,字叶柳。时有外国人混溃者,先事神,梦神赐之弓,又教载舶入海。
>
>——《晋书·四夷传》

其五,"海外人":

> 先列中国名山大川,通谷禽兽,水土所殖,物类所珍,因而推之,及海外人之所不能睹。称引天地剖判以来,五德转移,治各有宜,而符应若兹。
>
> ——《史记·孟子荀卿列传》

其六,语义为"外国人"之"外人":

> 上曰:"……天下治乱,在朕一人……朕既不能远德,故恫然念外人之有非,是以设备未息。今纵不能罢边屯戍,而又饬兵厚卫,其罢卫将军军。太仆见马遗财足,余皆以给传置。"
>
> ——《史记·孝文本纪》

《魏书·卷一〇一》亦载:

> 其后朝廷以梁益二州控摄险远,乃立巴州以统诸獠,后以巴酋严始欣为刺史。又立隆城镇,所绾獠二十万户,彼谓北獠,岁输租布,又与外人交通贸易。

《魏书》始撰于北齐天保二年(551),完成于天保五年,略后于《桃花源记》百余年。补此以示《史记·孝文本纪》中义为"外国人"之"外人"非孤证。

结　语

在前引李华《〈桃花源诗〉赏析》里的一段文中有云："近来很多人讨论'悉如外人'，对'外人'一词的含义争论不休，就是想把《诗》和《记》的说法统一起来。"在前引一海知义《陶渊明——虚构的诗人》里的一段文中，亦有云："这里，关于'外人'的'衣著'，一般解释为像外国人那样的陌生的服装。"这两段话透漏出一个非常值得关注的信息：无论在中国还是在日本，对于"悉如外人"之"外人"一词的解读，都有相当多的人对于作为学术界主流认识的"三个'外人'意思都相同"、"男女衣服，都和外边的人一样"的说法持有异议。这是令我感到十分欣慰的。

特别值得提出的是，在龚斌校笺的《陶渊明集校笺》中，《桃花源记并诗》"笺注5"云：

> 外人：谓方外或尘外之人。按，"男女衣著"二句多释为"男女衣服，都和外边的人一样"。实不妥。桃源中人虽避秦时乱已历五百余年，然"俎豆犹古法，衣裳无新制"。衣著与五百年前无异。桃源外的世人，服饰早经数变，尤其是晋代士大夫，更喜奇装异服。故桃源中人衣著，不可能与五百年后晋人衣著之"新制"悉同。诗云："借问游方士，焉测尘嚣外"，则此二句中之"外人"，应作方外或尘外解。

这段话对"男女衣服，都和外边的人一样"的说法提出了质疑，并提出了自己的解释："此二句中之'外人'，应作方外或尘外解。"

这里我引用的是 2004 年 3 月的第 3 次印刷本,而此书的初版早在 1996 年,迄今已经过了 10 年,而在这期间,如前所引述,无论在中国还是在日本,"男女衣服,都和外边的人一样"的说法还都照旧风行。这说明龚斌的解读还未能引起中外学界足够的关注,说明如何正确解读《桃花源记》的问题还有待进一步深入讨论以求共识,而这也正是拙文撰写的动因。

(本论文原发表于《陕西师范大学学报》
［哲社版］2007 年第 4 期)

日本诗话《彩岩诗则》著者之谜试解

日本诗话《彩岩诗则》之著者奥彩岩究系何人，自该诗话出版面世之日起，近百年来一直是日本汉文学史上的不解之谜。据笔者近日之研究，发现奥彩岩者即是江户时代著名汉学者、汉诗人桂山彩岩。今试作考辨如下：

一、谜之提出

池田四郎次郎编辑的《日本诗话丛书》全10卷相继出版于1920年1月至1922年6月间，其第四卷出版于1920年8月，《彩岩诗则》即收于此卷。该诗话虽署名曰"奥彩岩著"，但在由编辑者撰写的"解题"中，破例未对著者作任何介绍，仅叹曰："著者之名字乡贯无由知之。"自此，奥彩岩系何人即成一谜。

二、谜之搁置

自那时迄今，此谜一直未得其解。日本当代著名汉学者近藤春雄所著《日本汉文学大事典》，集日本汉文学研究之大成。其中有关人物的条目，对日本历代汉学者、汉诗人、诗话著者都作了极为翔实的介绍，较常见的别号也专列条目以便于查找，然而条目中并没有奥彩岩。

在全书其他条目中涉及奥彩岩者有两处：其一，于"日本诗话丛书"条中罗列该丛书所收日本诗话的名称及其著者时云："《彩岩诗则》一卷，奥彩岩"，仅表示《彩岩诗则》乃奥彩岩所著；其二，"彩岩诗则"条云："一卷。江户时代奥彩岩著。此诗话是对信浓国某一姓村上者所提问题的回答，讲述了学习近体诗的心得20余项。原本系抄本，为《日本诗话丛书》第四卷所收。"其对于奥彩岩的认知与《日本诗话丛书》成书时无异。

在此《日本汉文学大事典》中有"桂山彩岩"一条，全文如下：

> 桂山彩岩（1678—1749），江户时代江户人。名义树，字君华，通称三郎左卫门、三郎兵卫，号彩岩、霍汀、天水渔者。师事林凤冈，经学宗程朱。元禄七年（1694）仕幕府讲官，进秘书监（御书物奉行。——原注）。长于词章，最善律诗，亦通乐律，擅草隶。宽延二年三月二十一日没，年七十二。
>
> 著有《学问大旨》一卷、《寓意录》三卷、《居官拾笔》六卷、《天水笔记》十二卷、《赤体放言》一卷、《琉球事略》一卷、《东韩事略》一卷、《大阪御阵两度始记》十册、《彩岩集》二卷、《彩岩诗稿》二卷、《彩岩文稿》二卷。（据《汉学者传记集成》、《汉学者传记及著述集览》、《近世汉学者著述目录大成》）

在这段叙述中丝毫未涉及奥彩岩,也未涉及《彩岩诗则》。

另,由日本汉学前辈长泽规矩也(1903—1980)监修,其嗣长泽孝三编著之《汉文学者总览》一书,所收日本汉文学者极广,然亦无奥彩岩。看来,此当与奥彩岩"名字乡贯无由知之"有关。该书"凡例"云,其体例为列示历代汉学者、汉文学者的姓、名、通称、字、号、出生地、没年、享年、师名及官职等。故"名字乡贯无由知之"者自然无法列入。书中亦列有桂山彩岩,但其说明文字仍与奥彩岩毫无关涉。

显然,《日本汉文学大事典》、《汉文学者总览》两书既未曾改变奥彩岩此人"名字乡贯无由知之"的历史结论,又视奥彩岩、桂山彩岩为毫不相关的两人。也即是说,奥彩岩究系何人之谜一直未得其解。

三、谜之试解

奥彩岩与桂山彩岩究竟是不是同一人?欲解此谜,可先从文献中考察桂山彩岩其人。

友野霞舟(1792—1849)《锦天山房诗话》上册"桂山乂树"条云:

> 字君华,号彩岩,又号天水渔者。初称三郎左卫门,后改称三郎兵卫。江户人。……幼而聪慧,颖悟明敏。……既长,受业于林凤冈,精究理学,沉默不竟,自信甚厚。元禄九年,

以凤冈之荐，解褐大府。……累迁至秘书监，有旨许览秘府书，于是学益博洽。

并引室师礼之评曰：

彩岩，其行敦笃而立诚，其材浩幹而雄峭，挺然于埃壒之表，文采风流，足推倒一世。

又引东条子藏之评曰：

彩岩天资超脱，加旃以笃实谨严，贯穿经史，淹雅博通，气局阔达，神韵卓绝，则非复时流所企及，实旷世之伟才。

最后，有友野霞舟自评云：

彩岩诗，整丽近源白石（新井白石），高华过服南郭（服部南郭），跌宕似梁蜕岩（梁田蜕岩），圆秀胜林退省，足以领袖一时。

又，江村北海（1707—1782）《日本诗史》卷四云：

桂山彩岩，名义树，字君华，东都秘书监云。余在赤石，梁景鸾（梁田蜕岩）数称彩岩诗律精工，因知其作家；后来信州湖玄岱（多湖柏山）亦盛称彩岩，乃益知其作家。

桂山彩岩其人之有关记载如上。

然则，奥彩岩又何许人也？从奥彩岩所著《彩岩诗则·自序》中，可得以下线索：

(1)"信州之村上子，欲建津梁而无方，——告诉老树之身，今作一纸之式法……"

(2)"今限于五七律绝……"

(3)"彩岩初学之时，追随时世，唯知宋元之风。

正德之时，余当三十余岁……心地日广，悟前时之恶习，由此出入唐明百家。近年幸当秘书之任，益自由阅读万卷，有左右逢源之感。此式中所言，实乃三十年磨砺之余……"

(4)（文末署）元文四年春初。

那么，奥彩岩与桂山彩岩之间究有多少吻合之处呢？试作比较如下：

(1) 奥彩岩《自序》云，其正德时年当30余岁。按：正德共五年，其元年为1711年。已知桂山彩岩生于1678年，则正德年间为34—38岁。此二彩岩相合者一也。

(2) 奥彩岩《自序》中自称"老树之身"，文末所署年月为元文四年。

按：元文四年为1739年，前距正德元年28年，《自序》云经"三十年磨砺"，当为极近确数之约数。而此年桂山彩岩年62，亦宜以"老树之身"自称。此二彩岩相合者二也。

(3) 奥彩岩《自序》云："近年幸当秘书之职，益自由阅读万卷,有左右逢源之感。"

按:江村北海《日本诗史》称桂山彩岩为"东都秘书监";友野霞舟《锦天山房诗话》更详曰:"累迁至秘书监,有旨许览秘府书,于是学益博洽";今近藤春雄氏《日本汉文学大事典》亦云:"进秘书监。"此二彩岩相合者三也。

(4)奥彩岩《自序》云,向其请教诗法者系"信州之村上子",即信州一个姓村上的人。

按:信州,信浓国的别称,即今之长野县。桂山彩岩为江户(东京)人,又多年供职于江户幕府,信州与江户地域毗连,信州人进京向诗名久著的桂山彩岩请教,应是很自然易行的事。此二彩岩相合者四也。

(5)奥彩岩《自序》云,其所言诗法"限于五七律绝",则当是自以律绝为尤擅长者。

按:江村北海《日本诗史》卷四评桂山彩岩云:"梁景鸾数称彩岩诗律精工。"近藤春雄氏《日本汉文学大事典》亦称其"长于词章,最善律诗"。此二彩岩相合者五也。

此五者,诚无皆系偶合之理。最合理的结论自当是:奥彩岩即桂山彩岩,《彩岩诗则》系桂山彩岩所著。

然而,此"奥"字由何而来?

日本《广辞源》(第3版)中有以下数条可鉴:

"奥医师":任职于江户幕府,为将军及其夫人诊疗的医官。

"奥绘师":江户时代幕府的御用绘师。

"奥坊主"：江户时代管理江户城堡内部茶室，向将军进茶，并接待登城诸侯的坊主。

"奥儒者"：江户幕府中担任将军之侍讲的儒者。

"奥右笔"：江户幕府的职官名。在若年寄之下，管理公文及档案，调查前朝行事之先例，协助老中处理政务等。（按：若年寄、老中，皆江户幕府职官名。）

由此可知，"奥××"乃系江户时代的一种特别用法，专指江户幕府内部的某些职务。《彩岩诗则》本非着意的诗话著作，不过是为"信州之村上子""作一纸之式法"，桂山彩岩既为江户幕府秘书监，受教者于其名号前加一"奥"字以示敬重，亦是合情合理的事。

试解《彩岩诗则》著者之谜如上，对否？谨求教于方家。

（本文原题为《日本诗话〈彩岩诗则〉著者考辨》，发表于《唐都学刊》2001年第3期）

《全唐诗逸》辨误

现今流通之《全唐诗》(1960年中华书局校点重印本) 900卷后,附录有日本上毛河世宁(市河宽斋)《全唐诗逸》3卷。其中有错讹多处,迄今未见校正文字。今仅以一得之见,求教于方家。

《全唐诗》编定于清康熙四十五年(1706),后来流传到了日本。日本天明八年(1788),市河宽斋搜集传入日本而中土已亡佚之唐诗,得百二十余家之零章残句,编为《全唐诗逸》3卷,由其所创立之江湖诗社刊行,卷首有淡海竺常序。

日本文化元年(1804),《全唐诗逸》以江湖诗社藏版重印于京都,有述斋林衡序,并附淡海竺常原序。

清乾隆年间,鲍廷博氏(1728—1814,字以文,号渌饮)编集校刊《知不足斋丛书》30集,陆续付梓,未竟而逝。其子士恭(号清溪)承继父志,完成全书。《全唐诗逸》收载于第30集。卷首有淡海竺常原序,卷末有道光三年(1823)吴江翁广平海琛氏跋。其《跋》曰:"《全唐诗逸》三册,日本国河世宁所辑,余得之海商舶中以赠鲍渌饮先生,先生有《知不足斋丛书》之刻,欲以此册附录焉,未付梓而归道山。今其长君清溪,能成父志,属余校雠。"云云。

日本大正九年至十一年,池田四郎次郎编辑出版《日本诗话丛书》(全10卷),《全唐诗逸》收载于大正九年(1920)出版之第六卷(此本下文简称"诗话本")。

民国十年(1921),上海古书流通处据鲍氏家藏之初印30集足本影印出版《知不足斋丛书》(此本下文简称"知不足斋本")。

1960年,中华书局校点重印《全唐诗》时,据《知不足斋丛书》本,附录《全唐诗逸》于第25分册之末(此本下文简称"《全唐诗》本")。

本文将以诗话本和知不足斋本为参照,对《全唐诗》本进行辨误校正。

又,《全唐诗逸》所收载之零章残句,主要采自僧空海(774—835)《文镜秘府论》(820)、大江维时(888—963)《千载佳句》(929)、唐张鷟(660？—740？)《游仙窟》等,因下文将有涉及,故将所用以参校之刊本说明于下:

《文镜秘府论》,采用大正十年(1921)刊《日本诗话丛书》(卷七)本。

《千载佳句》,采用昭和十七年(1942)出版金子彦二郎校订本。

《游仙窟》,采用1990年商务印书馆出版《近代汉语语法资料汇编》(唐五代卷)所收载之会校本及1978年上海古籍出版社出版的汪辟疆校录之《唐人小说》(新1版)本。

对《全唐诗》本《全唐诗逸》辨误如下:

(体例说明:为读者检索方便计,今以诗或句位置之先后为序,标以《全唐诗》本页码并加以序号;根据需要,或录全诗,或只录辨误字词所在之一句或一联;标点一依《全唐诗》,仅作断句而已;尽量使用简化字;异体字不作说明。)

卷 上

(1) 涨海宽秋月。归帆［驶］（䭶）夕飙。

——明皇帝《送日本使》（10173 页）

【辨误】

"驶"，应作"䭶"。

《全唐诗》本以为原本中"䭶"字误，故径改为"驶"。此处，诗话本作"驶"，知不足斋本作"䭶"。按：《集韵》、《广韵》，"䭶"字有二音。其一，唐韵入声 16 屑，音 jue，䭶騠也；其二，唐韵去声 17 夬，音 kuai，䭶马，日行千里，马行疾也。又，与"快"通。（高翔麟《说文字通》："《酉阳杂俎》：'河水色浑䭶流'、元好问诗：'䭶雨东南来'，并以'䭶'为'快'。元好问诗'䭶雨东南来'，自注：'䭶，与快同'。"此处于义当作"䭶"（快），且与上句之"宽"相对，皆为形容词。

(2) 帝亲制十韵诗。手札赐王曰。嘉新罗王岁礼朝贡。克践礼乐名义。赐诗一首。

——明皇帝《赐新罗王序》（10173 页）

【辨误】

"礼"，应作"修"。

此字，诗话本、知不足斋本均作"修"。按：修，献纳贡器。汉班固《宝鼎诗》："岳修贡兮川效珍。"《新五代史·南唐世家·

李煜》:"遣中书侍郎冯延鲁修贡于朝廷。""修"是。

(3) 兰泛樽中色。松今弦上声。
———上官仪（句）(10174页)

【辨误】

"今"，应作"吟"。

此字，《文镜秘府论》、诗话本、知不足斋本均作"吟"。"今"显误，"吟"是。

(4) 皎洁西楼月未斜。笛声寥亮入东家。
　　顿令灯下裁衣妇。误剪同心一片依。
———章孝标《夜笛词》(10184页)

【辨误】

"依"，应作"花"。

此字，《千载佳句》、诗话本均作"花"，而知不足斋本作"依"。无论依义依韵，"依"皆显误，"花"是。

(5) 终南山脚盘龙势。紫阁云心望鹤归。
———祝元膺《曲亭》（句）(10186页)

【辨误】

"曲亭"，应作"曲江亭"。

此诗题,《千载佳句》、诗话本均作"曲江亭",而知不足斋本作"曲亭"。按,《唐摭言》卷一云:"进士……既捷,列名于慈恩寺塔,谓之题名;大燕于曲江亭,谓之曲江会。"唐薛能《折杨柳十首》其九云:"众木犹寒独早青,御沟桥畔曲江亭。"是知当日曲江有亭,且为名所。至于"曲亭",若不视为专有名词,作诗题固无不可,但考虑到诗中长安城南之终南山和长安西南之紫阁峰,以及《千载佳句》和诗话本的情况,此处还是以"曲江亭"为是。

卷 中

(6) 何乃万里来。可非炫其才。
　　增学助元机。土人如子稀。
　　　　　　——马总《赠日本僧空海离合诗》(10191页)

【辨误】

"元",应作"玄"。

此字,诗话本作"玄",知不足斋本作"元",当是避清康熙帝玄烨讳而改,今应改回作"玄"。

(7) 极目远山烟外暮,伤心归棹月边迟。
　　　　　　——崔致远《江上春怀》(句)(10139页)

【辨误】

"月",应作"日"。

此字,《千载佳句》、诗话本、知不足斋本均作"日"。按:诗中用"日边"者,如宋之问"风剎侵云半,虹旌倚日边"(《慈恩寺浮图》)、李绅"天外绮霞迷海鹤,日边红树艳仙桃"(《入淮至盱眙》)等;诗中用"月边"者,如王维"草色摇霞上,松声泛月边"(《游悟真寺》)、顾况"月边丹桂落,风底白杨悲"(《义川公主挽词》)等。而李白则既有"两岸青山相对出,孤帆一片日边来"(《望天门山》),又有"人游月边去,舟在空中行"(《送王屋山人魏万还王屋》)。由此可知,"日边"、"月边",唐人诗中皆有。"日"、"月"二字形近而义属同类,易误。前句云:"极目远山烟外暮",在时间上似乎也可通融,但毕竟远山尚可望见,此处宜依诸本,改作"日"。

(8) 何元

(诗人姓名)(10195页)

【辨误】

"元",应作"玄"。

此字,《千载佳句》、诗话本作"玄",知不足斋本作"元",当系避清庙讳而改,同(6),应改回作"玄"。

(9) 暖日当头催展菜。和风次第遣开花。
呼童远取溪心水。待客来煎柳眼茶。

——路半千《赏春》(10196页)

【辨误】

"菜",应作"葉"。

此字,《千载佳句》、诗话本、知不足斋本亦均作"菜",但《千载佳句》本在"菜"字右上角,注有一个小小的"葉",似是表示怀疑。裴澄《咏雪》诗云:"映林初展葉,触石未成峰。"展"菜",显系形近而误,"葉"是。

(10) 花映昼天当户日。树摇晴暮上阶烟。
　　　　　——曹戬《供洞县东亭》(句)(10198页)

【辨误】

"供",应作"洪"。

虽《千载佳句》、诗话本、知不足斋本均作"供",但我国只有洪洞县,而无供洞县。洪洞县,在山西省南部。汉代置杨县,隋改洪洞县。形近而误,应改作"洪"。

(11) 林外雪消山色静,窗前春浅竹声泉。
　　　　　——韦振《奉酬见赠》(句)(10208页)

【辨误】

"泉",应作"寒"。

此字,《千载佳句》、诗话本作"寒";知不足斋本作"泉",于义不通。"寒"与上句之"静",形容词相对,"寒"是。

(12) 真元
　　　　　　　　　　　　（诗人名）（10210 页）

【辨误】

"元"，应作"玄"。

此字，《千载佳句》、诗话本作"玄"，知不足斋本避清庙讳作"元"，应改回作"玄"。

卷　下

(13) 为爱水石奇。不厌湖畔行。
　　每望曲石凫。引有远兴生。
　　……
　　醉人入岛来。将醉强为醒。
　　扣船复摇棹。学歌渔父声。
　　呼我上渔船。更深江海情。
　　　　　　——无名氏《曲石凫》（10214 页）

【辨误】

两个"凫"字，皆应作"岛"。

虽诗话本、知不足斋本均作"曲石凫"，但与诗意不合。从诗前四句，可知此岛水石颇奇；六、七两句明言此岛之形"宛若龙象形。又如琅琊台"，皆与凫无关；而由第九句之"醉人入岛来"，尤可证第三句之"每登曲石凫"必为"每登曲石岛"之误矣。

　　(14) 幕幕生青苔。亭亭对远峰。
　　　　　　　　——无名氏《盘石》(10216页)

【辨误】

"幕幕",应作"漠漠"。

此二字,诗话本作"漠漠",知不足斋本误作"幙幙",因"幙"同"幕"(见《字汇补》),故《全唐诗》本将异体字规范为"幕"。

　　(15) 月知溪静寻常入。云爱山高且暮归。
　　　　　　　——无名氏《怀旧》(句)(10217页)

【辨误】

"且",应作"旦"。

此字,《千载佳句》、诗话本作"旦"。以"旦暮"对"寻常",皆为联合结构的名词。知不足斋本误为字形相近之"且"。"且"字,若仅以其所在之句而言,似亦可用,但考虑到上句,则于义不妥矣。

　　(16) 巧儿旧来携未得。画匠迎生模不成。
　　　　　　　——张鷟《游仙窟·又赠十娘》(10218页)

【辨误】

"携",应作"镌"。

此字,《游仙窟》诸本均作"镌",诗话本误作"隽",知不足斋本误作"携",《全唐诗》本沿其误。按:"镌",雕刻也,"模",写生也。以"模"对"镌",于义合。"镌"是。

(17)徐行步步香风散。欲语时时梅子开。
　　　　　——张鷟《游仙窟·又赠十娘》(10218页)

【辨误】

"梅",应作"媚"。

此字,《游仙窟》、诗话本均作"媚",知不足斋本误作"梅",《全唐诗》本沿其误。

(18)机关大雅妙。行步绝嫲娃。
　　　　　——张鷟《游仙窟·咏崔五嫂》(10218页)

【辨误】

"嫲娃",应作"娃嫷"。

此二字,《游仙窟》在日本的诸本、抄本中最早的京都醍醐三宝院所藏康永三年(1344)本、其次之名古屋真福寺宝生院所藏文和二年(1353)本,均作"娃嫷",后在庆安五年(1652)之刻本中误"嫷"为"嫲"。诗话本沿其误,知不足斋本更误作"嫲娃",《全唐诗》本又沿承了知不足斋本之误。按:《集韵》:"娃嫷,媚貌。"《广韵》:"娃婞,好貌。""娃婞"是。"婞",音chai。

(19) 映水菱花散。临风竹影寒。
——张鹭《游仙窟·扬州青铜镜留与十娘》(10220页)

【辨误】

"花",应作"光"。

"菱花"者,镜也;"菱光"者,镜之光也。镜之光可散,而镜不可散,故"菱花"误,应作"菱光"。《游仙窟》、诗话本作"菱光",知不足斋本误作"菱花",《全唐诗》本沿其误。

(20) 若披兰叶检。还沐土皇风。
——李峤《河》(10221页)

【辨误】

"土",应作"上"。

此字诗话本作"上",知不足斋本虽亦作"上",但因印刷时沾了墨点,颇似"土"字,后《全唐诗》本遂误作"土"。今核对知不足斋本中"上林"之"上"字与"土人"之"土"字笔画结构之异,可断知其为"上"字。且于义,亦应为"上"字。

(本论文原发表于《国际汉学论坛》第二卷,
西北大学出版社1995年9月出版)

附录

附录一

主要参考文献
（自家藏书）

○《日本诗话丛书》（全10卷）池田四郎次郎编　东京　文汇堂书店1920—1922年分卷出版之初版本（各卷所收诗话目录详见本书《日本诗话的文本结集与分类》文中表三）

○《词华集日本汉诗》（全11卷）富士川英郎、松下忠、佐野正巳编　东京　汲古书院发行

第一卷　　　　　　　　　　　1983年10月初版本
《本朝一人一首》　　林　鹅峰　　宽文五年（1665）刊
《本朝诗英》　　　　野间三竹　　宽文九年（1669）刊
《搏桑千家诗》　　　古野镜山　　元禄十五年（1702）刊
《搏桑名贤诗集》　　林文会堂　　宝永元年（1704）刊
《历朝诗纂》　　　　松平赖宽　　宝历七年（1757）刊

第二卷　　　　　　　　　　　1983年9月初版本
《日本诗史》　　　　江村北海　　明和八年（1771）刊
《日本诗选》　　　　江村北海　　安永三年（1774）刊

《日本诗选续编》	江村北海	安永八年（1779）刊
《五山堂诗话》	菊池五山	文化四年（1807）刊

第三卷   1983 年 3 月初版本

《日本诗史》	市河宽斋	自笔写本

第四、五、六卷   1983 年 5、6、7 月初版本

《熙朝诗荟》	友野霞舟	弘化四年（1847）序，净书本
《熙朝诗荟续编》	友野霞舟	写本

第七卷   1983 年 8 月初版本

《采风集》	稻毛屋山	文化五年（1808）刊
《海内才子诗》	柏木如亭	文政三年（1820）刊
《湖山楼诗屏风》	小野湖山	嘉永元年（1848）刊
《摄东七家诗钞》	北尾墨香	嘉永二年（1849）刊
《摄西六家诗钞》	北尾墨香	嘉永二年（1849）刊
《六名家诗钞》	植村芦洲	万延元年（1860）刊
《近世名家诗钞》	关　重弘	万延二年（1861）刊

第八卷   1983 年 4 月初版本

《文政十七家绝句》	加藤　渊	文政十二年（1829）刊
《天保三十六家绝句》	三上　恒	天保九年（1838）刊
《嘉永二十五家绝句》	北尾墨香	嘉永元年（1848）刊
《安政三十二家绝句》	额田　正	安政四年（1857）刊
《文久二十六家绝句》	樱井成宪	文久二年（1862）刊
《庆应十家绝句》	内田　修	庆应二年（1866）刊
《明治三十八家绝句》	拥万堂主人	明治四年（1871）刊

《明治十家绝句》	关　三一	明治十一年（1878）刊
《东京才人绝句》	森　春涛	明治八年（1875）刊
《旧雨诗钞》	森　春涛	明治十年（1877）刊

第九卷　　　　　　　　　　　1984年4月初版本

《停云集》	新井白石	享保三年（1718）刊
《皇朝正声》	荻生徂徕	明和八年（1771）刊
《日本咏物诗》	伊藤君岭	安永六年（1777）刊
《大和风雅》	藤本敬他	安永九年（1780）刊
《永慕编》	熊阪台洲	天明八年（1788）刊
《永慕后编》	熊阪台洲	享和四年（1804）刊
《钟秀集》	祗园南海	宽政十一年（1799）刊
《骏府诗选》	小田谷山	享和三年（1803）刊
《三备诗选》	仁科白谷	文化三年（1806）刊
《三野风雅》	津阪拙修	文政四年（1821）刊
《继志编》	熊阪盘谷	文政五年（1822）刊
《木门十四家诗集》	板仓节山	安政三年（1856）刊

第十卷　　　　　　　　　　　1984年5月初版本

《萱园录稿》	荻生徂徕	享保十二年（1727）刊
《金兰诗集》	龙　草庐	宝历四年（1754）刊
《乐泮集》	薮　孤山	安永七年（1778）刊
《丽泽诗集》	冈崎庐门	安永八年（1779）刊
《响风草》	安达清和	明和七年（1770）序
《盛音集》	北野鞠坞	文化元年（1804）刊
《南纪风雅集》	伊藤海峤	文化十年（1813）刊
《声应集》	胜田半斋等	文政六年（1823）识

《十九友诗》	仁科白谷	天保六年（1835）刊
《如兰集》	伊东相佑	天保十二年（1841）序
《从吾所好》	羽仓简堂	嘉永三年（1850）刊

第十一卷　　　　　　　　　　1984 年 7 月初版本

《今四家绝句》	北原秦里等	文化十二年（1815）刊
《宜园百家诗》	矢上 行	天保十二年（1841）刊
《玉池吟社诗》	远山云如等	弘化二年（1845）刊
《皇朝分类名家绝句》	石川鈇太郎	明治三年（1870）刊
《下谷吟社诗》	大沼枕山	明治八年（1875）刊
《七曲吟社诗》	有马则兴等	明治十二年（1879）刊
《日本闺媛吟藻》	水上珍亮	明治十三年（1880）刊
《优游吟社诗》	小野湖山	明治二十二年（1889）刊

〇《诗集日本汉诗》（全20卷）富士川英郎、松下忠、佐野正巳编
　　东京　汲古书院发行

第一卷　　　　　　　　　　1987 年 2 月初版本

《覆酱集》	石川丈山	宽文十一年（1671）刊
《新编覆酱集》	石川丈山	延宝四年（1676）刊
《白石诗草》	新井白石	正德二年（1712）刊
《白石先生余稿》	新井白石	享保二十年（1735）刊
《南海先生文集》	祇园南海	宽政七年（1795）刊
《一夜百首》	祇园南海	宽政九年（1797）刊

第二卷		1985 年 9 月初版本
《古学先生诗集》	伊藤仁斋	享保二年（1717）刊
《绍述先生文集》	伊藤东涯	宝历九（1759）年刊

第三卷		1986 年 2 月初版本
《徂徕集》	荻生徂徕	元文元年（1736）刊
《兰亭先生诗集》	高野兰亭	宝历八年（1758）刊

第四卷		1985 年 5 月初版本
《南郭先生文集》	服部南郭	享保十二年（1727）刊
《金华删稿》	平野金华	享保十三年（1728）刊

第五卷		1985 年 7 月初版本
《蜕岩集》	梁田蜕岩	延享三年（1746）刊
《玉山先生诗集》	秋山玉山	宝历四年（1754）刊
《北海先生诗钞》	江村北海	明和四年（1767）刊

第六卷		1986 年 7 月初版本
《草庐集》	龙　草庐	宝历十二年（1762）刊
《北禅诗草》	释　大典	宽政五年（1793）序
《北禅遗草》	释　大典	文化四年（1807）刊
《淇园诗草》	皆川淇园	宽政四年（1792）刊

第七集：		1987 年 6 月初版本
《栗山堂诗集》	柴野栗山	写本
《静寄轩集》	尾藤二洲	自笔
《精里集抄》	古贺精里	文政二年（1819）刊

《杏园诗集》	大田南亩	文政二年（1819）刊

第八卷　　　　　　　　　　　　1985 年 3 月初版本

《六如庵诗钞》	释　六如	天明三年（1783）刊
《和歌题百绝》	释　六如	
	皆川淇园	文化十五年（1818）刊
《宽斋摘草》	市河宽斋	天明年间（1781—1788）刊
《宽斋先生遗稿》	市河宽斋	文政四年（1821）刊
《如亭山人遗稿》	柏木如亭	文政三年（1820）刊
《诗本草》	柏木如亭	文政元年（1818）刊
《诗圣堂诗集》	大洼诗佛	文化六年（1809）刊

第九卷　　　　　　　　　　　　1985 年 11 月初版本

《黄叶夕阳村舍诗》	菅　茶山	文化九年（1812）刊
《花月吟》	菅　茶山	文政七年（1824）刊
《嵯峨樵歌》	北条霞亭	文化九年（1812）刊
《霞亭二稿》	北条霞亭	文化十三年（1816）刊
《听松庵诗钞》	释　日谦	文政九年（1826）刊
《小竹斋诗钞》	筱崎小竹	安政七年（1860）补刻

第十卷　　　　　　　　　　　　1986 年 10 月初版本

《春水遗稿》	赖　春水	文政十一年（1828）刊
《春风馆诗钞》	赖　春风	天保十二年（1841）刊
《春草堂诗钞》	赖　杏坪	天保四年（1833）刊
《山阳诗钞》	赖　山阳	天保四年（1833）刊
《山阳遗稿》	赖　山阳	天保十二年（1841）刊
《日本乐府》	赖　山阳	文政十三年（1830）刊

第十一卷　　　　　　　　　　　1987 年 10 月初版本

《孤山先生遗稿》　　薮　孤山　　文化十三年（1816）刊
《远思楼诗钞》　　　广濑淡窗　天保八年（1837）刊
《淡窗小品》　　　　广濑淡窗　安政二年（1855）刊
《梅墩诗钞》　　　　广濑旭庄　嘉永元年（1848）刊
《梅墩遗稿》　　　　广濑旭庄　明治四十三年（1910）刊
《佩川诗钞》　　　　草场佩川　嘉永六年（1853）刊

第十二卷　　　　　　　　　　　1987 年 4 月初版本

《棕隐轩集》　　　　中岛棕隐　文政八年（1825）刊
《鸭东四时杂词》　　中岛棕隐　文化十三年（1816）刊
《行庵诗草》　　　　武元登登庵　文化十一年（1814）刊
《稻川诗草》　　　　山梨稻川　文政四年（1821）刊
《柳湾渔唱》　　　　馆　柳湾　文政四年（1821）刊

第十三卷　　　　　　　　　　　1988 年 10 月初版本

《草山集》　　　　　释　元政　延宝二年（1674）刊
《元元唱和集》　　　释　元政
　　　　　　　　　　陈　元贇　宽文三年（1663）刊
《锦里文集》　　　　木下顺庵　宽政二年（1790）刊

第十四卷　　　　　　　　　　　1989 年 5 月初版本

《东野遗稿》　　　　安藤东野　宽延二年（1749）刊
《猗兰台集》　　　　本多忠统　享保十七年（1732）刊
《菱荷园文集》　　　石岛筑波　宝历八年（1758）刊
《桃花园稿》　　　　鹈殿士宁　天明四年（1784）刊
《观海先生集》　　　松崎观海　天明三年（1783）刊

第十五卷　　　　　　　　　　1989 年 12 月初版本

《芸阁先生文集》	千叶芸阁	安永六年（1777）刊
《鹏斋先生诗钞》	龟田鹏斋	文政五年（1822）刊
《湘梦遗稿》	江马细香	明治四年（1871）刊
《星岩集》	梁川星岩	天保十二年（1841）刊
《佛山堂诗钞》	村上佛山	嘉永五年（1852）刊

第十六卷　　　　　　　　　　1990 年 3 月初版本

《爱日楼诗》	佐藤一斋	文政十二年（1829）刊
《桐阳诗钞》	尾池桐阳	天保五年（1834）刊
《艮斋诗略》	安积艮斋	嘉永六年（1853）刊
《溪琴山房诗》	菊池溪琴	天保八年（1837）刊
《溪琴山人第三集》	菊池溪琴	嘉永二年（1849）刊
《竹外二十八字诗》	藤井竹外	安政五年（1858）刊
《春雨楼诗钞》	藤森弘庵	嘉永七年（1854）刊
《云如山人集》	远山云如	嘉永二年（1849）刊
《云如山人第三集》	远山云如	天保十四年（1843）刊
《云如山人第四集》	远山云如	文久元年（1861）刊
《墨水四时杂咏》	远山云如	嘉永三年（1850）刊
《松阴诗集》	吉田松阴	明治十六年（1883）刊
《湖山楼十种》	小野湖山	明治十四年（1881）刊

第十七卷　　　　　　　　　　1989 年 4 月初版本

《宁静阁集》	大槻磐溪	弘化五年（1848）刊
《竹堂诗钞》	斋藤竹堂	明治二十六年（1893）刊
《枕山诗钞》	大沼枕山	安政二年（1855）刊
《江户名胜诗》	大沼枕山	明治十一年（1878）刊

第十八卷　　　　　　　　　　1988年12月初版本

《松塘诗钞》　　　　　鲈　松塘　　嘉永四年（1851）刊
《栈云峡雨日记并诗草》　竹添井井　明治十二年（1879）刊
《蓉塘诗钞》　　　　　桥本蓉塘　明治十四年（1881）刊
《黄石斋集》　　　　　冈本黄石　明治十四年（1881）刊
《景苏轩诗钞》　　　　向山黄村　明治三十二年（1899）刊
《敬宇诗集》　　　　　中村敬宇　大正十五年（1926）刊

第十九卷　　　　　　　　　　1989年7月初版本

《春涛诗钞》　　　　　森　春涛　明治四十五年（1912）刊
《苍海诗选》　　　　　副岛苍海　昭和十二年（1937）刊
《怀古田舍诗存》　　　本田种竹　大正元年（1912）刊
《立庵诗钞》　　　　　山根立庵　明治四十五年（1912）刊
《来青阁集》　　　　　永井禾原　大正二年（1913）刊
《莲舟遗稿》　　　　　田边莲舟　大正十年（1921）刊

第二十卷　　　　　　　　　　1990年7月初版本

《槐南集》　　　　　　森　槐南　明治四十五年（1912）刊
《碧堂绝句》　　　　　田边碧堂　大正三年（1914）刊
《松心榭诗钞》　　　　横山耐雪　昭和十年（1935）刊
《西湖四十字诗》　　　饭冢西湖　昭和五年（1930）刊
《青崖诗存》　　　　　国分青崖　昭和五十年（1975）刊

○《纪行日本汉诗》（全11卷）富士川英郎、松下忠、佐野正巳编
　东京　汲古书院发行

第一卷　　　　　　　　　　　　1991 年 2 月初版本

《丙辰纪行》	林　罗山	宽永十五年（1638）刊
《癸未纪行》	林　罗山	正保二年（1645）刊
《东海纪行》	藤　醒梅	延宝八年（1680）刊
《镰仓纪行》	户田　干	元禄四年（1691）刊
《温泉游草》	深草元政	宽文八年（1668）刊
《势游志》	伊藤长胤	享保十五年（1730）刊
《京游记述》	篠本　廉	安永六年（1777）刊
《西游纪行》	熊阪台洲	明和八年（1771）刊
《松岛纪行》	细井平洲	明和八年（1771）刊
《东毛纪行》	安达清河	天明三年（1783）刊
《东海游囊》	安达清河	天明五年（1785）刊
《卧游编》	海量法师	天明八年（1788）刊
《漫游文草》	平泽旭山	宽政元年（1789）刊
《海岳杂咏》	菊池横岳	宽政三年（1791）刊
《相豆纪行》	菊池横岳	宽政三年（1791）刊
《东藩日记》	茅原元常	文化三年（1806）刊
《熊野游记》	北圃　恭	宽政十三年（1801）刊

第二卷　　　　　　　　　　　　1991 年 11 月初版本

《游艺日记》	菅　茶山	写本
《南游稇载录》	熊阪磐谷	享和元年（1801）刊
《戊亥游囊》	熊阪磐谷	享和元年（1801）刊
《云游后录》	关　赤城	享和元年（1801）刊
《云游文蔚》	瑞泉墨庵	享和二年（1802）刊
《势游草》	川合　衡	文化三年（1806）刊
《东奥纪行》	韩　联玉	文化十年（1813）刊

《天桥纪行》	韩　联玉	文化十三年（1816）刊
《芳野游稿》	韩　联玉	文化十四年（1817）刊
《月濑梅花帖》	韩　联玉	文政八年（1825）刊
《芳野新咏》	荒井鸣门	文政二年（1819）刊
《西游诗草》	大洼诗佛	文政二年（1819）刊
《北游诗草》	大洼诗佛	文政五年（1822）刊
《西北游诗草》	大洼诗佛	文政八年（1825）刊
《城崎纪行》	释　义宥	文政八年（1825）刊

第三卷　　　　　　　　　　1992 年 8 月初版本

《骥䗝日记》	河崎敬轩	文政三年（1820）刊
《澡泉前后录》	林　栓宇	天保五年（1834）刊
《扈从九日志》	林　栓宇	天保十四年（1843）刊
《北道游簿》	长户得斋	天保十年（1839）刊
《游囊日录》	海老翘斋	天保六年（1835）刊
《西征纪行》	板仓胜明	天保六年（1835）刊
《东还纪行》	板仓胜明	天保七年（1836）刊
《游中禅寺记》	板仓胜明	嘉永四年（1851）刊
《航湖纪胜》	藤森弘庵	天保八年（1837）刊
《西游纪程》	大槻磐溪	天保二年（1831）刊
《游豆纪胜》	安积艮斋	天保六年（1835）刊
《东省续录》	安积艮斋	天保六年（1835）刊
《东海道中诗》	小畑诗山	天保八年（1837）刊
《漫游诗草》	小畑诗山	天保十二年（1841）刊
《南泛录》	羽仓用九	天保九年（1838）刊
《西上录》	羽仓用九	天保十四年（1843）刊
《西游日记》	新宫凉庭	天保九年（1838）刊

《但泉纪行》	新宫凉庭	弘化三年（1846）刊
《东征稿》	中井竹山	嘉永三年（1850）刊
《西上记》	中井竹山	嘉永六年（1853）刊
《月濑记胜》	斋藤拙堂	嘉永四年（1851）刊
《拙堂纪行文诗》	斋藤拙堂	明治二十五年（1892）刊
《薄游吟草》	鹫津毅堂	嘉永五年（1852）刊
第四卷		1993年2月初版本
《南游纪行》	高桥克庵	嘉永六年（1853）刊
《北游纪行》	高桥克庵	安政四年（1857）刊
《晃山游草》	远山云如	安政三年（1856）刊
《亦奇录》	小原铁心	庆应三年（1867）刊
《松岛奇赏》	大槻磐溪	庆应四年（1868）刊
《报桑录》	斋藤竹堂	庆应四年（1868）刊
《竹堂游记》	斋藤竹堂	明治十七年（1884）刊
《东北游日记》	吉田松阴	庆应四年（1868）刊
《常北游记》	青山延寿	明治二年（1869）刊
《霞浦游藻》	三岛中洲	明治九年（1876）刊
《追远日录》	南摩纲纪	明治十八年（1885）刊
《日光纪游》	细川润次郎	明治十八年（1885）刊
《热海游记》	冈 鹿门	明治十四年（1881）刊
《北游诗草》	冈 鹿门	明治十四年（1881）刊
《观光纪游》	冈 鹿门	明治十九年（1886）刊

（说明：以上诸集，凡分前后编出版者，仅列入前编出版年。）

　　○《日本汉文学大事典》近藤春雄著　东京　明治书院1985年初版1990年第3次印刷本

　　○《明治汉诗文集》（《明治文学全集》卷六二）神田喜一郎

编　东京　筑摩书房　1983年初版1989年第5次印刷本

○《近世汉文学史》山岸德平著　东京　汲古书院　1987年初版本

○《五山文学集》(《新日本古典文学大系》卷四八) 入矢义高校注　东京　岩波书店　1990年初版本

○《本朝一人一首》(《新日本古典文学大系》卷六三）东京　岩波书店　1994年初版本

○《萱园录稿·梅墩诗钞·如亭山人遗稿》(《新日本古典文学大系》卷六四）东京　岩波书店　1997年初版本

○《日本诗史·五山堂诗话》(《新日本古典文学大系》卷六五）东京　岩波书店　1991年初版本

○《日本汉文学史》猪口笃志著　东京　角川书店　1984年初版本

○《日本汉诗》（上、下）猪口笃志著　东京　角川书店　1980年初版本

○《江户诗人选集》（全10卷）日野龙夫、德田武、揖斐高编纂　一海知义协力　东京　岩波书店发行

第一卷：石川丈山　元政（上野洋三注　1991年初版本）

第二卷：梁田蜕岩　秋山玉山（德田武注　1992年初版本）

第三卷：服部南郭　祇园南海（山本和义、横山弘注　1991年初版本）

第四卷：菅　茶山　六如（黑川洋一注　1990年初版本）

第五卷：市河宽斋　大洼诗佛（揖斐高注　1990年初版本）

第六卷：葛　子琴　中岛棕隐（水田纪夫注　1993年初版本）

第七卷：野村篁园　馆　柳湾（德田武注　1990年初版本）

第八卷：赖　山阳　梁川星岩（人谷仙介注　1990年初版本）

第九卷：广濑淡窗　广濑旭庄（冈村繁注　1991年初版本）

第十卷：成岛柳北　大沼枕山（日野龙夫注　1990年初版本）

○《汉诗事典》松浦友久编著　植木久行、宇野直人、松原朗著　东京　大修馆书店　1999年初版本

○《汉诗·汉文·评论》（研究资料日本古典文学卷11）大曾根章介等六人编著　东京　明治书院　1984年初版　1990年再版本

○《和汉比较文学研究的诸问题》（《和汉比较文学丛书》卷8）和汉比较文学研究会编　东京　汲古书院　1986年初版本

○《游长崎的汉诗人》上野日出力著　东京　中国书店　1989年初版本

○《(江马细香诗集)湘梦遗稿》（上、下）人谷仙介监修　门玲子译注　东京　汲古书院　1992年初版本

○《江户诗人传》德田武著　东京ぺりかん社　1986年初版本

○《汉文学者总览》长泽规矩也监修　长泽孝三编　东京　汲古书院　1979年初版　1980年第2次印刷本

○《汉和名诗类选评释》简野道明著　东京　明治书院　1914年初版　1974年修正88版本

○《日本汉学年表》斯文会编　东京　大修馆书店　1977年初版本

○《东瀛诗选》（清）俞樾撰　佐野正巳编　汲古书院　1981

年初版本

　　○《鹑山诗钞》杉田定一著　东京忠诚堂　1917年初版本

　　○《(要说)汉诗》日荣社编　东京　日荣社　1969年初版 1989年第7版本

　　○《汉诗》西谷元夫著　东京　有朋堂　1976年初版　1989年增补版本

　　○《王朝汉诗选》小岛宪之编　东京　岩波书店　1987年初版　1989年第2次印刷本

　　○《日本文人诗选》入矢义高著　东京　中央公论社　1992年初版本

　　○《平安朝的生活和文学》池田龟鉴著　东京　角川书店 1964年初版　1969年第八版本

　　○《河上肇诗注》一海知义著　东京　岩波书店　1977年初版本

　　○《漱石诗注》吉川幸次郎著　东京　岩波书店　1967年初版　1977年第9次印刷本

　　○《人间诗话》吉川幸次郎著　东京　岩波书店　1957年初版第2次印刷本

　　○《青渊诗歌集》涩泽敬三编　东京　角川书店　1963年初版本

　　○《日本文化史》家永三郎著　东京岩波书店　1959年初版 1969年第16次印刷本

　　○《菅家文草·菅家后集》(《日本古典文学大系》72)菅原道真著　川口久雄校注　东京　岩波书店　1966年初版本

○《野鸥松谷先生遗草》野鸥松谷著　冈井慎吾编　写本

○《木斋遗稿》山本木斋著　东京　秀英舍　1901 年初版本

○《吉堂遗稿》内海吉堂著　京都　日出新闻社　1925 年初版本

○《（年表资料）中古文学史》犬养廉等编　东京　笠间书院　1973 年初版　1988 年 12 版本

○《正法眼藏随闻记》篠原寿雄著　东京　达东出版社　1987 年出版　1993 年第 3 次印刷本

○《日本汉诗鉴赏辞典》猪口笃志著　东京　角川书店　1980 年初版本

○《朱子绝句全译注》（一、二册）宋元文学研究会编　东京　汲古书院　1994 年初版本

○《中国文学的世界》（第 5 集）中国古典研究会编　东京　笠间书院　1981 年初版本

○《白乐天》[英] Arthur David Waley 著　花房英树译　东京　みすず书房　1959 年初版　1987 年新版本

○《白乐天》田中克己著　东京　集英社　汉诗大系卷一二　1964 年初版　1986 年第 13 次印刷本

○《白氏文集》内田泉之助著　东京　明德出版社　1968 年初版　1987 年第 9 版本

○《讽喻诗人白乐天》（《中国的诗人》卷 10）太田次男著　东京　集英社　1983 年初版本

○《白居易》（上、下）（《中国诗人选集》卷 12）高木正一注　东京　岩波书店　1958 年初版　1987 年第 25 印刷本

〇《韩国高丽时代的陶渊明观》朴美子著　东京　白帝社 2000 年初版本

〇《万叶集》武田祐吉校注　东京　角川书店　1954 年初版 1973 年第 34 版本

〇《元稹研究》花房英树、前川幸雄编　京都　汇文堂　1977 年初版本

〇《朱子绝句全译注》(1)、(2) 日本宋元文学研究会编　东京　汲古书院　1991 年初版本

〇《广辞苑》新村出编　东京　岩波书店　1955 年初版 1983 年第 3 版本

〇《日本地图地名事典》三省堂编修所编著　东京三省堂 1991 年初版本

〇《日本人名事典》上田正昭等 5 人监修　1976 年初版 1990 年改订版　1991 年改定版　机上版本

附录二

日本汉诗精选五百首

乐府诗

日日臂鹰分绿芜,平明出郭到将晡。
临流时饮紫骝马,买酒频呼赤脚奴。
————伊藤东涯《少年行》

毡帐云鬟照汉妆,穹庐室里对君王。
傍人不解琵琶怨,笑向红颜劝酒浆。
————高野兰亭《昭君怨》

闻郎发新浦,故来相决绝。
郎喜五两风,侬悲千里别。
————服部南郭《估客乐》

征子已在途,征马已在驾。
相看两不言,涕泪双双下。
————秋山玉山《古离别》

郎立垂杨外,侬在垂杨中。

两情愿相见，吹开赖春风。

郎来秋夜短，郎去秋夜长。
秋夜还秋日，颠倒断侬肠。
　　　　　——江村北海《子夜四时歌（春·秋）》
独漉独漉，水深泥浊，宁劳车夫，无伤车轴。
肃肃征鸿，五七横空，我念美人，浩叹北风。
袅袅女萝，蔓松与石，丑妇得夫，施粉狼藉。
剑鸣匣中，魑魅四散，凶头易割，佞头难断。
营营逐逐，日可胜天，奰须读书，舞智自贤。
班班者虎，眈眈负隅，猛虎虽饿，不食俗儒。
　　　　　　　　　　——清田儋叟《独漉篇》
谁家采莲女，见人深隐花。
风起花撩乱，时时露鬓鸦。
　　　　　——菅茶山《采莲曲二首（选一）》
停桡鉴靓妆，钗坠水中央。
纤手难求得，刻舟告阿郎。
　　　　　　　　　——高野春华《失钗怨》

五言古诗

衔命将辞国，菲才忝侍臣。
天中恋明主，海外忆慈亲。

伏奏违金阙、骈骖去玉津。
蓬莱乡路远，若木故园邻。
西望怀恩日，东归感义辰。
平生一宝剑，留赠结交人。
————阿倍仲麻吕《衔命使本国》

寄迹天壤间，一世何悠悠。
抗志凌青云，洗身出浊流。
达从伊吕旋，穷伴夷齐游。
————大内熊耳《东武吟行》

十有三春秋，逝者已如水。
天地无始终，人生有生死。
安得类古人，千载列青史。
————赖山阳《癸丑岁偶作》

怜我二三子，负笈向吾依。
纸窗与土壁，灯花聚唔咿。
岁除宴妻孥，呼致共酒卮。
唱和聊同乐，讲诵且缓期。
君辈皆人子，岂不忧暌离。
爷娘当此际，当各说吾儿。
已忍爱日意，勿失惜阴时。
————赖山阳《示塾生》

积雪皑如山，寒风猛于虎。
袖手立小桥，诗思正自苦。

何人先我过,屐痕三四五。

　　　　　　　　——广濑淡窗《雪桥》

晨曦上远林,屋头鹊声喜。
田家秋酒成,有客至自迩。
煮豆窗下烟,洗芋门前水。

　　　　　　　　——广濑旭庄《田家留客》

茫茫秋原阔,不见人往还。
羁鸟飞无影,曳声暮云间。
夕阳沉远草,牛背如断山。

　　　　　　　　——广濑旭庄《小金原》

仙郎久为别,千里不留行。
海云迷驿道,凄其流浪情。
西飞精卫鸟,却欲栖蓬瀛。
舟楫阁中逵,羁心摇悬旌。
多君骋逸藻,寄入棹歌声。
相期邈云汉,意气素霓生。
江鲍堪动色,句句欲飞鸣。
想象鸾凤舞,标举冠群英。
清风洒兰雪,白日悬高名。
投珠冀相报,千金耻为轻。
愁水又愁风,为文竟何成。
起视溟涨阔,白浪翻长鲸。
猿啸风中断,孤月向谁明。

清扬杳莫睹，空忆武昌城。
———草场佩川《集青莲句奉酬伺庵先生
见寄集杜之作》

都会见儿童，无一不才子。
总角方卝然，清辩如流水。
二十犹便儇，三十平平耳。
开萎何倏忽，有如桃与李。
豫章参天才，生在深山里。
———广濑孝《都下儿童》

避暑访谁家，诗朋隔江住。
匆匆佩酒瓢，直向堤边路。
篙夫唤不来，舟横垂柳渡。
藉篷且倚舷，坐看水天暮。
凉笛数声遥，认得门头树。
对吟本自佳，独酌亦成趣。
日落未言归，苍茫两岸雾。
最爱月升迟，飞萤乱如露。
———那珂梧楼《柳阴纳凉》

春晨清如濯，晴日照自东。
爨炊烟细细，出窗散微风。
黄鸟鸣古木，飞入荆棘丛。
淡云翳残月，影落空庭中。
万物得自然，吾生明日终。
苟不为利缚，便能与天通。

在世岂不勤，读书味无穷。

——正冈子规《春晨》

青春二三月，愁随芳草长。
闲花落空庭，素琴横虚堂。
蠨蛸挂不动，篆烟绕竹梁。
独坐无只语，方寸认微光。
人间徒多事，此境孰可忘。
会得一日静，正知百年忙。
遐怀寄何处，缅邈白云乡。

——夏目漱石《春日静坐》

七言古诗

有客曾在易水傍，十三学剑轻舞阳。眼彩射人如秋鹘，腰间六月陨严霜。平生耻作团揉态，过门不入笙歌乡。朝行野草暮阴壑，老蛟屏息狞豹藏。弱冠已称闾里侠，叱叱风生倍激昂。一旦恐为勾践笑，西游上都见大方。上都纷华甲万国，十二街中半红妆。出门易逢烟黛色，隔壁犹闻云鬓香。误被年少相勾引，一醉春风玳瑁床。醉来千日醒不得，熔却从前铁石肠。踏花同歌紫骝马，乘月共夸乌帽郎。三尺宝剑宁可折，半面宝靥不可忘。几回买笑千金尽，归来惟有一空囊。恋恋冶情未肯绝，犹为行乐典衣裳。衣裳典尽又何有，匣底龙泉沉紫光。持此卖与富家子，复作风絮一日狂。君今负笈入京洛，洛水秋波木叶黄。劝君春来花发日,莫鬻书编游平康。

——梁田蜕岩《荡子行送辻昌藏之京》

寂,悠。良夜,清秋。乘明月,登高楼。水极地脉,天涵江头。歌遣思抑郁,酒洗意绸缪。金波三千世界,玉镜六十余州。昆山尺璧一痕出,合浦寸珠万颗浮。霜未落袁郎牛渚树,人应逐苏子赤壁舟。星斗阑干银河转如带,杯盘狼藉冷露零湿裘。醉来而不知东方之既白,归去而又期明年之重游。

——龙玉渊《月下吟(自一字至十字)》

篷窗结邻倚机前,南船拥妓北摊钱。往来笑语相欢狎,不必通名叙寒暄。乡音各自讹难辨,纷哓只闻终夜喧。商人从来轻离别,抛碇卸帆即家园。明朝如借风水便,蜀雨吴云两渺然。

——菅茶山《题野泊图》

春晷温如玉,春睡美如饴。小院风软帘不动,香篆半销花影移。

梦遇佳人贻锦带,末题小诗字字媚。低吟细读和未成,斗雀无情自檐坠。

——筱崎小竹《春睡》

暗中摸索东西走,白日不分左与右。朦胧有影捉无由,嫣然一笑齐拍手。中有丫鬟小女郎,前头欲走步郎当。休怪渠侬频见捉,罗带三尺拖地长。

——斋藤竹堂《小儿迷藏图》

阴燐照地翳复明,丑夜草木眠无声。腥气迸来风一道,鬼官肃肃作队行。伞盖当中僧相国,三目注人烂生色。红衫小鬼小如儿,执杖持烛从其侧。是谁氏女白衣裳,皓齿粲然喷血香。辘轳作首伸复缩,一伸忽为十丈长。鬼兮鬼兮何多趣,形影迷离半云雾。嗟哉鬼外有鬼人不知,白日横行纷无数。

——斋藤竹堂《百鬼夜行图》

濯如春月柳,娇如秋水莲。向君不敢语,背君泪成泉。复关咫尺即千里,怀中锦字凭谁传。昨夜灯花新报喜,无端邂逅小神仙。青翰舟里携吾手,绣被香暖梦相牵。千金一刻欢何极,双袂掩面却潸然。明誓同月有时缺,芳容似花几日妍。岂言断袖非良意,或恐分桃是恶缘。为君更固金兰约,不比桑中契易迁。请君勿惜频来往,一日不见如三年。

——广濑淡窗《读小说》

半江夕阳半江雨,雨外咿哑急鸣橹。笠檐蓑袂滴未干,江上数峰青欲吐。谁其画之吴小仙,墨光黯淡生纸古。耳边如闻袄霭声,使人恍然坐湘江曲霅水浦。一翁长臂挺叉入,乃知寒湍鱼方聚。一翁赤脚蹈舷立,意象似欲下网罟。柳下一翁坐垂纶,澄波相映澹眉宇。甫里子欤漫郎欤,江上丈人之俦欤。小童挈壶去何之,毋乃为翁赍村酤。家人望翁获鱼归,晚炊欲熟烟缕缕。渔兮渔兮一生安且乐,不比城中人士心长苦。朝闻趦趄声,席帽障日黄尘土。夕闻哑哑声,胁肩侍宴金谷墅。日日挥汗成雨点,残杯冷炙见轻侮。不知小仙此图果何心,决眦分毫细貌取。得非欲因之醒彼辈蓍腾醉,不尔画妙入神亦何补。呜呼,画妙入神亦何补。

——梁川星岩《吴小仙捕鱼图为泽左仲题》

谁执彤管写情事,千载读者心如醉。

分析妙处果女儿，自与丈夫风怀异。
春雨剪灯品百花，惜香怜玉自此始。
银汉暮渡乌鹊桥，仙信晓递青鸟使。
瓠花门巷月一痕，蝉蜕衣裳灯半穗。
夏虫自焚投焰身，春蝶狂舞恋花翅。
狸奴无赖缃帘扬，嫦娥依稀月殿邃。
尤云殢雨寸断肠，冷灰残烛偷垂泪。
五十四篇千万言，毕竟不出情一字。
情有欢乐有悲伤，就中钟情是相思。
勿罪通篇事涉淫，极欲说出尽情地。
小窗挑灯夜寂寥，吾侬亦拟解深意。

——江马细香《读紫史》（紫式部《源氏物语》）

南邻北里杵声起，冬冬磔磔不暂已。
釜上有甑中有汤，蒸气如云掩米扬。
乱杵撞白白将裂，米与杵根相粘结。
以水湿杵举始轻，白底唯余一块雪。
乾梁成粉堆大盘，杵梢悬糕投尚温。
手涂梁粉抚糕面，团团之月掌中翻。
一白已终又一白，富家春多杵声久。
如笑如歌听难明，一声声如日太平。
岂劳康衢观谣俗，此亦当年鼓腹曲。

——广濑旭庄《捣糕曲》

弃身去乎弃儿乎，一口减来一累除。
夜深街上暗移步，后有人语又趑趄。

户下驯尨睡应熟,檐隙灯光影有无。
悄悄安置几回顾,一痕缺月雪模糊。
—— 摩岛松南《贫人弃儿》

穷北之国据嶙峋,严霜扑地不知春。草木短缩岩石瘦,水味清冽土脉坚。能生骏马高八尺,蹄踠铸铁骨刺天。牧来百匹二百匹,骊黄赭白杂如云。有喜相狎戏,有怒相啮噬;有振鬣而起,有屈膝而睡;有嘘露其龈,有嗅缩其鼻;有临水伸头,有傍树摩背;左者已奔驰,右者尚狐疑;前者频踶蹴,后者人立啼;仰者又俯者,长尾乱参差;向者又背者,临风互骄嘶。君不见乱世所用马为主,不惜千金争买取。与人一心成大功,宠遇渥于金屋女。海内偃武二百年,俊物往往老农户。千里掣电人不知,一生竟与凡骨伍。竹鞭隆隆鸣不休,垂头空耕南亩雨。
—— 村上佛山《牧马图》

比目鱼,比目鱼,前声后声相应和,几妇卖来入村间。
妇人行商真可讶,试问其故未问价。中有一妇年最长,
向余欲语泪先下。今兹八月天气和,海面澄清镜新磨。
渔人放舟争下网,翠鬣红鳞不堪多。忽见怪云生遥空,
其大仅与笠子同。一时弥漫数千里,变作海天飓母风。
飓风怒号万雷响,簸起恶浪高几丈。渔舟掀舞如叶轻,
须臾折橹又摧桨。斯时更无免死术,只将游泳希万一。
脱衣直冲恶浪来,身如凫鹭没又出。其奈恶浪崩银峰,
千峰逾尽万峰重。二百余人不遗一,幽魂漠漠锁龙宫。
海气三日黄且紫,知是海神怒未止。海神果不受秽污,
荡出尸屍泊渚沚。母求其子妻求夫,腐败难认旧形躯。

呼天号地竟何益,收尸合葬沙岸隅。彼妇昨日新合婚,此妇结缡已多年。为妇谁不期偕老,岂图一时失所天。生卖比目非所欲,死为比目吾愿足。嗟乎嗟乎勿复问,请为孀妇买比目。

——村上佛山《鹈岛孀妇行》

容花貌月汉宫春,万里行入胡地尘。
若使和亲果有益,忠节远出诸功臣。
若使和亲果无益,三千第一薄命人。

——田中修道《王昭君》

公度先生轩霞表,使我对之俗念了。
一夕知胜十年读,如泛大海探异宝。
尝论墨子同西说,卓识未经前人道。
示我离诗绪余耳,亦自彪炳丽词藻。
平生心期在经纶,如闻著志既脱稿。
嗟我多歧徒亡羊,一事未成头已皓。
看君膂力将方刚,经营四方济亿兆。
他年万里垂天翼,庇护幸及蜻蜓岛。

——中村敬宇《奉赠黄公度先生》

晓发南口裹粮行,鸡鸣咿喔星尚明。
时正深秋气凛冽,马蹄坚冰碎有声。
驼群羊队道杂沓,乱山复水相送迎。
关门扼要麋鹿避,雉堞连天飞鸟惊。
八达岭头立马望,边塞茫茫秋草平。
万感涌胸不能制,频解腰瓢饮数觥。

尧舜禹汤施仁政，四海九州仰光荣。
秦皇唐宗逞霸业，匈奴不敢为抗衡。
中州正气今全尽，衣冠礼乐委榛荆。
文学八股没人智，政贵专制愚苍生。
夷狄竟出中华上，亚洲草木枉纵横。
咸丰年间鸦片役，吞恨遂结城下盟。
近来佛（佛：法国）人又猖獗，席卷安南迫东京。
福建一败尸埋海，台湾失色满朝惊。
吁呼四百余州土地大，何处不能成功名。
吁呼四亿万民人口夥，岂莫一个出俊英。
吾生扶桑一寒士，夙慨东洋大势倾。
胸有六合合纵策，欲向强秦试输赢。
金城铁壁岂要害，自主独立是甲兵。
万里长城真长物，愿筑人心万里城。
　　　　　　——杉田鹑山《长城行》

仰告皇天天不答，俯诉后土地不纳。
三千坑夫苦倒悬，帝泽所及何偏狭。
炭脉层层断复连，暗中匍匐踵接肩。
瘴烟疠气塞坑底，呼吸逼迫步且颠。
有人有人何残毒，手提棍棒日督促。
千鞭万挞尚不厌，气息仅苏又驱逐。
皮败肉烂无完肤，乱头蓬松发不梳。
裸体起卧乱沙上，面容仿佛昆仑奴。
昔闻苛政猛于虎，苦役惨虐所未睹。

岂啻农夫使马牛，甚于狱吏役囚虏。
病无汤药寝无衣，糟糠食尽日呼饥。
父母卧病不得省，妻儿在家几时归。
一身羁缚脱无计，故犯法网陷罪戾。
自曰缧绁非不酸，尚胜孤岛坐待毙。
坑夫坑夫有何辜，唤苦叫痛形槁枯。
剑山血池非夸诞，眼见佛氏地狱图。
触头屠腹自摧殒，草间鲜血痕未泯。
鬼哭啾啾燐火青，风浪澎湃带余愤。
呜呼明治陶朱公，家累巨万人尊崇。
吾闻炭坑为其有，何不锐意除弊风。
何物凶奴逞奸狡，巧假虎威贪不饱。
日月不照无告民，三千余人泣孤岛。

——国分青崖《泣孤岛》

五言绝句

道德承天训，盐梅寄真宰。
羞无监抚术，安能临四海。

——大友皇子《抒怀》

香刹钟初动，声声撞破云。
余音犹未尽，落叶乱纷纷。

——室鸠巢《野寺鸣钟》

千树叶皆脱,一村灯始明。
山前收小市,渐听夜舂声。
————伊藤东涯《山村冬暮》

小姑仅十三,慧情满娇面。
梨花深院窗,低诵莺莺传。
————梁田蜕岩《小姑》

昨日割一县,今日割一城。
割到壮士胆,萧萧易水鸣。
————秋山玉山《咏史三首》(选一)

夜雨前溪涨,欲渡向何处。
不知水浅深,试放黄牛去。
————秋山玉山《小景二首》(选一)

古镜如明月,几人照到今。
不见古人面,唯见古人心。
————秋山玉山《古镜》

乡心何处去,客至一谈清。
日暮客归去,乡心还复生。
————伊藤锦里《客中》

东岸将西岸,纷纷桃李低。
新妆不相妒,各自鉴清溪。
————守屋东阳《溪边桃李》

随姑厨下立,承命试调羹。
未熟家僮面,时时误唤名。
————江村北海《新嫁娘》

老去欢娱少，幽居意自宽。
元朝推枕起，犹作旧年看。
————江村北海《辛卯元日》

秋天片云尽，秋水无纤尘。
水天同一色，俯仰月二轮。
————清田儋叟《秋江》

养鬚非违众，截鬚非从俗。
我生唯我意，自成兹一局。
————尾藤二洲《截髭戏作》

春水平如砥，一篙过几村。
停船鸥亦至，似欲与人言。
————赖春水《春日江行》

蘋风才动处，槐雨欲晴时。
客至无多语，探怀出小诗。
————菅茶山《德永君寿来访》

反照入杨林，沙湾晚未暝。
母牛与犊儿，隔水相呼应。
————菅茶山《路上》

暴雨俄开霁，斜阳照砌苔。
蹄涔干未尽，浴雀已飞来。
————菅茶山《画雀》

寒溆兰荪岸，春郊萧艾深。
沅湘千古恨，天地独醒心。
————菅茶山《屈原行吟图》

生前无一顾,身后尚千金。
萎软追风足,飞腾伏枥心。

——菅茶山《老马》

舍南晒渔网,舍北系渔舟。
渔叟荫杨柳,呼童敲钓钩。

——菅茶山《渔村》

岁晏输租税,昏黄始出城。
归村先饲马,积雪夜檐明。

——菅茶山《村翁秣马图》

午路寻凉处,松根暂箕踞。
题诗展小笺,忽被风吹去。

——菅茶山《日闲即事》

多情深相忆,相忆情应通。
通时便为梦,醒后却无穷。

——龟田鹏斋《多情》

东篱依旧好,刚唤节余枝。
今昨皆人意,芳心不自知。

——斋藤竹堂《节后菊》

郊墟收老秆,处处积如陵。
人语寒云底,微微织席灯。

——中岛棕隐《西阜途中口号八首》(选一)

野店葡萄架,驿亭枳壳墙。
有人来弛担,言语似吾乡。

——广濑淡窗《筑前道上》

凌霄花善媚，遇物自绸缪。
长松曾失策，欲脱竟无由。

——广濑淡窗《凌霄花》

人立衡门外，牛归古巷间。
夕阳低欲尽，树影大于山。

——广濑淡窗《即景》

微雨不妨花，浊酒犹可醉。
家僮怨客迟，霜叶扫还坠。

——儿玉茂《漉酒待君逸》

秋庭雨痕净，池上晚风过。
一蛙飞没水，复出坐新荷。

——惠闻《雨后即事》

东山天欲暮，大字火初明。
倾城人仰望，欻灭寂无声。

——大合《即目》

老衲焚香坐，深房半隐梅。
烟丝徐出幕，触蝶忽低徊。

——佐野东庵《正顺寺》

梦听读书声，谁哉先我起。
晨灯茫不明，人影淡窗纸。

——广濑旭庄《春晓二首》（选一）

樵妇亦风流，铅华非所求。
折花不上鬓，红紫满担头。

——广濑旭庄《樵妇》

花香成暖雾，苔气吹凉露。
日午寂无人，一蝉吟绿树。

——广濑旭庄《小园》

竹尽天光豁，斜阳在佛扉。
山僧不看菊，篱角晒禅衣。

——广濑旭庄《僧庵所见》

洲外寒波渺，闲禽浴月前。
渔人吹火坐，枯苇淡秋烟。

——广濑旭庄《题画》

蜀土偏尊重，称花不斥名。
少陵岂无句，花重锦官城。

——斋藤拙堂《海棠》

林翠带烟暗，水光得月凉。
晚鸦三四点，相逐入苍茫。

——云林院东城《晚眺》

任他诘吾癖，要免目为樗。
携妓酌僧院，立朝读道书。

——小原铁心《漫言三首》（选一）

西山食薇蕨，犹是周土毛。
画兰不画地，最觉所南高。

——大槻磐溪《题露根兰》

茶残香亦烬，客去午窗闲。
棋局好为枕，卧看雨后山。

——村上佛山《客去》

鸣鹊出庭林，夜寒难结梦。
空余木末巢，孤影月中冻。

——村上佛山《冬日村居杂诗》（选一）

漠漠暮烟合，横塘月未生。
村娘挈瓶去，柳外汲蛙声。

——村上佛山《横塘》

一叟自西到，一叟来自东。
相遇共相马，马嘶荒野风。

——村上佛山《所见》

月落秋潮满，山远水烟青。
笛声何处是，渔篝三四星。

——菊池溪琴《杂诗》（选一）

中流洗马脚，似谢一日劳。
此意无人见，月轮头上高。

——岩下贞融《题画》

野菊依篱下，篱颓卧路旁。
自扶还自倒，也自吐幽香。

——森春涛《野菊》

石台无一尘，孤坐占清境。
隐隐煮茶声，绿阴生昼静。

——森春涛《绿阴昼静》

牛渡水中归，人从桥上去。
过桥顾我牛，犹在水深处。

——森春涛《途上所见》

风荷香不定，凉月影将沦。

空院夜深后,一萤来照人。

林下结幽屋,壁中藏古琴。
有时弹一曲,不必待知音。

——森春涛《栎阴村舍杂诗》(选二)

一雨苍黄至,忽然明落晖。
蜘蛛将网补,蛱蝶曝衣飞。

——中村敬宇《绝句》

萧然啜茶坐,情话与谁亲。
邻室棋声响,不知何处人。

——松谷野鸥《独坐》

霹雳天如裂,滂沱地欲摇。
一晴风色爽,凉影在芭蕉。

——鹫田南亩《骤雨》

真是群山祖,扶桑第一尊。
满头生白发,镇国护儿孙。

——芥川思堂《咏富士山》

七言绝句

闲林独坐草堂晓,三宝之声闻一鸟。
一鸟有声人有心,声心云水俱了了。

——空海《夜闻佛法僧鸟》

借此闲房恰一年，岭云溪月伴枯禅。
明朝欲下岩前路，又向何处石上眠。

——寂室元光《题壁》

纷纷世事乱如麻，旧恨新愁只自嗟。
春梦醒来人不见，暮檐雨洒紫荆花。

——义堂周信《对花怀旧》

千里佳期一夕同，花边开席坐春风。
明朝花落客还去，门径缘谁扫落红。

——绝海中津《花下留客》

绿树林中净似秋，更怜翠锁水边楼。
乘凉踏破苍苔色，撩乱袈裟上小舟。

——绝海中津《绿阴》

丝头乱绪白云芳，变态百兴终不常。
清话浓时尺还短，安禅倦处寸犹长。

——元政《线香》

幽丛秋发桂花枝，应有山中招我诗。
海上长风吹不断，白云明月寄相思。

——新井白石《辞禄后答山东故人》

东畲遗饷倚桑阴，梅子如弹秧似针。
双鹭联拳窥水浅，归牛浮鼻怯溪深。

——伊藤东涯《田园四时杂兴（夏）》

出处从来岂一途，谁将轩冕当锱铢。
云台遗貌无人问，今古争传严濑图。

——伊藤东涯《题子陵钓台》

白云山上白云飞，几户人家倚翠微。
行尽白云深处路，满身还带白云归。
———太宰春台《登白云山》

悍姑令严家事忙，绰号可称夜叉娘。
高声骂尽如花女，静把念珠参影堂。
———梁田蜕岩《杂咏七首》（选一）

风雪纷纷扑玉栏，薰笼宿火卷帘看。
销金帐里羔羊酒，不信人间说苦寒。
———江村北海《富家雪》

杜鹃一听不分明，听得分明第二声。
欲听三声欹枕久，枕窗斜月照残更。
———宫田维祯《闻子规》

红叶为毡石作床，砖炉短橦每相将。
还家莫讶酒钱少，半是劝人半自尝。
———六如《东福寺观枫遇唅唅山人卖酒戏赠》

井边移种牵牛花，狂蔓攀栏横复斜。
汲绠无端被渠夺，近来乞水向邻家。
———六如《牵牛花》

花萼春朝花露香，杨妃残醉步微凉。
楼前忽报寿王到，背立东风看海棠。
———六如《背面美人》

茅檐西日照篱斜，老蔓相支挂晚瓜。
冷蝶徘徊无意味，偶然逢着凤仙花。
———六如《秋日田家即目》

蔓干楦倒未囊收，黑丑落地芽复抽。
寒暖略同春社候，不知冰雪在前头。

——六如《牵牛落子再生苗》

一熟黄粱五十年，几场荣耀枕中天。
满城富贵功名客，不识真身何处眠。

——柴野立山《题卢生图》

盛夏塘中此采莲，秋来才许野翁船。
试穿摧叶残花去，网得佳人旧坠钿。

——小栗十洲《莲塘泛舟图》

欲归归去欲来来，久在途中不足哀。
即有高峰可登者，未曾当作望乡台。

——柏木如亭《杂兴》（选一）

孤舟月上水云长，崖树秋寒古战场。
一自风流属坡老，功名不复画周郎。

——市河宽斋《东坡赤壁图》

阖村男女夜如狂，一样新凝时世妆。
月映翠帘天欲曙，讴歌拍手舞清光。

——市河宽斋《越中元夕》（选一）

孤灯翻卷坐秋凉，读课稍多知夜长。
毕竟老蚊无气力，耳边歌过亦何妨。

——市河宽斋《秋夜读书》

雪拥山堂树影深，檐铃不动夜沉沉。
闲收乱帙思疑义，一穗青灯万古心。

——菅茶山《冬夜读书》

长川一带拥连山,人语鸡声乱竹间。
涉水归牛知浅处,渡船胶在白沙湾。
————菅茶山《江良路上》

行人争渡满船舱,商担僧包各异装。
中有女郎相对语,语音轻脆是京倡。
————菅茶山《题画》

春风舆醉向天涯,乘兴何乡不我家。
此去芳山一千里,长亭杨柳短亭花。
————菅茶山《备前路上》

薇山过尽播山深,举目初成客旅心。
行听路傍儿女语,婉娇已异故乡音。
————菅茶山《播州路上》

长程沿路故人饶,日日吟觞饯复邀。
行听秧歌音节异,始知桑梓已遥遥。
————菅茶山《摄草路上》

紫豆花残看菊花,沿流村巷一蹊斜。
山家风味殊淳朴,晒柿窗前卖碗茶。
————赖春风《新庄村访嘉园路上作》

一株临水静龙蟠,拟养孤芳傲岁寒。
自有松篁足相伴,休过墙去索人看。
————赖山阳《咏梅》

青山一座翠沉沉,万态浮云自古今。
横侧任它人眼视,为峰为岭本无心。
————赖山阳《画山》

雨添寒涨岸痕遥，红树青山路一条。
村叟入城归到晚，驱牛过水自过桥。

——赖山阳《桂川所见》

吹老东风不放晴，欲游岚峡再离城。
有花故可无花可，唯喜与君携手行。

——赖山阳《同君夷再游岚峡》

庭帏弄墨足承欢，儿作林丛爷作山。
要使老毫无蹙滞，故低树杪受屏颜。

——赖山阳《题月峰父子合作山水》

采时当及旗枪际，煮候须论老嫩间。
最爱风炉火红处，恍闻蝉语过秋山。

——赖山阳《煮茶》

寒螿唧唧杂鸣蛙，村驿秋风马影斜。
节过重阳菊未发，却看瓜架着黄花。

——赖山阳《途上》

八百八街宵月明，秋风处处卖虫声。
贵人不解笼间语，总是西郊风露情。

——赖杏坪《江都客里杂诗》（选一）

人间乞食不通名，万里青山任送迎。
皓月天寒秋一钵，毒龙潭畔夜深行。

——尾池桐阳《行脚僧》

棉圃禾田一径通，踏车声响渡头风。
农家乐事君知否，只在轻徭薄赋中。

——江源琴峰《盐屋村路上》

彭蠡摇鳍如在流,琉璃光底小优游。
灿然夺目风露下,一朵翻飞红绣球。

——大洼诗佛《琉璃瓶中游鱼》

侵凌霜雪绿初新,一种天然不老春。
肉食如知淡中味,不教斯色在斯民。

——大洼诗佛《菜》

轻风晚处飞花落,细草芳时舞蝶狂。
晴霭山光春苒苒,鸣禽野色水茫茫。

长短笋抽争后先,晚风轻畔柳生烟。
香花落日啼莺老,傍水春塘横系船。

——大洼诗佛《春晚回文》(二首)

江锁晓烟天未明,洲边宿鸟寂无声。
苍茫不辨舟何处,人语忽过桥下行。

——松浦大麓《冬晓天神桥口占》

虽然茅屋寒无酒,随分园庭春有花。
笑见高稍出墙角,行人门外欲停车。

——波多橘洲《遣春》

落魄江湖业卖文,寻常酒债奈纷纭。
回头身亦一穷鬼,岁晚何心欲送君。

——牧野默庵《送穷》

独掩蕉窗枕失眠,青灯照壁夜萧然。
雨声不与虫声混,各自伤心到梦边。

——筱崎小竹《秋雨》

乍觉新凉枕上生,狂飙卷地雨纵横。
黄昏梦醒半帘白,犹有槐角滴月声。
——斋藤竹堂《骤雨快甚》

湖田乘雨插秧时,没脚三尺泥若饴。
上畔行塍半流血,纷纷水蛭啮红肌。
——中岛棕隐《田园杂兴》(选一)

不似青春初入宫,衰容强拖绣裙红。
犹怜一对金龟子,和粉深入螺盒中。
——中岛棕隐《老宫人》

荡子何知蚕桑忙,漫将情话挑红妆。
此时若假半颜笑,宁信十年眠冷床。
——中岛棕隐《题秋胡妇采桑图》

霜落溪间老苇苕,残流如线未全消。
寒沙一带多人迹,闲却崖头独木桥。
——广濑淡窗《即事》

休道他乡多苦辛,同袍有友自相亲。
柴扉晓出霜如雪,君汲川流我拾薪。
——广濑淡窗《桂林庄杂咏示诸生》(选一)

礼乐传来启我民,当年最重入唐人。
西风不与归帆便,莫说晁卿是叛臣。
——广濑淡窗《咏史四首》(选一)

荒路夜深人不过,唯闻农舍数声歌。
二婆交杵捣粗布,一叟分灯舂晚禾。
——大坪恭《田家冬景》

读罢遗编掩复开,故交零落转堪哀。
山人有序伤长逝,逝矣山人亦不来。

　　　——梁川星岩《读小栗十洲遗稿有如亭山
　　　　　人序彼此触怀凄然题一绝句》

酒肆茶房未掩扉,长川一带闪残晖。
家凫不待人驱去,相唤相呼队队归。

　　　——梁川红兰《鸭水寓楼夏日杂题十首》(选一)

水萦山抱是吾家,独木成桥一径斜。
酒熟三冬不出户,寒禽啄尽枇杷花。

　　　　　　——高野真斋《冬日闲居》

二更微月影朦胧,凉透蕉衫柳外风。
试遣小鬟问门户,虫声唧唧板桥东。

　　　　　　——高野真斋《寻恋》

好在东郊卖酒亭,秋残疏雨扑帘旌。
市灯未点长堤暗,同伞归来此时情。

　　　——江马细香《砂川饮赋呈山阳先生》

家住长松乱水间,百流合响日潺湲。
惯闻窗底何妨静,坐读唐诗对晚山。

　　　　　　——江马细香《溪居》

缁尘不复扑衣裳,才出城门意转长。
水荇苴肥半塘绿,野蔷薇放满篱香。

　　　——江马细香《同山阳先生及秋岩
　　　　　春琴二君游沙川》

新草尖抽细雨中,满园如藉淡烟笼。

一齐茸茸茸茸绿,不识胚胎几种红。
————江马细香《新草》

晓烟渐散市声忙,曒日满桥人影长。
野菜压篮青一担,斑斑犹带夜来霜。
————藤森弘庵《冬日出游杂赋》(选一)

寒月苍苍海气昏,蛎墙螺屋自成村。
知他渔老归来晚,结网灯明未掩门。
————藤森弘庵《赤崖》

千愁百思积崔嵬,倦梦将成又复回。
雨歇空园虫语湿,葫芦架破月光来。
————广濑旭庄《秋夜二首》(选一)

树森森又草森森,露上人衣墓石沉。
一点残灯小于豆,虫声如雨夜山深。
————广濑旭庄《盂兰盆展墓》

松圃葱畦取路斜,桃花多处是君家。
晚来何者敲门至,雨与诗人与落花。
————广濑旭庄《春雨到笔庵》

世途危似上墙蜗,人事忙同赴壑蛇。
此境自知吾免矣,闲携瓢酒访梅花。
————远山云如《访梅》

蓬头稚子不须梳,扑枣归来又漉鱼。
乍被村翁催唤去,半檐西日诵农书。
————远山云如《秋日田家记所见二首》(选一)

疏帘向晚卷湘波,隔水时闻商女歌。

酒散楼灯红稍减,半桥凉月屐声多。

——远山云如《一宫驿杂咏二首示中村得之》(选一)

野人篱落晚晴清,含露蔷薇亦有情。
村犬疑吾盗花者,尾来桥上吠三声。

——稻垣研岳《遇微雨村路中》

雄剑十年游四方,一朝抱病卧山房。
可怜今日黄花酒,翻自故乡忆异乡。

——稻垣研岳《山中重九》

花拥回廊月午天,恼人春色夜如年。
手翻一帙西厢记,步出东轩塔影圆。

——道雅《春夜》

种桃绕屋是吾家,村村村头团绛霞。
嫁女西邻呼可答,隔花机杼时咿呀。

——藤井竹外《春日田园》

破晓一声黄栗留,如酥小雨润春畴。
杏花深处半开户,早有山翁起饭牛。

——藤井竹外《春晓过西冈田舍》

走遍名园惜物华,归来陌上日西斜。
鬓边栖个残红片,不记谁家篱落花。

——藤井竹外《看诸园樱花归途口占》

雕梁燕子画檐雀,笑汝高飞也等闲。
终日告天天不答,还低倦翼归田间。

——藤井竹外《告天子》

一声声落客愁边，每望尺书天外传。
今日故园归卧稳，却闻征雁忆前年。

——藤井竹外《闻雁》

我对青萝静整襟，一言肯受主人箴。
逾园勿向邻家去，纵是无心似有心。

——藤井竹外《女萝》

欲问真源何处边，三条并带落花悬。
不论醉客与醒客，齐就春崖漱玉泉。

——藤井竹外《清水寺川字泉下作》

去岁阿良正旦书，不胜笔处手纤余。
今春遥寄蝇头字，细巧翻输疏拙初。

——草场佩川《适得儿女辈诗牍
依韵回示三首》（选一）

图书堆里托微躬，长与幽人臭味同。
消受风霜文字气，一生不学叩头虫。

——摩岛松南《咏蠹鱼》

绕村野水碧粼粼，垂柳阴深绝点尘。
穿破菜花黄世界，一群红袖趁春人。

——大田兰香《小梅村瞩目》

一支健杖纵跻扳，游遍山光水色间。
我骨愿埋林墓畔，先将指爪葬孤山。

——小雨《将别西湖剪十指
甲埋林处士墓畔》

梧竹阴深无点尘，茅屋小酌觉情亲。

满胸曾贮丽都话，一接高人不上唇。
——小原铁心《细香女史至喜赋》

燕丹匕首不中身，韩相铁椎空碎轮。
天使英雄开局面，绵绵郡县两千春。
——大槻磐溪《读秦纪二首》（选一）

池亭渐暗月将低，帘外秧鸡角角啼。
幽客眠醒欹枕听，声声转在柳湾西。
——大槻磐溪《夜听秧鸡》

令色巧言鲜矣仁，嘱君休枉费精神。
不从参也学三省，读了亦唯斯等人。
——大槻磐溪《论语竟宴诗》

几处烟霞未了缘，芒鞋去向海东天。
房山一片如弦月，看到潘湖方始圆。
——大槻磐溪《六日发谷向村》

寒烛结花宵欲分，离情归思两纷纷。
明朝匹马舟冈路，能不回头一忆君。
——大槻磐溪《柴田氏招饮赋呈
　　　　　　　主人时余将西归》

残夜星稀曙色催，碧花篱落起徘徊。
多情织女去何处，只见牵牛含笑开。
——大槻磐溪《晓起看牵牛花》

空留著述付流尘，伯道无儿是宿因。
寂寞青山一抔土，无名草没有名人。
——大槻磐溪《吊小关某墓》

离觞酌尽客将行,忽起阳关三叠声。
一曲未终鞭马去,似无情处是多情。

——大槻磐溪《西归纪行》(选一)

节后黄花香未残,并将清影上栏干。
西人不识今宵月,付与东海随意看。

——村上佛山《九月十三夜观月》

江天归雁杂归鸦,鸦宿汀林雁宿沙。
别有渔船炊晚饭,青烟一缕出芦花。

——村上佛山《秋江晚眺》

萋萋近接泊舟汀,苒苒遥连卖酒亭。
牛犊归来烟雨晚,江南十里笛声青。

——村上佛山《春草二首》(选一)

三年留塾实奇才,岂料遽然游夜台。
初月半帘花影动,恍疑微笑捧书来。

——村上佛山《哭某生》

谁谓不如男子尊,爱之潜比掌中珍。
爷娘痴想真堪笑,已议东床坦腹人。

温然一夜玉投怀,却爱呱呱求乳啼。
拳小匹如春蕨茁,何时举案与眉齐。

——村上佛山《举女二首》

秋园雨霁晚凉加,睡起依轩啜碗茶。
斗罢青蛙有馀勇,一跳跳过玉簪花。

——村上佛山《秋园》

刈麦昨朝晴十分，插秧今日雨纷纷。
灵奇谁及农人手，卷尽黄云展绿云。
——村上佛山《即事》

无衔无辔一身轻，原上春风随意行。
碧草清泉腹常饱，虽逢伯乐不曾鸣。
——村上佛山《野马》

折插乌巾摘浮酒，东篱昨日小繁华。
今朝始得全真性，寂寞秋风寂寞花。
——村上佛山《十日菊》

水满秧田长绿针，午鸡声静觉村深。
前宵一雨足余润，闲却桔橰眠柳阴。
——大乡学桥《首夏村趣》

竹树微茫笼晓烟，一条沙路接寒田。
桥霜店月模糊白，人在马头犹补眠。
——秦同《早发》

兴亡迹绝静烟波，唯听松声和棹歌。
无限春风无限恨，孤帆带雨过须磨。
——绪方南湫《须磨》

山妻尺素达京华，惯读纷纷字似鸦。
想是爷寝儿眠后，独呵冻笔剔灯花。
——青柳柳堂《获家书》

悬崖层出断岩欹，下有人家结短篱。
二八少姬好颜色，临轩炫卖老熊皮。
——青柳柳堂《木曾道中》

安养自甘一味慵，萧疏短发乱如蓬。
年来援笔摊书手，闲绩苎麻助女工。

——青柳柳堂《病中杂吟》（选一）

苍苍晓月冷秋帏，早起骄儿走出扉。
独先邻童穿树底，捃取栗子满囊归。

——青柳柳堂《暮秋即事》

梦里烟花太有情，镜中偷喜鬓云生。
低低试按红琴谱，犹恐歌声带梵声。

——森春涛《还俗尼》

高寺低寺花相映，前山后山路互通。
烟雨楼台春不锁，人行小杜小诗中。

——森春涛《东山春雨图》

第一开心有此亭，登临买酒不须醒。
平生易白阮生眼，放向湖山别样青。

——森春涛《望湖楼》

呱呱恍认夜台边，非梦非真影在烟。
最有嬴妻禁不得，泣将余乳洒坟前。

——森春涛《悼儿》（选一）

蒙蒙午雨细烟笼，映水沿家有竹丛。
东涧西桥幽径断，空山满地落花风。

——森春涛《山行回文》

号令不明兵不振，此言虽浅可书绅。
当时孙武无他策，只向楼前斩美人。

——森春涛《题长沼氏兵要录后》

百媚千娇总委尘,海棠春又牡丹春。

春风不断销魂种,晚出藤花也恼人。

——森春涛《吉田苏川宅观藤花》

文字获钱能几多,笑盐呈媚奈君何。

可怜措大终年业,不抵珠娘半夕歌。

——森春涛《文字》

萝不可扪云叵攀,溪头更有数寻山。

何来老鹳盘林杪,下瞰行人步步艰。

——森春涛《穴马途上杂诗》(选一)

生卵应期满纸稠,蛾儿筐底锁春愁。

阶前芍药红将谢,欲作双飞不自由。

——森春涛《蚕词》

雨沐风梳这样新,依依袅似掌中人。

无端赚得深宫女,瘦损腰肢又一春。

宫里三千妒柳条,春风别在玉环妖。

寄言女伴加餐饭,未必君王爱细腰。

——森春涛《杨柳枝词》(二首)

严城鼓动气苍苍,未晓城中已觉忙。

十二街头残月色,结为朝客马蹄霜。

——大沼枕山《冬晓》

梅时喜雨只蜗牛,欲上芭蕉不自由。

高处元非置身地,移家徐下竹篱头。

——菊池三溪《初夏园中即事》

掉头不敢渡乌江,末路奇踪谁得双。
好是始终为项羽,何须隐忍效刘邦。
——中村敬宇《咏项羽》

新竹离离漏落晖,恼人暑气晚来微。
蜻蜓紧被风吹得,约住篱头不肯飞。
——中村敬宇《夏晚书所见》

回首生平事事非,草心深愧负春晖。
慈亲不咎学无进,笑道吾儿安稳归。
——中村敬宇《丹溪草舍题壁五绝》(选一)

半日儿童戏此园,散归应喜入家门。
要须雍穆示仪范,切勿叱呵如狗豚。
——中村敬宇《鸥波君见惠幼稚园六绝句感吟之余呈瞩并教》

言语通时情意通,交欢正可合西东。
良谋不在公平外,商利自存忠信中。
——中村敬宇《送田岛霞山之伊太利》

无月无风雨湿庭,谁挥团扇捉流萤。
稚子不睡纱笼畔,邻女来分三两星。
——山本木斋《萤》

霜后晴光趣最深,菊园枫寺尽幽寻。
山僧扫去门前叶,化作茶烟出远林。
——山本木斋《小春出游》

蹄铁锵然血溅毛,群骓趁敌太勋劳。

自羞老骨浑无用,日费官家豆几槽。

———伊势小松《老马》

秋风吹晓上篱笆,露影摇摇翠蔓斜。
纵使一朝微命短,淋漓碧血自成花。

———山中静逸《牵牛花》

忍饥缀得送穷文,多谢十年同苦辛。
怜汝前程无托处,世间渐少读书人。

———神山凤阳《送穷》

缩地何须壶里仙,凿山新辟洞中天。
奔轮进出乍无影,留得青空一缕烟。

———青山铁枪《题渊边游萍英国铁道画》

山中趺坐道机新,意色萧然谢俗因。
相送依依不能别,高僧却似世间人。

———广濑林外《镰仓僧一沤送至金泽赋赠》

北邙山上暮鸦啼,早晚谁能免寄栖。
一笑名心终未止,墓碑犹竞石高低。

———小野湖山《天王寺所见》

飒然飞雨洒横塘,迸散荷花一阵香。
风定垂杨比前碧,乱蝉摇曳万丝凉。

———森槐南《晚间骤雨》

水绿山明阅几朝,古陵寂寞草萧萧。
多情只有风前柳,飞絮随人过石桥。

———竹添井井《灞桥》

三吊忠魂泣溱河,定军山下又滂沱。

人生勿作读书子，到处不堪感泪多。

——竹添井井《武侯墓》

不孤之德及吾侬，万里遥来仰圣容。
崇殿杰宫何足说，千秋景望素王宗。

——宗演《谒曲阜孔子庙》

满岸新潮涵荻芽，几群泛鸭逐流斜。
渔翁亦识春光老，一网鲜鳞半落花。

——内海吉堂《题画》

慷慨平生击节歌，英雄事业奈蹉跎。
秋风今日故人泪，洒向春申江上多。

——杉田鹑山《悼黄兴次其所赠我诗韵》

既以斯身供自由，死生穷达又何忧。
丈夫心事人知否，山自青青水自流。

——杉田鹑山《十一月五日夜查官二名卒然来
拘引余福井警察署临发赋一绝遗家》

欲把兴亡问水滨，平沙七里净无尘。
白旗山下千年土，瘗尽英雄与美人。

——土肥鹗轩《镰仓》

一卷牛经彼一时，儿童就学尽麟儿。
克谙欧亚洲风俗，门前溪流名未知。

——高桥通明《田园所见》

吾曾年少未识字，早诵张郎夜泊诗。
今夜枫桥雨篷底，却怀年少诵诗时。

——松本胜敦《雨夜泊枫桥》

六言诗

行尽桃林落日,马蹄犹逐红尘。
花残酒店留客,雨急驿程催人。
　　　　　　——祇园南海《大津驿遇雨》

云起连峰忽失,雨来灌木方浓。
远村流水归鸟,南亩耦耕老农。

焚香默坐半窗,酌玉清谈一室。
抹月批风他时,惜花听雨终日。

花飞千树万树,雨暗三峰五峰。
惆怅今春又过,堪闻薄暮烟钟。
　　　　——山梨稻川《春雨同赋六言》(选三)

一身穷达无意,千古兴亡在心。
茅栋竹篱客少,丹崖碧树山深。
　　　　　　　——菅茶山《山亭读书图》

红尘紫陌无梦,黄叶青山有家。
迎客拨书客坐,遣童汲水煮茶。
　　　　　　　　——赖山阳《画山水》

雨过泉声逾喧,木落山骨尤瘠。
今朝杖底千岩,昨日天边寸碧。
　　　　　　　——赖山阳《石州路上》

一二片飞落叶,两三声咽残蝉。

门巷萧条无客,满庭叠尽青钱。

——京极琴峰《村居秋兴》

旁若无人笋长,相视一笑花开。
偶吟长句短句,更饮三杯四杯。

——久贝岱《六言独酌》

鸟倦已归江树,帆迟犹逐晚晴。
沙浦潮来雨歇,山城钟尽云行。

青山皆绕古驿,野水半涵人家。
渔老归时柳絮,耕牛行处桃花。

竹绿自有清韵,山青何关世情。
门荒不见人影,窗静只闻水声。

——菊池溪琴《仿右丞》(选三)

雨外孤帆出没,烟中一水萦纡。
残日乍明乍灭,远山如有如无。

——森春涛《题画》(选一)

千山万山落日,红叶黄叶深秋。
风光此际如锦,思句人凭小楼。

——富田鸥波《题画》

五言律诗

今日最和晴,游筇唤我行。

上山心自广,渡水足先清。
坞媚群花发,溪幽一鸟鸣。
归途随牧竖,牛背夕阳明。

——虎关师炼《游山》

索莫唐朝寺,昔人今已非。
短绡千叠嶂,浮世几残晖。
塔影摇岚际,钟声吹翠微。
客窗休自恨,华表会仙归。

——雪村友梅《宿鹿苑寺王维旧宅》

读书扫窗前,览物伫庭际。
水减池鱼忙,雨歇山蝉嘒。
岩泉涤炎蒸,杖履助流憩。
永醒梦中梦,独游世外世。

——石川丈山《闲游二首》(选一)

相国遗踪在,荒蹊松竹幽。
青山千古色,金阁几人游。
云影浮寒水,林声接素秋。
遥怜应永日,临眺使吾愁。

——那波木庵《游金山寺》

门巷随江曲,田家篱落稀。
岸低洗耕具,雨霁晒蓑衣。
小犊负薪饮,扁舟刈麦归。
儿童沙上戏,鸥狎不高飞。

——荻生徂徕《江上田家》

陌头杨柳垂，相送雨昏时。
寂寂去人远，濛濛匹马迟。
江声钟易湿，浦色草应滋。
宁问明朝后，吾心已乱丝。

——荻生徂徕《暮雨送人》

一篇诗史笔，今古浣花翁。
剩馥沾来者，妙词夺化工。
慷慨忧国泪，烂醉古狂风。
千古草堂在，蜀山万点中。

——伊藤东涯《读杜工部诗》

朱邸多奇士，高才只尔思。
主应知骏骨，众自妒蛾眉。
附凤人争望，屠龙技可悲。
即怀明月璧，按剑总堪疑。

——高野兰亭《寄子祥》

蹉跎违世路，偃蹇老江湖。
裘敝黄金尽，诗成白雪孤。
交游怀异代，天地哭穷途。
伏枥看如此，悲歌扣玉壶。

——高野兰亭《自遣二首》（选一）

谁将东海水，濯出玉芙蓉。
蟠地三州尽，插天八叶重。
云霞蒸大麓，日月避中峰。

独立原无竞,自为众岳宗。

——柴野栗山《富士山》

薰街浮水碧,莎馆靠峰青。
山约人烟密,市笼潮气腥。
儿童谙汉语,舟楫杂吴舲。
谁信嚣尘境,孤吟倒酒瓶。

——赖山阳《长崎杂诗》(选一)

渚禽寂无语,浅水流过岸。
凉月在秋空,清钟知夜半。
歌姬已匣筝,诗客犹围案。
三十六峰低,云光白于旦。

——梁川星岩《兔水赏月》

客里伤心处,无如暮雨声。
濛濛看似断,稍稍听还生。
万瓦人烟湿,一江鸥路平。
笥中藏旧稿,自圈自为评。

——广濑旭庄《尾路雨中》

因是鹿为马,却令人作仙。
溪山遥隔世,秦晋久忘年。
春酒桃花水,午炊桑树烟。
何缘知此境,洞口有渔船。

——浦池镇俊《题桃园图》

灵坛香火绝,钟磬委尘埃。
雨藓侵僧座,烟萝缚佛身。

寻幽犹有客,求福竟无人。
要问前朝事,林花犹笑春。
————河野健斋《废寺》

千年平久里,素朴古风存。
树色高低路,人烟上下村。
山深石孕子,地暖稻生孙。
且欲问陈迹,来投高士门。
————大槻磐溪《宿平久里》

轻屐过桥去,惊禽出水呼。
嫩凉风掠岸,纤白月浮湖。
竹色晴犹湿,荷香近却无。
徘徊更欲二,远笛隔烟孤。
————大沼枕山《湖上趁凉》

一溪隔世尘,家与病僧邻。
芳草低牛背,青苔肥佛身。
鸟声山欲答,潭色鉴无尘。
无事春耕辍,参禅了净因。
————山根立庵《题画》

匹马蹄声急,风陵欲起风。
河流抱城阔,山势入秦雄。
市近人烟密,关高鸟道通。
长安何处是,目断夕阳中。
————竹添井井《潼关》

只闻柔橹响,江雾隐行舟。

雨妒花魂碎,风狂蝶梦愁。
香泥诗客杖,春味酒家楼。
故国谁修禊,兵戈满九州。

——竹添井井《上巳》

晴雨元难定,入春春尚寒。
风声喧竹坞,日气淡松峦。
世稳英雄懒,心闲宇宙宽。
诗成先一醉,旋把素琴弹。

荒宅余三亩,疏篱竹作丛。
雪津四檐雨,梅气一窗风。
慵里诗多债,愁边酒有功。
吾家小天地,收在五言中。

——饭冢西湖《春初四首》(选二)

门外春泥滑,余寒懒下楼。
草冲残雪茁,水带断冰流。
诗每教儿诵,酒唯因妇谋。
城东梅发未,何日好观游。

——饭冢西湖《春寒》

在市复何妨,园幽趣自长。
青苔欺破壁,滋蔓补颓墙。
池静鱼情乐,风微蝉语凉。
黄昏新浴罢,松下试移床。

——饭冢西湖《秋兴二十七首》(选一)

春水入柴扉，溶溶漾碧晖。
哦诗啼鸟和，把酒落花飞。
天地容狂骨，江山属布衣。
本无闻达念，何用说忘机。

——饭冢西湖《桐溪卜居十五首》（选一）

山河销霸气，折戟见沉沙。
乔木将军墓，斜阳卖酒家。
老鸦饱残果，秋蝶抱寒花。
一笛西风里，行人万感加。

——阪本三桥《镰仓》

七言律诗

三春出猎重城外，四望江山势转雄。
逐兔马蹄承落日，追禽鹰翮拂轻风。
征船暮入连天水，明月孤悬欲晓空。
不学夏王荒此事，为思周卜遇非熊。

——嵯峨天皇《春日游猎日暮宿江头亭子》

晋朝浇季少淳风，七子超然不混同。
欲对琴樽终性命，何要台阁录勋功。
生涯每寄孤云片，世虑都忘一醉中。
若遇求贤明圣日，庙堂充满竹林空。

——岛田忠臣《题竹林七贤图》

一从谪落就柴荆,万死兢兢局蹐情。
都护楼才看瓦色,观音寺只听钟声。
中怀好逐孤云去,外物相逢满月迎。
此地虽身无检系,何为寸步出门行。
　　　　　——菅原道真《不出门》

孤松三尺竹三竿,招我时时来倚栏。
细雨随风斜入座,轻烟笼日薄遮山。
沙田千亩马牛瘦,野水一溪鸥鹭闲。
自笑可休休未得,浮云出岫几时还。
　　　　　——别源圆旨《题可休亭》

海边高阁倚天风,明灭楼台蜃气红。
草木凄凉兵火后,山河仿佛战图中。
兴亡有数从来事,风月无情自满空。
聊借诗篇寄凄恻,沙场战骨化为虫。
　　　　　——义堂周信《乱后遣兴》

人世由来行路难,闲居偶得占青山。
平生混迹樵渔里,万事忘机麋鹿间。
远壑移松怜晚翠,小池通水爱幽潺。
东林香火沃洲鹤,逸轨高风谁敢攀。

晨炊不羡五侯鲭,葵藿盘中风露馨。
霜后年年收芋栗,春前日日劚参苓。
听经龙去云归洞,看瀑僧回雪满瓶。
穷谷深林皆帝力,也知畎亩乐清宁。

袅袅樵歌下杳冥，幽庭鸟散暮烟青。
卷中欣对古人面，架上新添异译经。
此地由来无俗驾，移文何必托山灵。
幽居日日心多乐，城市醺醺人未醒。

寒山拾得邈高风，物外清游谁与同。
林罅穿云凌虎穴，潭头洗钵瞰龙宫。
百年多兴朝朝过，一梦无凭念念空。
题遍苍崖千万仞，长歌短咏意何穷。

——绝海中津《山居十五首次禅月韵》（选四）

深入朱仙临北房，不知碧血瘗南州。
垄云空映伍员庙，湖水无期范蠡舟。
四将元勋俄寂寂，两宫归梦谩悠悠。
他年天堑人飞渡，添得英雄万古愁。

——绝海中津《岳王坟》

北固高楼拥梵宫，楼前风物古今同。
千年城堑孙刘后，万里盐麻吴蜀通。
京口云开春树绿，海门潮落夕阳空。
英雄一去江山在，白发残僧立晚风。

——绝海中津《多景楼》

正知造化钟神秀，胜境长开古道场。
千仞危头安佛阁，万株疏处见僧房。
补陀地沃山礬茂，灵鹫岭邻薝蔔香。

来把三条飞瀑水,拟涮五斗俗尘肠。

——村上冬岭《游清水寺》

萧瑟秋风动碧林,天边树色郁森森。
鲸鲵蹴浪海氛恶,猿狖啸云山气阴。
鬓际霜侵多病日,腰间龙泣未灰心。
楼前一片如钩月,别恨谁家送夜砧。

城上楼台开曙辉,重门钟漏远微微。
空庭霜下青梧落,绝塞云来白雁飞。
通国交游知己少,夙龄退尚与人违。
世间年少慢儒客,肯信身贫心转肥。

岁晚沧江日易斜,病来分外减容华。
人间只负思归脍,天上难浮乘月槎。
千载悲秋传楚调,万家牵恨入胡笳。
樽中绿酒香新熟,欲傍东篱摘菊花。

一世浮沉似覆棋,老来萧索此伤悲。
毛生捧檄违亲后,杨子谈经报主时。
日落阑干闲坐久,月生河汉欲眠迟。
殷勤络纬四邻夕,应是灯前机妇思。

嵯峨白雪贺兰山,鸟道开天咫尺间。
万里夕阴云出塞,五更曙色月临关。
康侯锡马日中宠,报国群臣霜后颜。
谁识夷门鸣柝者,昔年曾是点清班。

寥落旧游多白头，几回同役海东秋。
天台岭北霞光落，日本桥西月色愁。
身托他乡送归雁，梦回孤岛狎轻鸥。
相逢共说昔年事，此日凄然忆武州。

十年游学愧无功，为客逢秋草路中。
清晓梦残荷叶雨，黄昏笛断柳条风。
异乡到处眼终白，同侣几人颜共红。
书剑归来最萧瑟，沧浪一曲和渔翁。

远林平楚渺逶迤，万顷秋田匝郑陂。
野外荒坟碑仆草，村中古庙鸟栖枝。
山河长对白云在，人代宁知沧海移。
谁子杖藜怀古久，愁吟陇上日将垂。

——室鸠巢《秋兴八首和老杜韵》

嫖姚麾下尽精兵，知是当年第几名。
百战场中轻万死，半间屋里守残生。
不从张俊求回易，俄看狄青蒙宠荣。
也怕向人谭往事，弓刀雪满出长城。

——伊藤东涯《戏分刘后村八老题
　　　　　同赋予得老兵》

少小远游才气雄，青袍白马醉关中。
美人舞罢邯郸月，壮士歌寒易水风。
一掷千金惟有胆，百年五尺敢言躬。

书生未必老糟粕,请看剑华冲白虹。

——祗园南海《咏怀七首》(选一)

苍鹰独立不下鞲,飒爽英姿残日愁。
梦泽寒云身上集,胡天风色目中浮。
草枯斜瞰千寻涧,木落遥看万里秋。
猛气平生思一击,图中岁月徒悠悠。

——秋山玉山《画鹰》

词客登临休自伤,江天何处不苍凉。
他山岁月秋将暮,故国蒹葭露作霜。
乘海贾帆含朔吹,隔村渔网曝残阳。
彩毫赖有凭栏兴,为把松醪记醉乡。

危楼百尺倚斜阳,南国秋寒雁又翔。
海色潮来青似染,芦花洲吐白如霜。
烟沉蜑户人收钓,日落渔歌客断肠。
薄暮纵多非土感,岂无藻思满江乡。

——东龟年《赓韵和势南山生子
骏江楼晚眺》(二首)

自笑平生意气豪,十年蹭蹬在蓬蒿。
虚名独愧陶元亮,同姓谁呼龙伯高。
多病乾坤怜伏枕,孤吟岁月事挥毫。
衡门日永无人到,唯有杨花照二毛。

——龙草庐《自笑》

愁里看过京国春,孤樽浊酒自相亲。

花飞城外园林暗,雨霁陌头杨柳新。
狂态一生空睥睨,诗名十岁独沉沦。
怀中白璧投何处,世上谁非按剑人。
　　　　　——龙草庐《暮春偶成二首》(选一)
登高摇落气悲哉,苦忆大夫冠楚才。
壮志百年吞梦泽,雄风几日侍兰台。
岂因既放工词赋,应为独醒衔酒杯。
近听江南歌薤露,萧条转动屈原哀。
　　　　　　　——龙草庐《寄本多蕙峒》
水源山奥远相寻,烟水云山一径深。
水上连山迎短棹,山间瀑水洒尘襟。
落花泛水流山外,小洞穿山接水浔。
水阻山重人籁绝,始知山水有清音。

孤山南畔水西涯,水媚山明接素秋。
山笼水气云常润,水泛山光翠欲流。
水径近绕山径转,山禽时与水禽游。
不用登山浮水去,山屏水带绕高楼。

水懒褰裳山懒攀,藏山苞水在尘寰。
朱弦响合山兼水,粉壁图来水又山。
水菜山肴甘澹泊,山炉水罐爱清闲。
但教水意山情熟,不必青山绿水间。

水绕孤村山绕扃,贪看水绿与山青。

时漓水墨图山景,或向山窗注水经。
水路山蹊宜缓步,山歌水唱入闲听。
山翁与我情如水,日抱山樽过水亭。

好向山中水际过,春山如笑水如歌。
鹿含水草眠山石,禽蹴山花点水波。
水树阴阴山屋少,山烟漠漠水田多。
山人劝酒临溪水,奈此山昏水暝何。

山房水阁夜玲珑,万水千山梦寐中。
瑶水西边山子马,阆山峰上水晶宫。
水浮贝阙仙山出,山架虹桥海水通。
月落前山溪水白,何来水鹤舞山风。

高山流水野人家,山送青岚水浸霞。
水脉通时山井满,山崖缺处水帘斜。
僧沿涧水归山寺,雉下山梁饮水涯。
乐山乐水非我事,山耕水耨送年华。
　　　　　　——薮孤山《山水谣》（十首选七）
龙蟠虎踞到如今,谁使东南王气沉。
六代繁华犹在眼,千年豪杰自伤心。
春田麦满楼台址,天堑波鸣鼙鼓音。
处处寒烟松柏色,墓陵其奈牧樵侵。
　　　　　　——古贺精里《拟金陵怀古》
柳巷深居卓午凉,此中无事趁羲皇。

解慵惟闭读书眼,量浅难添浇酒肠。
蜗向壁晴留字去,蛛因网雨聚珠藏。
一盂豆腐微醺足,枕上清风夏景长。
　　　　　　　——柏木如亭《夏日幽居》(选一)

一杖飘然似御风,都门早发晓烟中。
归来解印陶彭泽,强健还乡陆放翁。
野旷虫声偏饱露,云晴雁影自横空。
此行已免人间险,不畏深山途路穷。
　　　　　　　　　　——市河宽斋《发江户》

处士由来意气豪,腰间欲吼芙蓉刀。
踪同好卧东山谢,贫似辞官彭泽陶。
把酒兴因黄菊动,登楼望傍白云高。
夜阑稍出驹峰月,斜向床头照彩毫。
　　　　　　　　　　　——孔文雄《偶作》

咸京夜雪霁层空,琼殿瑶台指顾中。
似驾鸾车游阆苑,疑披鹤氅向玄宫。
虎眠草际谁知石,鹭落林间总是风。
快马缩毛如猬磔,将军朝猎渭城东。
　　　　　　　　　——山梨稻川《咏雪后》

迟日轻风暖弊裘,郊边缓步意悠悠。
晴烟淡扫春山黛,淑气偏明远水流。
处处红桃开露蕊,翩翩白鹭下河洲。
野村已见催农事,溪畔一犁耕绿畴。
　　　　　　　　　　——山梨稻川《迟日》

谁谓闲身薄世营,春来幽兴满茅衡。
古梅新柳东风色,黄卷青灯夜雨声。
静煮茗旗奉慈母,且携酒榼听啼莺。
巴江水浅庐原绿,好把形骸供钓耕。
——山梨稻川《幽兴》

花满芳园月满空,花姿濯濯月波融。
花延月色来池北,月转花阴在槛东。
弄月箫传花外阁,护花铃响月前风。
恨无好句酬花月,抱月聊眠花气中。

山花开遍月方圆,月静花闲别一天。
花气销岚迎月出,月光穿树搅花眠。
踏花踏月寻奇石,凭月凭花听暗泉。
山月山花何限兴,更橫江月访花船。

孤樽斟月坐花茵,最是花村二月春。
花际月圆前夜梦,月前花比去年人。
别花饯月颜看改,啸月吟花兴几新。
忆得洛阳花月会,花枝带月插乌巾。

花筵月席莫辞频,月思花情正晚春。
好取花前吟月客,生憎月下拗花人。
移床月地花添态,植杖花堤月转亲。
多少怜花怜月者,不知花月为谁新。

醉花醉月尽清流,何月何花不胜游。

云散月溪花带笑,风生花坞月含愁。
月中几驻看花马,花外频维棹月舟。
一睡藉花兼枕月,花魂月魄梦相求。

耽月耽花不厌荒,无花无月恨难偿。
十分月满花多影,千树花开月亦香。
前夜月昏花寂寞,来宵花谢月凄凉。
寄言月下花边客,莫负花姿与月光。

春花春月卜春光,花近高楼月近床。
月下花娇倾国色,花前月皎出尘妆。
花妖不妒月颜美,月兔应怜花气芳。
花倦月沉人未寐,花阶月地晓苍苍。

一尊赏月赏花天,花正芬芳月正妍。
独卧花塘唯月伴,谁吟月径受花怜。
月前红雨花粘屐,花上清霜月满肩。
花月年年促人老,从他花月醉留连。

满村花月野川涯,月寂花恬是我家。
流水无凭花背月,微云有意月临花。
徘徊月下悲花落,徙倚花边怕月斜。
不奈月斜花落处,独吟花月送韶华。

谁令花月长幽盟,月色增辉花亦荣。
月是好宾花好主,花真难弟月难兄。

月中堪挹花芳意，花下深知月洁情。
月既招吾入花社，好随花月送斯生。

绕屋樱花映月飞，飞花点酒月排扉。
花风吹月花增彩，月露沾花月更辉。
惜月惜花偏夜短，残花残月又春归。
对花连吸杯中月，月影花香暗袭衣。

——菅茶山《花月吟寄平安故人
仿唐伯虎体》（二十首选十一）

久留词客卧田家，偶值晴和命鹿车。
涧涸白沙全解冻，野暄黄菜误生花。
村声有趣听愈好，山路无程兴也加。
但恐荒凉使君厌，都人平日惯豪华。

——菅茶山《与佐藤子文同往中条路上口号》

秦皇政迹转堪哀，奉使徐生不复回。
曾踏鲸身游汗漫，即求仙药入蓬莱。
一千伎子都黄壤，三尺孤坟自绿苔。
相顾无由寻故事，烟笼拱木接神台。

——契遘《徐福墓》

人俟河清寿几何，功名富贵亦无多。
古今兴废一丘貉，日月往来两掷梭。
秦庙草荒埋石马，汉门霜冷卧铜驼。
桑田碧海须臾梦，我举一杯君试歌。

——龟田鹏斋《放歌》

万里归来漂泊民,端知四海一家仁。
稳篷况复优衣食,狂浪何唯免介鳞。
兄弟已悲新死鬼,乡间忽喜再生人。
恨他眼里无丁字,吴越徒过胜地春。

——赖杏坪《唐商刘学本等送致我
藩漂民数人喜赋为谢》

未买一邱收老躯,翻听山讼度崎岖。
高低地见天成界,真伪官迷人造图。
具眼谁能成割断,平心我岂作糊涂。
从他野鹤林猿笑,频向烟霞辨直诬。

——赖杏坪《佐伯郡山讼累年不决》

百瓜园里独何为,敦敦曾无收用时。
生前只贮三升水,身后徒怀万缕丝。
浮石磨鞁令汝代,青豚献味少人知。
可怜满腹经纶物,空系秋风旧破篱。

——赖杏坪《戏次韵熊介丝瓜》

谁过溧阳怜孟郊,音书杳渺旧吟交。
野蚕成茧催新布,社燕将儿问故巢。
一坛闲斟须自倒,满囊死句向谁抛。
喜闻剥啄山僧至,半夜斋门带月敲。

——赖杏坪《题运覔居西壁四首》(选一)

青垣山判阴阳道,黄备路通前后州。
天下谁任横目责,一生多抱折腰羞。
园丁每逐含樱鸟,牧竖时嗔食麦牛。

空坐溪亭惜春晚,落花寂寂满闲舟。

———赖杏坪《廨舍春兴》

人生有命莫依违,私计从来抛是非。
一穗寒灯乡梦切,数茎残发宦清微。
辞枝蠹叶无风坠,出岫闲云不雨归。
独有寸丹销不尽,时时西向泪沾衣。

———赖杏坪《在三次(地名)请致士》

遥听经声出薜萝,升天桥畔路盘陀。
春深陇麦初藏雉,雨足溪萍已聚蝌。
出户茶烟当竹断,卷帘山色入楼多。
请君借与三弓地,遁世筑成安乐窝。

———中岛米华《专念寺》

隄上分襟梦一场,岂图鸡黍会君堂。
谈多昨日连今日,情热他乡似故乡。
老树半沾春雨细,残花未落晚风香。
芸窗相对翻新著,喜鹊声喧绕柳塘。

———中岛米华《寓关长卿宅》

案上纷纶书册堆,数楹新筑向江开。
催诗雨趁鸣鸠至,载酒人先宿燕来。
笋绿初为新径竹,石青犹带旧山苔。
南轩话罢还高枕,一榻清风梦蚁槐。

———中岛米华《访方山完吾新居》

倦枕长先鸦鹊起,偏知客夜入秋长。
园丁汲水壕为井,溪女采菱盘作航。

土俗稍因留滞熟,乡情颇为游嬉忘。
男儿自抱桑蓬志,休道莱衣负北堂。

——中岛米华《寓重叔容家》

茅屋春深草树浮,悠悠独坐自忘忧。
游园蝴蝶花为侣,度水蜘蛛芥作舟。
世路诚虽疏活计,静中时或运吟筹。
吾侪本是无机客,欲起沙洲伴白鸥。

——泽熊山《春日杂咏》(选一)

偷安南渡几多年,只爱湖山风月妍。
忧国伤时杜工部,赋诗泣鬼李青莲。
纵能寿及八十六,谁能诗传一万千。
读到乃翁家祭句,使人不觉泪潸然。

——大洼诗佛《题剑南诗稿后》

天生尤物比应稀,压倒千芳与万菲。
一种娇容云作脸,十分清致雪为衣。
名花元自兼香色,凡卉何须论瘦肥。
谁信海上三岛外,人间别有太真妃。

——大洼诗佛《杨贵妃樱》

身与人间风马牛,红尘争到此高楼。
游仙枕上三生梦,待月帘前六月秋。
唯爱牧之偏好事,堪嗤王粲不风流。
云烟变化阑干角,只在毫端三寸收。

——大洼诗佛《楼居》

方知花月有深缘,花正开时月正圆。

月结精神花上露，花添模样月前烟。
花香半夜月如醉，月冷通宵花不眠。
天若许花还许月，花姑应嫁月中仙。

花有飘零月有亏，莫言花月自无涯。
花多风恨月应会，月足云愁花亦知。
花趁月光过别院，月随花影浴前池。
花月年年君试算，几得看花看月时。

有花有月十分春，花月于吾未作贫。
酌酒花阴迎月姊，焚香月下礼花神。
傍花走月兔前世，带月眠花蝶后身。
古月今花古今际，赏花玩月几何人。

花香月色一般般，宾月主花论未安。
好月多于花上得，奇花在向月中看。
卧迟月及花将睡，早起花逢月尚残。
自笑身因花月瘦，过花经月觉衣宽。

——大洼诗佛《仿唐伯虎花月吟十首》（选四）

南窗暇日拂尘床，哦句啜茶坐夕阳。
世事饱尝贫有味，机心已息拙何妨。
江山幽梦家千里，风月闲怀诗一囊。
随分自知多适意，向人不复说穷忙。

——馆柳湾《偶题》

炼漉功成甘淡冷，寒厨时复伴箪瓢。

玲珑方玉切来软,的皪凝冰烹不消。
巨小常从痴仆宰,盐梅自任细君调。
笑汝如同贫贱吏,欲将清白向人骄。
——馆柳湾《戏咏豆腐》

两雄争力抵当初,虎踞龙蹲势有余。
便腹彭亨同董卓,长身伟岸赛侨如。
锦裈接处刚乘弱,铁肘撑来实捣虚。
堪惜拔山扛鼎者,徒逞戏技博嘉誉。
——伊东佑相《角觝戏》

漏天无奈杞人忧,闭户偏如楚国囚。
庭潦及阶飞水马,砖苔侵壁上蜗牛。
眊昏久废三余业,瘦冷仍披五月裘。
忽讶殷雷惊午枕,家人厨下碾新麰。
——筱崎小竹《梅雨》

自是年年一样心,旧巢来访草檐深。
海棠花底差池影,杨柳阴中上下音。
富贵从来归寂寞,楼台毕竟易销沉。
寻常百姓汝休厌,王谢堂荒无处寻。
——斋藤竹堂《新燕》

劈将红玉满盘盛,已觉凉风齿颊生。
秋月欲沉裁处影,寒冰忽碎嚼时声。
何曾掬雪身初冻,不是餐霞骨亦轻。
笑杀金茎一杯露,无由疗得病长卿。
——斋藤竹堂《西瓜》

蹉跎客志感居诸，云路求知计自疏。
满匣清风秋拭剑，一窗寒雨夜抄书。
虎随狐去时焉耳，蝇惑鸡来命也欤。
杜子飘零犹许国，此心未敢负当初。
　　　　　　　　——斋藤竹堂《蹉跎》

偶出船舱踏夕阳，老秋篱落景愈荒。
摇篮娇稚睡方熟，结网贫妻手自忙。
浅水残芦低吐雪，野桥高柳半飘黄。
归来微倦又思酒，一阵新寒生渺茫。
　　　　　　　　——中岛棕隐《船居秋暮》

不向东庄已几旬，今朝病起访松筠。
一林新笋初穿土，数树垂杨欲拂人。
酒到三杯方适意，诗过再思却伤真。
近来渐悟南华旨，拟以逍遥养此身。
　　　　　　　　——广濑淡窗《到东庄》

故人家住在新原，一派清流近荜门。
春水浣纱蒲叶渚，秋阳晒纸菊花村。
医过再世奇方富，诗到三思妙境存。
屈指曾游今数载，篱西修竹几生孙。
　　　　　　　　——广濑淡窗《寄怀儿有台》

寒炉好拾坠红烧，不用采薪追老樵。
古井已埋微有口，低墙稍没欲无腰。
秋皆在地空狼藉，月独守枝何寂寥。

倦枕醒来清晓梦，时听邻帚扫萧萧。

——五岳《叶》

佳节年年不在家，今年重九尚天涯。
凉风欲变城南木，寒蟹已登江上沙。
万瓦清霜争白发，一尊浊酒对黄花。
诗成聊写飘零感，手拂苔墙落醉鸦。

——梁川星岩《九日》

寸禄抛来敝屣轻，欲将心事问浮萍。
多年奇璞空三献，此日伤禽始一鸣。
野馆秋风孤剑冷，海门斜月半舱明。
南游去广房山集，不放昌卿独擅名。

——梁川星岩《送士德解官游房州》

子规叫叫雨如丝，客舍京城病起时。
流水漾愁终到海，风花为雪不还枝。
百年肝胆无人见，近日头颅有镜知。
唯此平生茅季伟，招吾灯下倒清卮。

——梁川星岩《三月廿八日病愈赴子成招饮》

古驿苍茫晓色分，铃声马语渐纷纷。
残星芒避初升日，乔木梢支欲散云。
信美山川叹异土，孤飞鸿雁恨离群。
西风无限悲凉意，落叶鸣蝉不可闻。

——梁川星岩《早发白子驿书怀寄弟》

当门高树已无蝉，湖北湖南征雁天。
四壁虫声凉似水，一篝灯火夜如年。

为防口过只说鬼,未害妄谈时及仙。
直到僮奴并和睦,团栾炒栗不思眠。
　　　　　——梁川星岩《夜坐与家人闲话偶得长句》
流光与客共匆匆,秋老羁怀惨淡中。
洒檐寒声黄叶雨,熏衣午气紫芒风。
诗书只合毕生业,针箭动抛经日工。
举案之贤妾何比,遐征幸侍五噫鸿。
　　　　　——梁川红兰《旅怀》(选一)
腊尾春头病渐平,医师故为禁诗情。
残灯背影闲刀尺,孤枕和愁梦弟兄。
鬼伯手疏应脱命,蜗牛角折免争名。
赢屝最怕风威烈,辜负吟窗雪月明。
　　　　　——梁川红兰《病中夜吟》
举案齐眉也略能,几人争及涣春冰。
过时未免逢人怪,薄命于今转自憎。
俗眼定嫌脂粉淡,妍姿难着绮罗增。
东风寂寞黄昏后,自掩荆扉点纺灯。
　　　　　——高野真斋《咏贫女》
十里愁阴惨不开,荒原吊古去徘徊。
当年逐鹿人安在,今日放牛童自来。
青史有名唯将帅,断碑无字只莓苔。
黄昏转觉荒凉甚,数点秋燐起路隈。
　　　　　——高野真斋《古战场》
不向春风醉草香,却同林叶染青霜。

净怜娇眼磨红玉，轻爱纤腰舞锦裳。
蓼穗并狂黄蛱蝶，苇条相伴绿螳螂。
停停远掠秋郊逖，掩映霞天媚夕阳。

————石川跳蹊《红蜻蜓》

长风破浪一书生，秘阁当今骋大名。
异域君臣新结义，故乡桑梓岂忘情。
梦回三笠秋宵月，赏隔九重春日樱。
侧席方思怀璧士，归来早照旧神京。

————古贺谷堂《拟寄留学生晁卿》

宝鸭香微局未终，锦台灯下乐何穷。
鸳钗两两容相似，凤髻双双影亦同。
巧手自难分胜败，柔情何必竞雌雄。
忽闻帘外传呼急，笑敛残棋向别宫。

————广泽文斋《宫女对棋》

屋枕江流不设门，五家三户自成村。
渔归矶畔余腥气，潮退沙头叠浪痕。
暮霭冲飞双鹭白，夕阳斜照半林昏。
鱼虾换酒知多少，隔柳时闻醉语喧。

————江马细香《暮过渔村》

世事多艰两鬓丝，衡门谁说可栖迟。
明廷方讲怀柔策，狂虏犹持桀黠辞。
诸葛千年空有表，杜陵当日岂无诗。
剪灯半夜吟摇膝，儿女错为添岁悲。

————藤森弘庵《癸丑除夕》

多谢野翁移野芳,居然红绿拥茅堂。
柳眉桃脸从肥瘦,杏艳梅清各短长。
风阵送香侵客座,月华护影上吟床。
休言恶札终无价,一刻千金春可偿。

——藤森弘庵《寓舍旁有隙地数弓二三野
老来索字辄栽花苗为润笔及春红
紫粲然因名曰换字园戏赋长句》

西游羡汝著先鞭,况是春光骀荡天。
离酒桃花潭上雨,征帆杨柳渡头烟。
青山古驿堪题句,白发高堂应欠眠。
寄语京华风月地,才情莫漫拟樊川。

——藤森弘庵《送中村得之西游》

遽然分袂憾如何,尔汝相呼方琢磨。
我意欲归非兴尽,君诗未就患才多。
千秋事业蜉摇树,万卷图书鼠饮河。
赠处元来无别语,莫教岁月等闲过。

——广濑旭庄《将辞廉塾北条道进索余诗道
进作送余诗未成乃赋此以促之》

往往村家不业农,唯开宾馆务庖饔。
溪光百派凑孤市,麦叶千畦蚀乱峰。
雨向暮时多作雪,春过半后尚如冬。
望中忽得山巅寺,其奈荒蹊难曳筇。

——广濑旭庄《汤平》

酒诗成债两来攻,寂寞侨居四壁空。

灯亦多情肱枕外，梅何得意胆瓶中。
寒鸦啼后犹难旦，冬雨晴时忽作风。
欲写胸间愁万斛，起提冻砚向炉红。

——广濑旭庄《冬夜不眠》

独行潭底句三年，苦思谁问贾浪仙。
残月半轮清似水，秋风一病瘦如烟。
虽奔恐后鬼追后，欲踏难前师在前。
忽为浮云遮日隐，怜君出处也知权。

——广濑旭庄《人影》

嫣然一顾乃倾城，薄晕摩空冉冉轻。
李杜韩苏宁识面，梨桃梅杏总虚名。
此花飞后春无色，何处吹来风有情。
寄语啼莺须自惜，垂杨树杪莫劳声。

——广濑旭庄《樱花》

琅然枯叶落檐棱，园树沉沉静味凝。
莫厌庵寒茶当酒，且怜窗朗月如灯。
文坛宜避出头客，讲帐幸留行脚僧。
炉火相依情转熟，诗成又暖砚中冰。

——广濑旭庄《冬夜高谦藏恒玄迪僧来真来访》

淀水沿街次第斜，侨居恰在水之涯。
新知看惯稍成友，佳节逢来亦似家。
几队画船维柳树，数声玉笛隐桃花。
此时多感又多兴，好向东风酒屡赊。

——广濑旭庄《上巳》

杰阁三层凌彼苍,豪奢今已付空王。

群黎未免刀兵劫,列国争输花石纲。

金碧何知是膏血,山河徒闻几沧桑。

末由酾酒吊陈迹,落日阑干心暗伤。

——远山云如《金阁寺》

转眼风光付黯然,堤头垂柳已残蝉。

青山绕水无三里,红藕收花又一年。

醉客不来秋色里,湘帘空卷夕阳边。

人间唤作伤心地,称意闲鸥自在眠。

——远山云如《不忍池上》

老树摩天白日幽,俯看绝壁立江流。

三分已定八州地,一败终成千古愁。

水色山光空渺渺,霸图将略漫悠悠。

龟趺剥落碑文灭,坠叶悲风满目秋。

——远山云如《鸿台怀古》

断续沟流听欲无,转知寒气晚来殊。

秋兼木叶同时尽,山与诗人一样癯。

风急飞云挟归鸟,霜清荒草带鸣狐。

西邻已寐东邻未,机杼声中灯影孤。

——长梅外《秋尽》

麦黄秧绿接东西,茅舍竹篱鸡犬啼。

村妇更衣成斡濯,农夫唤犊试锄犁。

池莲叶大鱼居易,野草花多蝶路迷。

我亦平田烟雨里,朝餐午饷共相携。

——浦池镇俊《初夏杂咏》(选一)

一篑功成新景开,峰峦叠得小崔嵬。
笋从邻地逾篱出,云自他山慕石来。
已见幽禽巢绿树,岂容俗客踏青苔。
百金不用买花卉,秋菊春兰随意栽。

——浦池镇俊《假山》

除草诛茅瓦砾间,村居虽狭隔尘寰。
引来邻水为吾水,占得真山抵假山。
带藓石犹存故态,开花树自作新颜。
风骚身是林泉主,娱乐共同鱼鸟闲。

——浦池镇俊《春日题儿毅新居》

翠岚拥郭静朝晖,霜后偏怜寒气微。
柿实几株岩畔屋,茶烟一缕竹间扉。
犊牛临水随人渡,鸠鸽乘晴杂鹭飞。
为是吟行饶适意,还家定与午餐违。

——阪口五溪《小春途中作》

碧海桑田变几回,登临不觉起吾哀。
松风寂寞行人绝,村雨萧条鬼火来。
已见英雄成冢墓,岂无粉黛没莓苔。
犹怀玉笛添清怨,何处春城奏落梅。

——能村白水《须磨怀古》

花梢零露渐荧荧,客子衣轻宿醉醒。
鸡外月低孤驿白,马头云破一山青。

野晴蝶梦初离草,波冷鱼心尚慕萍。
十里平沙行欲尽,桑麻相话伴租丁。

——刘冷窗《江驿早发》

何必茅檐与竹门,心闲朱邸即山村。
本知人挟冰清气,不怪诗无斧凿痕。
佳友兼收联璧士,才臣独蓄八叉温。
斗吟一戏也千古,长使后生销暗魂。

——大槻磐溪《题岐亭余响二首》(选一)

缤纷落叶暗山程,何处霜钟报二更。
松影婆娑孤鹤宿,云容班驳数星明。
寒岩依树三家住,幽涧通人独木横。
夜半归来天若墨,老枭唤雨一声声。

——大槻磐溪《南村夜归和油井某韵二首》(选一)

金马何须避世尘,石泉幽处好容身。
丝纶原自在贤相,竹帛只应论古人。
匏系生涯惭盛世,土崩天下想千春。
革坚兵利今无用,木铎只期风俗淳。

金章斗大欲何为,石室藏书聊自期。
丝雨片风寒物候,竹门柴户淡生涯。
匏尊有酒尽堪友,土偶无言真可师。
革削吟成若相寄,木桃敢望报琼诗。

——大槻磐溪《藕潢先生见示八音一贯
之作效颦赋五首以呈》(选二)

井臼平生为我操,赖令家事免烦挠。
曾闻奴隶亦人子,何忍箠鞭驱尔曹。
醉饱勿辞今夜飧,胼胝难报一年劳。
纵令向后归他主,时到山厨饮浊醪。
　　　——村上佛山《乡俗以腊月十三日罢奴仆还家
　　　　　谓之给暇此夕小酌慰劳临别恻然有赋》

风俗倾颓如落辉,一麾谁把鲁戈挥。
人皆不愧胁肩笑,钱独有神无翼飞。
水冻瓶中梅尚活,灰深炉底火尚肥。
唯应静默养吾志,风雪满山牢锁扉。
　　　——村上佛山《冬日偶咏》

秋　声

萧萧淅淅起林皋,何物入秋频怒号。
开户始知非骤雨,卧床还讶是奔涛。
愁人半夜掩双泪,羁客此时生二毛。
顷刻声收无觅处,满庭柯影月方高。

秋　蝶

红紫丛中漫窃香,忽惊金吹度园墙。
烟光冷处眉常蹙,日色晶边翅试张。
妙舞终归一场梦,酸心始悟旧时狂。
老来未遏爱花念,绝似人间黄四娘。

秋　草

池头一梦已茫茫,秋入郊原渐就荒。
短屐何堪踏衰色,倾筐尚想摘新芳。

旧离宫闭虫啼月,古战场空狐立霜。
最是魂销肠断处,美人坟上夕阳黄。

秋　枕

泪滴珊瑚烂有光,兰房深处傍银缸。
推时络纬虫依户,歇处芭蕉雨打窗。
永夜怜他为妾伴,三秋憾不与郎双。
何求能结游仙梦,梦逐离人远渡江。

　　　　　　——村上佛山《秋咏二十五首》(选四)

兰汤浴后曳枯藜,十亩闲园鸟已栖。
履怕损苔时还脱,笔因题石每相携。
烟含乱竹近如远,花映清波高似低。
不管家人报餐饭,微吟待月小桥西。

　　　　　　　　　　——村上佛山《家园晚步》

凄冷秋风拂翠裳,谁怜零落倚空墙。
含愁不耐躯逾瘦,受妒元因节最刚。
离别经年若牛女,归宁无路向潇湘。
从今多少闺中事,付与汤婆专主张。

　　　　　　　——村上佛山《席上咏夏后竹夫人》

清角一声吹欲落,欲落不落挂低枝。
残影迷花又迷柳,依依何事惹所思。
深闺娇妇沾衣处,万里行人上马时。
却怪嫦娥肠若铁,此际照尽几别离。

　　　　　　　　　　　——村上佛山《残月》

频闻逮捕及诸州,学士纷纷就系囚。

大法施来应有故，一身抛去岂无由。
齐名李杜何辞死，屈膝犬羊真所羞。
我欲有言还掩口，苍茫大地夕阳愁。

铁心肠即锦心肠，缧绁之中笔尚香。
演易虽难继羑里，上书谁不效邹阳。
满腔激愤固甘死，众口嘲讥以作狂。
我辈非关邦国事，亦嗟多少哲人亡。

——村上佛山《频年诸名士就囚慨然私赋二首》

严令果知深意存，国家筹算有其人。
闭关何必防强楚，逐客元非效暴秦。
鬻釜多年同曩梦，诗书一担远归身。
道途悠远君须戒，处处西风动战尘。

强笑不令双泪倾，西风路上送门生。
公家典令何违旨，我党别离宜割情。
千里山河负苏笈，一霄风雨背韩檠。
诸君勿作穷途叹，到底斯文日月明。

——村上佛山《新令严禁旅客因遣
　　　　　　归生徒临别赋示二首》

邻杵声收夜已分，幽斋兀坐独呻吟。
一江星彩闪鱼脊，大野霜威彻鹤身。
官路即今铜有臭，文园到底笔无神。
旧交余得孤灯在，常伴人间寂寞人。

——村上佛山《夜坐》

深锁衡门经几旬,自甘天地一闲人。
计非未觉诗为祟,酒竭始知钱有神。
三寸舌存于我足,五噫歌在向谁陈。
如今无复风尘念,老藕池头睡小春。

——成岛柳北《偶得》

今人浑就古人看,论定何须待盖棺。
富贵从来居不易,功名毕竟退为难。
英雄末路托仙佛,隐者初年求仕官。
掩卷喟然长太息,满天风雪岁云殚。

——福原周峰《读史有感》

万红千紫迹皆陈,欲遣孤愁酒几巡。
听雨心如逢酷吏,惜春情似别佳人。
留残香去犹薰袖,吹落花来不扫尘。
日暮啼莺知有恨,寂寥相伴苦吟身。

——福原周峰《饯春》

举族曾沉西海头,化为郭索避仇雠。
芦间作垒赤关雨,波际筑城坛浦秋。
不啻全身装甲胄,还能两手挟戈矛。
冤魂千载难消得,犹自横行绕钓洲。

——山本竹溪《平家蟹》

花满峰峦望不穷,芳云香雪涨春风。
一千树下阴晴际,五百年间开落中。
山水不看形势异,世情难得古今同。

延元陵畔空垂泪,为吊当年诸士忠。

——田村桑亩《芳野怀古》

芦花雨散入秋晴,帆外夕阳过雁声。
飞不成行疑有伏,落将无影忽还惊。
漫天烟水留孤梦,何处稻粱谋一生。
我亦飘零滞湖海,可怜栖食日营营。

——森春涛《秋晴看飞鸿有感》

半生心事一长嗟,梦里搔头感鬓华。
秋近重阳偏有雨,天教才子例无家。
路旁愁煞王孙草,篱下羞看隐逸花。
寒枕犹馀慷慨泪,五更残滴响檐牙。

——森春涛《九月四日夜梦得三四既醒足之》

独向山中老筚门,人间百事不堪论。
野云生履寻碑寺,溪雪扑衣沽酒村。
如此优游天所许,纵令穷死世无冤。
一生赢得诗多少,未必钞誊贻子孙。

——森春涛《山中》

淡扫蛾眉曳缟裙,琼尘一捏返清魂。
文君十七怜新寡,虢国平明朝至尊。
乍涸乍茵缘未绝,为云为雨梦留痕。
迷因不免沾泥絮,应有冰人来议婚。

——森春涛《雪美人》

虽然僦宅亦吾家,床上列陈琴酒茶。
书卷乱撑空屋子,梅花斜出小檐牙。
可怜夜月无点尘,谁识春风是梦华。

跼踏缩头须一睡，不须名姓博虚哗。

　　　　　　　——森春涛《将移家有作》

特地蜂愁蝶也惊，流光向老太怜生。
风前花碎残春色，烟外钟传薄暮声。
人入中年先抱感，天于三月最钟情。
碧窗纱外朦胧月，满目伤心画不成。

　　　　　　　——大沼枕山《暮春感兴》

客舍迎春独自怜，人生苦乐两相缠。
非无他国见闻异，其奈故乡情思牵。
惊浪骇波成昨岁，明窗净几入新年。
危楼百尺凌晨倚，目断东方日出边。

　　　　——中村敬宇《丁卯元旦》（在伦敦）

万里乘槎游日东，嗟君胆气故豪雄。
诗成异境获神助，身历诸州谙土风。
言语略通文字外，性情方识顾瞻中。
今宵奇遇虽堪喜，还恐明朝怨别鸿。

　　　　——山本木斋《方继儒见过赋赠兼送别》

无复飞红到枕边，闲怀往事独萧然。
谁图少日宴间作，忽值知音海外传。
鞭影晓坊湿花露，鬓丝禅榻起茶烟。
前时诗客衰残甚，绿树窗中听雨眠。

　　　　——山本木斋《余少时所作落花诗一首载在
　　　　清俞曲园樾学士所选东瀛诗选中亦可谓
　　　　海外知音矣偶有所感赋一律》

鹿苑寺荒鹿径深,劫馀才认旧山林。
奇花怪石聚遐迩,名画法书藏古今。
白发逃禅未忘世,黄金筑阁亦何心。
空留遗像兀无语,绿树愔愔生晚阴。

——向山黄村《金阁寺》

暮烟锁树影苍茫,细雨僧衣夜对床。
聚散经来情益厚,荣枯阅尽感偏长。
无根毁誉因诗起,有限生涯为酒狂。
但得故人知此意,孤行乖世亦何伤。

——铃木松塘《入都访子寿芝山寓院》

慵把文章谒相门,秋残抱病卧江村。
霜于枫叶偏留色,月到芦花似有痕。
热不因人生自冷,贫能对酒意常温。
知心千古灵均在,哀些欲招湘水魂。

——铃木松塘《秋日写怀》（选一）

槐柳扶疏荫更稠,闲窗独坐不胜幽。
除诗之外我无事,经国有材谁用筹。
身后荣名悲马骨,世间躁进笑獐头。
散樗赢得生花吻,千首真轻万户侯。

——冈本黄石《夏日书怀三首》（选一）

奈此秋风萧索何,空江木落月明多。
时清那用怀孤愤,宵永唯宜诵九歌。
枫树夜猿悲欲断,女萝山鬼语相和。

五更掩卷恍无寐，心远天南湘水波。

——冈本黄石《秋夜读九歌》

暮雨秋风惨满城，失群孤雁唤愁鸣。
比年生意伤存没，每度重阳忆弟兄。
往昔来今同一梦，云流水逝共无情。
只须酌此黄花酒，暂解中肠百感萦。

——冈本黄石《九日感怀》

阅尽人间世路难，故山归卧梦魂安。
后生可畏吾老矣，逝者如斯岁又残。
苦月窥窗梅影瘦，尖风动屋雁声寒。
十年追忆桑沧事，独剔灯檠坐夜阑。

——富田鸥波《岁暮感怀》

空山流水断桥旁，避迹纷纷桃李场。
老骨冰霜仍偃直，一花天地免荒凉。
清词白石填疏影，澹墨华光绘妙香。
只道嫩寒春晓好，而今无复豫章黄。

——本田种竹《梅花》

芳事茫茫欲问谁，青天碧海枉相思。
笙歌一阵游仙梦，杯酒三春送别诗。
辛苦酿花花易老，生成在雨雨应知。
年来自觉荣枯理，阅到今朝又却悲。

——小野湖山《惜春词》（选一）

往事悠悠烟水长，银笺写恨饯东皇。
月和残梦茫无迹，春到啼鹃易断肠。

纵使心根如木石,那堪眼底阅沧桑。
繁华消尽风流歇,何处钟声又夕阳。

——小野湖山《后惜春词》(选一)

红颜憔悴狭斜尘,飘泊应缘过去因。
窈窕春云余幻影,依稀明月认前身。
情天不断消魂种,色界偏多薄命人。
侬是善愁卿善病,相逢无语各伤神。

——桥本蓉塘《代友人题某校书真》

煮字炊文太苦辛,频年桂玉混风尘。
数茎白发难瞒老,半世虚名不救贫。
要路曾闻钱使鬼,名场真觉墨磨人。
从今拟领南华旨,修到华胥国里身。

——桥本蓉塘《冬日杂感三十首》(选一)

楼外红桥桥外楼,秦淮犹见旧风流。
梅花明月春入笛,桃叶烟波古渡舟。
后主有歌翻玉树,老公无策护金瓯。
于今丁字帘前水,呜咽如含六代愁。

——桥本蓉塘《题秦淮水阁图六首》(选一)

友到知音语忤多,忍令身后遽蹉跎。
寂寥响绝广陵散,凄切音遗蒿里歌。
从此伤心空地下,悲君托体竟山阿。
穷泉有日还相见,只是今生可奈何。

——森槐南《哭桥本蓉塘》

腊鼓声微夜色凝,阴风老屋冷于冰。

十年破壁尘生剑,五夜茅檐雪扑灯。
光景眼前驹隙过,穷愁客里马龄增。
文章偏觉鬼书巧,欲写手龟呵气蒸。

——山根立庵《辛卯除夜》

古宫月色有余悲,荆棘铜驼双泪垂。
竖子成名因侥幸,英雄无策救时危。
李牛分党唐家替,王谢专权晋鼎移。
千古兴亡金鉴在,不将成败问蓍龟。

——山根立庵《读史》

丈夫心事有谁知,慷慨平生托酒卮。
漫拟文章传后代,愧无功业答明时。
危言买祸非吾志,存养待机与世移。
剧恨今年秋又老,胡枝花落雨如丝。

——山根立庵《感怀》

杨深秀

夜深前席鉴精诚,痛哭还同汉贾生。
登车有志清河朔,上书肯避弹公卿。
且存浩气塞天地,剩有忠魂恋帝京。
剧恨豺狼当道卧,上方无剑任横行。

刘光第

大节如公鲜矣哉,力扶兰芷剪蒿莱。
生前儋石任家破,身后黄金挂剑哀。
终古英魂归蜀道,百年侠骨藏燕台。
敢同抉眼吴门恨,忍见敌兵入阙来。

谭嗣同

就义从容白刃前,肯将性命问青天。
论追酌古文无匹,学溯求仁书必传。
为君子儒兼古侠,宗慈悲佛异狂禅。
自从柴市文山死,碧血痕新六百年。

林　旭

和靖高风少穆贤,名家有后岂无缘。
一时人物出尘表,六烈士中最少年。
白日争光岂必古,苍生何罪其如天。
鸾离凤别知无恨,千载贞魂伴夜泉。

杨　锐

忧时策治奏新文,献赋雕虫薄子云。
百族扬眉望新政,万方多难仰明君。
朝衣有恨赴东市,左袒无人入北军。
为问草间偷活辈,金川一恸竟何云。

康广仁

读书万卷彼何功,岭表成仁独有公。
堪痛残骸委沟壑,但余怒气薄苍穹。
洛阳无客哭彭越,许下何人埋孔融。
离筑轲歌今不再,谁过燕市吊孤忠。

——山根立庵《挽六士诗》(戊戌年作)

书山学海路悠悠,一事无成岁月流。
慷慨空挥楚臣泪,狂痴徒抱杞人忧。
苦中饮酒酒如药,病里迎春春似秋。

连日萧萧落花雨,听他燕恨又莺愁。

——冈仓天心《偶感》

洛妃犹剩未招魂,移向幽斋小玉盆。
袖剪绿罗云有影,冠妆白璧月留痕。
依稀旧梦三山远,隐约微词一赋存。
仙种原非人界物,攀梅不许弟兄论。

——田边莲舟《水仙花》

还似风铃送好音,暑天凉味此中寻。
金仙绣像吴罗薄,红袜凌波洛水深。
空幻影犹分细大,小生活也见升沉。
晚来浴后南檐下,相对尤宜酒一斟。

——田边莲舟《琉璃瓶中金鱼》

秋　容

明媚苍岚与碧波,淡妆浓抹态如何。
谁从玉树金风里,更唱琼枝璧月歌。
一雨芙蓉含泪瘦,半枯杨柳织愁多。
不嫌秋圃花憔悴,日日篱边载酒过。

秋　色

平淡功从绚烂深,试参造化悟文心。
一天风紧鸦翻墨,满圃霜严菊散金。
凉月有情窥破牖,夕阳无语静疏林。
白蘋红蓼汀洲路,画法老倪传到今。

秋　影

碧梧庭院雨初收,银汉微云淡不流。

千里澄江敷白练，一轮明月浸高楼。
天边雁度黑排字，镜里人悲白满头。
点缀窗阶海棠老，风风雨雨奈何愁。

秋　声

律换清商心自惊，一番摇落剧关情。
飘零千树虫沙劫，风雨三更草木兵。
永夜寒闺砧捣月，荒芦断渚雁支更。
挑灯细读欧阳赋，欲向旻天诉不平。

秋　香

眼看狼藉褪妆红，叹息池塘一夜风。
楚客消魂磁盎里，吴刚斫斧月轮中。
永宵机上心香补，新酿泥头鼻观通。
最爱群芳零落后，菊花黄满竹篱东。

秋　味

芋头菱角杂登盘，桑落盈樽醉可拚。
百岁宜安吾辈淡，一生难免秀才酸。
芦汀紫蟹初过簖，蓼渚银鲈恰上竿。
莫道贫家易粮匮，饥来仍可落英餐。

秋　气

射雕盘马漫夸豪，三尺腰间有宝刀。
雨逼疏灯蛩语急，山横绝塞雁飞高。
一天云霏霏凉露，东海潮来咽怒涛。
九辩不须悲宋玉，何妨乘兴好题糕。

秋　意

回头几度费沉吟，自叹新霜两鬓侵。
热酒难销豪士恨，寒灯乍动旅人心。
哀蝉落叶秋无赖，临水登山感不禁。
吾亦平生最萧瑟，江湖何处觅知音。

秋　魂

有情无奈九回肠，对月临风万恨长。
黄菊丛沾霜晕淡，青衫汗杂酒痕香。
尊前惜别昏银烛，墙角相思泣海棠。
凄绝四弦江上听，声声幽咽古浔阳。

——田边莲舟《九秋咏》

法若牛毛吏如虎，却嗤秦网太恢疏。
销兵未到泽中剑，劫火犹余圯上书。
徐福三千携艳玉，祖龙一夕化游鱼。
经营别见英雄迹，万古长城铁不如。

——竹添井井《始皇》

痛饮黄龙志欲成，金牌何事枉班兵。
中原草木皆腥气，十道风云尽哭声。
谁道贼臣能构狱，不知高庙竟无情。
两宫长作望乡鬼，月苦霜凄五国城。

——竹添井井《鄂王庙》

水自涓涓山自葱，祠堂深锁夕阳中。
赤松应在荒唐境，黄石终归亡是公。
只愿报韩全素志，敢言佐汉奏奇功。

史家徒说知机早，千古无人识苦衷。

——竹添井井《留侯祠》

游遍中原尚未还，肩舆又向锦城间。
乱峰迎客益门镇，冷雨吹衣大散关。
谁架垂虹通石栈，我来叱驭度云山。
凭君莫说三巴路，未听猿声鬓已斑。

送胜迎奇日日忙，者番游景满诗囊。
山遮马首疑无路，峡听鸡鸣别有乡。
一涧白云人影淡，千林绿雨客衣凉。
旗亭酒熟宜微醉，野蔬溪鱼饭亦香。

山家枕水小于船，豚栅鸡栖共一椽。
衣带栈云疑有雨，日蒸关树欲生烟。
怪峰危嶂犊耕石，黄麦绿苗鸠唤天。
蜀道虽高多坦路，乘舆安稳不妨眠。

——竹添井井《栈中杂诗》（选三）

乌角巾头唯碧天，退休老后得名全。
读书万卷道千古，许国一身心百年。
望似油云生大旱，德如膏雨润公田。
青山去趁希夷迹，林壑松风白日眠。

薰笼棐几绝纤尘，金石同携翰墨珍。
莲社风流期嗣响，兰亭祓禊拟传神。
片帆烟带疏疏雨，孤庙云迷远远春。

结得蓊淞诗酒约,平生同调有伊人。

烟霞入句不能删,独乐窝中叩石关。
野竹精神怜洒落,涧花姿态爱幽闲。
远灯疏点林间寺,孤磬清鸣涧上山。
消受新秋凉一味,蕉衫三日醉醒间。

当年南浦酌离觞,醉墨题襟诗几行。
细雨江城垂柳绿,春风潭水小桃香。
只今送客江之浒,从此怀人天一方。
犹记酒醒重倚岸,笛中晓月断心肠。

笑脱衣冠赋退休,林泉高致愿初酬。
心追蒋岳秋天鹤,梦泛五湖春水鸥。
四海功名付儿辈,东都风月会名流。
闻言早晚又分手,剪取淞波谁共游。

灌花洗竹惬闲居,老后行藏云卷舒。
栏角清风明月至,门前老柳古梅疏。
神仙眷属情超绝,野客生涯意淡如。
醉梦欲醒环堵静,山禽唯护读残书。

——横山耐雪《次村上琴屋退休韵十律》(选六)

屈 平

孤忠窜逐忆沅湘,枯槁形容惨自伤。
恋阙忧君常眷眷,握瑜怀瑾问苍苍。
层霄鸾鹤已藏翮,幽谷蕙兰空吐香。

剩得离骚经一部，粲然丽则大文章。

贾　谊

迁谪长沙奈此身，临流作赋吊灵均。
可怜凤抱治安策，不能一为台辅臣。
鸾凤已藏应自怅，骐骥在缚更谁珍。
后人只赏辞章丽，略似君王问鬼神。

诸葛亮

诸葛大材无匹俦，远凌管乐轹伊周。
风云难老英雄器，鱼水齐分社稷忧。
感义一心扶正统，出师二表见深谋。
后人吊古哀炎运，巴蜀河山黯带愁。

关　羽

汉寿亭侯胆绝伦，鬚髯三尺美如神。
曹公爱壮成其志，左传潜心养我真。
贯日精忠生取义，凌霜劲节死成仁。
于今双庙严禋祀，武德尊崇配圣人。

陶　潜

板荡山川感慨钟，拂衣归去欲何从。
英雄韬志田园兴，天地留名隐逸宗。
霜下琼瑶晨采菊，风前琴瑟夜听松。
草庐三顾无先主，寂寞柴桑一卧龙。

杜　甫

诗到浣花谁与衡，波澜极变笔纵横。
读书字字多来历，忧国言言发性情。

上接深雄秦汉魏,下开浩瀚宋元明。
灵光精彩留天地,万古骚人集大成。

岳　飞
龙虎蟠胸韬略存,干戈誓欲复中原。
金牌忽废十年业,钟室惨同千古冤。
报国尽忠肤涅字,松风潭月墨留痕。
后人起敬西湖地,应有英雄未死魂。

朱　熹
致君尧舜语何忘,封事千言托讽长。
静坐研经穷性理,直心修史正纲常。
名臣录及王荆国,感兴诗追陈子昂。
三百遗音南渡后,惜将道学掩文章。

陈　亮
儒林异彩士林雄,慷慨谈兵气吐虹。
正厌穷经争琐屑,何堪作赋事雕工。
机存风雨纵横日,策在龙蛇变幻中。
谁道大言徒骇世,几回诣阙献葵忠。

文天祥
奈此天荒地老何,文臣投笔事干戈。
一生空剩浮萍迹,支手难扶倒海波。
耻取功名元宰相,愿留魂魄宋山河。
风檐吟就神人哭,日月争光正气歌。

——国分青崖《咏史三十六首》(选九)

诗有源流远愈新,兴来岂独限风神。

忧存社稷辞皆泪，迹托仙灵笔绝尘。
变雅亦遵规矩正，危言不失性情真。
三唐谁与李侯敌，除却少陵无一人。

——国分青崖《读十八家诗钞四首》（选一）

操觚有弊几时除，著述仅成多鲁鱼。
乘势奸商唯射利，投机猾士欲求誉。
人情原好新奇事，世俗争传猥亵书。
名教更无毫末补，汗牛充栋遂何如。

——国分青崖《唯射利》

满目荒凉霸气空，源家遗迹只秋风。
函关西峙八州固，相海南开万里通。
天地何心生祸乱，山河几度阅枭雄。
低回无限诗人恨，来自离离禾黍中。

——松平天行《镰仓杂感》

祠树当帘山色同，一鹃啼破午濛濛。
如云荷影水心绿，欺火榴花雨里红。
梦买奇书悔论值，闲删旧句恐过工。
幽居恰有问诗客，拟敕家人侑碧筒。

——服部担风《初夏杂题》

何须漫说布衣尊，数卷好书吾道存。
阴尽始开芳草户，春来独杜落花门。
萧条古佛风流寺，寂寞先生日涉园。
村巷路深无过客，一庭修竹掩南轩。

——夏目漱石《无题》

不爱帝城车马喧,故山归卧掩柴门。
红桃碧水春云寺,暖日和风野霭村。
人到渡头垂柳尽,鸟来树杪落花繁。
前塘昨夜萧萧雨,促得细鳞入小园。

——夏目漱石《无题》

山居日日恰相同,出入无时西复东。
的皪梅花浓淡外,朦胧月色有无中。
人从屋后过桥去,水到蹊头穿竹通。
最喜清宵灯一点,孤愁梦鹤在春空。

——夏目漱石《无题》

大道谁言绝圣凡,觉醒始恐石人谗。
空留残梦托孤枕,远送斜阳入片帆。
数卷唐诗茶后榻,几声幽鸟桂前岩。
门无过客今如古,独对秋风着旧衫。

——夏目漱石《无题》

长风解缆古瀛洲,欲破沧溟扫暗愁。
缥缈离怀怜野鹤,蹉跎宿志愧沙鸥。
醉扪北斗三杯酒,笑指西天一叶舟。
万里苍茫航路杳,烟波深处赋高秋。

——夏目漱石《无题》

附录三

作品入选日本汉诗人一览表

大友皇子（648—672），明治初追谥为弘文天皇。

阿倍仲麻吕（701—770），入唐后改名朝衡，亦写作晁衡。

空海（774—835），日本真言宗开祖，法号遍照金刚，谥弘法大师。

嵯峨天皇（786—842），平安时代著名汉诗人，存诗97首。

岛田忠臣，卒于清和天皇贞观（859—876）中，有《田氏家集》。

菅原道真（845—903），有《菅家文草》、《菅家后集》。

虎关师炼（1278—1346），名师炼，号虎关，有《济北集》。

雪村友梅（1290—1346），名友梅，字雪村，号幻空，有《岷峨集》。

别源圆旨（1294—1364），名圆旨，字别源，有《南游集》、《东归集》。

寂室元光（1290—1367），字寂室，有《寂室录》。

义堂周信（1325—1388），字义堂，号空华道人，有《空华集》。

绝海中津（1336—1405），字绝海，号蕉坚道人，有《蕉坚稿》。

元政（1623—1668），号妙子，有《草山集》、《元元唱和集》。

石川丈山（1583—1672），名凹，字丈山，有《覆酱集》。

那波木庵（1614—1683），名守之，号木庵，有《老圃堂集》。

村上冬岭（1624—1705），名友佺，号冬岭，有《冬岭诗文集》。

新井白石（1657—1725），名君美，号白石，有《白石诗草》。
荻生徂徕（1667—1728），名双松，号徂徕、蘐园，有《徂徕集》。
室鸠巢（1658—1734），名直清，字师礼，号鸠巢，有《鸠巢文集》。
伊藤东涯（1670—1736），名长胤，号东涯，有《绍述先生诗文集》。
太宰春台（1680—1747），名纯，字德夫，号春台，有《春台诗钞》。
祇园南海（1677—1751），名瑜，号南海，有《南海先生文集》。
梁田蜕岩（1672—1757），名邦美，号蜕岩，有《蜕岩诗文集》。
高野兰亭（1704—1757），名惟馨，号兰亭，有《兰亭先生诗集》。
服部南郭（1683—1759），名元乔，号南郭，有《南郭先生文集》。
秋山玉山（1702—1763），名正定，号玉山，有《玉山先生诗集》。
伊藤锦里（1710—1772），名缙，字君夏，号锦里，有《邀翠馆诗集》。
大内熊耳（1699—1776），名承佑，字子绰，号熊耳，有《熊耳先生集》。
东龟年，生卒年不详，字蓝田，有《蓝田先生文集》。
守屋东阳（1732—1782），名元泰，字伯亨，号东阳，有《东阳集》。
江村北海（1707—1782），名绶，字君锡，号北海，《北海先生诗集》。
清田儋叟（1719—1785），名绚，字君锦，号儋叟，有《孔雀楼文集》。
龙草庐（1714—1792），名公美，一名元亮，号草庐，有《草庐集》。
宫田维祯，生卒年不详，字士祥，号啸台，有《看云栖稿》。
六如（1737—1801），名慈周，号葛原，有《六如庵诗钞》。
薮孤山（1735—1802），名愿，号孤山，有《孤山遗稿》。
柴野栗山（1736—1807），名邦彦，号栗山，有《栗山堂诗集》。
小栗十洲（？—1811），名光胤，号十洲，有《观海小稿》。
尾藤二洲（1745—1813），名孝肇，号二洲，有《静寄轩集》。
赖春水（1746—1816），名惟完，号春水，有《春水诗草》。
古贺精里（1750—1817），名朴，字淳风，号精里，有《精里集钞》。

柏木如亭（1763—1819），名昶，号如亭，有《如亭山人遗稿》。

市河宽斋（1749—1820），名世宁，号宽斋，有《宽斋先生遗稿》。

龙玉渊（1751—1821），名世华，字子春，号玉渊，有《玉渊诗稿》。

孔文雄，生卒年不详，字世杰，号生驹、鸣鹤，有《生驹山人集》。

山梨稻川（1771—1826），名治宪，字玄度，号稻川，有《稻川诗草》。

菅茶山（1748—1827），名晋帅，号茶山，《黄叶夕阳村舍诗集》。

赖春风（1753—1825），名惟疆，号春风，有《春风馆诗钞》。

契璠，生卒年不详，号龙野，有《龙野集》。

龟田鹏斋（1752—1826），名长兴，号鹏斋，有《鹏斋诗钞》。

赖山阳（1780—1832），名襄，字子成，号山阳，有《山阳诗钞》。

赖杏坪（1756—1834），名惟柔，号杏坪，有《春草堂诗钞》。

尾池桐阳（1765—1834），名槃，号桐阳，有《桐阳诗钞》。

江源琴峰，生卒年不详，名高朗，字季融，号琴峰，有《琴峰集》。

中岛米华（1801—1834），名大贲，字子玉，号米华，有《爱琴堂诗醇》。

泽熊山，生卒年不详，名徽，字子慎，号熊山，有《独喻集》。

高野春华（1761—1839），有《春华诗草》。

大洼诗佛（1767—1837），名行，字天民，号诗佛，有《诗圣堂诗集》。

馆柳湾（1762—1844），有《柳湾渔唱》。

京极琴峰，生卒年不详，名高朗，字季融，号琴峰。

伊东佑相，生卒年不详，字宠卿，号李门。

松浦大篱，生卒年不详，字鸿远，号清痴客，有《醉烟斋吟稿》。

波多橘洲（1771—?），名澄，字绿漪，号橘洲，有《峨眉草堂集》。

牧野默庵（1795—1848），名古愚，字直卿，号默庵，有《我为我轩遗稿》。

筱崎小竹（1781—1851），名弼，字承弼，号小竹，有《小竹斋诗钞》。

斋藤竹堂（1815—1852），名馨，字子德，号竹堂，《竹堂诗钞》。
中岛棕隐（1779—1855），名规，字景宽，号棕隐，有《棕隐轩诗集》。
广濑淡窗（1782—1856），名建，字子基，号淡窗，有《远思楼诗钞》。
儿玉茂，生卒年不详，字有台，号舟村。
五岳，生卒年不详，号竹村，斋号滴翠楼。
惠闻，生卒年不详。
大含，生卒年不详，号云华。
大坪恭，生卒年不详，字士礼，号清处。
梁川星岩（1789—1858），名卯，字伯兔，号星岩，有《星岩集》。
梁川红兰（1804—1879），星岩妻，名景婉，号红兰，有《红兰小集》。
高野真斋（1787—1859），名进，字德卿，号真斋，有《真斋百诗》。
石川跳蹊，生卒年不详，名澄，号跳蹊。
古贺谷堂（1778—1836），名焘，字溥卿，号谷堂。
广泽文斋，生卒年不详，名惟直，字温卿，号文斋。
佐野东庵，生卒年不详，名宏，字君朗，号东庵。
久贝岱，生卒年不详，字宗之，号蓼湾。
江马细香（1781—1861），名裛，字细香，号湘梦，有《湘梦遗稿》。
藤森弘庵（1799—1862），名大雅，字淳风，号弘庵，有《春雨楼诗钞》。
广濑旭庄（1807—1863），名谦，字吉甫，号旭庄、梅墩，有《梅墩诗钞》。
远山云如（1810—1863），名澹，字云如，号裕斋，有《云如山人诗集》。
斋藤拙堂（1797—1865），名正谦，号拙堂、铁砚学人，有《拙堂文集》。
稻垣研岳，生卒年不详，名松，字木公，号研岳。
道雅（1812—1865），名宪意，字道雅，号笑溪，有《道雅上人诗文集》。
藤井竹外（1807—1866），名启，字士开，号竹外，有《竹外二十八字诗》。
草场佩川（1787—1867），名韡，字棣芳，号佩川，有《佩川诗钞》。

摩岛松南（1791—?），名弘，字子毅，号松南，有《松南诗文集》。

长梅外，生卒年不详，名允，字南梁，号梅外，有《梅外诗钞》。

浦池镇俊，生卒年不详，字君逸，有《才田诗钞》。

大田兰香，生卒年不详，名晋，字景昭，号兰香。

小雨，生卒年不详，名蒙，字心泉，号小雨。

阪口五溪，生卒年不详，名元，字士钧，号五溪。

河野健斋，生卒年不详，名贯，字子豁，号健斋。

能村白水，生卒年不详，名箕，字东卿，号白水。

云林院东城，生卒年不详，名彦，字有邦，号东城。

刘冷窗（1825—1870），名燮，字君平，号冷窗。

广濑孝，生卒年不详，字维孝。

那珂梧楼，生卒年不详，名通高，号梧楼。

小原铁心（1817—1872），名忠宽，字栗卿，号铁心，有《铁心遗稿》。

大槻磐溪（1801—1878），名清崇，字士广，号磐溪，有《宁静阁集》。

村上佛山（1810—1879），名刚，字大有，号佛山，有《佛山堂诗钞》。

大乡学桥（1830—1881），名穆，字穆卿，号学桥，有《学桥遗稿》。

菊池溪琴（1799—1881），名保定，字子固，号溪琴，有《溪琴山房诗》。

成岛柳北（1837—1884），名弘，字保民，号柳北，有《柳北诗钞》。

岩下樱园，生卒年不详，名贞融，字会侯，号樱园、管山。

田中修道，生卒年不详，名恕，字仁卿，号修道。

秦冈（1793—?），名冈，字白纯，号梅痴道人。

绪方南湫，（1834—1911），名羽，字子仪，号南湫，有《南湫诗稿》。

福原周峰（1827—1913），名亮，字公亮，号周峰，有《香草斋诗集》。

山本竹溪，生卒年不详，名琏，字连玉，号竹溪。

田村桑亩，生卒年不详，名孝，字子春，号桑亩。

青柳柳塘，生卒年不详，号西溪，有《西溪渔唱》。

森春涛（1819—1889），名鲁直，字希黄，号春涛，有《春涛诗钞》。

大沼枕山（1818—1891），名厚，字子寿，号枕山，有《枕山诗钞》。

菊池三溪（1819—1891），名纯，字子显，号三溪，有《晴雪楼诗钞》。

中村敬宇（1832—1891），名正直，号敬宇、鹤鸣，有《敬宇诗集》。

山本木斋（1822—1896），名居敬，字公简，号木斋，有《木斋遗稿》。

伊势小松（1822—?），名氏华，字君韡，号小松。

山中静逸（1822—?），名献，字子文，号静逸。

神山凤阳（1824—?），名述，字古翁，号凤阳。

向山黄村（1826—1897），名荣，字欣夫，号黄村，有《景苏轩诗钞》。

铃木松塘（1823—1898），名元邦，字彦之，号松塘，有《松塘诗钞》。

冈本黄石（1811—1898），名宣迪，字吉甫，号黄石，有《黄石斋诗集》。

正冈子规（1867—1902），名常规。

青山铁枪（1820—1906），名延寿，字季卿，号铁枪，有《铁枪斋诗钞》。

富田鸥波（1836—1907），名久稼，字美卿，号鸥波，有《还读斋遗稿》。

本田种竹（1862—1907），名秀，字实卿，号种竹，有《怀古田舍诗存》。

广濑林外（1836—?），名孝，字维孝，号林外。

小野湖山（1814—1910）名长愿，字侗翁，号湖山，有《湖山楼十种》。

桥本蓉塘（1844—1884），名宁，字静甫，号蓉塘，有《蓉塘诗钞》。

森槐南（1863—1911），名公泰，字大来，号槐南，有《槐南集》。

山根立庵（1861—1911），名虎之助，号立庵，有《立庵诗钞》。

冈仓天心 1862—1913），名角藏，号混沌子，有《冈仓天心全集》。

松谷野鸥（1835—1914），有《野鸥松谷先生遗草》。

田边莲舟（1831—1915），名太一，字仲藜，号莲舟，有《莲舟遗稿》。

夏目漱石（1867—1916），本名金之助，有《漱石诗集》。

竹添井井（1842—1917），名光鸿，字渐卿，号井井，有《独抱楼遗稿》。
宗演（1859—1919），名祖光，字洪岳，号楞伽道人，有《释宗演全集》。
内海吉堂（1850—1923），名复，字休卿，号吉堂，有《吉堂遗稿》。
横山耐雪（1868—1923）。
饭冢西湖（1845—1929），名讷，字修平，号西湖，有《西湖四十字诗》。
杉田鹑山（1851—1929），名定一，号鹑山，有《鹑山诗钞》。
阪本三桥（1857—1936），名敏树，字利卿，号三桥，有《西游诗草》。
土肥鹗轩（1866—1931），名庆藏，号鹗轩，有《鹗轩诗稿》。
鹫田南亩（1864—1939），名又兵卫，号南亩，有《南亩诗钞》。
国分青崖（1857—1944），名高胤，字子美，号青崖，有《青崖诗存》。
芥川思堂，生卒年不详。
高桥通明，生卒年不详。
松本胜敦，生卒年不详，有《芳草庵诗稿》。
松平天行（1863—1946），名康国，字子宽，号天行，有《天行诗钞》。
服部担风（1867—1964），名辙，字子云，号担风，有《担风诗集》。

旧版后记

日本汉诗是我国古代诗歌繁衍域外的一大分支，在其1300余年的发展史上，经历了从模仿到创新、从依赖到独立的发展历程，产生过数以千计的诗人和数十万首诗篇，成就斐然。

从中国古代文学研究到日本汉诗溯源比较研究，我彳亍独行，经过了一段漫长的文化孤旅。

笔者1981年研究生毕业留校任教后，顺理成章地走上了中国古代文学研究之路，相继发表了《白居易寓言诗初探》、《现实主义诗人白居易》、《初唐诗坛》、《晚唐诗坛》等十余篇论文。后闻说日本学者于唐诗研究颇多新解，"他山之石，可以攻玉"，甚想一睹他们对我国唐诗的品评，于是开始了日本语的自修。

数年努力的结果，是译文《智慧的技巧的文学——关于元白唱和诗的诸种形式》、《王昌龄及其交友》的发表。从最初的收获得以鼓励，特别是前篇发表后被中国人民大学书报资料中心《中国古代、近代文学研究》全文转载，深切感受到国内学界对国外唐诗研究动态的了解需求。

1987年春幸运地受到日本国立福井大学邀聘并经国家教育委员会派遣，来到了日本海边美丽而宁静的小城福井。翌年夏，妻与两个孩子也应邀来日。长男就读于北陆高校，次男就读于福大附属小学，妻则在福大进修。我执教于福大教育学部，讲授中国语和中国文学，其间，还先后兼职于金泽大学、北陆大学。1991年春归国。在这愉快而充实的异国岁月里，一个新的研究课题——"日本汉诗溯源比较"确定了此后长达十余年的求索历程。

初到日本，如鱼得水，继续着翻译和介绍，得挚友泽崎久和教授鼎力相助广泛搜集，从150余篇白居易研究论文中遴选出8篇，并初步作成一部译稿。不料时隔不久，汲古书院二十大卷本《诗集日本汉诗》的相继出版使我乞浆得酒，眼界大开。它实实在在地震撼了我，吸引了我——日本不但现在有一支研究中国古代诗歌的学术队伍，而且曾经有过一个庞大的不能消失的汉诗创作群体和一段辉煌的汉诗兴盛史。这是一片被冷落已久的荒原，它深蕴着世界文明发展史的奇迹；这是一笔中日两国共有的文学遗产，却因不同的原因没有得到双方应有的珍视。于是怀着探索的冲动与为之付出的心理准备，开始在日本发表了《日本汉诗的运命》、《梅墩五七言古诗管窥》等有关论文。

1991年，带着10大箱当时所能觅购到的，与泽崎久和、前川幸雄、水岛直文等朋友馈赠的日本汉文学书籍资料归国了。归国后，鉴于国内日本汉诗几不为人所知，首先精选宜读宜诵的诗篇加以评注，出版了《日本汉诗三百首》。这本诗选可以视为自己对我国古代诗歌流惠东瀛所作的一个反馈。

此后迄今，依大略计划，一步一垒，又相继在国内发表论文十余篇。可以说，从传统的单纯的古代文学研究转向日本汉诗与我国古代文学的比较研究，对我而言，无异于离辙大道而取径山林，何况随着探索的深化，不可避免地触撞到了外国文学研究、比较文学研究、语言学研究、日本语研究、中日文化交流史研究等诸多自己原本并不熟悉的学术领域。十余年来，书断线，卷坠页，其间，虽也曾有过"荷戟独彷徨"的寂寞，有过因"十年磨一剑"的不合时宜而招致的窘迫，然循流探源之志始终不敢轻渝。

现在，终于到了可以将它们汇为一编的时候了。鉴于日本汉诗选本在国内难以觅求，为方便读者，特将经十数年吟味品鉴，爬罗剔抉所得的五百首附印于后以供参考。资质迂顽，学力菲微，谨欲以拙著为载体，以一己之管窥孔见与学界同行相与切磋，互勉共识。谬误之处难免，恳望中日学者及读者朋友不吝赐教。如能抛砖引玉，则大喜过望。

这本小书虽微不足道，却是成就于诸多热心于中日友好的志士仁人的盛情相助。值此之际，要深深地感谢我至亲至敬的姑父宫崎幸雄教授和已故姑母马培琬教授，感谢在学问上曾经给过我许多教益的花房英树、布目潮渢、平冈武夫、篠原寿雄、川合康三、松浦友久、宇野直人、渡边晴夫等教授，感谢汲古书院的坂本健彦先生，感谢以其著述给过我启示与参考的猪口笃志、近藤春雄、入矢义高、富士川英郎、松下忠、佐野正巳、入谷仙介等先生，感谢我工作与生活上的良师益友黑坂满辉、前川幸雄、泽崎久和、内田庆市教授以及给了我们全家许多恩惠的福井大学，感谢中国社会科学出版社以及在出版过程中付出过辛劳的汪民安编辑、白晔先生、李钊平博士。至于在汇编与出版中倾力的老妻与孩子则免提一谢了。

于陕西师范大学自宅
2003年10月3日